楼 | 适 | 夷 | 译 | 文 | 集

LOUSHIYI YIWENJI

楼适夷译文集

# 在人间

〔苏〕高尔基——著
楼适夷——译

中国文史出版社

# 序　言

## ——适夷先生与鲁迅

在上世纪九十年代中期，适夷先生九十岁的时候，人民文学出版社出版了他几十年写下的散文集，又获得了中国作家协会中外文学交流委员会颁发的文学翻译领域含金量极高的“彩虹翻译奖”。这是对他一生为中国新文学运动做出的杰出贡献给予的表彰和肯定。当老夫人拿来奖牌给我看时，适夷先生挥挥手，不以为然地说：“算了算了，都是浮名。”

我觉得适夷先生是当之无愧的。

上世纪二十年代中期，适夷先生还不满二十岁，便投身于中国新文学运动，从他发表第一篇小说到发表最后一篇散文，笔耕不辍七十余年。仅凭这一点就足以令人钦佩了。

五四运动之后，中国社会面貌激变的伟大革命的年代，以鲁迅为代表的一批受过西方先进文化影响的青年作家们，以诗歌、小说等文艺作品，掀起批判封建主义儒家文化传统和道德观念，讴歌自由、平等、民主思想的狂飙运动。适夷先生在上海结识了郭沫若、成仿吾、郁达夫等创造社浪漫派先驱，开始了诗歌创作。在五卅运动中，他接受了马克思主义，参加了共青团、共产党，一面从事地下革命活动，一面办刊物，写下了大量小说、剧本、评论，还从世界语翻译外国文学作品，成为左翼文学团体“太阳社”的重要成员。

由于革命活动暴露身份，招致国民党特务的追捕。1929 年秋，他不得已逃亡日本留学。在那里他一面学习苏俄文学，一面学习日语，还写了许多报告文学在国内发表。1931 年回国即参加了“左联”，同鲁迅先生接触也多起来，在左联会议上、在鲁迅先生家中、在内山书店，领受先生亲炙。他利用各种条件创办报纸、杂志，以散文、小说的形式揭露国民党反动派的白色恐怖，号召人们起来抗争，同时他又大量翻译了外国文艺作品和马列主义文艺理论。苏联是世界上第一个无产阶级取得政权的国家，那是国内理想主义革命者们无上向往的国度。他们怀着极大的热情讴歌苏维埃人民政权，介绍苏俄的文学艺术。但当时国内俄语力量薄弱，鲁迅提倡转译，即从日、英文版本翻译。适夷先生的翻译作品大都是从日文翻译的，如阿·托尔斯泰的《但顿之死》《彼得大帝》，柯罗连科的《童年的伴侣》《叶赛宁诗抄》，列夫·托尔斯泰的《高加索的俘虏》《恶魔的诱惑》，赫尔岑的《谁之罪》。他翻译最多的是高尔基的作品，如《强果尔河畔》、《老板》、《华莲加·奥莱淑华》、《面包房里》以及《契诃夫高尔基通信抄》、《高尔基文艺书简》等。此外，他还翻译了许多别的国家的作家作品，如奥地利作家茨威格的《黄金乡的发现》《玛丽安白的悲歌》，英国作家维代尔女士的《穷儿苦狗记》，以及日本作家林房雄、志贺直哉、小林多喜二等人的作品。一次，和我聊天，他说解放前，他光翻译小说就出版过四十多本。鲁迅先生赞赏适夷先生的翻译文笔，说他的翻译作品没有翻译腔。适夷先生曾说翻译文学作品，最好要有写小说的基础，至少也要学习优秀作家的语言，像写中国小说一样翻译外国文学作品，才能打动读者。

其实，适夷先生的翻译工作只是他利用零敲碎打的工夫完成的，他的主要精力都投在革命事业上，因此，老早就被国民党特务盯上了。1933 年秋，他在完成地下党交给的任务，筹备世界反帝国主义战争委员会远东反战大会期间，因叛徒指认，遭到国民党特务绑架，被捕后押解到南京监狱。他在狱中坚贞不屈，拒绝“自新”“自首”，被反动派视作冥顽不化，判了两个无期徒刑。由于他是在内山书店附近被捕的，鲁迅先生很快就得到消息，又经过内线得知没有变节屈服的实情，便把消息传给友人，信中一口一个“适兄”地称他：“适兄忽患大病……”“适兄尚存……”“经过拷问，不屈，已判无期徒刑”，对适夷先生极为关切。同时还动员社会上的名士柳亚子、蔡元培和英国的马莱爵士向国民党政府抗议，施展营救。那时正有一位美国友人伊罗生，要编选当代中国作家的短篇小说集《草鞋脚》，请鲁迅推荐，提出一个作家只选一篇，而鲁迅先生独为适夷先生选了两篇（《盐场》和《死》），可见对他尤为关怀和爱护。

适夷先生为了利用狱中漫长的岁月，学习马列主义文艺理论，通过堂弟同鲁迅先生取得联系，列了一个很长的书单，向鲁迅先生索要，有普列汉诺夫的《艺术论》《艺术与社会生活》，梅林的《文学评论》，还有《苏俄文艺政策》等中日译本，很快就得到了满足。他根本没有去想鲁迅先生那么忙，为他找书要花费多大精力，甚至还需向国外订购。适夷先生当时是二十八九岁的青年，而鲁迅先生已是五十开外的年纪了。后来，他每当想到这一点，心中便充满感激，又为自己的冒失感到内疚。

有了鲁迅先生的关怀，先生在狱中可说是因祸得福了，以前从事隐蔽的地下工作，时刻警惕特务追踪、抓捕，四处躲藏，居无定所，很难安心学习、写作，如今有了时间，又有鲁迅先生送来的这么多书，竟有了“富翁”的感觉。鲁迅先生说，写不出，就翻译。身陷囹圄，自然没法写作，他就此踏实下来翻译了好几本书，高尔基的《在人间》《文学的修养》，法国斐烈普的中篇小说《蒙派乃思的葡萄》，日本作家志贺直哉的短篇小说集《篝火》等，都是在狱中翻译，后又通过秘密渠道将译稿送到上海，交给鲁迅和友人联络出版的。

那时，适夷先生心中还有着一团忧虑。本来他年迈的母亲和一家人是靠他养活的，入狱后断了收入，家中原本就不稳定的生活，会更加艰难，虽有亲戚友人接济，但养家之事他责无旁贷。能有出版收入，可使家人糊口，也尽人子之责。当时翻译家黄源正在翻译高尔基的《在人间》，可当他在鲁迅的案头上看见适夷先生的《在人间》译稿时，便毅然撤下自己在《中学生》杂志上发表了一半的稿件，换上了适夷先生的译稿。那时《译文》杂志被查封，鲁迅先生正为出版为难。而在此之前，黄源与适夷先生并无深交。后来适夷先生一直念念不忘，谈到狱中的日子，总是感慨地说：鲁迅先生待我恩重如山，黄源活我全家！

新中国成立后，国家培养了大批外语人才，已无须转译，适夷先生便专注翻译日本文学作品，他翻译了日本著名作家志贺直哉、井上靖的作品，为中日文化交流做出了贡献。

同时他担任文学出版社负责人，也以鲁迅精神关怀爱护作者。当年羸弱书生朱生豪，在抗战时期不愿为敌伪政权服务，回到浙江老家，贫病交加中发奋翻译《莎士比亚戏剧全集》，呕心沥血，却在即将全部完成时，困顿病殁。适夷先生在新中国成立之初，就出版了他的（当时也是中国第一部）《莎士比亚戏剧全集》，当一笔厚重的稿酬交到朱生豪妻子手中时，她竟感动得号啕大哭。

五十年代，适夷先生邀请当时身在边陲云南的阿拉伯语翻译家纳训来北京，翻译了《一千零一夜》，这部为国内读者打开了阿拉伯世界的名著，至今仍为人们爱读。

六十年代，他邀请上海的丰子恺翻译了世界上第一部长篇小说《源氏物语》；发挥了旧文人周作人、钱稻孙的特长，翻译了当时年轻翻译家们无法承担的日本古典杰作《浮世澡堂》和《近松门左卫门选集》等，丰富了我国的外国文学宝库。

八十年代初，他年事已高，虽然离开了工作岗位，仍然向读者介绍好书。他得知“文革”中含冤弃世的好友傅雷留下大量与海外儿子的通信，便鼓励傅聪、傅敏整理后，亲自向出版社推荐，并写下序言。这本带着先生序言的《傅雷家书》一版再版，长年畅销不衰，尤其在青年人中影响巨大。他说就是要让人们“看看傅雷是怎么教育孩子的!”这样的事情太多了。

改革开放后，各种思潮涌现，八九十年代，社会上流行一股攻击鲁迅的风潮，我不免心怀杞人之忧，就跟适夷先生说了，他却淡然地答道：“这不稀奇，很正常的。鲁迅从发表文章那天起，就受人攻击，一直到他死都骂声不断。这些，他根本不介意。鲁迅的真正的价值，时间越久会越加显著。”

这真是一句名言，一下使我心头豁然开朗了。

在适夷先生这套译文集即将出版之际，再次感谢中国文史出版社付出的极大热情和辛勤劳动。我们相信通过“楼适夷译文集”的出版，读者不但能感受到先贤译者的精神境界，还能欣赏到风格与现今略有不同、蕴藉深厚的语言的魅力。

董学昌

2020 年春

# 一

我来到人间，在城里大街上一家“时式鞋店”里当学徒。①

我的老板是个矮胖子，他的栗色脸是粗糙的，牙齿是青绿色的，湿漉漉的眼睛长满眼屎。我觉得他是个瞎子，为了证实这一点，我就做起鬼脸来。

“不要出怪相。”他低声严厉地说。

这对浑浊的眼睛看得我怪不好受。我不相信这种眼睛会瞧得见，也许他只是猜想我在做鬼脸吧。

“我说了，不要出怪相。”他更低声地，厚嘴唇几乎不动地说。

“别搔手，”他冲着我干巴巴地直叨唠道，“记着，你是在城里大街上头等铺子里做事！当学徒，就得跟雕像一样站在门口……”

我不懂什么叫作雕像，而且也不能不搔手。我的两条胳臂，到臂肘为止全是红斑和脓疮，疥癣虫在里面咬得我难受。

“你在家里干什么？”老板仔细察看我的胳臂，问。

我告诉他时，他摇晃着盖满花白头发的圆脑袋，使人难堪地说：

“捡破烂儿，这比要饭还糟，比偷东西还糟。”

我不无得意地说：

“我也偷过东西呢。”

于是，他把两只跟猫爪子一样的手撑在账桌上，吃惊地眨着瞎子似的眼瞪着我，低声嘶哑地说：

---

① 1879 年秋，十一岁的高尔基在波尔洪诺夫的“时式鞋店”当学徒。

“怎——么，你还偷过东西?”

我把事情的原委告诉了他。

“嗯，那倒是小事。可是你如果在我铺子里偷鞋子，偷钱，我就把你关进牢里，一直关到你长大……”

他讲这句话时，语气很平和，可我却吓坏了，也更讨厌他了。

铺子里除了老板以外，还有亚科夫的儿子，我的表兄萨沙和一个红脸的大伙计，他这个人挺机灵，会纠缠人。萨沙穿着红褐色的常礼服、衬胸、撒腿裤，系着领带。他很傲慢，不把我放在眼里。

外祖父带我去见老板的时候，托萨沙照应我，教我。萨沙神气活现地把眉头一皱，警告说：

“那得叫他听我的话。”

外祖父把手放在我脑袋上，按弯了我的脖子：

“你得听萨沙的话，他年纪比你大，职位也比你高……”

萨沙便瞪出眼珠向我叮嘱：

“你可别忘了外公的话!”

于是，从头一天起，他就趁势摆起老资格来。

“卡希林，别老瞪着眼!”老板这样说他。

“我，我没有，东家。”萨沙低下头应了一声；可是老板还是唠叨不休。

“别老虎着脸，顾客会当你是头山羊的……”

大伙计满脸赔笑，老板难看地撇着嘴，萨沙红着脸躲到柜台后面去了。

我不喜欢这些谈话，里面好些话我听不懂，有时觉得他们好像在讲外国话。

每当女顾客进门的时候，老板便从衣袋里抽出一只手，摸摸髭须，满脸堆起甜蜜的微笑，现出无数的皱纹，可是那对瞎子似的眼睛却没有一点儿变化。大伙计挺起身子，两个胳臂肘贴住腰部，手掌恭敬地摊在空中。萨沙畏怯地眨眼睛，极力想掩盖住凸出的眼珠。我站在铺子门口，悄悄地抓挠着手，留心观察他们做买卖的规矩。

大伙计跪在女顾客前面，奇妙地张开手指量鞋子的尺寸。他两手直哆嗦，小心翼翼地触着女人的脚，好像害怕把脚碰坏了。其实这位女客的脚很肥，像一只倒放的溜肩膀的瓶子。

有一次，一位太太抖动着脚，蜷缩着身子说：

“哎哟，你弄得我好痒啊……”

“这个，是我们的礼貌……”大伙计急忙热心地解释。

他那纠缠女客的样子着实可笑，为了避免笑出声来，我把脸转过去对着玻璃门，可是我总耐不住要瞧瞧他们做买卖的情景，因为大伙计那种动作非常使我觉得可笑，同时又觉得我永远也学不会那么有礼貌地张开手指，那么灵巧地给生人穿鞋子。

老板常常躲进柜台后面的账房里，同时也把萨沙叫进去，留下大伙计独自跟女客周旋。有一次，他摸了摸一位棕色头发的女顾客的脚，然后把自己的拇指、食指和中指捏成一撮，吻了吻。

“哎哟!”女人叫了一声，“你这个调皮鬼!”

他鼓起腮吃力地说：

“啧……啧啧。”

这时候，我忍不住哈哈大笑起来，我怕笑得站不稳，手抓住门把子，门被推开了，脑袋磕到玻璃门上，碰坏了一块玻璃。大伙计冲着我跺脚，老板用戴着大金戒指的手指敲我的脑袋，萨沙要拧我的耳朵。傍晚回家去的路上，萨沙狠狠地说我：

“你这样胡闹，人家会把你撵走的！这有什么可笑的?”

他又解释道，大伙计得到太太们的欢喜，买卖就会兴旺起来。

“太太们为了看看讨人喜欢的伙计，就是不需要鞋子也会特地跑来买一双。可你，就是不明白！叫人家替你操心……”

我感到委屈，谁也没替我操心，尤其是他。

每天早晨，病恹恹、爱发脾气的厨娘，总是比萨沙早一个钟头把我叫起来。我得擦好老板一家人、大伙计和萨沙他们的皮鞋，刷好他们的衣服，烧好茶炊，给所有的炉子准备好木柴，把午饭用的饭盒子洗干净。一到铺子里，便是扫地，撢灰尘，准备茶水，上买主家送货，之后再回老板家取午饭。在这个时候，我那个站铺门口的差事，便由萨沙代替。他认为干这件事有失他的身份，就骂我：

“懒家伙，叫别人替你做事……”

我觉得苦恼，寂寞。我过惯了无拘无束的生活，从早到晚，待在库纳维诺区①的沙土路上，在浑浊的奥卡河边，在旷野和森林中。可是这里没有外祖母，没有小朋友，没有可以谈话的人，而生活又向我展开了它的全部丑恶和虚伪的内幕，使我愤恨。

有时候，女顾客什么也没有买就走了，那时他们三个就觉得受了侮辱。老板把甜蜜的微笑收敛起来，命令萨沙说：

“卡希林，把货物收起来！”

接着就骂人：

“呸！连猪也滚进来啦！蠢婆娘，待在自个儿家里闷得慌啦，到人家铺子里来闲逛。要是我的老婆，我可叫你……”

他的老婆是个黑眼珠，大鼻子，又瘦又干瘪的女人，常常跺着脚骂他，像对待奴仆一样。

常常这样，他们见到熟悉的女顾客便殷勤地鞠着躬，说奉承话，送走她们以后，便不干不净地说起这女人的坏话来。那时候，我真想跑到街上去，追上那个女顾客，把他们背后说的话告诉她。

当然，我知道世上的人，彼此都在背后说坏话，可是这三个家伙谈论人的时候特别令人气愤，好像有谁承认他们是最了不起的人物，委派他们来审判全世界似的。他们总是嫉妒人，从不夸赞任何人，无论对谁，他们都知道一点儿什么短处。

一次，一个年轻女人走进铺子里来，她的双颊绯红，两眼闪闪发光，她披着黑皮领子的天鹅绒大氅，面孔像一朵鲜花露在毛皮领子上。

---

① 当时高尔基外祖父家住在这个区。

她脱去外套，交给萨沙，显得更加漂亮。苗条的身材紧裹在碧灰色的绸衣中，两耳上的钻石亮得耀眼。她使我想起绝代美人瓦西莉萨①，我认定这女人一定是省长夫人。他们毕恭毕敬地招待她，像在火面前一样哈着腰，奉承话满口不绝。三个人像妖魔似的，满铺子跑来跑去，他们的影子映在橱窗玻璃上，仿佛四边的东西都着了火，在渐渐消失，眼看着就要变成另外一种样子，另外一种形状。

她迅速挑选了一双高价的皮鞋，走了。老板咂着嘴发出哨声：

"母——狗……"

"干脆说，是个女戏子！"大伙计轻蔑地说。

于是，他们便你一言我一语地谈论这位太太的好些情人和她的奢华的生活。

午饭后，老板在铺子后边屋子里睡午觉，我打开了他的金表，在机件上滴了一点儿醋。我很痛快，看见他醒了以后拿着表走进铺子来，慌慌张张地说：

"怎么回事？表忽然发汗了！从来没有见过表会发汗！莫不是要出什么祸事？"

尽管铺子和家里的事使我忙得不可开交，但我好像还是陷进一种百无聊赖的烦闷中。因此，我常常想，得干出一件什么事情来，才能让他们把我撵出铺子呢？

满身雪花的行路人，默默地从铺门前走过，使人觉得他们好像是送葬到墓地去，因为耽误了时间，忙着去追赶棺材一样。马慢吞吞地拖着车子，很吃力地越过雪堆。铺子后边教堂的钟楼上，每天钟声凄凉地响着——是大斋期了。钟声一下一下像枕头撞着人的脑袋，不觉得痛，却使人麻木和发聋。

有一天，我正在铺子门前的院子里，清理刚刚送到的货箱。这时教堂里看门的那个歪肩膀的老头儿走到我的跟前。他软得像布片做成的一

---

① 俄国民间故事中聪明坚强的美女。

样，穿着像被狗咬碎了的烂衣服。

“好小子，给我偷一双套鞋好吗？”他对我说。

我没有吭声。他在空箱子上坐下，打着呵欠，在嘴上画十字[1]，又说了一遍：

“你给我偷一双怎么样？”

“不能偷！”我对他说。

“可是有人偷呀，给我老头儿个面子吧！”

他跟我周围的人不同，招人喜欢。我觉得他很相信我愿意替他偷，于是我答应从通风窗里塞给他一双套鞋。

“那好，”他并不显出高兴，平静地说，“不哄人吗？嗯，嗯，我看出来了，你不哄人……”

老头儿默默地坐了一会儿，用长靴底踩着肮脏的泥雪，用土烧的烟斗抽着烟。突然，他吓唬我说：

“要是我哄你呢？我拿了这双套鞋到你的老板那儿，说是花半个卢布从你那儿买来的，那怎么办？这双套鞋值两个多卢布，可是你只卖半卢布！说你去买好吃的了，那你怎么办？”

我发愣地望着他，仿佛他已经照他所说的那样做了。而他却依然望着自己的长靴，吐着青烟，轻轻地继续用鼻音说：

“比方说吧，要是我原来受了你老板的嘱托：‘你替我去探一探那小子，他会不会做贼？’那怎么办？”

“我不给你套鞋。”我生气地说。

“现在你已经不能不给了，因为你已经答应了！”

他抓起我的手，把我拉到他身边，用冰凉的指头敲敲我的脑门，懒洋洋地说：

“你怎么轻易就说‘喂，拿去吧’？！”

“是你要我这样做的。”

---

① 俄国农民认为人打呵欠，邪气会跑进嘴里，所以要画十字避邪。

“我要求的多着呢！我要你去打劫教堂，怎么样，你干吗？难道可以相信别人？唉，你这傻小子……”

说完，他把我推开，站起身来：

“我不要偷来的套鞋，我又不是阔佬，用不着穿套鞋，我只是跟你开个玩笑……你很厚道，到了复活节，我放你到钟楼上去撞撞钟，望望街景……”

“全城我都熟悉。”

“站在钟楼上看，它可漂亮多了……”

他用鞋尖踏着雪地，慢慢地走到教堂拐角后边去了。我望着他的背影，暗暗担忧，忐忑不安地想：那老头儿当真只是开玩笑，还是老板叫他来试探我呢？我不敢走进铺子去。

萨沙闯进院子，大声吆喝道：

“你在搞什么鬼？”

我火了，举起钳子向他一扬。

我知道他跟大伙计常常偷老板的东西，他们把一双皮鞋或者便鞋藏在炉炕的烟囱里，等到离开铺子的时候，便往外套袖子里一塞。我讨厌这种事情，也有点害怕。我还记着老板的吓唬。

“你偷东西吗？”我问萨沙。

“不是我，是大伙计，”他郑重地声明，“我只是帮他的忙，他说：你得帮个忙！我只好听从，要不然，他会给我使坏的。老板他本人也是伙计出身，他什么都明白。可是，你可别乱说！”

他一边说一边照镜子，学着大伙计的派头，不自然地伸开指头整理领带。他在我面前总是摆架子，耍威风，训斥我。当他吩咐我的时候，总伸出一只手做推开的姿势。我个儿比他高，气力比他大，但瘦削，笨拙。他却丰润、柔软、油光满面。他穿起常礼服、撒腿裤，在我看来很有气派、很威风，可是给人一种滑稽可笑的感觉。他很憎恶厨娘，厨娘确实是个怪娘儿们，说不准她是好人还是坏人。

“世上的事情，我顶喜欢打架。”她圆睁着黑亮、炽热的眼睛说。

“无论什么样的打架，我都觉得好，鸡斗、狗咬、汉子们相打，我都觉得好！”

碰到公鸡、鸽子在院里斗架，她就放下手上的活儿，靠在窗口，出神地直望到斗完为止。她每天晚上对我跟萨沙说：

“你们这些小子，闲坐着多没意思，打打架多好呀！”

萨莎生气地说：

“傻婆娘，谁告诉你我是小子?！我是二伙计啦！”

“我可不这么看，在我眼里，没有娶老婆的全是小子！”

“傻婆娘，傻脑袋瓜子……”

“魔鬼倒聪明，可是上帝不喜欢他。”

她的谚语特别使萨沙生气。他就故意刺激她，但她轻蔑地瞟了他一眼说：

“哼，你这个蟑螂，真是老天瞎了眼，错生了你！”

萨沙常常教唆我，要我趁她睡着的时候，往她脸上抹点鞋油或煤烟，或是在她枕头上插一些针，或者用别的方法跟她“开玩笑”，可是我害怕她。她睡得不死，常常醒过来。她一醒就点上灯，坐在床上，直愣愣地望着墙角。有时候，她绕过炉炕走到我身边，把我摇醒，哑着嗓子说：

“列克谢伊卡①，我有点害怕，睡不着，你跟我聊聊吧！”

我迷迷糊糊跟她说了些什么，她默默坐着，摇晃着身体。我感觉从她那热乎乎的身上发出一种白蜡和神香的气息②。我想，这女人快死了，说不定马上会倒在地板上死掉。我心里害怕，就提高了嗓门说话，她拦住我说：

“小声点！要是坏蛋们醒了，他们会把你当作我的情人呢……”

她坐在我身边，总保持着一个姿势：弓着背，两手放在膝头中间，

---

① 高尔基的名字阿列克谢的昵称。

② 东正教在为死者做安魂祭时要点白蜡和神香，此处意指厨娘已不久于人世。

用瘦棱棱的腿骨夹住。她胸脯平坦，就是穿着很厚的麻布衫，也可以看出一条条的肋骨，像干透了的水桶上的箍子。她沉默了好久，又突然低声地说起来：

“我还是死了算啦，活着也只是受罪……”

或者，好像在问谁：

“这可活到头了，嗯，是吗？”

“睡吧！”不等我说完，她就打断我的话，直起腰，灰色的身影，悄悄地在厨房的黑暗中消失了。

“妖婆！”萨沙在背后这样叫她。

我便挑逗他：

“你当着面这么叫她一声！”

“你当我怕她吗？”

但他立刻皱了皱眉头，说道：

“不，我不当面叫，说不定她真是一个妖婆……”

厨娘瞧不起任何人，看见谁都生气，对我也一点儿不客气，每天早晨一到六点钟，就拉我的大腿，叫喊道：

“别贪睡！快去搬柴！烧茶炊，削土豆！……”

萨沙醒了，恨恨地说：

“你嚷什么，吵得人不得好睡，我告诉老板去……”

她那干枯的皮包骨头的身子，急急忙忙地在厨房里跑来跑去，一双睡眠不足的红肿眼睛朝萨沙瞪着：

“哼，老天爷瞎了眼，错生了你！我要是你的后娘，我就扯光你的头发。”

“这该死的家伙。”萨沙骂了一句，并且在去铺子的路上向我小声说：“一定得想法子把她撵走。对啦，在所有的菜里都偷偷放上一大把盐——如果样样菜都咸得要命，她就得滚蛋。要不，就倒上点煤油……你干吗发愣啊？”

“你怎么不干？”

他生气地哼了一声：

“胆小鬼！”

厨娘的死我们都看见了。她弯下腰去端茶炊，突然倒在地上，好像被谁当胸推了一把，就那样默默地侧身栽倒，两条胳臂向前伸着，口里流血。

我们两个当时就明白她死了。可是吓得直发愣，久久地瞧着她，一句话也说不出来。后来，萨沙从厨房里奔出去。我却不知道怎样才好，把身子靠在窗边有光亮的地方。老板走进来，担忧地蹲下，用指头触触她的脸，说：

“真的，死了……怎么回事呀？”

于是，他走到屋角上奇迹创造者尼古拉小圣像面前，画了十字，祷告之后，在前室里命令我：

“卡希林，快去报告警察局！”

来了一个警察，在屋子里绕了一圈，拿了一点儿小费，就走了。不一会儿又回来了，带着一个马车夫，他们一个扛头、一个扛脚把厨娘扛到街上去了。老板娘从前室里探出头来吩咐我：

“把地板擦干净！”

可是老板却说：

“幸好她死在晚上！……”

我不明白：为什么死在晚上好？晚上睡觉的时候，萨沙从来没有那么温和地说：

“别熄灯！”

“你害怕？”

他拿被子蒙住脑袋，躺了好久不作声。夜很静，仿佛正在倾听着什么，等候着什么。我仿佛觉得：钟声马上会响起来，全城的人会乱跑、乱叫，乱作一团似的。

萨沙从被窝里探出鼻子轻声地说：

“到炉炕上一块儿睡好吗？”

“炉炕上太热呀!”

他沉默了一下，又说：

“她怎么一下子就死了？真没想到这妖婆……我睡不着……”

“我也睡不着。”

他开始讲起死人来，说死人怎样从坟墓中出来，在城里溜达到半夜，寻找自己的故居和亲人所在的地方。

“死人只记得城市，”他小声地说，“可是他记不清街道和房子……”

四周愈加静寂，也似乎愈加黑暗了。萨沙扬起脑袋问：

“要瞧瞧我的箱子吗?”

我很早就想瞧他箱子里收藏的是什么东西。平常他用锁锁上，每次开箱子的时候，总是格外小心，要是我想望一下，他就粗暴地问：

“你要干什么？啊?”

我表示同意之后，他坐起来，并不下床，用命令口气叫我把箱子搬到床上，放在他脚跟前。钥匙跟护身的十字架一起拴在一条带子上，挂在他脖子上。他先朝厨房暗角那边望一眼，神气活现地皱着眉头，把锁打开，吹了吹箱子盖，似乎它很热似的，然后打开来，从里面拿出几套衬衣和衬裤。

半只箱子装满了药盒子、各种颜色的包茶叶的商标纸、装皮鞋油的盒子和沙丁鱼罐头盒等等。

“这是什么呀?”

“你马上会瞧见的……”

他两腿夹住箱子，弯腰伏在上面，轻轻地念道：

“愿上帝……”①

我以为里边一定有玩具。我不曾有过玩具，因此表面上虽然装作不稀罕的样子，可是瞧见人家有，还是不能不羡慕。像萨沙这么大的人还

① 《圣灵祈祷文》的起始语。

有玩具，我很高兴，虽然他害臊藏起来，但我很理解这种害臊的心理。

打开第一个盒儿，他从里面拿出一副眼镜框，架在鼻梁上，严厉地瞧着我说：

“没有镜片也没有关系，本来就是这种眼镜。”

“让我也戴一戴！”

“你戴不合适，这是黑眼睛使的，你的眼睛是浅色的。”他解释着，装出老板的模样咳嗽一声，马上就害怕地向厨房扫了一眼。

空鞋油盒里装满各色各样的扣子，他得意地向我说明：

“这些都是从街上捡来的，自己捡的。已经攒了三十七颗了……”

在第三个盒子里，也是从街上捡来的铜大头针、皮鞋后跟上磨损了的铁掌、皮鞋和便鞋上破的和完整的扣子、铜的门把手、手杖上的破骨雕柄、一把姑娘使的梳子、一本叫《圆梦与占卜》[①] 的书，以及很多别的同样价值的东西。

我捡破烂的时候，像这种不值钱的玩意儿，一个月就可以不费力地收集到十倍以上。萨沙的东西使我感到失望、气恼，并且怜悯起他来。可是他却一件一件地仔细欣赏着，爱不释手地抚摩着，又郑重地噘起厚嘴唇，他那凸出的眼睛流露出深情和发愁的神气。他戴的那副眼镜，使这张孩子气的脸成了非常滑稽的样子。

“你收着这些干什么？”

他从眼镜框里向我瞅了一眼，用清脆的童音问道：

“你想要我送你点什么吗？”

“不，我不要……”

显然，由于我的拒绝和不重视他的宝物他有些不高兴了。他沉默了一会儿，然后低声地跟我商量：

“拿条手巾来，我得把所有的东西都擦一擦，全蒙上灰尘啦……”

他把东西抹干净，搁好以后，钻进被窝里，脸对着墙。外边下雨

---

① 俄国18世纪下半叶出版的一种浅陋的读物。

了，雨点从屋顶上淌下来，风不时地打着窗子。

萨沙没回过身子向我说：

“等园子里干一干，我带你去瞧一件东西——准叫你大吃一惊！”

我没作声，准备睡觉。

又过了一会儿，他突然跳起来，两手抓着墙，非常恳切地说：

“我害怕……主啊，我害怕！愿主怜悯！这是怎么回事呀？”

当时，我吓得说不出话来。我仿佛瞧见厨娘正倚在对着院子的窗口，低着头，额角贴在玻璃上，背朝着我站在那儿，活像她生前瞧鸡打架的模样。

萨沙放声大哭，手抓挠着墙，两腿乱蹬。我像踩着火堆似的，连头也不回一下，吃力地穿过厨房，在他的身边躺下。

我们哭着，哭着，哭累了才睡着。

几天以后，是一个什么节日。上午做了半天买卖，回到家里吃过午饭，饭后，老板家里人睡午觉的时候，萨沙神秘地对我说：

“咱们走吧！”

我猜到，我马上会瞧见那件使我大吃一惊的东西了。

我们到了园子里。在两座房子中间一片很窄的空地上，有十五六棵老椴树，结实的树干上长满厚厚的青苔，黑色的赤裸的枝条呆呆地伸展着。这些枝条上连一个老鸦窝也没有，树干简直像墓碑一样。除了这些椴树，园子里既没有灌木，也没有草丛。人行小道被人踩得很坚硬，而且黑得像生铁。露出隔年腐叶下的地面，也跟漂在积水中的浮萍一样，长满了霉污。

萨沙拐了个弯儿，向邻街的木栅栏走过去，在一棵椴树下站住了。他眨眨眼瞅一下邻家的模糊的窗户，便蹲下去，两手拨开一堆落叶——露出一棵大树根，旁边有两块砖，深深陷在土里。他把砖掀开，下边是屋顶上使的烂洋铁皮，再往下边是一块方板。于是，最后出现在我眼前的，是沿树根子穿下去的一个大窟窿。

萨沙划了一根火柴，点着蜡头，探进窟窿里去，然后对我说：

“你瞧吧！可别害怕……”

他自己显然有点害怕了，手里的蜡直哆嗦，脸色发青，嘴唇撇得很难看，眼睛湿汪汪的；另一只空着的手，慢慢背到身子后面去。我也害怕了。我小心翼翼地向树根下面的洞底望去。树根成了这个洞的屋顶——萨沙在洞底里点上三支蜡，满洞发出蓝色的光。洞身相当大，有一只提桶那么深，可是比提桶还要大些。旁边嵌满小片的彩色玻璃和茶具的碎瓷片，中间微微隆起的地方，盖上一片红布，底下搁着一口用锡纸糊成的小棺材，半面盖着一块小布片，跟棺材罩一样，布片边沿底下翘起小雀儿的灰色爪子和长着尖喙的嘴。棺材后边搁一张灵台，台上搁着一个铜的护身十字架。三支长长的蜡点在灵台的周围，蜡台上贴着包糖果的黄的和白的锡纸。

蜡头的火苗偏向洞口，洞里朦胧地闪烁着各色火花和斑点。蜡的气味、霉腐气、泥土气，热烘烘地熏着我的脸。细碎的虹片弄得我眼花缭乱。我瞧着这一切，引起难受的惊奇，并且把我的恐怖心理打消了。

“好吗？”萨沙问。

“这是干什么的？”

“小礼拜堂，”他解释道，“像不像？”

“不知道。”

“那小雀儿像是死人，也许它会变成不朽的金身，因为它是无辜丧生的……”

“原来就是死的吗？”

“不，它飞进货房里，我用帽子扑死的。”

“干吗要扑死它？”

“不干吗……”

他瞅瞅我，又问：

“好玩吗？”

“不怎么样！”

于是他马上对着洞口弯下身子，很快地盖上木板和铁皮，将砖嵌进土里。然后，站起身，拍去膝头上的泥，严厉地问：

“你为什么不喜欢？”

“我可怜那小雀儿。”

他那像瞎子一样的眼珠子一动不动地瞧了我一眼，他在我的胸口推了一把，大声骂道：

“浑蛋！你心里嫉妒，才说不喜欢。你以为在缆索街你家园子里，比这个做得更好吗？”

我想起家里的凉亭，便坚决地回答：

“当然比这个好！”

萨沙脱去上衣，往地上一扔，卷起袖子，向手心啐了一口唾沫，提议道：

“那么，我们打一架！”

我不想打架，沉重的烦闷压得我透不过气，瞧着表哥这副气恼的脸，我很不舒服。

他扑过来，一头撞在我的胸口上，把我撞倒，骑在我的身上吆喝道：

“要活还是要死？”

可是我气力比他大，又非常生气，不一会儿，他就脸朝地趴着，两手抱着脑袋，发出嘶哑的声音不动了。我慌了，想把他抱起来，可是他手脚乱抓乱蹬，我更害怕了，走到一边，不知怎样才好。他却抬起脑袋来说：

“怎么，打赢了吗？我就这么躺着，让老板家里的人瞧见，我要告你一状，他们会把你撵走的！”

他骂着，吓唬着。他的话把我激怒了，我索性跑到窟窿那边，揭开砖头，把那装小雀儿的棺材扔到木栅栏外面去了，又把洞里的东西一股脑儿搬出来，用脚将洞踩平。

“瞧见了吗？”

萨沙对我的捣乱很奇怪：他坐在地上，嘴微微张开，蹙紧了眉头，一声不响地望着我。等我干完了，他慢吞吞地站起来，拍拍身上的尘土，把上衣往肩头一撩，很沉着而又很恶毒地说：

“你等着瞧吧，用不了多久！要知道，这都是我给你故意做好的，这是魔法！哼！……”

我好像被他的话伤害了，我蹲下身子，全身发冷，他却头也不回地一直走了。他的镇定更把我压倒了。

我决定明天就溜走，离开这个城市，离开老板的家，摆脱萨沙跟他的魔法，摆脱这种无聊的愚蠢的生活。

第二天早晨，新来的厨娘把我叫醒。

“啊哟，你的脸，怎么啦？……”她叫唤起来。

“魔法来啦！”我心里懊丧地想着。

可是厨娘捧着肚子大笑，把我也引笑了，拿她的镜子一照，我的脸上涂了一层厚厚的煤烟。

“是萨沙干的吧？”

“难道是我？”厨娘可笑地叫道。

我动手擦皮鞋，手一伸进鞋子里，就被大头针扎了手指。

“这又是他的魔法啊！”

每只鞋子里都安放着针和大头针，安放得很巧，都刺进了我的手掌。于是我拿勺子舀了一勺凉水，走到那个还没有醒来，或者正在装睡的魔法师身边，十分解恨地泼了他一脑袋。

可是我心里仍旧不痛快，那口装着麻雀的棺材，蜷曲的爪子，可怜地向上伸出的蜡一样的尖喙，以及周围那些似乎要发射虹彩而又发射不出的五色火花不时地在我的眼前闪烁。棺材渐渐大起来，麻雀爪子大起来，向上翘起，颤动着。

我决定当天晚上逃跑，可是午饭前在煤油炉上烧汤的时候，因为想出了神，汤沸起来，正要把炉子弄灭，汤锅翻在手上，这样一来，我被送进了医院。①

① 此事发生在1880年春，大斋节期间。

直到现在，我还记着在医院里的痛苦的噩梦：一些穿尸衣的灰色和白色的影子，在摇晃不定的黄沉沉的空隙处盲目地蠕动着，低语着。一个高大汉子，眉毛长得跟口髯一样，又粗又长，拄着拐棍，摇动着一蓬大黑胡子，咆哮一样地吆喝道：

“我要向大主教告发！”

所有的病床都使我想到棺材，鼻子朝天睡着的病人像那只死麻雀。黄色的墙摇晃着，天花板跟风帆一般鼓起来，地板起着波浪。排列成行的病床，一会儿靠在一起，一会儿又离开，一切都是没有着落，可怕极了。向窗外望去，树枝跟马鞭子一样伸着，不知谁在摇动它们。

门口，一个棕红色头发的瘦小的死人，用短短的两手扯着自己的尸衣跳舞，并且发出尖叫：

“我不要疯子呀！”

拄着拐棍的大黑胡子冲着他吆喝道：

“我要向——大——主——教——告发！……”

我早从外祖父、外祖母和别的人那里听说过：医院常常把人折磨死——我想我这条命算完了。一个女人走到我身边，她戴着眼镜，身上穿的也是尸衣，在我床头边一块黑板上写了一些什么，粉笔断了，粉笔末落在我的脑袋上。

“你叫什么？”她问。

“不叫什么。”

“可是你总有个名字吧？”

“没有。”

“别胡闹，会挨打的！”

她不说，我也相信我一定会挨打，我索性不回答她。她跟猫似的用鼻子嗯了一声，又跟猫似的不声不响地走了。

点着两盏灯，黄色的火苗像谁的一对失神的眼睛，挂在天花板底下，挂着挂着，又眨呀眨的，像是要靠在一起，照得人的眼睛发花，心里烦躁。

屋角上不知谁在说话：

“来打牌吧？”

“我没有手怎么打呀？”

“啊，你的一只手给锯掉了。”

我立刻想到：这个人因为打牌，就被锯掉了手，他们在把我弄死之前，会怎样折磨我呢？

我的两只手痛得跟火烧一样，好像有谁在抽我手上的骨头。我又害怕，又痛，我轻轻地哭起来。我把眼睛闭住，不让人家看见眼泪，但泪水从眼角里渗出来，流过太阳穴，滴在耳朵里。

夜来了，所有的人都躺到床上，蒙在灰毯子里，一分钟一分钟地静寂下来。只听到角落里有人在嘟哝着说：

“不会有什么结果，男的是废物，女的也是废物……”

我想给外祖母写信，请她赶快来，趁我还没有死，把我从医院偷出去。可是我没有纸，两只手又不能动，不能写信。我试一试，能不能从这里溜出去呢？

夜越加寂静了，仿佛永远不会再天亮。我把两条腿悄悄放到地板上，已经走到门口了，门半开着。在走廊里，灯光下一张有靠背的长木椅上，现出一个灰白色的刺猬似的脑袋，喷着烟，它的黑森森的凹陷的眼睛望着我，我来不及躲闪了。

“谁在溜达，到这边来！”

嗓音很轻，毫不骇人。我便走过去，瞧见了一张满腮胡子的圆脸——满头的毛发长一些，乱蓬蓬地直竖着，发出银色的光亮。他的腰带上挂着一串钥匙。要是他的胡子跟头发再长一点儿，那就跟使徒彼得[①]完全一模一样了。

“这是烫坏了手的吗？你干吗半夜里起来溜达，这合哪条规定呀？”

他把烟喷到我的胸脯和脸上，用一只热乎乎的手搂住我的脖子，拉

① 耶稣的门徒之一。

我到他的身边。

“害怕吗？”

“害怕！”

“到这儿来的人，开头都害怕。可是没有什么可害怕的，特别是同我在一起——我不让谁受委屈……你想吸烟吗？噢，不吸。你还年轻。再过两三年……你的爸爸妈妈呢？没有爸妈啦！嗯，没有也不要紧，没有爸妈的孩子也可以活下去。可是你别胆怯！明白吗？”

我好久没有遇见用这样随便、亲切、明白的字句向我说话的人了。听了这些话，我感到说不出的高兴。

他把我送回床上时，我请求他：

“跟我坐一会儿吧！”

“行。”他答应了。

“你是干什么的？”

“我？当兵的，一个地地道道的兵，高加索兵，我打过仗，可是——不打行吗？兵就是打仗的。我打过匈牙利人，打过契尔克斯人，打过波兰人①——跟很多人打过仗！老弟，打仗是无法无天的行为呀。”

我合了一会儿眼，再睁开来的时候，刚才那兵坐过的地方，坐着穿黑衣的外祖母，兵站在她的身边说：

“啊哟，全死了吗？”

太阳照进病房里，把屋子里的一切都染上金色，一会儿隐去，一会儿又明晃晃地照着一切，好像孩子在闹着玩儿。

外祖母向我躬着身问：

“怎么啦，心肝儿？伤得重吗？我跟他，那个棕胡子的魔鬼讲过了……”

“我马上去办手续。”那个兵说着，走开了。外祖母抹着眼泪继续说：

---

① 分别指沙皇政府对高加索的征战（19世纪20至50年代）、对匈牙利1849年革命和波兰1863年起义的镇压。

“这个兵原来是我们巴拉罕纳城的人……”

我始终觉得我在做梦，我不出声。医生来了，换了伤口上的纱布。我跟外祖母坐着马车在街上走，她说：

“咱们家的老爷子简直疯啦，吝啬得叫人恶心！最近，他的一个新朋友，毛皮匠‘马鞭子’把他夹在一本赞美诗里的一百卢布钞票偷走了。出了这么一档子事儿，唉！”

太阳明亮地照着，云块像天鹅似的在天空飞翔，我们沿着伏尔加河冰上铺的垫板向前走去，冰咔嚓咔嚓地响着往上鼓起来，河水在狭窄的板下哗啦哗啦响着。市场中大教堂的红屋顶上，几个金十字架闪烁着光辉。遇见一个宽脸的妇人，手里抱着满满一大把柔软的柳枝——春天来了，复活节快到了。

我的心跟云雀似的颤动起来：

“外婆，我真喜欢你！”

我的话并没有使她惊奇，她平静地对我说：

“因为是亲人呀。不是我自己夸口，连外人也都喜欢我呢，感谢圣母！”

她微笑着，又说：

“圣母喜欢的日子快要到了，她的儿子复活了，可是，瓦留莎[1]，我的女儿呢……”

说完，她沉默起来……

## 二

外祖父在院子里碰上了我——他正跪在地上用斧子砍木楔子。他扬

① 瓦留莎是高尔基的母亲瓦尔瓦拉的小名。

起斧子装作要向我脑袋砍过来的样子，然后，摘掉帽子，讽刺地说：

“您好呀，大老爷，退休啦？嗯，往后可以享清福啦，啊，是呀！嗳，你呀……”

“得啦，得啦。”外祖母急忙说，挥手赶开他。随后，走进屋子里，一面烧茶炊，一面说：

“你外公现在完全变成穷光蛋了。他那点钱全都交给教子尼古拉去放利息，大概连字据也没向他要，不知道他们怎么弄的，可是钱没有了，变成穷光蛋了。这都因为我们不帮助穷人，不对可怜的人行善。上帝一定在想：我为什么把好运给卡希林家呢？他这样一想，就把什么都收回去了……”

她向四周扫了一眼，告诉我说：

“我还是想求上帝发发慈悲，别太难为老爷子——现在我常常把自己挣来的钱，半夜里悄悄拿去布施人家，你要是愿意，今天我们就去——钱，我有……”

外祖父眯缝着眼走进来，问道：

“你们吃什么呢？”

“没吃你的，”外祖母说，“你要吃，就坐下来和我们一块儿吃，够你的。”①

他在桌边坐下，小声说：

“给我倒杯茶……”

屋子里一切照旧，只有母亲生前待的地方凄凉地空着。此外，外祖父床边的墙上贴了一张纸，用粗大的印刷字体写着：

唯一的活救主耶稣，愿您神圣的名字，每天每时与我同在！

① 当时，高尔基的外祖父和外祖母分开生活。

“这是谁写的?”

外祖父没有作声，过了一会儿，外祖母微笑着说：

“这张纸值一百卢布呢!”

“不关你的事!”外祖父大声说，“我要把一切东西都送给外人!”

“你要送也没有东西送了，有东西的时候你可没送过。”外祖母安静地说。

“住嘴!”外祖父呵斥道。

屋子里一切井井有条，都是老样子。

睡在屋角大箱盖上那只装内衣的篮子里的科利亚①醒过来了，他向我望了一眼，眼睑下露出隐约可见的青筋。他比以前憔悴、衰弱、消瘦得多了。他没有认出我，一声不响地翻了一个身，又合上了眼睛。

街上有许多不好的消息在等候着我：维亚希尔②死了，他是在受难周“被风车轧死”的；哈比③到城里找事情做去了；雅兹④丧失了两腿，不能游玩了。黑眼睛科斯特罗马⑤告诉我这些消息时，气愤地说：

“孩子们死得太快了!”

“死的不是只有维亚希尔一个吗?”

“反正都一样，在街上见不到的人，都跟死了的一样。刚刚交上朋友，刚弄熟，不是出去做事，就是死了。你们院子里切斯诺科夫那边，新搬来了一家姓叶夫谢延科的，有一个孩子叫纽什卡，还不错，怪机灵的。他有两个姐妹，一个还小，另一个是瘸子，拄着一条拐棍走路，是个漂亮姑娘。”

他略微想了一下，补充道：

“兄弟，丘尔卡⑥跟我都爱上了这个姑娘，我们老闹别扭!”

“同那位姑娘吗?”

“跟她闹什么?是我们自己闹别扭，同那姑娘可很少闹!”

---

① 高尔基同母异父的弟弟。

②③④⑤⑥ 均为高尔基童年时代的小伙伴。

当然，我知道那些大小伙子，甚至成年人也谈恋爱，同时我知道谈恋爱的粗俗含义。我便不高兴起来，觉得科斯特罗马真可怜，瞧着他那笨拙的身子和气冲冲的黑眼睛心里就别扭。

这天傍晚我见到了瘸子姑娘。她从台阶口走到院子里来，失手把拐棍掉了，两只洁净的手，攀着栏杆档子，在石阶上茫然无措地站着，那么瘦小纤弱。我想把拐棍捡起来给她，可是手上捆着绷带动作不便，费了好大一会儿工夫都没办到；她站在比我高的地方，小声地笑着问：

“你的手怎么啦?”

“烫坏的。”

“啊，我是瘸子。你是这院子里的吗？在医院里住了很久吗？我可在那里住过好久呢!”

她叹一口气补充说：

“真是好久呀!”

她穿一件白底天蓝色马蹄花纹的衣服，虽然旧些，可是很整洁。头发梳得很光，编成又粗又短的发辫，垂到胸前。大而严肃的眼睛里，静静地燃着蔚蓝的光，照亮了尖鼻子的瘦小的脸。她愉快地微笑着。可是我不喜欢她。她的整个病弱的身体好像在说：

“请不要碰着我!”

朋友们干吗要爱她呢?

“我已经病了好久啦，”她夸耀似的得意地说，“是被一个女邻居施了魔法。她跟我妈吵嘴，记了仇，就对我施了魔法……医院里可怕吗?”

“嗯……”

我跟她在一起觉得别扭，就回到了屋子里。

半夜里，外祖母爱抚地叫醒了我。

“我们去好吗？替别人尽些力，手可以好得快一点儿……”

她拉着我的手，像牵瞎子似的在黑暗中走着。夜，黑暗而潮湿，风不息地呼啸着，像河中的急流。冰冷的沙石触着脚。外祖母小心地走近贫民小屋的黑暗的窗口，画三次十字，在每个窗口放上一个五戈比的铜币和三个面包圈，抬头望一下没有星星的天空，再画一次十字，并且低低地说：

“至高无上的圣母，救救万民吧，在您的面前，我们都是罪人呀，亲爱的圣母！”

我们离开人家越远，四边越显得死寂。夜晚的天空暗得深沉无底，好像永远吞没了月亮和星星。不知从哪儿跳出一条狗来，对着我们吠叫，它的眼睛在黑暗中发光，我害怕地靠紧了外祖母。

“不怕，”她说，“不过是一条狗。这时候，鬼已经躲起来了，鸡不是已经叫过了嘛！”

她把狗叫过来，抚摩着它，嘱咐道：

“小狗儿，你可不能吓着我的孙儿啊！”

狗挨着我的腿蹭了蹭，我们三个一齐往前走。外祖母十二次走到人家的窗口，放下“秘密的布施”。天亮起来了，幽暗中透露出灰白的房子。纳波尔教堂砂糖般白净的钟楼矗立着。公墓的砖墙残缺不全，像破席子一样。

“老婆子累啦，”外祖母说，“该回家啦，明天女人们醒来，一瞧，圣母娘娘给她们的孩子备下了一点儿吃食。当人们什么都没有的时候，很少的一点儿东西也是有用的！啊哟，阿廖沙①，大家都过着穷日子，可是谁也不关心他们呀！

有钱人不想上帝，
也不管最后审判，
不把穷人当朋友和兄弟。
他一心地搜刮黄金——
这黄金呀，正是地狱的柴薪！

---

① 高尔基的小名。

这话不错呀！人跟人要互相友好，上帝对谁都是一视同仁的！我很高兴，你又跟我在一起了……”

我也暗暗地喜欢，模糊地感到自己跟永远不能忘却的东西结合在一起了。在我的身边，那条狐狸脸的棕毛狗，带着善良的负疚的眼色哆嗦着。

“它要跟咱们一块儿过活吗？”

“那又有什么关系呢？它要是愿意就由它，我拿面包圈喂它，我这儿还剩下两个呢。咱们在长凳子上坐一坐，我好像有点儿累了……”

我们坐在人家门口的长凳上，狗趴在我们脚边啃着干面包圈，外祖母又说了：

“这儿住着一个犹太女人，她家里有九个孩子，一个比一个小。我问她：‘莫谢芙娜，你怎样过活呢？’她就说：‘我靠老天爷保佑，还能有别的什么盼头呢？’”

我靠着外祖母暖和的身体，睡着了。

生活重又飞快地紧凑地过去了，感想像一条宽阔的河流，每天给我的心灵带来新的东西。它有时使我神往，有时使我发愁，有时使我憋气，有时使我深思。

不久，我也想尽一切方法，巴望多有机会碰见那个瘸子姑娘，跟她说话，或是一声不响地跟她一起坐在门口的长凳上，——只要跟她一起，就是不作声也是愉快的。她跟柳莺一样清丽，又会讲顿河哥萨克的生活，讲得很动人。她叔叔在那边油厂里当机师，她在他家里待过很久，后来，她当钳工的爸爸搬到尼日尼来了。

“我还有个二叔，在皇帝跟前当差。”

晚上和放假的日子，居民都到“外边”去了。青年人跟姑娘们到公墓地去跳环舞，大人们上酒馆，留在街上的只有女人和孩子。女人们在门口，有的直接坐在沙土地上，有的占住了长凳子，大声地嚷嚷着，争吵着，说别人的闲话。孩子们打棒球，玩打木棒[1]，玩“槌球”。母亲们瞧着他们玩儿，夸奖那些玩得好的，嘲笑那些输的。喧闹声几乎把耳朵都震聋了，这种快乐叫人难忘。因为“大人”们在旁边热心看着，我们这些小孩子就分外起劲，用特别饱满的精神和火一样的决胜心对待所有的游戏。可是无论玩得多起劲，科斯特罗马、丘尔卡跟我三个人中，总还是有一个人跑到瘸子姑娘面前去夸功。

“瞅见没有，柳德米拉？我一下子把五个圆柱全打出去啦！”

她温柔地微笑着，连连点头。

早先不管玩什么，我们三个总是在一起，可是现在我看出来，丘尔卡跟科斯特罗马老是变成敌对方，比赛灵巧和力气，常常闹得啼哭打架。有一次，两个人打得不可开交，结果闹得大人们出来干涉，像对付狗打架一样，用冷水泼他们。

柳德米拉坐在长凳子上，用那只没有毛病的脚在地上跺着，打架的滚到她的跟前，她用拐棍把他们撵开，害怕地嚷道：

“别打啦！”

她的脸色发青，眼睛失去光彩，像疯女人似的转动着。

又一次，科斯特罗马跟丘尔卡玩打棒子，输得很惨，躲在杂货店的燕麦柜后边，蹲着身子偷偷地哭了。他咬着牙齿，颧骨凸出的瘦削的脸绷得紧紧的，黑褐色的暗淡的眼睛里滚出大颗大颗的泪珠，那样子简直可怕。我跑过去安慰他，他哽咽着，低声地说：

“等着吧……我会用砖头砸破他的脑壳的……瞧着吧！”

丘尔卡骄傲起来，歪戴着帽子，两手插在衣袋里，像到了结婚年龄的小伙子一样，在街心溜溜达达。他学会了无赖腔调，从牙缝里滋口水，还向人说：

“我快学会抽烟了，试过两次，可是恶心得很。”

这都使我感到不快，我眼看着一个朋友要失去了，而且认为好像这

---

① 一种用木棒把木圆柱打出圈外的游戏。

是柳德米拉的不是。

有一天傍晚，我在院子里把拾来的骨头、破布和各种废物分开来，柳德米拉摇摆着身子，挥舞着右手走来。

“你好，”她说着点了三次头，“科斯特罗马是跟你一起的吗?”

“是。”

“丘尔卡呢?”

“丘尔卡不跟我们好，这都怪你，他们俩都爱上了你，所以才打架……”

她的脸红了，但却讥笑地回答说：

“这真是岂有此理！怎么能怪我呢?”

“你干吗叫他们爱你?”

“我没叫他们爱我呀!”她气冲冲地说着走开了，又说：“这真是无聊！我比他们都大，我十四岁，对年长的姑娘不能谈爱呀……”

“你懂得什么!”我想气气她，提高嗓子说，“那个女掌柜，‘马鞭子’的妹子，完全是老太婆了，还跟小伙子胡闹呢!”

柳德米拉回过头来朝着我，把拐棍深深地戳进了院子的沙土里：

“你才什么都不懂呢，”她急急忙忙地，嗓子里含着泪水，可爱的眼睛发出娇艳的光，说道，“女掌柜原来就不规矩，难道我也是那种人吗？我还小，不许别人碰我一下，撩我一把什么的……你还是去念念《堪察加女人》[1] 那本小说吧，去念念第二部再来开口吧!”

她呜咽着走了，我有些同情她。在她的话里有一种我所不知道的真理。我的朋友为什么要撩拨她呢？他们还说是爱上了她……

第二天我买了两戈比麦糖，打算在她面前弥补我的过错，我知道这是她喜欢吃的。

“你要吗?”

她装作生气地说：

---

① 伊·卡拉什尼科夫的长篇感伤主义小说，共四部，1833年在彼得堡出版。

“去吧，我不跟你好！”

但马上把糖接过去，责备我：

“也不用纸包一下——手那么脏。”

“我洗过，只是洗不干净。”

她用又干又暖的手，拿起我的手看了看说：

“怎么弄成了这个样子……”

“你的手指也扎坏了……”

“这是针扎的，我常做针线活儿……”

过了几分钟，她向四周望了一下，对我说：

“喂，找个地方躲起来念《堪察加女人》，好吗？”

我们找了好久，哪儿都不合适。后来决定到洗澡房的更衣间去，那儿虽然很阴暗，但可以坐在窗子边。窗子正对一个肮脏的拐角，两旁是板棚和邻家的屠宰场，很少有人向那里张望。

她斜坐在窗口前，把一条瘸腿搁在长凳子上，一条好腿踩在地上，又皱又破的书本挡着她的面孔，她用感人的声调，念着一连串难解的枯燥无味的句子。可是我很激动，坐在地板上，瞅着她那对严肃的眼睛，像两个碧色的火光，在书页上顺次地移动着。有时小姑娘的眼睛里含着泪水，嗓子带着颤音，把难懂的句子中的生疏的字眼很快地念下去。我试着抓住这些字句，把它们改成诗歌，将句子上下搬动，这就完全妨碍我去了解书中的故事，不知讲些什么了。

狗在我的膝头上打瞌睡，我给它取了一个名字，叫“快风”，因为它有毛茸茸的细长的身子，跑起路来很快，吠叫的时候像烟囱里的秋风一样。

“你在听吗？”女孩子问。

我默默地点了点头。杂乱的句子使我越加兴奋，也越加着急地想把它们用另外的样子排列起来，改成像歌曲一样的句子。歌曲中的字句每一个都是活的，像天上的星一样发光。

天黑的时候，柳德米拉放下那只拿书的已经发白的手，问我：

“你看，挺不错吧……”

从这天傍晚起，我们常常躲在洗澡房的更衣间里。不久柳德米拉不再念《堪察加女人》了，这使我很高兴。因为她要问我这部无穷无尽的书里面说的是什么，我却回答不上来。这书真是无穷无尽，因为在我们开始读的第二部之后，就出现了第三部，据她说，还有第四部。

特别使我们高兴的是阴雨天，当然，不是星期六烧水洗澡的阴雨天。

外面下着雨，没有人出来，也没有人来张望我们这个阴暗的角落。柳德米拉很害怕“被人碰见”。

“你可知道，那时人家会怎样想呢？”她低声地问。

我知道，我也担心“被人碰见”。我们坐上整整几个钟头，讲着什么。有时我讲外祖母讲过的故事，有时候柳德米拉讲熊河①哥萨克的生活。

“噢，那地方多么好呀！”她感叹说，“这儿——算什么呢？这儿是叫花子窝……”

我决心等自己长大了，一定到熊河去瞧瞧。

不久，我们不再去洗澡房的更衣间了。柳德米拉的母亲在一个毛皮匠那儿找到了工作，一清早就出门，她妹妹上学校，兄弟去瓷砖厂。下雨天我就上她家里去，帮助她做饭、打扫屋子和厨房，她笑着说：

“咱们好像一对夫妻，就是没睡在一起。而且比人家夫妻还过得和美——人家男人还不肯帮妻子干活呢……”

我有钱时，就买了糖果来一起喝茶。为了不让爱唠叨的柳德米拉的妈妈知道，就把烧过的茶炊搁在凉水里浸冷。有时候外祖母也到这儿来，她坐着编花边或刺绣，讲好听的故事。外祖父进城的时候，柳德米拉就到我们家里来，大家放心大胆地大吃一顿。

外祖母说：

---

① 顿河左岸的一条支流。

“啊呀，我们过得多美，自己挣钱，要什么有什么！”

她赞许我们的友谊：

“男孩子跟女孩子要好是好事！只是不能胡闹……”

她又用简单明白的话告诉我们，什么叫作“胡闹”。她说得很美很动人，使我深刻懂得，花没有开放是不可以摘的，要不就没有香味，也不会结果了。

我们并不想“胡闹”，但也并没因此妨碍我跟柳德米拉讲人们都不讲的事情。当然有必要的时候我们才讲。因为我们看到的粗野的两性关系太多太不顺眼了，简直叫我们难受！

柳德米拉的父亲是一个四十岁左右的美男子，长着一头鬈发，蓄着小胡子，尤其是他那两道浓眉，动起来显得特别神气。他沉默得出奇，我不记得他说过一句话，当他逗弄孩子的时候，他跟哑巴一样地咿嗯，甚至打老婆的时候，他也不说话。

傍晚或是假日，他穿上天蓝色衬衫、绒布裤子、擦得油光锃亮的长筒皮靴，拿着大手风琴，把手风琴的挂带扣在肩上，走到大门口，跟“步哨”一样站着。立刻，大门前就开始“出把戏”。姑娘媳妇们像一群鸭子似的一个接一个走过来，看着叶夫谢延科。有的斜着眼偷偷地瞟他，有的使着贪心的眼色公开地瞧他。而他站在那儿，凸出下嘴唇，睁着黑眼睛，用一种挑选的眼光盯着所有的女人。在这种四眼相交的无言的交谈中，在一到男子面前就好像融化了一般的女人的轻佻举动中，有一种令人作呕的兽性。好像每个女人，只要男子向她命令式地眨一眨眼，她就会驯服地，像死人一样躺倒在肮脏的街道上。

“公羊出来了，不要脸的家伙！”柳德米拉的妈妈骂着。她是个高个子的瘦削女人，脸很长，脏乎乎的，自从害过伤寒病，头发剪短了，像一把使旧了的扫帚。

柳德米拉跟她坐在一起，为了把母亲的注意力从街上引开，她老是问这问那，但这都枉费心机。

“烦死啦，讨厌的东西，倒霉的丑丫头！”母亲不安地眨巴着眼，嘟哝着，忽然，她那对蒙古人式的小眼睛闪出奇怪的光，而且不动了，碰见了什么，紧紧地盯住不放。

“妈，不要生气呀，生气又有什么用呢，”柳德米拉说，“你看席铺的老板娘打扮得多漂亮呀!”

“我要是没有你们三个，扮得还要漂亮。都叫你们给啃光了，嚼光了。”母亲几乎流出泪来，很凶地回答着，眼睛盯住席铺那个身材肥大的寡妇。

那女人像一座小房子，胸脯突出来像门廊，绿头巾下边露出方方的红脸，仿佛是玻璃上反映着阳光的天窗。

叶夫谢延科把手风琴扣在胸口，拉奏着，奏出各种曲子。那迷人的琴声传得很远。孩子们从各条街上聚拢来，在演奏者的脚跟前，躺在沙土地上出神地静静地听着。

“等着吧，会有人把你的脑瓜拧下来的。”叶夫谢延科的妻子恐吓自己的男人。

他没有说话，向她斜瞟着。

席铺的寡妇在相去不远的“马鞭子”铺子门前的长凳子上一屁股坐下，把脑瓜侧向肩头，倾听着，红着脸。

墓地后边旷野的上空，映着通红的晚霞。街道像一条河，晃动着打扮得很鲜艳的高大身影。孩子们夹杂在中间，像风似的旋来旋去。温暖的空气使人沉醉，从白天晒暖的沙土上，蒸腾着刺鼻的气味，特别是屠宰场的发甜的油腻味——血腥臭。从毛皮匠们的那些院子里，又吹来一股又臭又咸的皮革味儿。女人们的谈话声，男人们的醉呓，孩子们的尖叫，手风琴的低唱——这一切融合成一种深沉的喧闹，不断地创造万物的大地发出沉重的叹息。一切都是粗野的、露骨的，使人们对于这种肮脏无耻的动物似的生活产生强烈、坚定的信心。这种生活在夸耀自己的力量，同时也苦闷而又紧张地找寻发泄力量的地方。

时时有一种非常可怕的话声从喧闹中传出来，刺进人们的心窝里，永远牢牢地铭刻在记忆中。

“不能大家同时打一个人——要挨着个儿来……”

“要是自己都不爱惜自己，谁还来爱惜我们呢……”

“也许上帝生出女人来，就是逗人笑的吧？……”

夜逼近了，空气比较清新，喧声渐渐静下来，木房被包围在黑影中，膨胀着大起来。孩子们被拉回到各自的屋子里去睡觉，有的就躺在栅墙前或是母亲的脚边和腿上睡着了。他们一到晚上就变得比较老实、温顺。叶夫谢延科不知在什么时候不见了，好像融化了一样。席铺的女人也没有了。低沉的手风琴在远处——墓地附近鸣响。柳德米拉的妈妈像猫一样弓起脊梁，坐在长凳子上。我的外祖母到隔壁一个常常给人家拉皮条的接生婆家里喝茶去了。那是一个高大的瘦子，长着鸭嘴一样的鼻子，在她男子似的平坦的胸口上，挂着“救生奖”① 的金牌。街上人说她是巫婆，大家都害怕她。据说有一次失火的时候，她从火中救出了一位什么上校的三个孩子和他的害病的妻子。

外祖母跟她相处得很好，两个人在路上碰见，远远地就笑着招呼，好像特别高兴似的。

科斯特罗马、柳德米拉和我坐在门边长凳上，丘尔卡把柳德米拉的兄弟拉去比武。他们俩扭在一起，扬起了地上的沙土。

“住手呀!”柳德米拉害怕地央求着。

科斯特罗马转动黑眼珠斜瞟着她，讲猎人卡里宁的故事：那是一个目光狡猾的白发老头，全村都认识他，是出名的坏蛋。他在不久前死了，人家没把他葬在墓地的沙土里，只把他的棺材搁在离别的坟墓不远的地面上。棺材是黑色的，架腿很高，棺盖上用白漆画着一个十字架、一支矛、一根手杖和两根骨头。

每晚上天一黑，老头儿就从棺材里爬出来在墓地上溜达，寻找什么，一直到第一次鸡啼。

“不要讲吓人的话!”柳德米拉请求说。

---

① 授予在火灾中抢救居民者的一种金质奖章。

“放开！”丘尔卡甩开柳德米拉兄弟的手，对着科斯特罗马嘲笑地说：“你胡说些什么，我亲眼瞧见棺材落葬的，盖上也没有什么记号……什么死人在外边溜达，那是醉鬼铁匠造的谣言……”

科斯特罗马没有瞧他，气冲冲地说：

“那么，你到墓地去过一夜试试看！”

他们争吵起来，柳德米拉没趣地摇着脑袋，向母亲问：

“妈妈，死人晚上能出来溜达吗？”

“能出来溜达。”她母亲照样说了一句，好像从远处传来的回声一样。

女掌柜的儿子走过来了，他叫瓦廖克，约莫二十岁模样，是一个红脸的胖小伙子。听了争论之后，他说：

“你们三个人当中，不管哪个只要能在棺材顶上过一夜，我就给二十戈比和十支烟卷，要是害怕了跑回来，就让我拉耳朵拉个够，好不好？”

大家愣着不吱声。柳德米拉的妈妈说：

“多蠢呀！这样的事，难道也可以怂恿孩子去做吗……”

“要是给一卢布，我就去！”丘尔卡没精打采地说。

科斯特罗马听了这话，马上挖苦地问道：

“给二十戈比你就害怕吗？”然后对瓦廖克说：“你就给他一卢布吧，反正他是不会去的，只是吹牛罢了……”

“好，就给一卢布！”

丘尔卡从地上站起来，一声不响慢吞吞地沿着墙根溜走了。科斯特罗马把两个指头放进嘴里，对着他的背影，尖声地吹口哨。柳德米拉不安地说：

“哎呀，天哪，好一个牛皮大王……这是何苦呢！”

“你们这班人，都是胆小鬼！”瓦廖克讪笑地说，“还当自己是街上的好汉呢，猫崽子……”

我听了他的嘲骂，心里很委屈，我们都讨厌这个肥头大耳的少爷。

他常常唆使小孩子干坏事，讲姑娘和媳妇家的脏话给孩子听，叫孩子去捉弄她们。孩子们听了他的话，结果吃了大亏。不知为什么他恨我的狗，常常拿石头砸它，有一次还把缝衣服的针搁在面包里喂狗。

可是瞧见丘尔卡害臊地缩紧着身子，远远走去的样子，我心里更加难受了。

我对瓦廖克说：

“给我一卢布，我去……”

他一边嘲笑我，吓唬我，一边把卢布交给叶夫谢延科的妻子。可是她严厉地说：

“不要，我不拿。”

她愤愤地走开了。柳德米拉也不敢接这张钞票。这更加引起了瓦廖克的嘲骂，我打算不拿这小子的钱也要去。这时候，外祖母来了，知道了这回事，就拿了这张一卢布的票子，镇静地对我说：

“穿上外套，带一条毯子去，天快亮的时候会冷的……”

她的话增强了我的信心，我知道没有什么可怕的。

瓦廖克提出条件，我得在棺材上躺着或坐着，一直待到天亮，不管发生什么事情，即使卡里宁老头从棺材里出来，棺材开始晃动，也绝对不能跳下来，如果跳下来，就算输了。

“记住，”瓦廖克预先说明，“一整夜我都要看住你的！”

当我出发到墓地去的时候，外祖母对我画了十字，教我说：

“要是瞧见什么，一动都不要动，只要嘴里念着圣母赐福就行了……”

我匆匆地走去，想早些开始，早些完结。瓦廖克、科斯特罗马和另外几个小伙子跟着我走去。爬过墙头的时候，我被毯子绊住，摔了一跤，立刻跳起，好像从沙地上弹起来一样。墙外边哈哈大笑起来。我胸口扑通了一下，脊梁上发了一阵寒。

我踉踉跄跄地走到黑棺材边，棺材一头被沙土埋住了，另一头露出粗矮的架脚。好像谁想把棺材抬起来、弄歪了似的。我坐在死人脚边的棺材顶上，眼睛向四周探望。起伏不平的墓地，密密地排着灰色的十字架，影子散落在坟头上，洒在长满荒草的冈陵上。十字架的行列里，零落地立着一些瘦长的白桦树，它的枝条连接着散开的墓穴。白桦叶的影子，落在地上画出花边图样，这图样中又露出一些小草——这些灰色的耸立的毛茸茸的草丛最叫人害怕！教堂像雪山一样高高耸入天空，在静止不动的云中一轮瘦小的月亮在闪闪发光，仿佛是在融化。

雅兹的父亲（绰号叫作“饭袋”）正在守望楼上懒洋洋地打钟，每拉一下绳子，绳子就摩擦屋顶的铅皮，像哭泣似的轧响，然后，小小的铜钟冷淡地响一下——又短促，又凄凉。

“天哪，你可别让人睡不着觉呀！”我不由得想起守夜人的口头禅。

我害怕，说不出为什么还气闷。这是凉爽的夜，我却流汗。要是卡里宁老头真从坟墓里出来，我还来得及跑到守望楼去吗？

墓地我很熟悉。我同雅兹和别的同伴来墓道里玩过几十次，我妈妈的坟就在教堂的近旁……

四周还没有完全静下来，村里传来断断续续的笑声和歌声。铁路采沙场的土山上，或是卡特佐夫卡村那边，手风琴在哽咽。总是醉醺醺的铁匠米亚乔夫，哼着歌儿在墙外走过，我一听歌声就知道是他：

咱们的妈妈
罪孽并不多——
她谁也不爱
只爱爸一个……

听到生活的最后的叹息是令人愉快的。但钟声每响一次，四周便更静寂一点儿。静寂像泛滥的河水，淹没了草地，淹没了一切。灵魂在无边无际的空间漂流，像黑暗中的火柴光，在大海般的空中消灭得没有踪影。天空中只有遥远的星儿还活着，闪烁着，地上的一切都消失了，都不需要了，死寂了。

我裹在毯子里，缩着腿，脸朝教堂，坐在棺材上，身子稍微一动，棺材便轧轧作声，底下沙土也沙沙地响。

在我的背后，不知什么东西掉在地上响了一声，接着又是一声，一块碎砖头落在身边，怪害怕的，但我立刻猜到这是瓦廖克跟他的同伴从墙外边扔进来吓唬我的。我知道附近还有人，心里反而高兴了。

我不由得想起了母亲……有一次我学着抽烟，被她瞧见了，她动手打了我。我说：

“别碰我，您不打我我就已经很不舒服了，恶心得厉害……”

后来，她罚我坐在炉炕后面，她对外祖母说：

“这是一个无情无义的孩子，谁都不爱……”

我听了这话很难过。每次母亲责罚我，我总是可怜她，替她难堪，因为她的责罚总是不大公平，经常错怪我。

总之，生活中使人难过的事情太多了，就说墙外边那些家伙吧，他们明明知道我一个人在墓地已经吓得要命，偏偏还要来吓唬我，这是为什么呢？

我真想冲他们大声喊：

“到鬼这边来吧！”

但这是危险的。谁知道鬼对这点会怎么样呢？它一定就在附近的什么地方吧。

沙土中许多云母石碎片，在月光中朦胧地闪烁。这使我又想起一件事，有一次，我趴在奥卡河的木筏上，注视着河水，忽然有一条小鳊鱼蹿出了水面，几乎碰到我的脸边，它翻转身子的时候，侧面活像人的面孔，睁着鸟儿似的圆眼睛向我一瞟，就钻了下去，像枫叶落地一般，飘然地游到深水里去了。

回忆愈加紧张地活动起来，好像要抵抗那制造恐怖的想象，重演那一幕幕的生活。

忽然一只刺猬用硬爪子扒着沙土，滚了过来。它是那么小，竖着一根根硬刺，叫人想起家神小鬼。

我又记起外祖母蹲在炉炕前说的话：

“好心的家神爷呀，把油蟑螂撵走吧……”

远处，在望不见的街市上空，有点透亮了，早晨的寒气压迫着脸腮，眼睛也渐渐闭起来。我用毯子连头蒙住，把身子缩作一团，躺下了，随它去吧！

外祖母叫醒了我——她站在我身边，拉开毯子说：

“起来吧！没冻着吧？——怎么样，害怕吗？”

“害怕，可是你别对别人说，别对孩子们说！”

“为什么不说？”她诧异了，“要是不可怕，那还有什么可稀罕的呢……”

回家去的路上，她温存地说：

“什么都得亲身经历，小鸽儿，什么都得自己知道……自己不去学，谁也教不会的……”

到了晚上，我成了街上的“英雄”，大家跑来问我：

“真不害怕吗？”

当我回答：“害怕！”他们就摇着脑袋，喊叫说：

“啊哈，你看是吧？”

那女掌柜却深信不疑地大声说：

“可见说什么卡里宁钻出来是人家撒的谎。难道他被小孩子吓住了吗？要是他真的爬出来，那他还不把孩子从棺材上摔得不知哪儿去呀。”

柳德米拉用亲切的惊异的眼光望着我。看来连外祖父对我都很满意，他不住地微笑着。只有丘尔卡懊丧地说：

“他当然不在乎，他外婆就是一个巫婆嘛！”

# 三

弟弟科利亚，像一颗小小的晨星悄然消失了。外祖母、他和我，三个人睡在一个小板棚里，我们在木柴上垫一堆破布当床。在我们旁边，是一道用毛板拼成的有许多缝隙的墙，墙外是房东的鸡舍。每天晚上，我们都听到吃饱了的鸡，拍着翅膀咯咯地叫着睡去，早上，金色的公鸡高声啼叫，把我们吵醒，

"啊，掐死你！"外祖母醒过来喃喃地咒骂。

我睡不着了，便望着从柴屋缝隙里射到床上来的阳光。光线中飞舞着银色的灰粒，好像童话里的字句。老鼠在柴堆里吵闹，翅膀上长着黑点的红甲虫到处乱爬。

有时候，我耐不住鸡屎的臭味，便走出柴屋爬到屋顶上，张望房里那些醒来的人，他们好像睡了一夜都没了眼睛，肿胀得又肥又大。船夫费尔马诺夫，这个阴郁的醉鬼，从窗口探出乱发蓬蓬的脑袋，睁开浮肿的小眼望着太阳，跟野猪一样哼着鼻子。外祖父跑到院子里，两手抚平棕红色的头发，急急忙忙到洗澡房里去淋冷水浴。房东家里那个多嘴的厨娘，尖鼻子，满脸雀斑，像一只杜鹃鸟；而房东本人却像一只肥胖的老鸽子。所有的人都叫人联想到鸟儿、牲口和野兽。

早上天气很晴朗，我的心却微微感到忧郁，很想离开这个地方，到没有人的旷野里去——我知道，人们照例会把干净的一天弄脏。

有一天，我躺在屋顶上，外祖母叫我下来，她对着自己的床点了下头，轻轻地说：

"科利亚死了……"

孩子的脑袋落在红枕头外，躺在毯子上，皮色苍白，身子几乎是赤裸着，褂子缩到脖子边，露出鼓起的肚子和长满脓疮的歪腿，两手奇怪

地垫在腰底下，像是要把自己的身子举起来。脑袋略略歪向一边。

“超生了也好，”外祖母梳着头发说，“怎样活下去呀，这个畸形的孩子！”

外祖父像跳舞一样踏着脚步走进来，用指头小心地拨了拨死孩子闭着的眼睛。外祖母生气地说：

“干吗拿没洗过的手去碰他？”

他嘴里嘟哝着：

“瞧吧，他来到人世……活过了，吃过了……结果什么也不是……”

“醒醒吧。”外祖母阻止他。

他瞎子似的瞧了她一眼，走到院子里去，一边说着：

“我可没有钱埋他，你瞧着办吧……”

“呸，你这个可怜虫！”

我走开了，直到傍晚才回家。

第二天早上埋葬科利亚，我没有上教堂里去，做弥撒的时候，我和狗、雅兹的父亲一起坐在刨开了的母亲的坟边。他刨坟少要了工钱，老在我的跟前表功：

“我这是看在熟人的面子上，要不然，至少得一个卢布……”

我望了望发出臭味的黄色的坟穴，看见边上有潮湿的黑色的木板。我的身子微微一动，洞边的沙土就往下泻成一条细流，一直流到坑底，坑的两侧就显出皱襞来。我故意动着身子，想使沙子泻去，掩住木板。

“别胡闹！”雅兹的父亲一边抽烟，一边说。

外祖母端来一口白木小棺材，“饭袋”就跳进坑里，接住棺材，跟黑板一并排放好，又从坑里跳出来。随后，再用脚和铲子把沙土扒进去。他的烟斗冒着烟，像一口香炉。外祖父跟外祖母默默地帮他干。没有神父也没有乞丐，只有我们四个人站在林立的十字架中。

外祖母把钱给看墓人的时候，责备地说：

“你到底还是惊动了瓦留莎的棺材……”

"那有什么办法呀？就是这样，我还侵占了别人家一点儿地皮呢。这——没有关系！"

外祖母脑袋碰着地，拜了坟，哽咽了一声，哭着走了。外祖父用帽檐掩住眼睛，揪了揪磨损的外套，跟着走开。

"把种子下在荒地里。"他突然说了这样一句话，像耕地上的一只乌鸦匆匆地跑到前面去了。

我问外祖母：

"他怎么啦？"

"随他去！他有他的心事。"她回答。

天气很热，外祖母很吃力地走着，她的脚陷进热沙里，常常停下来，用手帕擦脸上的汗。

我鼓起勇气问道：

"坟坑里那黑色的东西，是妈妈的棺材吗？"

"是的。"她生气地说，"都怪那条蠢狗……一年还不到，瓦里娅①就腐烂了。沙土不好，渗水，要是胶泥就好了……"

"所有的人都要烂吗？"

"所有的人。只有圣徒才不烂……"

"你不会烂！"

她站住身子，戴正我的帽子，严肃地劝阻我说：

"不要去想这些，不许想，听见了没有？"

可是我想："死，这多叫人难过、讨厌！唉，这可恶的东西！"

我感到很难受。

我们回到家里的时候，外祖父已经烧好茶炊，在桌上放好了茶具。

"喝点茶吧，天气太热，"他说，"我沏的是自己的茶叶。够大家喝的。"

他走到外祖母跟前，拍拍她的肩膀：

---

① 高尔基的母亲瓦尔瓦拉的小名。

“怎么样，老婆子，啊?”

外祖母挥了挥手：

“有什么可说的!”

“就是嘛！上帝生我们气了，一个一个叫回去了……要是一家人都活得壮壮实实的，像手上的五个指头一样该多好……”

他好久没有这样和气地说话了。我听着他，希望这老头儿会打消我的忧郁，使我忘记那黄沉沉的坟穴和旁边的潮湿的木板。

可是外祖母厉声粗气地拦住了他：

“得啦，老爷子！你一辈子老说这样的话，它能使谁轻松些呢？你一辈子好像铁锈一样，把什么都锈烂了……”

外祖父咳嗽一声，看了她一眼，不作声了。

晚上，在大门口，我很难过地对柳德米拉讲了早上见到的一切，可是，这并没引起她显著的反应。

“做孤儿倒好些，要是我爸爸妈妈死了，我就把妹妹交给哥哥，自己去进修道院，一辈子不出来。我这样的人没有别的法子，瘸子不会做工，也不能出嫁，说不准会养出瘸腿的孩子……”

她跟街上那些女人一样，说着老气横秋的话。大概是从这晚上起，我就对她失掉了兴趣，同时生活也发生了变化，使我渐渐跟这位女友疏远了。

弟弟死后几天，外祖父对我说：

“今晚上早点睡，明天一早我叫醒你，我们一起到林子里去打柴……”

“那我也去拾草。”外祖母说。

离开村子三俄里光景的沼地边，有一片云杉和白桦树林。树林里有很多的枯枝和倒下的树木，一边伸展到奥卡河，一边延伸到去莫斯科的公路，跨过公路又一直接连下去。在这座蓬松如盖的树林上方，耸立着一座蓊郁的松林，那就是“萨韦洛夫岗”。

这些森林都是舒瓦洛夫伯爵家的产业，可是保护得不好，库纳维诺区的小市民把它当作自己的所有，他们捡枯枝，伐枯树，有机会时，对好树也不放过。一到秋天，要准备过冬柴火的时候，便有几十个人，手里拿着斧子，腰里带着绳子，到森林里去。

这样，我们三个人，拂晓时候，就在银绿色的露湿的野地上走着。我们的左边，在奥卡河对岸，啄木鸟山的褐红色的侧面，白色的下诺夫哥罗德上空，小丘上的葱翠的果园和教堂的金黄色的圆屋顶上，俄罗斯的懒洋洋的太阳正在慢慢地升起。微风缓缓从平静浑浊的奥卡河上吹来，金黄色的毛茛被露水压低着脑袋，轻轻摇晃，紫色的风铃草也垂着脑袋，五颜六色的蜡菊在贫瘠的草地上抬起了脸，称作“小夜美人”的石竹花开放出红红的星形花朵……

森林像一队黑幢幢的军队，向着我们迎面开来。云杉撑开翅膀，像大鸟，白桦树像小姑娘，沼地的酸气从田野上吹来。狗吐着红舌头挨着我走，它不时停下来嗅嗅地面，莫名其妙地摇晃着狐狸似的脑袋。

外祖父披着外祖母的短褂子，戴一顶没有遮檐的旧帽，眯缝着眼，莫名其妙地笑着，小心地移动着瘦腿，好像行窃似的。外祖母穿着蓝上褂、黑裙子，头上蒙着白头巾，像在地上滚着一般地走，很难跟上她。

离森林越近，外祖父的兴致越高。他用鼻子从容不迫地呼吸着，不时发出感叹声；他先是断断续续、模模糊糊地说，后来，他像是陶醉了，说得快活而又动听：

“森林是上帝的花园，它不是谁种植起来的，是上帝的风，上帝的呼吸把它吹大的……年轻的时候我当船夫，到过日古利……唉，列克谢，我经历过的事，你是见不到的了！奥卡河上的大森林，从卡西莫夫一直延伸到穆罗姆，另一头越过伏尔加河一直延到乌拉尔，大极了，真是无边无际……”

外祖母斜眼瞟了他一下，又向我眨巴着眼睛。他被道上的小墩儿绊得踉跄着，嘴里还是在若断若续地叨念着。这些话在我的记忆里深深地扎下了根。

“我们撑一条运油的大帆船，从萨拉托夫开到马卡里去赶集，管事的叫基里洛，是普列赫人；船工长是卡西莫夫的鞑靼人，好像叫阿萨夫……船开到日古利，上游的风迎面吹来，气力使尽了，我们就下了锚，晃动起来了。我们上岸烧饭吃。那时候正是五月，伏尔加河像大海一样。河里的波浪像千万只白天鹅成群地向里海漂去。日古利的绿色的春山，伸入云天。空中白云流荡，太阳光像敷金似的洒在地上。我们一面休息着，一面欣赏风景。河上吹着北风，很冷，岸上却又暖又香！到了傍晚时候，我们那个基里洛（这个人很厉害，已经上了年纪）站起来，脱掉帽子，说道：‘嘿，小伙子们，我不再当你们的头儿了，也不当你们的仆人啦。你们各自听便吧，我要到森林里去了！’我们大伙吃了一惊，不知是怎么回事。没有人对老板负责了，那怎么办？——人无头不能行呀，虽然这儿是伏尔加河，在单线道上也可以迷路的。这群人都是没有理智的牲口，可怜他们做什么？我们都骇怕了。可他已打定主意，说：‘我再也不愿意这样活下去，当你们的牧人了，我到森林里去！’我们要揍他，把他捆起来；有的人却犹豫不决，喊着‘慢来！’船工长鞑靼人也同样大声嚷道：‘我也走！’这可糟了。这个鞑靼人跑过两趟船，老板都没有给工钱，现在第三趟又赶了一大半——赶完这一趟，就可以拿很多的钱！大家一直嚷嚷到晚上，这晚上，就有七个人离开了我们，留下的不知是十六个还是十四个。这就是森林闹的呀！”

“他们落草当强盗去了吗？”

“也许当了强盗，也许当了隐士，那时候没有人管这种事……”

外祖母画了一个十字：

“至圣圣母啊！人们，都是可怜的。”

“谁都有脑筋，谁知道恶魔会把你拖到哪里去……”

我们沿着沼地的土墩和孱弱的枞林中潮湿的羊肠小道，走进了森林。我觉得，像普列赫人基里洛那样逃进森林里一辈子不出来倒也挺好。在森林里，没有爱唠叨的人，也没有人打架和醉酒；在那里，外祖父的讨厌的吝啬，母亲的沙土坟，以及一切使人压抑的痛苦和委屈，都可以忘得干干净净。

走到了干燥的地方，外祖母说：

“得吃一点儿东西了，坐下来吧！”

她那树皮编的篮子里，有黑面包、青葱、黄瓜、盐，用布包着的奶渣。外祖父不好意思地望着这些东西，眨巴着眼：

“哎呀，好婆娘，我可什么吃的也没有带来……”

“够大伙吃的……”

我们靠着制作桅杆用的古铜色的松树干坐下，空气中饱含着松脂的气味。微风从野地拂拂吹来，摇动着木贼草。外祖母用粗黑的手采摘各种野草，对我讲着金丝桃、药慧草、车前草的治疗的特性，蕨薇、黏性的狭叶柳叶菜，还有一种叫水鼠的满是尘埃的草的神效。

外祖父劈碎倒下的树木，叫我把劈好的搬在一起，我却跟在外祖母背后，悄悄躲进密林里去了。她在粗壮的树行中慢慢地走着，像潜水一样，老是把腰弯向散满针叶的地上；一边走，一边自言自语地说：

“又来得太早了，能摘的蘑菇还不多！上帝，你总不给穷人方便。蘑菇是穷人的美味呀！”

我留意着不叫她发现，默默地跟着她走，我不愿意打扰她跟上帝、青草、小蛙儿……谈话。

可是她发现我了。

“你打外公那儿逃来啦？”

说着，她就向黑色地面躬下腰，地面上长满青草，好像披着一件华丽的绣花衣。她说：有一次，上帝对人类发怒，用洪水淹没大地，淹死了所有的生物。

“慈悲的圣母把采摘来的各种种子藏在篮子里，请求太阳说：把整个大地都晒干吧，为了这个，万人都要赞美您的恩惠！太阳把大地晒干了，圣母便把藏着的种子播在地上。上帝瞧见地上重新长满了草木、走兽、人类——一切有生命的东西，便问：是谁违反我的意旨，干出这样的事？于是，圣母便向上帝忏悔了。原来上帝瞧见地面上光秃秃的，已经很痛心。因此，他便对她说：啊，你做得很好！”

我很爱这个故事，但很奇怪，就很郑重地问：

“难道这是真的吗？圣母不是在大洪水之后很久才出世的吗？”

这一下，外祖母可吃惊了：

“这话谁告诉你的？”

“学校里，书上写着的……”

这样，她放心了，便劝我道：

“你把那些书上的话丢开，忘掉它们！书上全是胡说。”

她悄悄地、快乐地笑起来。

“都是瞎编，糊涂虫！有上帝，他却没有妈妈！那么，他是谁生的呢？”

“我不知道。”

“这倒好！学到了一个‘不知道’！”

“神父说，圣母是亚基姆和安娜生的。”①

“那么，她叫马利亚·亚基莫芙娜吗？”②

外祖母生气了——她站在我对面，严厉地注视着我的眼睛：

“你要是再这样想，我就狠狠揍你！”

但过了一会儿，她又向我解释：

“圣母早就存在了，她比谁都早，圣母生了上帝，以后……”

“那么基督呢——他怎么样？”

外祖母发窘地闭上眼睛，不作声了。

“基督吗？……嗯，嗯，嗯！”

我看到我胜利了，使她在神道的秘密中糊涂起来了，心里很不好受。

我们在森林里越走越深，来到一片浓荫密布的地方，几缕阳光直洒下来。在林中和暖舒服的地方，静静地鸣响着一种特别的、梦一样的、

① 这是基督教教会的传说，正式的《圣经》里无此说。

② 小高尔基按俄国人姓名的构成方式给圣母马利亚安上了父称“亚基莫芙娜”，所以外祖母生气了。

催人遐想的喧声。交喙鸟吱吱地叫，山雀啾啾地啼，杜鹃咯咯地笑，高丽莺吹着口笛，爱嫉妒的金翅雀一刻不停地唱，古怪的蜡嘴鸟沉思地吟咏。翡翠色的小青蛙在脚边蹦跳，一条黄颔蛇在树根前昂起金黄色的脑袋，正窥伺着青蛙，松鼠吱吱地叫着，蓬松的尾巴在松枝里掠过。可看的东西实在太多了，还想看得更多些，走得更远一些。

松树的树行中，呈现出透明的、形状像巨人身影一样的薄雾，随后又在绿荫中消失。绿荫深处，隐约透出一块银碧色的天空。好似绣上了越桔丛和干酸果蔓的青苔，像一张美丽的地毯，在你脚下铺展开。石莓果像一滴滴血，掩映在绿草中。蘑菇发出浓郁的香气，刺着人的鼻孔。

"圣母呀，大地的光。"外祖母叹一口气，祈祷了。

她在森林里好像是周围一切的主人和亲人。她跟熊一样地走着，对看到的东西都表示赞赏和感激。好像从她的身上发出一股暖流，注满了林中。我看见她踏过的青苔重新伸起来，感到分外高兴。

我一边走，一边想：去当强盗多好呀，抢劫那些贪心的富翁，把抢来的东西散给穷人——让大家都吃得饱饱的，快快乐乐，不再互相仇恨，不再跟恶狗那样咬来咬去。最好我能走到外祖母的上帝、圣母跟前去，把这世界的真相统统告诉他们：人们的生活过得怎样不好，他们怎样粗暴地、使人难过地彼此埋葬在恶劣的沙地里。总之，世界上有多少完全不必要的伤心事啊。圣母要是相信我的话，就让她给我智慧，使我能够把万事改变成另外一种样子，尽可能好一点儿。只要大家都听从我，我就会找到一种更好的生活。我是一个孩子，但这个没有关系，基督比我只大一岁的时候，已经有很多聪明人听他的话了①……

想得正出神，我跌进一个深坑里。树枝条划破了我的腰，擦掉了我的一小块后脑皮。我坐在坑底松脂一样黏的冷泥里，没法子自己爬出

① 据《圣经》传说，耶稣十二岁时在圣殿里和教师们对话，"凡听见他的，都稀奇他的聪明和他的应对"（《新约·路加福音》第二章第四十七节）。按：高尔基这时也是十二岁，但由于他长期将自己的生年（1868 年）误记为 1869 年，因此文中说基督比他大一岁。

来，心里觉得害臊，又不好意思提高嗓子叫嚷，去惊动外祖母。可是，我还是叫她了。

她赶紧把我拉出来，画着十字说：

“谢谢上帝，幸亏这个熊洞是空的，要是主人在家，那可不得了！”

她笑得流出了眼泪，马上带我到小溪边洗了一洗，用一种止痛的草贴了伤口，又从自己的褂子上撕下一条布，给我包扎好，带我到看守铁路的小屋里。——我没有劲了，不能走回家去了。

我几乎天天请求外祖母：

“到森林里去吧！”

她每次都很乐意地答应我。我们就这样过了整个夏天，直到深秋，采着药草、草果、蘑菇、硬壳果之类。外祖母把采来的东西卖出去，就这样维持生活。

“饭桶！”外祖父厉声骂我们，虽然我们一点儿也没有吃他的。

森林使我感到精神上的安静和舒适，当我浸溺在这种感觉中的时候，我的一切忧愁都消失了，一切不快意的事都忘掉了，同时养成了一种特别的警觉性，我的听觉、视觉都更加敏锐了，记忆力更强了，印象更深刻了。

外祖母也使我更加惊奇。我总觉得她是万人中最高贵的人，世间最聪明最善良的人。她也不断地加强我的这种信心。有一天傍晚，我们采了白蘑菇回家，走出森林的时候，外祖母坐下来休息。我绕进树林后边去，看看是不是还有蘑菇。

忽然，听见外祖母说话的声音，回头看去，只见她坐在小路边，静静地揪去蘑菇的柄儿，有一条灰毛瘦狗拖出舌头站在她的身边。

“去，走开！”外祖母说，“好好儿去吧！”

我的那条狗，不久以前被瓦廖克毒死了，我很想把这条新狗弄到手，我跑到小路上去。狗脖子低着不动，奇怪地弓起身子，把饥饿的绿眼睛向我瞟了一眼，夹着尾巴逃进森林里去了。它身材并不像狗，我打了一个呼哨，它慌慌张张地逃进乱蓬蓬的草丛里去了。

“看见了吗?”外祖母笑眯眯地问，“开头我也看错了，只当是一条狗，仔细一瞧，长着狼牙，脖子也是狼形的！我简直吓了一跳，我就对它说：倘若你是狼，你就滚开吧！好在是夏天，狼老实……”

她从不会在森林里迷路，每次都能一丝不差地确定回家的道路。她按草木的气味，就能知道这个地方长什么蘑菇，那个地方又有什么样的香菇。她还常常考我：

“黄蘑长在什么树上？有毒和无毒的红头蘑菇怎样辨别？还有，什么香菇喜爱蕨薇?”

她瞧见树皮上有隐约的爪痕，就告诉我：这里有松鼠窝。我爬上树去把那个窝掏干净，掏出里边藏着过冬的榛子。有时候能从一个窝里掏到十来磅……

有一次，我正在掏松鼠窝，一个打猎的在我右边的身上打进了二十七颗打鸟的铁沙子。外祖母用针给我挑出了十一颗，其余的留在我的皮里好多年，慢慢儿都出来了。

外祖母见我能忍住痛，很高兴。

“好孩子,”她夸奖我，“能忍耐就能够有本领!”

每次她卖蘑菇和榛子回来，都要拿一点儿钱放在人家的窗台上做“偷偷的布施”，但她自己在过节的日子，也只穿破烂和打补丁的衣服。

“你穿得比要饭的还破，你真给我丢脸!”外祖父很生气地说。

“有什么关系，我不是你的闺女，又不是新娘。”

他们的争吵渐渐多起来了。

“我作的孽也并不比别人多,”外祖父抱怨道，“可是我受的罪却比谁都大!”

外祖母挑逗他说：

“谁有多少罪，只有魔鬼才知道。”

于是，她偷偷地告诉我：

“这老头儿就是怕魔鬼，你瞧他老得多快，就是因为心里害怕……唉，可怜的人……”

这一个夏天我老在森林里活动，身子变得强壮，性子也变野了，对年纪相仿的同伴们的生活和柳德米拉，都失掉了兴趣，在我看来，她只是一个没有趣味的聪明人……

有一天，外祖父满身湿透地从城里回来（是秋天，天正在下雨），在门台上像麻雀似的抖抖身子，很得意地说：

“喂，你这个游手好闲的人，明天得上班去了！”

“又到哪儿去?!”外祖母生气地问。

“你妹子马特廖娜那儿，她儿子的家里……”

“啊，老爷子，你又出了个馊主意！”

“住嘴，糊涂蛋！说不定他会成一个绘图师。”

外祖母默默地低下了头。

晚上，我告诉柳德米拉，我要上城里干活去了，还要住在那儿。

“很快，他们也要带我上城里去。”她沉思着告诉我，“爸爸想让我把这条腿截去，这样我的身体就会好起来。”

一个夏天，她瘦了很多，脸皮发青，只有眼睛变大了。

“你害怕吗?”我问。

“害怕。”她说着，不出声地哭了。

我没有话可以安慰她，我自己也害怕城里的生活。我们默默地发愁，把身子紧紧地靠在一起，坐了很久。

要是在夏天，我会说服外祖母，像她当姑娘时候一样，上外边要饭去，把柳德米拉也带走——让她坐在小车子里，我拉着她……

但这是在秋天，大路上吹着潮湿的风，天空密密地布着阴云，大地皱着苦脸，变得肮脏和凄惨……

## 四

我又到城里来了。住在一座两层楼的白房子里，它很像一口用来装许多死人的大棺材。房子是新的，却有点像患恶性病的人浮肿的样子，也好像一个叫花子突然发了横财，一下子吃胖了。房子侧面靠街，每层楼有八个窗子，在正面每层四个。楼下的窗子朝着狭窄的走道和院子，楼上的窗子，可以越过墙头望见洗衣工的小房和肮脏的洼地。

这里，没有我所理解的那种街道。房子前面有一大片肮脏的洼地，中间有两道狭窄的土堤。洼地的左端一直伸到犯人劳改场。附近人家都把院子里的垃圾倒在洼地里。它的底部积满深绿色的脏水。洼地右边尽头是积满污泥的星池，散发着臭气。洼地的正中，正对着我们的房子。半边洼地堆满了垃圾，还长满了荨麻、野牛蒡、蜜酸树，另半边，是多里梅东特·波克罗夫斯基神父的花园。园里有一座用薄木板造成的凉亭，油着绿漆。如果拿石头扔到亭子里，那薄木板准会破裂。

这地方枯燥极了，脏得要命。秋天把这块堆满垃圾的泥污的洼地弄得更糟，好像上面涂了一层油脂，脚踏上去就会粘住。我从没见过这样一块小地方却堆上那么多的垃圾，特别因为我习惯了旷野和森林的清净环境，对这小城市的一角，便分外发愁了。

洼地对面是一道破旧的灰色围墙，中间远远地露出一座褐色的小房子。那房子就是去年冬天我在鞋铺里当学徒时候起睡的地方。它离我那么近，更使我感到难过。干吗我又得到这条街上来过活呢？

这家的主人我是认识的，他跟他兄弟两人，从前常到我母亲那里做客。那位兄弟，嗓子细得非常可笑，老叫着：

“安德烈爸爸，安德烈爸爸。”

他们还是以前的老样子，哥哥长着钩鼻子，长头发，神气和善，令人见了愉快。兄弟维克托依旧是那张马脸，长满雀斑。他们的母亲（我外祖母的妹子）脾气很坏，爱吵闹。哥哥已经娶了媳妇。媳妇倒长得挺俊，跟白面包一样白净，还有一对黑亮的大眼睛。

头几天，她就对我说了两次。

“我送过你妈一件镶珠边的绸斗篷……”

不知为什么，我不愿相信她会把东西送人，也不相信我母亲会收她的礼物。当她第二次对我说起这件斗篷的时候，我就劝她了：

“既然送了，你就不用再夸耀啦。”

她惊得往后一退。

“什么，你在对谁说话？”

她脸上显出许多红斑，眼珠子凸出来，叫唤她的男人。

男人手里拿着圆规，耳上夹一支铅笔，跑到厨房里来了。听完了老婆的控告，就对我说：

“你对她和别的人说话，都得用‘您’。不准无礼！”

然后，不耐烦地向他妻子说：

“你也用不着为这点儿小事来打扰我！”

“什么？小事？如果你亲戚……”

“什么鬼亲戚呀！”主人大声嚷着，跑了。

我也不喜欢外祖母的亲戚是这种人。我看亲戚之间的关系实在比外人还不如。无论什么坏事和笑柄，他们都彼此知道，比外人更详细，说起坏话来更恶毒，吵嘴打架更是家常便饭。

我很喜欢主人。他老是很好看地把头发往耳朵后边一撩。一见他的模样，我就联想到那位“好事情”①。他时常满意地微笑，灰色的眼睛和蔼可亲，老鹰鼻子旁边现出几条有趣的皱纹。

“你们这些老母鸡，别吵了！”他脸上浮起和气的笑影，露出洁白细密的牙齿，对他妻子和母亲说。

婆媳俩每天都吵嘴。我真奇怪她们那样容易那样快就吵起来。早上，她们头发也不梳，衣服也没有穿整齐，就像失了火一样在屋子里跑来跑去，只有在坐下来吃午餐、喝午茶和吃晚餐的时候，才稍稍休息一下，此外，整天总是忙个不停。他们每次都吃得多，喝得多，总要喝到醉醺醺的和累得不行了才罢手。午餐时候也谈论着吃食，懒洋洋地拌嘴，准备等一会儿来一场大吵。不论婆婆烧什么菜，媳妇总是说：

---

① 《童年》中的一个人物的绰号。

“我妈妈可不是这样烧的。”

“不这样烧，那一定没有这样好吃！”

“不，比这个好吃多了！”

“那你上你妈妈那里去得啦。”

“我是这里的主妇呀！”

“那我是什么呢？”

这时，主人插进嘴来：

“行啦，行啦，你们这两只老母鸡！发疯了吗？”

这个家里的一切都有说不出的奇怪，说不出的可笑：从厨房到餐室，要穿过这宅子里唯一的一间又窄又小的厕所，端着茶炊或吃食到餐室去，一定得经过这儿。因此这厕所也就变成各种滑稽有趣故事的对象，并常常闹出可笑的误会。往厕所水槽里添水是我的差事。我在厨房里睡觉的地方，挨近正门门廊的门口，正对着去厕所的门。我的脑袋在灶旁边烤得发热，脚被从门口灌进来的风吹得发冷，因此睡觉时候，我把擦鞋底用的粗地毯都抓在一起，盖在两条腿上。

大厅的墙上挂着两面镜子，几张《田野》杂志赠送的图画装在金边镜框里；一对牌桌，十二把弯曲的椅子。这是一间空荡荡的屋子。一间小会客室里，放满各种各样的细软家具，有几个玻璃橱里放着“陪嫁”的银器和茶具，这里还装饰着三盏大小不等的灯。没有窗子的黑洞洞的寝室里，除了一张挺大的床之外，放着衣柜和衣箱，从中发出烟叶和红花除虫菊的香气。这三间屋子老是空着，一家人都挤在小餐室里，碍手碍脚的。八点钟，喝过早茶，主人兄弟俩立刻把桌子搬好，摊开白纸，搁上仪器匣、铅笔、砚台，面对面坐下动手工作。桌子摇摇晃晃，又挺大，占满了屋子，主妇跟奶妈从婴儿室里出来的时候，身子就碰在桌角上。

“你们别老在这儿逛来逛去呀！”维克托嚷了。

主妇委屈地要求丈夫：

“瓦夏[1]，你叫他别冲我嚷嚷！”

“你不碰桌子就行。”主人和气地对她说。

“我有身孕，这地方这么窄……”

“好吧，我们到大厅工作去。”

可是，主妇怒吼了：

“天哪——哪有在大厅里工作的？”

通往厕所的门口，探出马特廖娜·伊凡洛芙娜的凶恶的、给炉火烤红的脸，她提高嗓子说：

“瓦夏，你瞧，你在干活，她有了四间屋子还产不下牛崽子来，真是山脊区[2]的贵族太太，就那么一点儿小聪明……”

维克托不怀好意地笑了，主人大声嚷道：

“够啦！”

可是媳妇却用最狠毒的俏皮话，滔滔不绝地冲婆婆骂着，然后把身子在椅子上一倒，哼道：

“我走，我去死！”

“别打扰我干活呀！活见鬼！”主人脸涨得发青，吼叫道，“真变成疯人院啦，我这样做牛做马，还不都是为了你们，把你们喂饱！噢，老母鸡……”

开头，这种吵闹使我非常惊骇，特别是当主妇拿了一把餐刀，跑进厕所，把两边的门扣上，在里边尖声大叫时，我更加害怕得厉害。顿时屋子里静了下来，后来，主人把两只手托在门上，弯着腰对我说：

“来，爬上去，把上边的玻璃打碎，把门钮摘开！”

我急忙跳上他的脊梁，打破门上边的玻璃。当我把身子弯下去，主妇就用刀柄使劲打我的脑袋——可是，我终于摘开了门钮。主人一边打着，一边把妻子拖到餐室里，夺下了餐刀。我坐在厨房里揉着挨过打的

① 主人瓦西里的小名。

② 是下诺夫哥罗德城的中心区，在奥卡河的高岸上。

脑袋，很快就明白过来，我是白辛苦了：原来那把餐刀钝得要命，连切面包都费劲，人的皮肤是无论如何也割不破的，而且，更不必爬上主人的脊梁，只要站在椅子上，就可以把玻璃打破；还有摘那门钮，大人的胳臂长，要方便得多。从发生了这件事之后，我再不害怕这家人的吵闹了。

他们兄弟两个是参加教堂里的合唱队的，有时他们一边工作一边小声地哼哼。哥哥用的是男中音，一开头唱：

心爱的姑娘送我的指环
我把它掉到海里去了……

他兄弟用男高音应和：

跟着这指环儿一道，
人生的幸福我也断送了。

从婴儿室里，主妇发出低低的声音：

“你们发疯啦？宝宝在睡觉……”

或是说：

“瓦夏，你已经娶了老婆，用不着再唱姑娘、姑娘的，这是干什么呀？晚祷的钟声快要响了……”

“那我们就唱教堂里的歌……”

可是，主妇教训了：“教堂里的歌是不能随便乱唱的，何况是在……”她像演说似的用手指着小门。

“我们必须换个地方，要不——真是活见鬼！”主人说。

他嘴上常常说，桌子非得另外换一张不行。可是这句话，他已经接连说了三年。

听主人们谈论别人的时候，我便想起鞋店来，那里讲的也是这一套。我很清楚，主人们也以为他们自己在这城里是最好的人，只有他们才知道处世为人的规矩。他们就根据这些我所不明白的规矩，对一切人做无情的审判。这种审判，使我对他们的规矩产生强烈的憎恨和愤怒。打破这种规矩，在我已成为一桩快心的乐事了。

我的工作很多，我兼任女仆的职务，每星期三擦洗厨房的地板，擦茶炊和其他的器皿，每星期六擦洗全住所的地板和两边的楼梯，还得把烧炉子的木柴劈好，搬好，洗碗碟，洗菜，跟主妇上市场，提着菜篮子，跟在她后面，此外，还得到铺子里、药房里去买东西。

我的顶头上司是外祖母的妹子，这位喜欢唠叨的、脾气挺大的老婆子，每天早上六点钟光景就起身，匆匆地把脸一洗，光穿一件内衣，就跪在圣像面前，向上帝抱怨自己的生活、孩子和媳妇。

“上帝!”她把手指撮在一起按在额上，哽咽地说，“上帝呀！我不求什么，我不要什么，只求您让我休息！依仗您的大力，让我得到安宁吧!”

她的哭声把我吵醒了。我从被头底下望着她，战战兢兢地听她的热烈的祷告。秋天早晨的淡淡的光线，透过被雨水淋湿的玻璃，送进厨房的窗子里来。地板上的清冷的阴暗中，一个灰色的人影，不安地用一只手画着十字。她的头巾滑下来，小脑袋上露出灰白的头发，一直披到后颈和两肩。头巾常常从头上滑下来，每次她都用左手猛地把它拉正，嘴里喃喃地咒骂：

“嘘，真讨厌!”

她使劲地拍脑门，拍肚子，拍双肩，又咒念起来：

“上帝，请您替我责罚我的儿媳妇，把我所受的一切侮辱，都报应到她的身上。还有我的儿子，请您把他的眼睛打开来，看看她，看看维克托鲁什卡[①]！上帝，您保佑维克托鲁什卡，把您的恩惠赐给他……”

维克托也睡在厨房里的高板床上，母亲的喧嚷把他吵醒，他便用含

---

① 维克托的小名。

糊的嗓子嚷道：

“妈，一清早你又哩哩唠唠啦，真要命！”

“好吧，好吧，你睡觉好了！”老婆子告饶地说。在一二分钟之间，她默默地晃着身子，忽然又咬牙切齿地嚷起来，“让枪子儿打烂他们的骨头，叫他们死无葬身之地，上帝……”

即使我的外祖父，也从来没有这样恶毒地祷告过。

祷告完了，她叫我起来：

“起来呀，别贪睡，你不是来睡觉的！把茶炊烧好，把木柴搬来！昨晚上没有把松明准备好吧？嘿！”

我为了不让老婆子嘟哝，尽快地干好一切，可是要使她满意是不可能的。她跟冬天的风雪一样，在厨房里刮来刮去，嘴里一会儿嘟哝，一会儿嚷嚷。

“轻点声音，鬼东西！你把维克托吵醒了我是不答应的，快到铺子里去一趟……”

平常日子，要买早茶用的两磅小麦面包和给小主妇买两戈比的小白面包。我把面包拿回来时，她们总要疑心地仔细地瞧瞧，然后又托在手心里掂一掂分量，最后开口问了：

“没有添头吗？没有？把嘴张开来！”然后，得意地嚷起来，“你把添头吃了，你瞧，牙缝里还有渣子哩！”

……我乐意干活，很爱打扫屋子里的污秽，洗地板，擦器皿，擦通风窗和门把手。有几次，我听到女人们在和好的时候议论我：

“干活很勤快。”

“又爱清洁。”

“就是脾气倔。”

“嗯，妈呀，是谁把他教养大的呀！”

她们两个想在我的心里培养对她们的尊敬，我却把她们当作呆鸟，不喜欢她们，不肯听她们的话，同她们谈话，丝毫不肯让步。小主妇显然觉得有些话对我不起作用，因此她越来越频繁地说：

“你要记住，是我们把你从穷人家里收留来的！我送过你妈一件绸斗篷，还镶了珠子边呢！”

有一次，我对她说：

“难道为了这件斗篷要从我身上剥张皮来还您吗？”

“天哪，这孩子会放火的！”主妇吃惊地发出疯狂的叫嚷。

杀人放火！——为什么？我愣住了。

她们两个常常向主人告我的状，主人就严厉地对我说：

“小伙子，你可小心点！”

可是有一天，他漫不经心地对他母亲和妻子说：

“你们也太不像话，你们使唤他，简直把他当成一匹骟马。要是换了别个孩子，不是早已逃跑，就是让这种活儿给累死了……”

这句话把她们触怒得哭起来，媳妇跺着一只脚使劲地嚷：

“你怎么当着孩子的面说这样的话？你这个长毛傻瓜！你这样说了，叫我怎么再去使唤这孩子呢？我还怀着孕呢！”

他母亲抽抽噎噎地说：

“瓦西里，求上帝饶恕你，可是你好好记着我的话——你会把孩子惯坏的！”

当她们气冲冲地走开之后，主人严厉地对我说：

“你瞧，小鬼，为你闹出多大的口舌呀？我要是再把你送回你外公那儿，你又得去捡破烂儿！”

我实在忍不住了，就对他说：

“捡破烂儿也比待在这儿强！叫我来当学徒，可你教过我什么？一天到晚就是倒脏水……”

主人一把揪住我的头发，不过不疼，注视着我的眼睛，吃惊地说：

“脾气倒不小，小伙子，这可不行，不行……”

我想，准会让我滚蛋了，可是，过了一天，他拿了一卷厚纸，还有铅笔、三角板、仪器，跑到厨房里来：

“擦好了刀，把这画一画看！”

一张纸上，画着一座两层楼的正面图，有许多窗子和泥塑的装饰。

“给你圆规！你量好所有的线，在线的两头，各打上一个点子，然后用尺照两点放正，用铅笔画线，先画横的——这叫作水平线，再画竖的——这叫作垂直线。好，画画看！”

让我干这种干净的工作，开始学艺，我心里非常高兴，可是我只是带着虔敬的畏惧瞧着纸和工具，不知道要怎样才好。

我立刻洗了手，坐下来学习。先在纸上把一条一条的水平线画好，检查了一下——很不错，只是多画了三条。后来又画好了垂直线，可是一瞧，我吃惊了，房子的正面不像样，窗子歪到一边去了，其中一扇悬在墙壁外边的空中，跟房子并起来了；门廊跟两层楼一样高，墙檐画到屋顶中间，天窗开在烟囱上。

我差点儿没有哭出来，好久地望着这无法挽救的怪物，心里想弄明白怎么会搞成这样。可是弄不明白，便决定凭想象力来修改。在房子正面所有的墙檐和屋脊上画了乌鸦、鸽子和麻雀；窗前的地上，画了一些罗圈腿的人，张着伞，但这也不能完全掩饰他们不成比例的样子。我又在整个画面上画上一些斜线。就这样把画好了的图样送到师父那里去。

他高高地扬起眉毛，搔搔头皮，不高兴地问：

“这是什么呀？”

“天正在下雨，”我给他解释道，“下雨的时候，所有的房子看起来都是歪的，因为雨是歪的。还有鸟儿，这些都是鸟儿，正躲在墙檐里，天下雨的时候，它们就是这样。还有这个，这些是人，正往家里跑；有一个女的跌倒了；这边一个是卖柠檬的……”

“多谢了！”主人说着，哈哈大笑起来，把身子伏在桌上，头发在纸上扫来扫去。接着便嚷道：“啊呀，真该打烂你的屁股，小畜生！”

主妇摇着像大木桶一样的大肚子跑来，望了一下我的作品，对丈夫道：

“你狠狠地揍他一顿吧。”

可是主人很和气地说：

"不要紧，我开头学的时候，也不比这个强多少……"

他在歪倒的房子正面上用红铅笔做出记号，又把几张纸给我：

"再去画一次，直到画好为止……"

第二次重画，画得比较好些，只有一扇窗子画到门廊上去了。可是房子空空的，我不喜欢，于是，我就在里面添了一些人物。窗口坐着手拿扇子的太太和抽香烟的绅士。其中有一个没有抽烟，伸开手上的五个指头，用大拇指按在鼻子上，扇动着其余四个指头逗弄别人。大门口站着一个马车夫，地上躺着一条狗。

"怎么又画了些乱七八糟的东西？"主人生气地说。

我给他解释没有人太寂寞，却挨了他的骂：

"别瞎画！如果你要学习——就老老实实学！你这是调皮捣蛋……"

当我终于制好一张像原样的正面图时，他非常高兴：

"你瞧，到底画好了，这样下去，不要好久就可以当我的助手了……"

于是，他出了题目给我：

"现在，你制一张房屋平面图，屋子怎样布置，门窗在哪里，什么东西在哪里，我不告诉你——你自己去想吧！"

我跑到厨房里，闷着头想，打哪里开头呢？

可是我的绘图艺术研究，到这里就停顿了。

老主妇跑到我跟前来，恶狠狠地说：

"你想画图？"

说着，她一把抓起我的头发，把我的脸冲桌面撞去，把我的鼻子、嘴唇都碰破了。她跳起来，把图纸撕得粉碎，把桌面上的绘画工具扔得老远，然后双手叉在腰里，得意扬扬地嚷道：

"哼，我看你画，把本领教给外人，把唯一的一个骨肉兄弟撵走？这可办不到！"

主人跑来了，他的女人也摇摇晃晃地跟过来。于是，一场大吵又揭幕了。三个人嚷着、骂着、吐口水、大声号哭。末了，女人们走开之后，主人对我说了这样的话，就算收了场：

“现在，你暂时把这些扔开，不要学了——你已经亲眼瞧见，这闹成什么样子了!”

我可怜他，他那副窝窝囊囊的样子，总是让女人们的哭闹声弄得不知如何是好。

我早已知道老婆子反对我学习，故意扰乱我。我坐下来画图之前，总要先问她：

“还有事吗?”

她就皱着眉头回答道：

“等有了事，我就叫你，去吧，到桌子旁边胡闹去吧……”

不多一会儿，就支使我到什么地方去一趟，要不，就说：

“大门外边阶梯上都扫干净了没有？屋子角落里都是土，你去打扫干净……”

我跑去瞧，哪有什么土。

“你敢跟我顶嘴?”她冲我嚷着。

有一天，她把克瓦斯泼在我所有的图上，又有一次把圣像前的灯油倒在图上面。她像个小女孩，老是捣乱淘气；同时又用幼稚的笨拙的手段，掩饰自己的诡计。我从来没见过像她这样快，这样容易生气，这样喜欢抱怨一切人、一切事物的人。一般地说，人们都喜欢抱怨，可是她抱怨起来特别来劲儿，像唱歌儿似的。

她爱儿子爱得几乎近于疯狂，这种力量使我感到又好笑又可怕，我只能把这种力量叫作狂热的力量。常常有这样的事——她做过晨祷之后，站在炉炕前的踏板上，两个胳臂肘靠在床边，嘴里热切地念道：

“我的好儿子，你是上帝的意外的恩宠呀，我的宝贝肉疙瘩呀，天使的轻飘飘的翅膀呀。他睡着呢，好好睡吧，孩子，你做一个快乐的梦吧，梦见你的新娘吧。你的新娘是天下第一美人，她是公主，是商人的小姐，是有钱的姑娘呀！愿你的仇人没有出世就死掉，让你的好朋友长命百岁，叫姑娘们成群结队地追你，就像一大群母鸭追一只公鸭那样。”

我听了这些话忍不住要笑。这维克托长得粗笨，性情懒惰，简直像一只啄木鸟，满脸都是斑点，大鼻子、倔强、呆傻。

有时候，母亲的喃喃声把他吵醒了，他就迷迷糊糊地埋怨道：

“滚开，妈，你怎么老冲着我的脸咕噜……叫人没法活！”

有时候，她老老实实走下炉阶，笑着说：

“好，你睡吧，你睡吧……你这个没大没小的！”

可是有时也会这样，她两腿一弯，撞在炉炕边，好像把舌头烫着了似的，张着嘴呼呼地喘气，凶狠地说：

“什么？狗崽子，你敢叫老娘滚开？唉，你呀，真是我半夜里干的丑事，该咒诅的，是魔鬼把你塞进了我的灵魂里的，你怎么不在出生前就烂掉呀！”

她说着最下流的、大街上醉鬼的话，叫人听不进去。

她不大睡觉，就是睡着也不安静。有时候一晚上从炉炕上跳起来好几次，扑到我睡觉的长椅子上，把我叫醒。

“你怎么啦？”

“不要作声。”她低声地说，两只眼睛瞪着黑暗中的什么东西，指头画着十字，“主啊……伊利亚先知啊……女殉教者瓦尔瓦拉……保佑我，不要让我暴死①……”

她哆嗦着手，点起了蜡。她的长着大鼻子的圆脸，紧张得肿起来了，灰色的眼睛惶恐得直眨巴，注视着被黑暗改变了面貌的东西。厨房很大，可是挤满了立柜和箱子，夜里它就显得很窄。月光静静地洒进厨房，圣像前长明灯的火苗颤动着，插在墙上的切菜刀像冰柱似的闪着光，还有架子上的黑煎锅，看去就像一张没有眼鼻的脸。

老婆子好像从岸上爬进水里似的小心翼翼地从炉炕上下来，光着脚走到屋角去了。在那里，洗手槽上边挂着一只有耳朵的洗手器，很像一

---

① 女殉教者瓦尔瓦拉在东方国家和俄国的东正教教会中受到极大的崇敬。君士坦丁堡的瓦尔瓦拉寺曾是避难所，因此教徒们认为瓦尔瓦拉有使人免于暴死的神力。

颗砍下来的脑袋。旁边立着一只水桶。

她一边吁气，一边咕嘟地喝水。然后，从窗子里，透过玻璃上的一层薄薄的冰花，向外边张望。

“赦免我吧，上帝，饶恕我吧。”她喃喃地祷告。

有时，把蜡灭了，跪在地上，委屈地小声说：

“谁爱我呀，上帝？谁需要我呀！”

她爬上炉炕去，对着烟囱的小门画一个十字，用手摸一摸，瞧瞧风门是不是严实。手沾上黑煤，嘴上拼命地咒骂。不知怎的，一会儿她就睡着了，好像一种瞧不见的力量把她闷住了。每次我受她虐待的时候，我老是想：幸好外祖父没有娶她这样的老婆——要不然，少不了挨她骂！她也准会吃到他的苦头。她虽然常常虐待我，可是那张肿胖的脸上，常常流露出忧伤的神情，眼里也常常含泪，那时她颇有道理地说：

“你当我容易吗？生了孩子，把他们养大成人，为了什么呀，给他们当老妈子，我这是享福吗？儿子娶了老婆，就把自己的母亲扔啦，你说，这好吗？啊？”

“不好。”我老实地回答。

“对吧？说的就是嘛……”

随后，她毫不害臊地开始讲起儿媳妇来：

“我跟儿媳妇一起去洗澡，瞅见她的身子，不知他看中了她什么，这样的也能叫美人吗？”

谈到男女关系，她的嘴就脏得可怕。我开头听了很讨厌，可是不多一会儿，就不再讨厌，抱着很大的兴趣去听了。而且感到在这些话中，好像含蓄着沉痛的真理。

“女人是一种魔力，她连上帝也能欺骗①，你瞧！”她用手掌拍着桌子咒骂道，“就是为了夏娃的缘故，害得世人都要下地狱，你瞧瞧！”

她谈起女人的魔力来就没个完。我觉得她要用这种谈话来吓唬谁，

---

① 指圣经传说中夏娃偷吃上帝禁食的善恶之果的故事。

尤其是“夏娃欺骗了上帝”这句话，在我的记忆里留下深刻的印象。

在我们院子里，还有跟正房差不离大小的厢房。两座房共有八户人家，四家住着军官，第五家是团队的神甫。整个院子里都是勤务兵、传令兵。洗衣妇、老妈子、厨娘，常常上他们那儿去。在每个灶房里，经常演出争风吃醋的丑剧，经常听到哭骂、打闹声。那些兵常跟自己的同事、跟房东家的土木工人打架，他们还打女人，院子里充满淫乱的行为——血气方刚的青年人压抑不住兽性的饥饿。这种生活无聊得要命，它充满狂暴的肉欲，强者肮脏的夸耀。我的主人们在每次午餐、晚茶、夜餐的时候，总要不厌其详地、下流地议论一番。老婆子对院子里的事什么都知道，老是起劲地、幸灾乐祸地谈论着。

年轻的主妇一声不响，厚厚的嘴唇上浮着微笑，倾听她的谈话。维克托哈哈大笑。主人皱着眉头说：

“妈，别再讲了吧……”

“天哪，连话也不让我说啦！”老婆子发牢骚了。

维克托鼓励她说：

“讲呀，怕什么？反正都是自己人……”

大儿子对母亲又嫌弃又怜悯，尽可能避免跟她单独在一块儿，如果不巧碰在一起，当妈的就一定对儿子诉说儿媳妇的不是，而且一定要向儿子索钱。他慌慌张张地拿出一个或三个卢布，或是几个银币塞在她的手里。

“妈妈，您要钱也没用，并不是我舍不得，只是您拿了没用处。”

“哪里，我要布施叫花子，还要买蜡上教堂……”

“得了吧，什么布施叫花子呀！你会把维克托惯坏的。”

“你不喜欢你弟弟吗？罪过罪过！”

他一甩手，站起来走开了。

维克托老是嘲笑他的母亲。他贪吃，老嚷肚饿。每星期日，他妈烧油煎饼，总是特别留几个放在罐子里，偷偷藏在我睡觉的那张床下，维克托做完礼拜回来，把罐子拿出来，嘴里嘟哝着说：

“不能多留点吗，老家伙……”

“你快吃吧，不要让别人瞅见……”

“你这么糊涂，我偏要说出来，说你怎样把油煎饼偷偷藏起来给我，木头！”

有一次，我把罐子拿出来，偷吃了两个油煎饼——维克托把我揍了一顿。他很讨厌我，跟我讨厌他一样。他老是捉弄我，一天要我替他擦三次皮鞋。晚上他睡在搁板床上的时候，把床板推开，打板缝里往我头上吐口水。

他哥哥常说“母鸡畜生”，维克托想必是要学他哥哥的样儿，也常说一些土话。可是他们说得都很荒唐，很无聊。

“妈，向后转！我的袜子在哪儿？”

他常常发一些愚蠢的问题，想把我难倒：

“阿辽什卡，你回答：为什么写成‘发蓝’，念作‘发懒’？为什么说‘排钟’①，不说‘钢管’？为什么说‘树木’，不说‘坟墓’呢？”

我不喜欢他们说的话，我是从小就被外祖父母的好听的语言教养出来的，开头我听不懂他们说的话，什么“好笑得可怕”“想吃到死为止”“快活得吓人”这种生拉硬扯在一起的话。我想好笑的事哪会叫人可怕，快活的事情怎么会吓人呢，而且所有的人都是要吃到他死的那天为止的。

我问他们：

“难道可以这样说吗？”

他们就骂：

“你瞧，好一位先生呀！得摘下你的耳朵来……”

可是“摘下耳朵”这句话我又觉得不妥当，能够摘下的，是花、草、核桃。

他们使劲揪我的耳朵，企图证明，耳朵是可以摘下的，可是我不

---

① 一种乐器，由十二至十八根黄铜管组成，奏时打黄铜管。

服，这样，我就得意扬扬地说：

“耳朵到底还是没有摘下呀！”

在我的周围，有很多残忍的恶作剧和卑鄙龌龊的行为。它们比起库纳维诺街上那不计其数的“青楼”和“游女”还要多得不可计数。在库纳维诺丑恶行为的背后，还可以感到有一种东西说明这种行为是不可避免的：比如吃了上顿没下顿的贫困生活、艰苦的劳动等等。可是这里的人都吃得很饱，过得很舒心。说他们在工作，不如说他们在无谓地空忙，使人觉得不可理解。而且这里的一切，还刺激着人的神经，使人憋闷得透不过气来。

我的生活本来过得很不好，外祖母来看我的时候，我心里更难受。她总是从后门进来，跨进厨房对圣像画一个十字，然后对妹子深深地鞠躬，这鞠躬像千斤重物，压得我喘不过气来。

“啊哟，是你呀，阿库林娜。”主人满不在意地、冷冰冰地接待着外祖母。

我没认出这就是外祖母：她紧闭着嘴，拘拘束束的样子，脸上的表情同平时完全不一样，在门口脏水桶边的长凳上轻轻坐下，好像干了什么坏事一样，不作一声，恭顺地轻声回答妹子的问题。

这使我难受，我便生气地说：

“你怎么坐在这样的地方？”

她爱抚地眨眨眼睛，用教训的口吻说：

“你少多嘴，你不是这儿的主人！”

“他就是好管闲事，任你揍，任你骂也没用。”老婆子开始抱怨起来。

她常常幸灾乐祸地问她姐姐：

“怎么样，阿库林娜，仍旧过着叫花子一样的日子吗？”

“这有啥了不得的……”

“只要不怕丢脸，也没啥了不得。”

“据说基督从前也是靠讨饭过日子的……”

“这种话是糊涂人说的，是邪教徒说的，你这个老糊涂竟当真了。基督并不是叫花子，他是上帝的儿子，经上说，他到世上来，是要荣耀地审判活人和死人的……连死人也要受审判①，记着吧，我的老姐姐，就是把骨头烧成了灰，也逃不出他的审判……基督要责罚你跟瓦西里②的骄傲，从前你们有钱的时候，我有时去求你们帮助……”

“那时候我可是尽力帮助过你，”外祖母平静地说，“可是你知道，上帝却惩罚了我们……”

“这么一点儿还不够呀，还不够呀……”

她用她那不知道疲倦的舌头，把外祖母狠狠地奚落了一大顿。我听着她的恶毒的话，又伤心，又奇怪，外祖母怎么忍受得住。在这种时候，我就不喜欢她。

年轻的主妇从屋子里出来，客气地向外祖母点头：

“请到餐室里来，不要紧，请进来吧!”

姨姥姥望着外祖母的背影嚷道：

“把鞋底擦擦干净，乡下佬就是拖泥带水的!”

主人很高兴地接待外祖母：

“啊，聪明的阿库林娜，日子过得怎么样？卡希林他老人家好吗？”

外祖母露出由衷的微笑。

“你还是勤勤恳恳在干活？”

“嗳，老这么干着，跟囚徒一样!”

外祖母同他谈得很亲热，很投机，同时又不失长辈的风度。谈话中，他也提起我的母亲：

“是啊，瓦尔瓦拉·瓦西里耶芙娜……是个多么好的女子——真有点男子汉气魄呀!”

---

① 出自《新约·马太福音》第二十五章第三十一和三十二节，但原注文是：“当人子在他的荣耀里，同着众天使降临的时候，要坐在他荣耀的宝座上，对万民加以审判。”

② 高尔基的外祖父。

他的女人就对外祖母打岔儿说：

“你还记得吗，我送过她一件斗篷，黑绸子镶珠边的？”

“怎么不记得……”

“那件斗篷还完全是新的……”

“对啊，”主人嘟哝着，“什么斗篷、短衬衫，生活啊——可真伤脑筋！”

“你说什么？”她犯疑地问他。

“我吗？没说什么……好日子容易过，好人容易死……”

“我不明白，你说这话是什么意思？”主妇不安起来了。

后来，她带外祖母去瞅刚出生的孩子。我把桌上使过的茶具收拾下去。主人沉思着低声地对我说：

“你的外婆真是个好婆婆呀！……”

我深深感激他这句话。但等我单独和外祖母在一起的时候，我很痛心地对她说：

“你干吗上这儿来，干吗来呀？你明明知道他们是些什么人……”

“唉，阿廖沙，我全知道。”她那非常好看的脸上显出和蔼的笑容，瞅着我答道。这样一来，我觉得不好意思了。当然她什么都看得出来，什么都明白，甚至也知道我心里现在想什么。

她小心翼翼地回头望了一眼是不是有人来，然后搂住了我，亲切地说：

“你要是不在，我是不会上这儿来的，我干吗找他们？再说，你外公病了，我侍候他，没有干活，家里没有钱了……还有，我儿子米哈伊尔把萨沙赶出来了，要管他的吃喝。这儿答应每年给你六个卢布，因此我想，你在这儿已经半年，少说也能给一个卢布吧？……”她把嘴凑到我耳边轻轻说：“他们叫我教训你，骂你一顿，他们说你谁的话也不听。我的心肝宝贝，你要在这儿待着，再忍两年，直到你能站得住脚，你要忍受，好吗？”

我答应忍受，这实在是很难的。为了糊口，我一天到晚忙个不停，这种叫花子一样的枯燥无味的生活压迫着我，像做梦一样。

有时我想：应该逃跑！可是当时正是该死的冬天。每天晚上，暴风雪吼叫，风在阁楼上打回旋，房梁冻得紧缩起来，发出嘎嘎的声音——能逃到哪儿去呢?

他们不许我出去游逛，我也没有游逛的工夫。冬季里短短的白天，飞快地、不知不觉地消磨在忙碌的家务事中。

可是教堂是必须要去的，我每逢星期六要去做彻夜弥撒，逢节日要去行晚祷。

我很愿意上教堂。我爱站在一个宽宽的黑角落里，远远望着圣像壁。它好像在烛光中融化，变成一条金黄色的小河，流到灰色的石坛上。圣像的黑影轻轻地摇晃着，圣幛中门的金黄色的花边快活地颤动着，烛光像金色的蜜蜂，在青霭的空气里飘悠，妇人们和姑娘们的脑袋，像花朵一般。

周围的一切与唱诗班的歌声很调和地融合着，一切都像童话一般的奇怪，整个教堂跟摇床一般，在焦油一样的黑漆的空虚中摇晃。

有时我觉得教堂好像沉到深深的湖底里去了，为了去过一种特别的，什么也不能比拟的生活，它从地上消失了。我的这种感觉，大概是由于外祖母讲的基捷日城①的故事而来的。我常常同周围的人一起迷迷糊糊地摇摆着身子，被唱诗班的歌声、祷告声和人们的叹息声引入梦境，背诵着一首情调悲伤的故事歌：

当复活节晨祷的时候，
一队可诅咒的鞑靼人
像一大群凶恶的狗
拥进了基捷日城里……

---

① 传说中的城。据说在13世纪拔都入侵时，该城隐入了地下，后来在该城的原址上出现了斯维特洛亚尔湖（在今下诺夫哥罗德州）。

啊，上帝，啊，我的主，
大慈大悲的圣母呀！
保佑您的奴隶吧，
让我们听完这早晨的圣书，
让我们平平安安做完祷告！
不要让那些鞑靼人
玷污神圣的宫殿，
奸淫我们的妻子和闺女，
折磨我们幼小的儿童，
虐杀我们年老的公公！
我的主！你请听呀！
圣母呀！你请听呀！
听我们的祷告，
听我们的哀求。
万王之王发了命令，
召到米哈伊尔，神的差人：
“去，米哈伊尔，到地上去，
到基捷日附近去掀起地震，
让整个城市沉入湖底；
于是，既不休息，也不疲劳，
从晨祷到彻夜祷告，
教堂的神圣礼拜仪式样样做到
永生永世、永世永生！”

在那些年代，我的脑袋装满了外祖母的故事歌，正如蜂房装满了蜜。好像我连想事也按照她的诗歌的格调似的。

我在教堂里从不做祷告。——在外祖母的上帝的面前，不好意思学外祖父念那种怒气冲冲的祷词和带哭声的圣诗。我相信外祖母的上帝不会喜欢这个，正如我自己不喜欢它一样。而且，这些东西都是印在书本上的，这就是说，上帝也跟一切识字的人一样早已记住了。

因此我在教堂里，当胸头有一种快适的哀感，或是过去一天的零星的屈辱刺痛我、扰乱我的时候，我就苦心构思自己的祷告词。只要想起自己不好的命运，不用费多大气力，就能使那些诉苦的言语，自然而然地变成诗歌的形式：

天哪天哪，我再也不能忍耐，
赶快赶快，让我变成一个大人！
要不然，我实在不好受，
这样活着不如上吊——上帝，您饶恕吧！

要学是什么也学不到。
那个鬼老婆子马特廖娜，
像狼一样地对我咆哮，
再活下去也没有意思了！

直到现在，我脑子里还记着这一类的“祷告诗”，儿童时代从自己脑子里想出来的东西，变成一条条深深的伤痕，刻在心里，一辈子也不能忘掉。

在教堂很好，我在那里跟在森林和旷野一样得到休息。已经尝过多少悲哀、被恶毒和粗暴的生活所玷污了的这颗小小的心，在这朦胧的热烈的梦想中被洗干净了。

可是，只有在那种时候——天气酷寒，或是风雪在街头狂吹，似乎整个天空都冻结了，被风卷进雪云里，大地也在积雪底下冻住，好像永远不会重新苏生的时候，我才上教堂去。

我最喜欢静悄悄的晚上，在城里从这条街跑到那条街，或是走进僻静的小角落里。有时候跑着跑着，好像背上长了翅膀飞腾起来。只有孤零零独自一个，跟天上的月儿一样。自己的影子在自己的眼前爬动着，遮住了雪上的闪光，可笑地碰着了柱石和栅栏。更夫在街心走着，手里拿着拍板，身上裹着又厚又长的大衣，身边还有一条狗，抖着身子。

这个笨拙的人像一座狗舍。这狗舍从院子里出来，在街头无目的地走着，无可奈何的狗，跟在他的后面。

有时候，碰到快乐的小姐和少爷，我想他们大概是从做夜弥撒的教堂里溜出来的。

有时，从光亮的窗子上的通气口，流出一种特别的香味，流到外边新鲜的空气里来。这是一种很好闻的、不熟悉的气味，使我想起我所不知道的一种异样的生活。我便在窗底下停下来，抽着鼻子，尖着耳朵这样那样地推测：这是一种怎样的生活呢，这房子里住着的是什么样的人呢？教堂里在做夜弥撒，他们还闹得那么欢，弹着一种特别的吉他。沉重的铜弦声从通气口流出来。

我特别感兴趣的是冷落的吉洪诺夫街跟马尔丁诺夫街的拐角上那座矮小的平房。我第一次看见它是在谢肉节[①]周之前的一个化雪的月明的夜晚，从窗户上方形的气窗中向街头流出一股温暖的蒸汽和一种不寻常的音响，好像有一个强壮善良的人正闭着嘴唇哼曲子，歌词虽然听不清，调子倒好像挺熟悉挺好懂的。可是侧着耳朵听去，却被恼人的弦声遮住，再也听不明白了。我坐在阶沿石上，心里想这一定是一种有魅力的提琴声，因为听起来心里很不好受。这乐器有时发出一种强大的力量，把整个房子都震动起来，玻璃沙沙地响。房檐上滴下檐溜，我的眼里也掉下了眼泪。

更夫悄然地走到我的身边，把我从阶沿上推下，问道：

“待在这儿干吗？”

“听音乐呀。”我说道。

“管不得那么多，快滚开……”

---

① 基督教的节日，大斋节前的一个星期。

我赶忙绕着这段街跑了一个圈儿，又走回原地方的窗子底下，可是奏乐已经停止了，从气窗传出来一阵阵的欢笑声。这声音和悲哀的乐声相差太远了，使我以为刚才是在做梦。

差不多每星期六晚上我都走到那座房子跟前去，可是只有一次，在春天，才第二次听到大提琴的声音。那一次，几乎一直奏到半夜，我回去时挨了一顿揍。

披着冬夜的星星，在冷静的街头散步，使我增长了不少的见识。我特别挑选了离中心区比较远的市梢，中心区街上灯光多，我怕碰到主人的相识，被主人发觉我没有去做夜弥撒，却在街头游荡。最碍事的是醉鬼、警察和妓女们。但在市梢头，只要下层屋子的窗户没有冻得很厉害，并且窗内没有放下窗帘，就可以往里边张望。

这些窗户，在我的眼前呈现着五光十色的景象。我瞅见有些人在做祷告，有些人在接吻，有些人在打架，有些人在打牌，也有些人在不安地、悄然无声地交谈着。无声的，鱼一样的生活，像西洋镜一般展现在我的面前。

我瞅见一个地下室的桌子边，有两个女人，一个很年轻，一个比较大一点儿。在她们对面，坐着一个长头发的中学生，一边挥动着一只手，一边朗诵着一本书给她们听。年轻的那个，严厉地蹙着眉头，靠在椅子背上听着，那个大一点儿的、瘦瘦的、头发蓬松的女人，突然两手掩住脸，抽搐着肩头。中学生把书扔开了。不一会儿，年轻的那个站起身来跑出去了，他就跪在头发蓬松的那个女人的面前，开始吻她的双手。

再张望另外一个窗户，瞧见一个蓄着大胡子的高个子男人，把一个穿红色短衫的女人放在膝上，像哄孩子似的把她摇着。他瞪着眼，张着大嘴，样子大概是在唱着什么。那女的笑得浑身抖动，背向后仰，两脚乱蹬。然后，他又把女的身子弄正，重新再唱，女的又狂笑了。我瞧了他们好半天，直到明白他们是准备这样玩一个通夜时，我才走了。

这种景象，有不少永远留在我的记忆里。我时常因为望出了神，回家迟了，引起了主人们的怀疑，他们便向我盘问：

“你去了哪个教堂？是哪位神父司会的？”

全城的神父他们都认识，而且什么时候该念什么经，也都知道，我撒谎是容易被他们抓住的。

婆媳俩所礼拜的上帝，就是我外祖父的那位脾气很大的上帝，这位上帝，要人们在他的跟前心怀恐惧。她们的嘴上，老挂着这位上帝的名字，甚至在吵嘴的时候，也彼此吓唬：

“瞧着吧，上帝会报应的，他会叫你成罗锅儿，下贱东西……”

大斋节第一周的星期日，老婆子做煎油饼，都煎焦了，她那张被火烤红的脸，满含怒气，大声吼叫道：

“唉，你们都给我见鬼去吧……”

忽然，她又嗅了一嗅煎锅，把脸一沉，把锅往地上一扔，哭了起来：

“啊哟，锅子里有肉味，该死该死，星期一吃素的那天，我没有把它烧干净，啊哟，上帝呀！”

她跪着，一把眼泪一把鼻涕地祷告起来：

“上帝，上帝，饶恕我这个该死的老婆子，为了耶稣基督的受难饶恕我吧！上帝，不要惩罚我这个老浑蛋吧……”

她把煎好的油饼都喂了狗，把煎锅重新烧干净，可是儿媳妇跟她吵嘴的时候，还拿这件事来责备她：

“你连吃斋的时候，也拿荤油锅子烧东西……”

她们把自己的上帝拉进一切家务之中，拉进自己的渺小的生活的一切角落里。因此，贫乏的生活，表面上看去也好像有了意义和重要性，像是时刻在为最高权力者服务。这种把上帝拉进一切鸡零狗碎的生活中的做法，使我感到透不过气来。我好像暗中被人监视着，常常不自觉地向各角落张望。到了晚上，有一种恐怖像冰凉的云层一样把我包围起来。这种恐怖的发源地，便是点着长明灯供着黑色圣像的厨房里的一个角落。

橱架边有一扇大窗子，正中一条支柱把窗棂分隔开来。深沉无底的蔚蓝的天空，向窗里张望。我觉得房子、厨房、我——一切都好像挂在天空上，如果发生一阵剧烈的震动，一切东西都会落向这个冰凉的、蔚蓝色的大窟窿中，擦过星辰的旁边，无声地落进死的静寂，好像一块石头沉进水里。我一动不动地躺着，连翻一个身也不敢，等待着可怕的末日。

我已经记不得这恐怖是怎样治好的，但我很快把它治好了，当然是得到了外祖母的善良的上帝的保佑。我想，我那时候已经体会到一种简单的真理：我没有干过任何坏事，我没有犯过罪，我就不应该受罚，而对于别人的罪孽，我是没有责任的。

白天去做礼拜的时候，我也溜出去闲逛，尤其是春天，一种遏制不住的力量坚决不放我上教堂去。如果他们给我两个戈比做蜡钱，那就算害了我。我买了一副羊趾骨，做礼拜的时间尽在外边玩，老是把回家的时间弄晚了。有一次，我把追念亡灵和买圣饼的十个戈比全输光了。我没有办法，趁管教堂的端着盘子从祭坛下来的时候，我偷了别人的圣饼。

我一心只想玩，玩得简直发了狂。我玩得很巧妙，很快就成了这一带街上玩羊拐、玩球、玩打棒子游戏的名手。

大斋节的时候，他们逼迫我去斋戒。于是，我到邻居多里梅东特·波克罗夫斯基神父那里去受忏悔礼。我认为他是一个很严厉的人，而且我对他犯过好些罪，我扔石头打毁他园里的亭子，我又常常跟他家的那些孩子打架。总之，他可能向我提起我干的许多使他不痛快的事来。因此我心里很不安，我走到那座简陋的教堂里，等候轮到我忏悔，我心头怦怦地发跳。

可是多里梅东特神父发出和蔼的、责备似的叹声迎接我。

“啊，邻居，好，跪在这儿！你犯过什么罪？”

他把一块厚丝绒布覆盖在我的头上，蜜蜡和乳香的气味扼住我的呼吸，说话很吃力，而且我也不想说话。

“你听大人的话吗?”

“不听。”

“你说：我有罪!”

我不觉冲口说出来：

“我偷过圣饼。”

“为什么，在哪里偷的?”神父想了一想，缓缓地说。

“三圣教堂、圣母教堂、尼古拉教堂都偷过……”

“啊——啊，所有的教堂都偷过，孩子，这可不好，这是犯罪呀，你懂吗?”

“懂。”

“你说：我有罪！不像话。你是偷来吃的吗?”

“有时候吃，有时候赌羊拐把钱输光了，没有圣饼带回家去，因此我就偷……”

多里梅东特神父嘴里开始呜里呜噜念起来。接着又问了几个问题，然后，忽然很严厉地问：

“你看过禁书没有?”

当然，我不懂这个问题，我便反问：

“什么?”

“你看过不准看的书吗?”

“不，什么也没有看过……”

“饶恕你的罪……起来吧!”

我惊异地瞧着他的脸，那张脸似乎是深思而和善的。我不好意思，我觉得害臊：当我来做忏悔的时候，主人对我说，无论什么事都得老老实实一丝不漏地说出来，使我对忏悔感到害怕和恐惧。

“我向你家的亭子扔过石头。”我坦白了。

神父抬起头来说：

“这也是不好的，走吧!”

“我还向狗扔过……”

“下一个!”多里梅东特神父连看都不看我，径直叫我后面的人。

我走出来，觉得受骗了，心里很委屈：我以为忏悔有多么可怕，我心里是那么紧张，哪里知道一点儿可怕的地方也没有，而且很无聊！有一件使我感到兴味的，便是问了我所不知道的书。我想起了，在那家地下室里把书读给两位姑娘听的中学生，我也想起了那位“好事情”——他也有许多黑皮的、厚厚的、带着莫名其妙的插图的书。

第二天，主人家给了我十五个戈比，让我去领圣餐。今年的复活节很晚，雪早已融化，街面也已经干燥，路上弥漫着尘埃，是一个晴朗、愉快的日子。

教堂栅栏边，有一群工人正在狂热地玩羊拐子，我想：领圣餐还有些时候，便对那些赌徒说：

“让我加入吧!”

“加入费一戈比。”一个有麻子的红脸汉子傲然地说。

我也同样傲然地说：

“好，左边第二对上，押三戈比。”

“把钱押出来!”

于是，赌博开始了!

我把十五戈比换开，拿三戈比押在一对羊趾骨下边，谁打掉这对羊趾骨，谁就把钱拿去。如果打不着，他就得赔我三戈比。我走了运：两个人瞄准了我的注打，都没有打中，我从两个中年人手里赢了六戈比，我的兴头来了……

可是有一个赌徒说：

“当心这小鬼，别让他赢了钱溜走……”

我生气了，像打鼓一样激烈地说：

“在左首边上那对，押九戈比!”

可是这没有引起那些赌徒的注意，只有一个跟我年纪相仿的小伙子警告着说：

“小心呀！这家伙正走着运呢。他是星街绘图师家里的徒弟，我认识他！”

一个瘦小的工匠，按他身上的气味是毛皮匠，他挖苦地说：

“小鬼[1]吗？好……”

他用灌上铅的羊趾骨瞄准着，准确地打掉了我的注，俯下身来向我问道：

“你哭吗？”

我回答道：

“在右首边上押三戈比！”

“我也会打掉的。”毛皮匠吹着牛，可是他输了。

坐庄以三次为限，现在挨到我来打人家的注了。我又赢了四戈比和一堆羊趾骨。可是，再轮到我坐庄时，三次都输了，把钱全部输光。正在这时候，白天的礼拜完了，钟声响着，人们从教堂里走出来。

“家里有老婆吗？”毛皮匠这么问着，伸手来抓我的头发，可是，我把身子一缩就溜跑了。我赶上一个服装漂亮的年轻小伙子，客气地问：

“你领了圣餐吗？”

“领了又怎样？”他怀疑地望一望我，反问了。

我求他告诉我，圣餐是怎样领的，神父在那时讲了什么，领圣餐的人该做什么。

那家伙严厉地板起面孔，用吓唬的声音向我吆喝：

“不去领圣餐，偷着玩儿，是不是邪教徒？嗯，我不告诉你，叫你老子剥你的皮！”

我跑回家去，准备他们盘问我，识破我没有去领圣餐的事儿。

可是老婆子却替我祝了福，然后，只问了一句：

“你给了管教堂的多少蜡烛钱？”

“五戈比。”我胡乱说。

---

① 俄语中的“绘图师”和“小鬼”发音相近。

“给他三戈比就已经是天大的人情了，剩两戈比给自己呀，傻瓜！”

春天，每天都换着新装，一天比一天绚丽动人，嫩草和白桦的新绿，散发出醉人的芳香。我很想跑到旷野去，仰面躺在和暖的土地上，听云雀的叫声。可是我忙着刷拭冬衣，装进衣箱里去；切烟叶；拿拂尘拂拭家具；一天到晚，尽跟那些对自己完全没有必要的、不痛快的东西周旋。

闲下来，完全没有什么可做。我们这条街又窄又湿，也没有一个行人。要跑远一些是不许可的。院子里只有一些脾气很坏的、疲劳的土工和头发蓬乱的厨娘和洗衣妇，每晚上，他们举行狗一样的结婚。这真是叫人讨厌、受辱，简直想使自己变成一个瞎子，什么都看不见才舒服。

我拿了剪子和花纸，跑到顶楼剪了各式各样的纸花，装饰在屋椽子上，这到底也只是无聊中的消遣。我心里惶惑着，想跑到一个什么地方去，那里，人们不这么贪睡，不这么爱吵闹，不这么爱向上帝诉苦，不这么爱责备别人、侮辱别人。

……复活节的星期六，弗拉基米尔圣母显圣的圣像，从奥兰斯基修道院迎接到城里来。这圣像要在城里停留到六月中旬，在各教区举行挨户的访问。

圣像到我主人家里来，是在一个不是星期天的早晨。我在厨房里擦铜器，年轻的主妇在屋子里慌张地叫嚷起来：

“快去开外边的大门，奥兰斯基圣母抬到我们家里来了！”

我就这么肮肮脏脏的，两手满是擦铜油和砖头粉，跑出去开了大门。年轻的修道士，一只手提着灯笼，一只手拿着香炉，瞧见我就低声地嘟哝着：

“你在睡觉吗？来，帮着扶一把……”

两个普通人扛了沉重的神龛，走上狭窄的楼梯。我在神龛的一边，用脏手和肩头，帮他们扶着。后边一群身子沉重的修道士，踏着脚跟了上来，一面用低沉的声音懒洋洋地唱着：

“至高无上的圣母呀，请替我们祈祷上帝……”

我带着感伤的信心想：

“我这么脏，去扛圣像，圣母一定会罚我，我的两只手一定会干瘪掉的……”

圣像放在屋子上首角落的两张用干净被单铺着的椅子上。神龛两边站着两个修道士，用手扶着神龛。这两个人都年轻貌美，像一对天使，眼睛亮晶晶的，脸上笑嘻嘻的，披着蓬松的头发。

祷告举行了。

“啊，至高无上的圣母呀！”大个子神父大声唱着，他用红红的指头不断地去摸被蓬松的头发遮掩着的胖耳朵。

“至高无上的圣母大慈大悲。”修道士懒洋洋地唱着。

我非常喜欢圣母。据外祖母说，圣母在地上种了一切花、一切欢乐、一切善良美丽的东西，安慰那些可怜的人们。于是，当轮到我去吻她的手时，我没有看见大人们是怎样吻的，只是战战兢兢地在圣像的脸上和嘴上吻了吻。

不知是谁，使劲地推了我一把，把我推到屋角门槛边。也不记得是什么时候，修道士已扛着圣像回去了。但我清楚地记得，我坐在地板上，主人们围着我，怀着极大的恐惧和忧虑，互相谈论着：这孩子会怎么样呢？

“得去跟神父谈一谈，他是什么都懂的。”主人说着，然后不怀恶意地骂我：

“真不懂事，不可以亲嘴的，难道这点都不知道？……还进过学校呢……”

整整几天，我毫无办法地等待着，不知会发生什么事，用脏手扶了神龛，不知分寸地亲了她，这可是饶不了我，饶不了我！

可是圣母好像已经宽恕了我的出于真诚的无心的罪过，也许是她的责罚很轻，使我在那些好人给我的大量责罚中，完全觉不出来。

有时我故意向老婆子挑衅，打击她说：

“圣母大概忘记责罚我了……”

“你等着，”老婆子阴险地说，“等着瞧吧……”

……当我拿桃红色茶叶包纸剪成的图样、锡纸、树叶等等装饰顶楼椽子的时候，就用教堂赞美诗的调子编起歌来，想到什么就唱什么，像加尔梅克人[①]在路上边走边唱的一样：

手拿一把剪，
坐在顶楼边。
把纸儿剪剪……
我心里烦厌，蠢汉！
如果我是一条狗，
随便哪里都可走，
可怜枉为一个人，
一天到晚听骂声：
规矩些，别作声，你这小畜生，
若是不老成，要了你的命！

老婆子望望我的手工，不住地摇头，不住地笑：

“你要是把厨房装饰成这样多好呀……”

有一天，主人跑上顶楼来，见了我的手艺，感叹道：

“彼什科夫，你这小伙子真有趣，活见鬼……你想当变戏法的吗？我可猜不透你……”

他给了我一个尼古拉一世时代的五戈比大银币。

我用细铁丝做了络子，把这个银币挂在五颜六色的装饰品中最显眼的地方，像一枚奖章。

可是过了一天，那银币跟铁丝络子都不见了。我相信一定是老婆子偷去了。

---

① 俄国少数民族。

# 五

这年春天，我终于逃跑了。有一天早晨，我上铺子里去买早茶用的面包。铺子里的老板当我的面，跟老婆吵架，拿一个秤砣打她的额角，她逃到街上，摔倒了。马上围满了人，把女的抬上四轮马车，送往医院里。我跟在车子后面跑，不知不觉地跑到了伏尔加河边，手里还拿着一个二十戈比的银币。

春天的太阳和煦地照着，伏尔加河水涨得满满的，大地显得热闹而宽阔。这使我感到自己所过的生活，真好像躲在地窖里的小耗子。于是，我决心不回主人家去，也决心不到库纳维诺区外祖母那里去。我没有遵守对她的诺言，没有脸去见她，而且外祖父，一定又会对我幸灾乐祸的。

我在河边游荡了两三天，那些好心的码头工人，给我吃的，晚上我跟他们一起睡在码头上。后来，其中有一个对我说：

“小伙子，我瞧你光在这里闲荡着也不成呀，你到那条‘善良号’轮船上去碰碰看，那里正要雇用一个洗碗的小伙计……”

我去了，高个儿的满脸胡子的食堂管事，戴着一顶没有遮檐的黑绸帽子，他用浑浊的眼睛，从眼镜里边打量着我，小声说：

“一个月两卢布。身份证呢?”

我没有身份证。食堂管事想了想说：

“把你妈找来。”

我就跑到外祖母那里去。她赞成我的行动，便说服外祖父，到职业局替我领了居民证，亲自同我一起到轮船上。

“好，”食堂管事望了我们一眼，说，“跟我来。”

他带我到后舱。那里有一个身材魁梧的厨师，白衣白帽，坐在小桌子前喝茶，抽着粗大的纸烟。食堂管事把我推给他：

“洗碗的。”

说完，立刻跑开了。厨师鼻子里哼了一声，掀一掀黑胡子，望着管事的背影说：

“光贪便宜，不管什么样的家伙都要……”

他生气地抬起剪得很短的黑头发的脑袋，瞪着暗色的眼睛，梗着脖子绷着脸，大声说：

“你是什么人？”

我很不喜欢这个家伙，虽然他穿着一身白衣服，看去依然很肮脏，指头上长着毛，大耳朵里也突出几根长毛。

“我饿了。”我对他说。

他眨巴了一下眼皮，狰狞的脸立刻变成笑呵呵的了。厚厚的、晒红了的两腮，直拉到耳根，露出粗大的马牙，胡子软软地向下垂着，样子变得像一个和善的胖妇人。

他把自己杯子里的茶底儿泼到船外边，重新倒了一杯，又拿一整个长圆形白面包和一大截香肠推到我面前：

“吃吧！有没有爹妈？会不会偷东西？嗯，别担心，这里的人全是贼，他们会把你教会的！”

他说话简直跟狗叫一样。他那张剃得发青的大肥脸上，鼻子四周跟网纹一样布满红筋，肿胖的红鼻头挂到胡子上边，下唇沉重地不高兴地撇着，口角上叼着一支烟卷，冒着青烟。他显然是刚洗过了澡——身上发出桦树条①和胡椒酒的气味，太阳穴和脖子上大汗直流，泛出油光。

我把茶喝完了，他把一卢布纸币塞在我的手里：

“拿去买两条长围裙，不不，等一等，还是我去买！”

他把白帽子拉一拉正，便摇晃着笨重的身体，像熊一样一步一蹭地踏着甲板走了。

---

① 俄国人洗蒸汽浴时用来拍打身子的工具。

……夜，皎洁的月亮渐渐移向轮船左边的草场上空。一条古老的棕红色的轮船，烟囱上带着一道白条，轮叶拨动着银色的水面，悠悠地不平稳地行驶着。黑魆魆的河岸，迎着船身悄悄地掠过去，沉沉的影子落在水里。岸上，房屋的窗里，透出红艳艳的灯光，村子里飘来唱歌的声音，望见姑娘们在跳圆舞。她们那“阿依，柳里”的唱和声，听起来和赞美诗中的“阿利路亚”一个样……

轮船的后面，一条长缆索拖着一只驳船，船身也涂着棕红色。驳船甲板上装着铁笼子，里边是判处流刑和苦役的囚徒。舱头上，哨兵的枪刺像烛火一样闪光。暗蓝色的天空照耀着星辰的光辉。驳船上人声静寂，洒满月光。漆黑的铁栅栏里，模糊地露出滚圆的灰点。这是囚徒们在眺望伏尔加。水波荡漾有声，像低泣，也像窃笑。四周一切都跟教堂一样，也像教堂一样发出浓烈的油脂香。

我看见这条驳船，就记起小时候从阿斯特拉罕到尼日尼的旅行，记起母亲严肃的脸，和把我带进这个有趣的但也艰苦的人生中、带进人间来的外祖母。一想到外祖母，便觉得一切讨厌的和苦恼的事都离我而去，变成了有趣的和快乐的了，人们都变得好起来，变得更可爱了……

这美丽的夜色，这驳船，都使我深深地感动，差点儿掉下泪来。驳船像一口棺材，在浩渺的河面上，在暖夜那引人深思的静寂中，简直是一种多余的东西。河岸的不匀称的线条，一忽儿高，一忽儿低，令人看了心里非常舒服——我想做一个善良的人，做一个对别人有用的人。

我们轮船上的人，都很特别，我觉得老老小小，男男女女，所有的人都是一个样子。我们的轮船行得很慢，有要事的客人都去搭快班船了，只有那些并没有要紧事务的人，才聚集在我们的船上。他们一天到晚尽吃、尽喝，把很多的餐具、刀、叉、勺子弄脏。我的职务就是洗盘子，洗碟子，擦刀叉，从早晨六点钟起，几乎直到半夜，都忙着干这活儿。下午两点到六点，晚上十点到半夜，我的工作比较少些。——这时候，旅客们已经吃过东西，在休息，光喝茶，喝啤酒和伏特加。于是，餐室里的一切侍役——我的上司，都有了空闲。近舱口的桌子上，厨师斯穆雷、他的下手雅科夫·伊凡内奇、洗碗工马克西姆、头等舱茶房谢尔盖那些人，都在喝茶。谢尔盖是个高颧骨、麻子脸的驼子，长着水汪汪的眼睛。雅科夫·伊凡内奇露出发青的腐朽的牙齿，跟哭一样地笑着，谈着猥亵的话。谢尔盖活像一只青蛙，把大嘴巴扯到耳根。马克西姆睁着一对说不上是什么颜色的严峻的眼睛，望着他们，沉着脸不吭气儿。

“亚细亚人！莫尔德瓦人①！”厨师有时也大声说。

我不喜欢这些人，肥胖的秃头雅科夫·伊凡内奇老是讲女人，而且讲得不堪入耳。他那张没有表情的脸，长满暗青色的瘢块，一边脸上，有一颗长着红毛的黑痣。他用手捻捻这些毛，弄成一枚针似的。当船上来了轻佻放肆的女客，他就如同一个叫花子一样，唯唯诺诺在一旁侍候，说话时又柔和又可怜，口角上冒出胰子泡那样的口沫，他伸出不干净的舌尖迅速舔去。不知什么原因，我总觉得刽子手就是这么肥头肥脑的人。

“要善于使女人动情。”他教谢尔盖跟马克西姆说。谢尔盖和马克西姆两个，鼓起两腮，红热着脸，出神地听着他讲。

“亚细亚人!”斯穆雷厌恶地大声说。他吃力地站起身来，命令我道：

“彼什科夫，来!”

他跑到自己的舱室里，塞给我一本皮面精装的小书，然后躺在靠冷气房墙边的帆布吊床上。

“念吧!”

我坐在通心面箱子上，认认真真地念了起来：

“‘挂满星星的恩勃拉库伦，意味着上天的交通畅通无阻，会员们

---

① 沙俄时代亚洲人和定居在伏尔加河一带的少数民族莫尔德瓦人被视为“野蛮人”。

有了这条坦途，能使自己从普罗芳和恶德中解脱……’”①

斯穆雷点起烟卷，吐出一口青烟，生气地说：

“这帮骆驼！他们写些……”

“‘露出左胸，以示心地纯洁……’”②

“什么人露出左胸？”

“没说。”

“那就是说女人的胸部……③呸，这帮淫荡的家伙。”

他合上眼，两手垫在脑后躺着，烟卷叼在嘴角上，稍稍冒着烟，他用舌尖一拨，大吸一阵，弄得胸口呼呼作声，一张大胖脸沉进烟雾中去了。有时我以为他睡着了，停下不念，把这本讨厌的书翻着瞧瞧。真是一本讨厌的书，使人瞅着作呕。

可是他沙着嗓子嚷了：

“念呀！”

“‘大师父④回答道：你瞧，我的亲爱的兄弟苏韦里扬⑤……’”

“是塞韦里扬吧……”

“写着是苏韦里扬呀。”

“是吗，真见鬼！底下有诗，你跳下去念吧。”

我就跳下去念：

愚蠢的人们呀，你想知道我们的事情，

---

① 高尔基念的小书是法国人T. 威尔逊写的《共济会会员的真面目》。它是一本反对共济会的小册子，书中详细论述共济会的教礼仪式，并且用了一些共济会专用的术语。这句中的恩勃拉库伦、普罗芳两个词，就是共济会会员们用的术语，前者意为“天幕”（原为拉丁语），后者意为“非共济会会员德行”。

② 这是授予申请入会者为共济会会员称号时举行的一种仪式。

③ 书中说：“当有人说，举行这种仪式是为了辨认申请人是男是女时，共济会会员们认为这是对他们的污辱。”

④ 对共济会分会会长的尊称。

⑤ 法语，此处意为共济会分会副会长。会员之间互称兄弟。

你们这样懦弱的眼睛，怎能瞧分明！

就是天神的歌声，你们也不会听清。

“等一等！”斯穆雷说，“这不是诗呀，你把书给我……”他怒气冲冲地把厚厚的蓝书翻弄了一阵，便把书塞进褥子底下。

“去，另外拿一本来……”

使我难受的，是他那口钉着铁皮的黑箱子，里边装着很多书，有《奥马尔喻世故事集》①、《炮兵札记》②、《塞丹加利爵爷书简》③、《论臭虫类此害虫之防治方法》，还有一些没头没尾的书。有时候，厨师逼我把书拿出来，一本一本把书名报给他听。他听着我念，便叱骂着说：

“胡编乱造，这些混账东西……他们像在打人的耳光，为什么要打，却不明白。格尔瓦西④！他怎么落到我手里来的，这个格尔瓦西，‘还有什么恩勃拉库伦’……”

尽是一些怪词儿，陌生名字，叫人讨厌地记着很多，刺激着舌头，每分钟都想重复地念。我想：也许可以从声音中体会出意思来。船窗外，河水在不倦地歌唱。这时候，跑到后舱去一定很有趣。那边，在满堆的货物箱中间，围聚着水手们和司炉们，有的同乘客打牌，赢他们的钱，有的唱歌，有的在讲有趣的故事。跟他们坐在一起，心里很舒畅。一边听他们简单明白的讲话，一边望着卡马河岸上那铜弦一样笔直的松树，水退以后草场上留下的小池沼一样的水洼。这些水洼像破碎的镜片，映出了蓝色的天空。我们的轮船离开了陆地在向远方奔去，可是在白天倦怠的沉寂里，听见从岸上传来了一座看不见钟楼的钟声，就令人

---

① 德国著作家和神秘主义哲学家卡尔·艾卡茨豪岑（1752—1803）的著作，是一本充满道德说教的多愁善感的故事集。

② 法国人P. S. 德·圣雷米作。

③ 法国女作家阿代拉伊达·德·弗拉奥作。

④ 格尔瓦西是喀山神学院的助祭级的修道士，曾把一部希腊文的教会著作译成俄文。译本在19世纪初在俄国流传较广。

想到那儿有村庄，有人。在波浪上，有一只渔船在漂荡，像一大块面包。啊，那边的岸上出现一座小小的村子；孩子们在河里戏水。像黄绸带子一样的沙地上，走着一个穿红衬衫的农人。远远地，从河中心望去，一切都显得好看；一切都跟孩子的玩具一样，又小巧，又斑斓。我想向岸上喊几句和善亲切的话，不仅向岸上，同时也向驳船上。

这条红沉沉的驳船，引起我很大的兴趣。我能整个钟头不眨眼地望着这条船伸出它的粗笨的船头，冲破浊流的情景。轮船拖着这条驳船像拖着一口猪，松弛时拖索打在水面上，随后又绷起来落下许多水点，拉紧船的鼻子。我很想看看那些跟野兽一样坐在铁栅里面的人们的脸。当他们在彼尔姆上岸的时候，我走到驳船的跳板去看。几十个没有人样的可怜人儿，从我的身边走过，杂乱沉重的脚步，夹着镣铐的声音，弯腰屈背地驮着沉甸甸的包裹。男的、女的、老的、少的、俊的、丑的都有，可是看来完全跟普通人一样，只有身上的服装和剃成怪模样的头发不同。当然，这些人都是强盗，可是外祖母曾给我讲过许多强盗的侠义行为。

斯穆雷的模样比谁都更像一个强盗，他阴沉沉地望着驳船，嘟哝着说：

“上帝啊，解脱这种命运吧！”

有一次我问他：

“人家都在杀人、打劫，你干吗老这么做着饭？”

“我不是做饭，我只是煎煎炒炒，做饭的是娘儿们呀。”他说着笑了。想了一下，又补充说：“人跟人的差别，都在脑筋上边，有的人聪明一点儿，有的人不大聪明，还有些人完全是傻瓜。一个人想聪明，得多念书，正经的书固然好，坏的魔道书也好，念得越多越好，要把所有的书都念过，才能找到好书……”

他老是提醒我说：

“你念吧！念不懂就念七遍，七遍再不懂就念十二遍……”

斯穆雷对船上的人，不管是谁，就是对那个不大吭气的食堂管事也不例外，说起话来总那么喋喋不休的，厌恶地撇着嘴，髭须向上翘着，重声重气地好像拿石头砸人一样。可是他对我却是和善而关怀的，不过在关怀中含有一种多少令我害怕的东西。有时我似乎觉得，这厨师也跟外祖母的妹子一样是个半疯子。

有时，他这样对我说：

“等会儿再念吧……”

他就闭上眼睛，打起鼾声，久久地躺着。他的大肚子一鼓一瘪，两只满是火烫疤的手，像死人一样交叠在胸口上，手指头微微动着，好像正在用一副瞧不见的编针，编织瞧不见的袜子。

突然，他又嘀咕着说：

“是呀，老天给了你这么个智慧，你就得靠着它去生活！可是老天给人智慧很小气，而且不均匀。如果大家都一样聪明，那该多好呀，可是不这样……有的人懂，有的人不懂，还有的人压根儿就不想懂，你瞧！”

他结结巴巴地把自己在军队里的生活讲给我听。我不能领会这些故事的意思，觉得没有一点儿味儿。而且他讲得没头没脑，东一搭，西一搭，想起什么就说什么：

“团长把兵士叫来，问他：‘中尉对你说了些什么？’那兵士一五一十报告了。当兵的可不能撒谎。可是那中尉跟盯住墙壁一样盯着他，不一会儿，他转过脸，把脑袋低下去了。嗯……”

厨师冒火了，他吐着烟，唠叨说：

“我怎么会知道，什么可以说，什么不可以说？这样，那中尉就在要塞里禁闭起来。那中尉的母亲却说……‘啊，天哪！’……我那时什么也没有学过嘛……”

炎热的天，四周的一切轻轻地摇晃着、轰隆着。船舱的铁板外边，响着水声和轮船外轮转动的声音。圆圆的窗外，河水像一条宽阔的带子，滔滔地流过去。远远地望见岸上一片草场，零落地立着一些树木。耳朵习惯了一切声响——觉得四周很静，虽然水手们在船头上像哭似的叫唤着：

“七个，七个……”

我什么也不想去参加，也不想听，也不想干活，只想躲到什么隐僻的地方，闻不到厨房的油腻和热香，悠悠地望着这疲倦的生活的流水，潺潺地流去。

“念呀！”厨师生气地命令了。

各等舱室的茶房都怕他，还有那个柔顺的、不大吭气的、跟鲈鱼一样的食堂管事，也好像有点害怕斯穆雷。

“嗨，猪猡！”他呵斥那些食堂里的茶房，“到这儿来，贱骨头！亚细亚人……恩勃拉库伦……”

水手和司炉们对他总是又恭敬又巴结。他把炖过肉汤的肉给他们，问他们家乡的情况、家人的情况。那些满身油腻、像火熏过一样的白俄罗斯司炉，在轮船上算是最低下的人，大家都叫他们雅古特①，还向他们挑逗说：

“雅古、别古，在岸上住。”

斯穆雷听到了就气得满脸通红，向司炉中的一个大声嚷起来：

“你干吗让人家嘲笑你？傻瓜！你揍喀查普②的嘴巴呀！”

有一次，那个长得又漂亮又凶恶的水手长对他说：

“雅古特跟霍霍尔③是一路货！”

厨师听了这话，立刻两手抓住他的领子和腰带，把他举到头顶上，一边摇晃着一边问：

“你要我把你摔死吗？”

他常常跟人吵架，有时甚至扭打起来，可是斯穆雷从来没有挨过揍。他的气力比谁都大，而且船长太太常常同他谈得很亲热。她个子高大、肥胖，脸跟男人一样，头发剪得又短又平整，像一个男孩子。

---

① 革命前对白俄斯人的鄙称。

② 革命前乌克兰沙文主义者对俄罗斯人的鄙称。

③ 革命前俄罗斯人对乌克兰人的鄙称。

斯穆雷喝伏特加喝得很凶，可是他从来没有醉倒过。一清早他就在那儿喝，一瓶酒四次就喝完了。以后，一直到晚上，他又不停地喝啤酒。他的脸喝得渐渐变成紫褐色，一对黑眼睛渐渐大起来，好像吃惊的样子。

傍晚的时候，他常常在抽水机那边坐下，身子高大，穿着一身白衣服，忧郁地望着流动的远方，好久好久地坐着不出声。在这种时候，大家特别害怕他；可是，我却有点怜悯他。

雅科夫·伊凡内奇从厨房里走出来，汗气腾腾，满脸被炉火烤得通红，站下来搔搔秃头皮，把手一甩，走了；或是离得远远地对他说：

“鲟鱼死了……”

“那就把它做成杂拌汤吧……”

“可是客人如果要鱼汤、要蒸鱼怎么办呢?”

“你就做吧，反正他们会吃的。”

有时我大着胆子走近他的身边去。他费劲地把眼睛移到我这边来：

“什么事?”

“没有什么。”

“好吧……”

可是有一次就在这样的时刻，我终于问他了：

“你干吗老让大家都怕你？你是个和善的人啊。”

出乎我的意料，他并没有生气：

“我只是对你才和善呀。”

可是，立刻又实在地、深思地补充说：

“不过，也许是这样，我对什么人都和善，只是不表露出来罢了。这不能让人瞧出来，让人瞧出来了就会吃亏。什么人都一样，会爬到和善人的头顶上，跟在泥沼地里往土堆上爬一样……而且，把你踩倒。去，去拿啤酒来吧……”

他一杯又一杯地喝完了一瓶，把髭须舔一舔，又说：

“你这小鸟儿要是再大一点儿，我会告诉你许多事情。我有许多值得告诉人的东西，我可不是一个傻瓜……你念书吧，书里边什么重要的知识都有。书不是平常的东西！你想喝啤酒吗？”

“我不爱喝。”

“好，那就别喝。喝醉酒可是一件糟糕的事。伏特加是魔鬼的东西。我要是个富翁，就一定送你去念书。一个人没有学问，就跟一头牛没有区别，不是套上轭架，便是给人宰了吃肉，它也只能摇晃尾巴……”

船长太太借了一本果戈理的书给他。我念了《可怕的复仇》，心里很满意，可是斯穆雷却怒吼起来：

“生编硬造，无稽之谈！我知道，还有别的书……”

他从我手里把书夺过去，跑到船长太太那儿，另拿了一本来，不大高兴地命令我道：

“你念《塔拉斯》① ……他姓什么来着？你找出来，她说这是一本顶好的书……不知道是谁觉得好，是她觉得好，也许我就觉得不好。她把自己的头发剪了，瞧瞧，干吗不把耳朵也剪掉呢？”

当我念到塔拉斯向奥斯达普挑战那一段的时候，厨师大笑起来。

“对啦，可不是嘛！你有学问，我有力气！真能写！这些骆驼……”

他很注意地听着，却不时地表示不满的意见：

“唉，胡说八道！不能一刀把一个人从肩头劈到屁股的呀！不能呀！也不能挑在长矛上，长矛会断啊！我自己当过兵……”

安德烈的倒戈，又引起他的憎恶。

“不要脸的家伙，是吗？为了娘儿们，呸……”

可是一念到塔拉斯杀了儿子的地方，他就两脚从床上放下来，双手支在膝盖上，屈起身子哭起来。——两行眼泪慢慢地顺着脸颊滚下来，滴到舱板上。他抽搐着鼻子嘟囔：

“唉，天哪……唉，我的天哪……”

---

① 即果戈理的小说《塔拉斯·布尔巴》。

忽然他望着我叫起来：

“念呀！贱骨头！”

他又哭了。到了奥斯达普临死，叫着“爹，你听见了没有”的时候，他哭得更厉害，更伤心了。

“一切都完啦，”斯穆雷哽咽着说，“一切都完了！念完了吗？真他妈的糟糕！过去可真有过好样的人，你瞧这塔拉斯，怎么样？是啊，这才是人物呢……”

他从我手里拿去了书，仔细地看着，眼泪滴在封面上。

“好书！简直是一场大快事！”

后来，我们一起念《艾凡赫》[①]。斯穆雷非常喜欢金雀花朝的理查德[②]。

“这是一位真正的国王！”他认真地对我说。可是在我看来，这本书实在没有多大味道。

一般说来，我们俩趣味是不相投的，我所醉心的是《汤姆·琼斯》，即旧译本《弃儿汤姆·琼斯小史》[③]。可是斯穆雷不赞成：

“真是蠢货！汤姆跟我有什么关系？我要他干吗？肯定还有别的书……”

有一天，我对他说，我知道还有别的书；这是一种秘密的禁书，必须半夜里躲在地下室里读。

他睁大了眼，胡子都竖了起来，说：

“啊，什么？你胡说些什么？”

“不是胡说。在教堂里行忏悔礼的时候，神父问过我那种书；而且以前我也瞧见人家念这种书，他们还哭呢……”

厨师阴沉沉地盯住我的脸问：

“谁哭？”

---

① 英国小说家司各特（1771—1832）的著名长篇小说。

② 即《艾凡赫》中的主人公，英国狮心王理查德一世（1157—1199）。

③ 英国作家菲尔丁（1707—1754）的长篇小说。

“那个在一旁听着的年轻姑娘；另外还有一个女的吓得跑掉了……”

“你醒醒吧，你在说胡话。”说着，他慢慢地闭上眼睛；沉默了一会儿，又叨唠起来：

“当然总会在什么地方有……一种秘密的书。不会没有……不过我已经这么一把年纪，而且我的性子又是……嗯，可是……”

他能滔滔不绝地整整谈一个钟头……

我不知不觉地有了念书的习惯，变成一卷在手，其乐陶陶了。书上所谈的都轻快有味，跟实际生活不一样。而实际生活，却愈来愈让人受不住了。

斯穆雷也更醉心于读书，常常不管我在干活，就拉了我去。

“彼什科夫，去念书吧。”

“还有许多碟子没洗呀。”

“马克西姆会洗的。”

他粗暴地让老洗碟工去干我的活儿，那一个气得把玻璃杯故意打破。食堂管事和气地警告我：

“这么下去，我可就不让你在船上干啦。”

有一天，马克西姆故意拿几只玻璃杯放在盛污水和茶根的盆里。我把污水泼在船栏外，那些玻璃杯也一起飞到水里去了。

“这是我不好，”斯穆雷对食堂管事说，“你记在我账上吧。”

餐室里那班侍者，都斜着眼瞧我，对我说：

“喂，书迷！你是干哪一行拿薪水的？”

他们还故意把食器弄脏，尽量多给我活儿干。于是，我就觉得这样下去是不会得到好结果的。果然，我没有料错。

有一天傍晚，从一个小码头上来了两个女客。一个是红脸的妇人，另一个裹着黄头巾，穿一件粉红的新上衣，还是个姑娘。她俩都喝醉了。妇人微笑着跟所有的人点头，说起话来，和教堂管堂人一样，应该发“阿”音的地方却发“奥”音：

“对不起，亲爱的，我刚才喝了一点儿酒！我刚打了官司回来，宣判无罪，心里一高兴，就喝了点儿……”

姑娘也笑着，抬起浑浊的眼望着大家，推了那妇人一下说：

“你往前走呀，傻婆娘，往前走呀……”

她们在二等舱室旁边住下了，那儿正是雅科夫·伊凡内奇和谢尔盖他们睡觉的舱室的对面。一会儿妇人不知到哪里去了，谢尔盖就跑到那姑娘身边坐下，贪心地咧开青蛙嘴。

晚上，当我干完活躺在桌子上睡觉的时候，谢尔盖走到我跟前，抓住我的手：

“来来来，我们这就给你娶老婆……”

他喝醉了。我想把手缩回来，但他打了我一下：

“叫你来呀！”

这期间马克西姆跑进来，他也醉了。他们俩就拖着我沿着甲板，走过正在睡觉的旅客旁边，来到自己舱室跟前。不料斯穆雷站在舱室门前，门里边是雅科夫·伊凡内奇，他两手抓住门框，那姑娘正用拳头敲着他的脊背，用带醉的声音叫喊：

“放开手呀……”

斯穆雷从谢尔盖和马克西姆手里夺下了我，抓住他们的头发，把两个脑袋碰撞了一下，使劲儿一推，两个人都跌倒了。

“亚细亚人！”他对雅科夫骂着。之后，就把门砰的一声关上，险些儿碰着他的鼻子。又把我一推，大声地嚷：

“走开！”

我就走到舱后艄去了。这是一个阴暗的夜，河面一片漆黑，船尾后边泛起两道灰白的水纹，向望不见的两岸边分流开去。驳船在这两道水纹间慢吞吞地浮动，一会儿左，一会儿右，现出灯火的红点，什么东西也照不见，在突然出现的河湾处逝去了。眼睛见不到这光，就觉得更黑暗，更难受。

厨师跑来，坐在我旁边，长叹了一声，点着了香烟。

“他们是拉你到那女人那里去吗？不要脸的臭家伙！我听见他们怎么个使坏来着……”

“你把那姑娘从他们那里拉开了吗？”

“那姑娘？”他就破口骂那女子，接着用沉重的口气说：“在这里的人统统是下流坯子。说起这条船，简直比村子里还要糟糕。你在村子里待过没有？”

“没有。”

“村子里糟透了！尤其是在冬天……”

他把烟蒂扔到船栏外边，沉默了一会儿，又开口了：

“你老待在这群猪猡当中，会完蛋的，我实在可怜你，小狗，我也可怜他们。有时我不知要怎样做才好……甚至想跪下问他们：‘喂，狗崽子，你们到底在干什么？你们都瞎了眼吗！’你们这些骆驼……”

轮船长尖声叫起来，拖索在水面上打了一下。浓浓的黑暗中晃着一豆灯火，标出了码头的所在。又有许多灯火从黑暗中现了出来。

“‘醉林’① 到了。”厨师喃喃地说，“这里有一条河叫‘醉河’②。我认识这里一个司务长，叫醉科夫③，还有一个当文书的醉我心④……我要上岸去瞧瞧……”

几个卡马地方的身材高大的姑娘和女人，用长长的抬架装着木柴，从岸边抬来。她们一对接着一对，个个肩头上挂着挽带，身子向前探着，迈着有弹性的脚步，把那些半俄丈长的木柴，抬到锅炉舱跟前。

“啊嗨……嗯！”

这么大声喊着，然后就投进一个暗黑的窟窿里。

当她们抬着木柴走来的时候，水手们就动手摸奶子，捏大腿，女的尖声叫唤，向男人唾吐。回去的时候，用空抬架打着，防御男人们动手

---

① 卡马河上的一个码头，今名“红林”。

② 伏尔加河支流苏拉河的一条小支流。

③ 司务长姓 Пьянков，词根有“醉”的意思。

④ 文书姓 Запивохин，词根有“大喝其酒”之意。

动脚。这种光景，我在每次航行时都瞧见，已有几十次了。在每个装木柴的码头上，情形都是这样。

我觉得自己好像是一个老头子。在这船上已经待了多年，明天会有什么事，一星期后会发生什么，到秋天，到明年，会发生什么，好似统统都明白。

天亮起来了，比码头高一点儿的砂崖上，已瞧得清郁茂的松林。一帮女人向山上树林边走去，笑着，唱着带低音的歌。她们都背着长长的抬架，望去像一队兵。

我很想哭。泪在我的胸口沸腾，心好像在那里面煮着，这是很痛苦的。

但是哭出来太难为情，我就帮水手布利亚欣洗甲板。

这布利亚欣是个不引人注目的汉子，整个身子显得萎靡而黯淡，老是躲在角落里，眨巴着那双小眼睛。

“我的真姓，并不是布利亚欣而是姓……你可知道，这是因我娘过的是淫荡生活。还有一个姐姐，也一样。唉，她们两个人都遭了同样的命运。嘿，朋友，对我们，命运是一只铁锚；你要往那儿去……可是……办不到……”

现在他一边拿拖布擦甲板，一边轻声对我说：

“你看见没有，他们怎样欺侮女人！就是嘛！一根湿木头烤久了，也一样发火的！老弟，我看不惯这一套，我讨厌。我如果生来是一个女子，我一定要投到一个黑暗的深渊里自杀，可以向基督保证！……人本来一点儿自由都没有，可是还有人用火烧你！我告诉你说吧，那些阉割派教徒①，才不是傻子呢。你听说过阉人没有？这种人真聪明，想得妙，把一切无关紧要的事儿一股脑儿抛开，只为上帝服务，一个心念……”

---

① 俄国18世纪末产生的一个宗教狂热的派别，主张摆脱“世俗生活”，宣传用阉割的办法来“拯救灵魂”。后因伤害人身而被禁。

船长太太从我们身边走过。因为甲板上满是水，她高高地提起了裙子。她总是起得很早。她高高的身段，明朗的脸是那样严肃，那样诚朴……我真想跟着她上去，从心底里发出请求来：

“对我谈点什么吧，对我谈点什么吧！……”

轮船慢慢地离开了码头。布利亚欣就画了一个十字说：

“好，船又开了……”

## 六

船到萨拉普尔，马克西姆上岸去了。他没有向谁打招呼，不声不响，严肃而平静地走了。那个喜眉笑眼的妇人跟在他后面；再后面，是那个姑娘。她无精打采，眼睑红肿。谢尔盖在船长室门口跪了好久，吻着门上的板，用额头在这板上碰着，叫唤着说：

“饶恕我吧，并不是我的过错！这是马克西姆……”

水手、茶房跟一些乘客，都知道他在撒谎，但是却鼓励他：

“去吧，去吧，会原谅你的！”

船长把他撵开，还踢了一脚，谢尔盖摔了一个跟斗。虽然如此，船长还是饶恕了他。谢尔盖立刻在甲板上跑起来，像狗一般讨好地看着别人的眼色，端着托盘送茶水去了。

从岸上雇来了一个当过兵的维亚特省人，补马克西姆的缺。这是一个骨瘦如柴的人，小脑袋，红眼睛。厨师的助手马上叫他去杀鸡。那当兵的杀了两只，其余的，都放出到甲板上。乘客开始捉捕，有三只飞到船栏外边去了。那当兵的就坐在厨房旁边的木柴堆上，伤心地哭起来。

“你怎么啦，傻瓜？”斯穆雷诧异地问他，“难道当兵的也会哭吗？”

“我是后方的卫戍兵呀。”那当兵的轻轻说。

这一哭他倒了霉，三十分钟之后，船上所有的人，统统大笑起来，人们跑到他身边，直盯着他，问：

“是这一个吗？”

于是，便侮辱地荒唐地笑得直打哆嗦。

当兵的起初没看见人，没听见笑声。他用旧印花布衬衫的袖口抹掉脸上的眼泪，仿佛要把眼泪藏到袖子里去。可是没多一会儿，他那红眼睛里又充满了怒气，用喜鹊一般快口的维亚特话开口了：

“干啥用牯牛大的眼睛瞧我？嗯，我要把你们撕成碎块……”

这腔调使大家更加乐起来了。有的拿指头去戳他，有的扯他的衬衫，有的拉他围裙，简直把他当成一头山羊捉弄。一直捉弄到吃午饭的时候。午饭后，不知哪个把泡过的柠檬皮套在木勺柄上，吊在他背后围裙带上。那当兵的一走动，木勺就在他后边左右摆动起来，引得大家哄声大笑。可是他，就跟一只落进笼子的老鼠一般奔忙着，不明白是什么引得大家发笑。

斯穆雷不作声，板着脸注视着他。厨师这种脸色有点像女人。

我同情起这当兵的来，便问厨师：

“我把木勺子的事告诉他可以吗？”

他默默点头。

我把大家笑他的原因告诉他，他马上摸到木勺，揪下来扔到地上，拿脚踏碎了。突然，两手抓住我的头发，我们就扭打起来；这使看客们大为满意，马上把我们围住。

斯穆雷推开大家把我们拉开了。先拧我的耳朵，又拧住当兵的耳朵。大家见那小个子在厨师手底下晃脑袋，乱跳乱蹦，就乐开了，有喝彩的，有吹呼哨的，有顿脚的，统统笑倒了。

“卫戍兵万岁！用脑袋撞厨师的肚子呀！”

瞧着那班家伙这种野蛮的快乐，我恨不得闯向他们，拿块劈柴向他们劈头盖脸打过去。

斯穆雷放了那当兵的，把两手叠在背后，摆着一副胖猪似的架势，竖起胡子走向那些看客，气冲冲地露出怕人的牙齿：

“各就各位——开步走！亚细亚人……”

那当兵的又向我冲过来。可是斯穆雷一只手把他抱住，拖到抽水机那边，动手抽水，把他那瘦小的身子像玩一个布娃娃似的旋转着，拿水冲他的头。

水手、水手长、大副都跑上来了，马上，人又挤了一大堆。比谁都高一头的食堂管事，也像平常一样默默地站在那里。

当兵的坐在厨房边木柴堆上，两手发着抖，脱去靴子，动手绞干裹腿带。裹腿带其实并没有湿，可是他的稀疏的头发却滴着水珠。这又使看客们乐起来了。

“反正，”当兵的发出又尖又细的声音，“我要打死这小鬼！”

斯穆雷一手搭在我的肩头上，对大副不知说了些什么。水手们赶着看客，当大家都走散了的时候，厨师就问当兵的：

“拿你怎么办呢?”

当兵的用狠毒的眼光瞅着我，身子古怪地发着抖，没有回答问话。

“立——正，好吵闹的家伙!”斯穆雷说。

当兵的回答了：

“不，这又不是在连队里。”

我看见，厨师有点羞恼了，胖胖的脸颊瘪了一瘪；他呸地吐了一口口水，就带我走开了。我虽然糊里糊涂跟着他走，但还连连回头望那当兵的。斯穆雷纳闷地叨唠：

“真像一个活宝贝，啊？你看……”

谢尔盖追上我们，不知为什么，悄悄地说：

“那家伙想自杀呀!”

“在哪儿?”斯穆雷叫着，跑过去了。

当兵的正站在茶房舱室门口，两手捧着一把很大的刀子。这把刀是用来砍鸡头、劈木柴的，钝得要命，刀口已缺得跟锯齿一样。茶房舱室前面围住了许多人，在观望这个头发湿淋淋的可笑的小矮子。他那带翘鼻子的脸跟肉冻一般颤动，嘴吃力地张着，嘴唇发抖，咆哮道：

“你们欺侮人……你们欺侮人……”

我不知跳在一个什么东西的顶上，越过大家头顶看见很多的脸。大家都嘻着脸，互相谈论：

“你瞧，你瞧……”

他用干枯的孩子一般的手，把拖出的衬衫下摆塞进裤腰里去。站在我身边的一个仪表可敬的人，叹了一口气说：

“打算要自杀，可是还在心疼裤子……”

大家笑得更响。很明显，没有人当他真会自杀。我也觉得他不会真自杀。可是斯穆雷向他投了一眼，就挺着肚子把别人挤开，嘴里吆喝着：

“滚开，浑蛋!”

他一下把很多人都叫作浑蛋，闯到挤成一堆的人群跟前，冲着他们叫：

“散开，浑蛋!”

这也是可笑的，然而似乎又是对的：今天从早上起，所有的人，好似变成了一个大浑蛋。

他把人群赶散，跑到当兵的身边，伸出了手：

“把刀子给我……”

“给就给。”当兵的把刀锋向外递过来，这么说。厨师把刀子交给我，推着当兵的走进舱里去：

“躺下睡觉吧！你怎么了，啊？”

当兵的在床上默然坐下。

“让他给你拿吃食和伏特加来，你喝伏特加吗？”

“能喝点儿……”

“只是，你可别碰他，跟你开玩笑的并不是他，听见了没有？我告诉你，并不是他呀……”

“可是为什么大家要折磨我呀？”当兵的低声问。

斯穆雷停了一刻，烦闷地说：

“我怎么知道呢?”

他带着我往厨房间走，嘴里还直嘟囔:

“看呀，真是欺侮起老实人来啦！这回你瞧见了吧！伙计，人欺人会欺疯的，会的……跟臭虫一样，叮住你，就完了！不，臭虫哪比得上，简直比臭虫还凶……”

我拿了面包、肉和伏特加到当兵的那儿去，他正坐在床上，身体前后摇晃着，跟女人般地呜咽低泣。我把盘子放在桌上说:

“吃呀……”

“把门带上。”

“门带上就黑了。”

“带上吧！要不然他们又会找来……”

我走了。我讨厌这当兵的，他不能引起我对他的同情和怜悯。我很不安，——外祖母屡次教导我说:

“你要关心别人。大家都是不幸的，大家都很艰难……”

“拿去了吗?”厨师问我，“他在那里干什么呢?”

“在哭。”

“唉……窝囊废！他算个什么当兵的?”

“我一点儿也不可怜他。”

“什么？你说什么?”

“应该关心人……”

斯穆雷拉着我的胳臂，拽到他身边，恳切地说:

“不能勉强去怜惜人，但是说谎也不好，懂了没有？你要有点出息，要知道自己……”

说着，把我推开，阴沉地补充了一句:

“这里不是你待的地方！给你，抽支烟吧……”

乘客们捉弄那个当兵的，瞧见斯穆雷拧他耳朵时哈哈大笑。这种行为使我产生了一种说不出的侮辱人和欺侮人的感觉，他们的行为使我很不平静，感到深深的忧郁。为什么这种讨厌的事情，这种痛心的事情，会使他们感到快乐呢？什么东西逗得他们这样高兴呢？

看吧，他们又坐在那低低的篷帐底下，躺的躺，喝的喝，吃的吃，打牌的打牌，亲亲切切，正正经经谈着话，瞧着河面的流水。简直好像一个钟头前吹呼哨、张威助势的并不是他们。他们又跟平常一样安静、慵懒。他们一天到晚，跟游荡在太阳光中的小虫和尘埃一样，在船上荡来荡去。每到一个码头，就有十来个人一伙儿，拥上跳板，一边画十字，一边走上码头去。从码头上，也有差不多数目的人，迎着他们跑过来。每个人都背着沉重的包裹和旅行箱，把背脊压得弯弯的，连穿着的衣服都跟他们的相同……

这种经常的乘客的替换，没有使船上的生活发生丝毫的变化。新来的乘客，也说着离去的乘客说过的同样的话：土地啦，工作啦，上帝啦，女人啦，而且他们用的是同样的词句。

"忍耐点吧，一切都是老天安排的。啊，做人顶要紧的是忍耐！没有法子，我们命该如此……"

这种话，听着很枯燥，使人生气。我不能忍受侮辱，我不能忍耐恶意的、不公平的屈辱的待遇。我坚信，我也觉得我不应受这种待遇。就是那当兵的，也一样，也许他自己愿意逗人笑吧……

马克西姆被船上开除了，他是一个严肃而善良的小伙子，可是下流的谢尔盖却被留下来了。一切统统是倒行逆施。但是这班善于把人家捉弄到几乎发狂的人，为什么被水手呵斥起来，却唯唯诺诺？为什么人家骂得那么凶，他们却满不在乎呢？

"干吗大家都挤在船边上？"水手长把一双漂亮而凶狠的眼睛眯得细细的，大声呵斥，"船倾斜了，散开，穿厚呢子的鬼东西……"

这班鬼东西就服服帖帖地挤到甲板的另一边去。他们跟绵羊一般，又被人家从那边撵走。

"唉，该死的东西……"

炎热的晚上，在晒了一整天太阳的铁皮篷下，闷得难受。搭客们就跟蟑螂一般在甲板上乱爬，到处随便躺着。船靠码头之前，水手们就用脚踢他们起来：

“喂，干吗躺在路上！到自己铺位上去……”

他们爬起来，睡眼蒙眬地向人家推他的方向走去。

水手们也跟他们一样，只是服装不同。可是，却跟巡警一般指挥他们。

在这班人身上，首先使你注意的，是他们的温顺、懦弱和可悲的顺从性格。可是，这顺从的表皮一破裂，便会爆发出无情的、荒唐的，而且几乎总是不快的恶作剧，实在叫人料想不到，叫人感到可怕。我觉得人们好像不知道轮船把自己载到哪里去，也好像无论在哪儿叫他们上岸都可以。他们无论在什么地方上了岸，休息一会儿，又重新跳上这条或那条船，又开始向什么地方漂泊去了。他们都好像是无家可归的流浪人，跟陆地没有缘分。因此，他们统统懦怯得要命。

有一天半夜过后，不知机器哪部分爆炸了，发出大炮一般的声音。甲板马上笼罩上白色的雾气。蒸汽从机器间里浓浓地冒出来，弥漫到所有的空隙。只听见有人刺耳的大叫，可瞧不见人影：

“加夫里洛，把焊锻拿来，还有防火布……”

我睡在机器间左边洗碗台子上。当爆炸和震动声把我惊醒的时候，甲板上是死一般的静寂，只有从机器间嘘嘘喷出热腾腾的蒸汽和不时的槌头叮叮声。可是过了一分钟之后，甲板上的乘客，发出各色各样的声音，号的号，叫的叫，顿时充满了恐怖。

在白色雾气中——它很快就稀薄了——一些没扎头巾的女人，跟头发乱蓬蓬的、睁着圆圆的鱼眼睛的男人，互相践踏着，东奔西窜。大家都背着包裹、口袋和箱子，跌跌撞撞，嘴里胡乱叫着上帝、圣徒尼古拉的名字，急着向什么地方跑去，互相打着。这是一种可怕的，同时也是有趣的情景，我就跟在他们后边瞧他们要干什么。

我生平第一次看到这夜间的惊慌情景，但我立刻明白是他们的误会。轮船依然照原来的速度行驶着。船右边，很近的地方燃着割草人的篝火。夜是那样明净，满月高高地悬在天空。

但是甲板上那些人却奔跑得越来越快，连二等舱三等舱的客人都跳出来了。有一个人纵身一跃，就跳到船栏外边去，接着又是一个，又是一个。两个男人和一个修道士拿木柴把钉死在甲板上的长椅子打下来，把一大笼鸡从船尾投到水里去。甲板中央驾驶台扶梯边，跪着一个男人，向由他身旁跑过去的人行礼，嘴里狼一般吼叫：

"诸位正教徒，我罪孽深重……"

"放救生艇，鬼东西！"一个肥胖的老爷只穿一条长裤子，连衬衫也没披，在大声叫唤；还捏紧了拳头捶自己的胸口。

水手们跑过来，抓住人们的领口，打他们的脑袋，把他们往甲板上推。这时候，斯穆雷笨重地踱来踱去。他在睡衣外边披上一件大衣，大声向众人劝说：

"也不害臊呀！你们干吗，疯啦？船靠岸了！这一边便是岸！跳进水里去的那些傻瓜，已经给割草的救起来了。他们在那里。瞧见没有，那边两只艇子？"

他捏紧拳头，望三等舱客的脑袋打去，从顶门上往下打，他们跟袋子似的，不声不响地倒在甲板上。

混乱还没有完全静下来，一个披着斗篷的妇人，手里拿着一把汤匙，向斯穆雷冲来，把汤匙在他鼻子尖上晃动，嘴里叫着：

"你怎么这样大胆呀？"

一个浑身湿透了的老爷，一边舔着自己的胡髭，一边拦着那妇人，并凄然地说：

"你别管他，这个蠢货……"

斯穆雷把两手一摊，羞惭地眨巴着眼，问我：

"嗯，这是怎么一回事？为什么他骂我呀？真是岂有此理！那个妇人，我是头一次见着呀！……"

一个男人，一边擤着鼻血，一边叫唤：

"唉，这班人呀！简直是土匪！……"

一夏天，我在船上遇到了两次惊慌。两次都不是真正遇险，只是心里害怕，唯恐有什么危险，就这么惊闹起来。第三次乘客们捉到了两个扒手——其中一个扮作朝山进香的装束，他们背着水手偷偷把这两个人私刑拷打了差不多足足一个钟头。后来水手把扒手夺去，众人就骂水手：

“贼子庇护扒手，谁不知道呀！”

“你们自己喜欢偷摸，对扒手自然留情面……”

那两个扒手被打得不省人事。等到了一个码头把他们交给警察的时候，他们连身子都站不直了……

这样的事情，还有很多，这些事情使我很不平静，使人不明白他们是一种什么样的人，是坏人还是好人呢？是老实人还是捣乱鬼呢？为什么偏偏这样残酷，存着狠恶的心肠，从来不知满足呢？又为什么温顺得这样可耻呢？

我问厨师，可是他只是喷着浓烟，烟雾围住自己的脸，气恼地说：

“喂，你担什么心呀！人嘛，就这个样子……有聪明人，也有傻瓜。啊，你还是念书，不要啰里啰唆的。凡是正经书，里面都该有说明……”

他讨厌教会书、圣徒传。

“咳，这种书是神父跟他们的儿子读的呀……”

我想做一件使他高兴的事，送他一本书。在喀山码头上，我花了五戈比买了一本《一兵士拯救彼得大帝的传说》①。但那时候他恰巧喝醉了酒，在生气。我就踌躇了没送他，自己先念起来。这《传说》使我大为满意，一切都写得这样朴素，明白易懂，有趣味而且简练。我相信这本书一定会使我的老师满意。

可是当我把这本书送给他时，他默不作声，一把捏在手里，搓成一团，扔到船栏外边去了。

“这就是你的书，傻瓜！”他板起了脸，“我好像教狗一样教你，你

---

① 19世纪70年代在莫斯科出版的一种图文并茂的通俗廉价读物，作者不详。

还是想野东西，啊？”

他跺了跺脚，叫了起来：

“你知道这是什么书呀？书中的胡说八道我都念过了！书里写的你以为是真话吗？喂，你说！”

“我不知道。”

“我可知道！把一个人的脑袋砍下了，身子从梯子上跌下来，这时候，别的人是再不会爬到干草棚去的。当兵的并不是傻瓜！他们放一把火，把这些草烧掉就完了！你懂了没有？”

“懂了。”

“懂了就好！彼得大帝的事我知道，可是这书里写的，都不是事实！你走开去吧……”

我明白厨师的话是对的。可是我依然喜欢那本书。以后又买了一本来，重新念了一遍。真奇怪，果然我瞧出那本书不好的地方来了。这使我不好意思起来，从此我更加注意地和更信赖地对待厨师，而他不知什么缘故，更频繁地而且很感慨地说：

“唉，要怎么样教育你才好呢！这地方，不是你待的……”

我也觉得这儿不是地方。谢尔盖待我很坏。我几次看见他从我桌子上拿去茶具，瞒着食堂管事，偷偷送到客人那儿去。我知道这是盗窃行为。斯穆雷屡次关照我：

“当心，不要把自己桌子上的茶具给堂倌！”

还有许多对我不好的事情。我常想船一靠岸就逃走，逃到森林里去。但是牵挂着斯穆雷，他对我越来越和善。还有轮船的不断的航行，也深深地吸引着我。顶不痛快的是停泊的时候。我总期待着马上就要发生什么事情。我将从卡马河航到别拉雅河、维亚特卡河去，若是沿伏尔加河航行，则我将看见新的河岸、新的城市和新的人物。

但是这样的事情没有发生。我在船上的生活突然地而且可耻地结束了。一天傍晚，当我们正从喀山往尼日尼去时，食堂管事把我叫到他自己房间里。我一进去，他把门关上，对坐在垫有毛毯的椅子上阴沉着脸的斯穆雷说：

“他来啦。”

斯穆雷粗声大气地问我：

“你有没有把餐具给谢尔盖？”

“他趁我没看到时，自己拿走的。”

食堂管事轻声地说：

“他没看到，可是知道。”

斯穆雷用拳头打了一下自己的膝头，然后搔着膝头说道：

“你等等，别着急嘛……”

说着沉思起来。我望着食堂管事，他也望着我；可是我觉得在他的眼镜后面，好像没有眼睛。

他总是安分地过活，走起路来没有声音，说起话来低声低气。那褪了色的胡子，呆滞无神的眼睛，有时也会从那个角落里偶然出现，可是马上便消失了。每晚上临睡以前，他在食堂里点着长明灯的圣像前，跪好多时候。我从那鸡心形的门锁孔里看见过他。可是恰恰望不到他怎样祷告，他只是站立着，望着圣像和长明灯，叹着气抚摩胡子。

斯穆雷沉默了一会儿问我：

“谢尔盖给过你钱吗？”

“没有。”

“一次也没有？”

“一次也没有。”

“这小伙子不会撒谎。”斯穆雷对食堂管事说。管事却低声回答：

“反正都一样。好，请便吧。”

“我们走吧！”厨师向我喊了一声，走到我桌子边来，拿手指头在我头顶上轻轻弹了一下，对我说：“傻瓜！我也是傻瓜！我本来应当照顾你……”

到了尼日尼，食堂管事给我结了账，我得了约莫八个卢布；这是我挣到的第一笔大款子。

斯穆雷跟我告别的时候，凄凉地说：

“嗯……往后可要注意啦，懂了没有？漫不经意是不成的呀……”

他把一个五彩嵌珠的烟荷包塞进我手里。

“好，把这个送给你！这手工做得很好。是我的一个干女儿给我绣的……好，再见吧！念书吧，这是最好的事情！”

他把我挟在腋下，稍微举起来吻了吻，再把我稳稳地放在码头的垫板上。我难过起来，为他也为我自己。我望着他走回船上去，差点儿大哭一场。他那巨大的、结实的身体，孤单地挤在码头脚夫中间，慢慢走去……

后来，我还遇到过多少像他这样善良、孤独而愤世的人啊！……

## 七

外祖父和外祖母又搬到城里住了。我愤愤地带着想打架的情绪回到他们那里。我心里十分难过——为什么人家把我当小偷呢？

外祖母很亲切地接待我，马上去烧茶炊。外祖父照例嘲笑地问：

“攒了不少黄金吧？”

“任便有多少，都是我自己挣的。”我回答着，在窗边坐下。然后，俨然地从衣袋里掏出一盒烟卷来，开始悠悠地吸着。

“啊哟，”外祖父眼睁睁盯着我的举动，“原来这样，熏起魔鬼草来了，不太早一点儿吗？”

“有人还送给我一个烟荷包呢。”我夸耀说。

“烟荷包！”外祖父的声音变了，“你这是怎么啦？存心惹我生气吗？”

他向我扑过来，眼睛发着碧绿的光，抡着两只精瘦有力的胳臂。我猛地跳起，用脑袋撞他的肚子。老头子坐到地板上，很奇怪地眨了几秒钟眼睛，张开黑洞洞的嘴向我望着，然后心平气和地问：

“是你把我撞倒的吗？把你外公？把你妈的亲老子？”

“你过去可没少打我。”我喃喃地说，心里明白，是做得太不对了。

瘦小轻巧的外祖父，从地板上爬起来，坐在我身边，灵巧地把我的烟卷夺去，丢到窗户外边，然后吃惊地说：

“野种，你明白吗！老天爷永不会饶恕你的，在你这一辈子。”接着他向外祖母说：

“老婆子，你看吧。这孩子把我撞倒了！这孩子，撞我呀！你问问他自己看！”

她也不问我，干脆走到我身边，一把抓住我的头发左右摇晃着，一边说：

“我叫你撞，撞，撞……”

我并不痛，只是觉得挺冤屈，尤其是听到了外祖父恶毒的笑声，心里更加生气。他在椅子上直跳，拍着膝盖，一边笑着一边嚷：

“活该，活该……”

我挣脱身，跑到过道，躺在角落里，懊丧地、颓然地听着茶炊沸腾的声音。

外祖母走过来，向我俯下身子，用微弱可辨的低声说：

“不要记我的仇，我没有抓痛你呀，我是故意装的——老爷子老了，必须尊敬他；他已经辛苦了多年，苦也受够了。啊，你不能气他。你不是孩子了，你应当明白……要明白，阿廖沙！你外公跟小孩子一样……”

她的话像温汤一般冲洗着我的心。我听着这些亲热的低语，又害臊，又松快，一把紧紧搂住她，跟她亲吻。

“到外公跟前去，不要紧的！你可不许马上当他的面抽烟，让他慢慢地习惯……”

我走进屋子里，瞧了外祖父一眼，差点儿没笑出声来，他果真得意得像个小孩子，高高兴兴地跺着两只脚，红毛茸茸的手在桌子上拍打。

“小公羊儿，怎么啦？你又来撞人吗？唉！你这个小强盗！跟你老子一模一样！不信上帝的人，跑进屋子里来，也不画个十字，拿出烟来就抽，唉！你这个拿破仑，一个子儿也不值！”

我不出声。他把要说的话说完，也就累得不作声了。可是到喝茶的时候，他又开始教训我：

“人应当害怕上帝，好像马要有笼头一样；除了上帝，我们再也没朋友了。人和人是最凶恶的仇敌！”

人和人是仇敌，我觉得这话倒有些真实，其余的话我都听不入耳。

“现在，你再上马特廖娜姨婆那里去；等到春天，你再到船上去干活吧。冬天就待在他们家里。可不许说你春天要离开他们……”

“咳，干吗骗人呢？”刚才假装着拧我头发的外祖母说。

“不骗人，是不能够过活的。”外祖父固执着说，“你说，谁不骗人能过日子呢？”

晚上，外祖父坐下念圣诗的时候，我跟外祖母到大门外野地去了。外祖父住的那所两个窗子的小屋，在市郊缆索街“后面”，从前在这条街的正面外祖父有过自己的房子。

“看，搬到什么地方来了呀！”外祖母笑着说，“老头子找不到中意的地方，总是搬来搬去。连这个地方他也不中意，我倒觉得挺好！”

在我们面前，展开一片荒芜的草场，大约有三俄里宽。草场上有几道山沟，尽头是栉子形的树林和喀山公路边的白桦树。从山沟里伸出灌木丛的小枝条，跟鞭子一样。冷冷的夕阳，把它们染得血一般红。微微的晚风，摇晃着灰白的草叶。在近处一条山沟后边，可以望见小市民男女孩子的身影，跟草叶差不多少。右边，远处是旧教派墓地的红墙垣。那墓地叫作“布格罗夫隐修所”①。左边山沟上面，有一片黑黝黝的树林，在原野上耸立着，那儿有一片犹太人的墓地。周围的一切都显得萧

---

① 商人H. A.布格罗夫在这块旧教派的墓地上建造了隐修所和小礼拜堂。为纪念他的善举，取了这个墓地名。

索，一切都无声地紧紧偎依在这残破的地面上。那些郊外小房舍的窗子胆怯地望着尘土飞扬的道路，道路上徘徊着一些瘦小的喂得不好的鸡群，有一群牛在女修道院那边哞哞地叫着走过。从军营那里，传来军乐队的声音，几管铜喇叭在呜呜地长号。

一个醉汉使劲拉着手风琴走来，踉踉跄跄，嘴里喃喃地说：

“我走到你那边去……一定……”

“糊涂蛋。”外祖母向红红的夕阳眯细着眼说，“你走得到吗？都快要跌倒了，睡着了。等你睡着的时候，会来小偷……把你这宝贝手风琴偷掉……”

我一边把船上生活讲给她听，一边眺望四围的景色。增长了许多见识之后，再到这种地方，便有一种愁闷的感觉，好似一条鲈鱼爬进锅里。外祖母默默地、聚精会神地听着我讲，正像我喜欢听她讲一样。后来我讲到斯穆雷的时候，她诚心诚意画了一个十字，说：

“是个好人，愿圣母保佑他！你可不要忘记他呀！好事要永远记牢，恶事就干脆忘掉……”

我很难于开口向她说明，我为什么被人解雇，后来终于硬着头皮讲了出来。这对外祖母没引起任何的反应，她只是泰然地指出：

“你年纪还小，不会生活……”

“大家都在说：你不会生活。那些男人、水手，都这样说。还有马特廖娜姨婆，也对她儿子这么说，怎么才算会生活呢？”

她把嘴唇闭紧，摇摇头：

“这个我自己也不知道！”

“那你还说别人！”

“为什么不说呢？”外祖母心平气和地说，“你可不要生气。你年纪还小，你也不可能会。谁会呢？只有扒手会。你瞧你外公，他很聪明，有学问，但他一辈子什么也没落下……”

“那你自己生活得很好吧？”

“我吗？很好。有时也生活得不好……什么日子都过过……”

行人们在我们身边悠然走过，身后边拖着长长的影子，脚底下腾起蒙蒙的尘土，把影子盖住了。黄昏的哀愁，渐渐浓厚起来。从窗子里，流出外祖父唠唠叨叨的声音：

“耶和华啊，求你不要在怒中责备我，不要在狂怒中惩罚我……”①

外祖母笑眯眯地说：

“啊呀，他早就使上帝厌烦了！每天晚上总是那么哭诉，可是哭诉有什么用呢？上年纪了，什么也不需要，可是还老诉苦，老发愁……上帝每天晚上听见他这声音，一定会笑起来：瓦西里，卡希林又在那里叽里咕噜了！……好，我们睡觉去吧……”

我决定干捕歌鸟的活计。我想，我捕了来，交外祖母去卖，一定可以把生活过得好。我买了一个网、一个环、几个捕鸟器，做了一些鸟笼。每天天快亮的时候，我就守在山沟灌木丛里，外祖母拿着篮子和口袋，在树林子里走来走去，采一些过了时节的蘑菇、荚蓬果、核桃之类。

懒洋洋的九月的太阳，刚刚升起，它的白色的光线，一会儿消逝在云中，一会儿变成银色的扇形，照到山沟里我的身上。山沟底部还是阴暗的，从那里升起一股乳白色的雾气。山沟露出黑黝黝的很陡的黏土质的侧面。另一个侧面坡度很缓，布满着枯草和茂密的灌木丛，点缀着黄色、红色、淡红色的叶子。一阵风吹来，把叶子吹落，在山沟里飘来飘去。

在山沟底部，长满牛蒡草的深处，发出金翅雀的啼声。在灰白色的杂草丛中，可以望见灵活的鸟的红冠。在我的周围，有许多好奇的白头翁在热闹地啼叫。它们有趣地鼓起白白的腮帮，忙忙碌碌吵闹着，这情形很像过节时候的库纳维诺的小市民年轻妇女。它们很灵巧，很聪明，很厉害，什么事情都想知道，什么东西都想去碰一碰，就这样，它们一

---

① 引自《旧约·诗篇》第三十八篇第一节。

只又一只落进捕鸟器里去了。看它们那么焦急乱闯的样子，真有点可怜。但我是做买卖的，是不能容情的呀，我把它们从捕鸟器里抓到鸟笼里，再用布袋把鸟笼罩住。它们一到暗地方，就变得老实了。

山楂树丛里，飞出一群黄雀。满树丛都是太阳光，黄雀欢喜得什么似的，叫得更欢了。瞧它们的模样，很像一群小学生。贪心的持家能手伯劳鸟，迟误了去南方的旅行，栖在野蔷薇树的软枝上，用嘴梳着翼上的羽毛。它们闪着黑炯炯的眼睛，狙伺自己的猎物；一刹那间，跟云雀一般向上飞起，捉住一只野蜂，小心翼翼地把它穿在荆棘树上，重又歇在枝上，不停地转动着贼溜溜的小脑袋。机灵的松雀没声没响地飞了过去。这正是我所渴望的，捉住它多好呀！一只离了群的灰雀，披着红红的衣服，摆着像将军一样的架子，停在赤杨上，怒气冲冲地叫着，摇晃着黑嘴。

太阳渐渐升高，鸟儿越加多了，鸣声越加热闹了。整个山沟里充满了音乐。最基本的音调，是风吹灌木丛的簌簌声。闹盈盈的鸟声，毕竟掩盖不了这轻微的、动听的愁闷的低响。在这低响之中，可以听出一种夏天的离歌，其中喃喃着一种特别的言语，自然地变成歌词。这时，我不由得想起了许多不堪回首的往事。

从上边不知什么地方传来外祖母的声音：

“你在哪儿?”

她坐在山沟边上，面前摊开一块包头布，上边摆着面包、黄瓜、萝卜、苹果，这许多天赐的食物当中，有一只很美的多角的玻璃瓶，在太阳下发着光，瓶口塞一个雕成拿破仑头形的水晶塞子，瓶里装着一什卡利克[①]的用金丝桃浸过的伏特加酒。

“天啊，多么快活呀!”外祖母满心感激地说。

“我编成了一支歌!”

“是真的吗?”

---

① 俄国酒类的量名，一什卡利克约合0.06公升。

我就把似诗非诗的东西唱给她听：

眼看着冬天渐渐到来，
夏天的太阳呀，再会再会！……

可是外祖母不让我唱完，就插嘴道：

“这种歌原来就有的，只是比这好一些！”

于是她提高嗓子唱了起来：

哎呀，夏天的太阳快离去了，
去到黑夜，那遥远森林的后边！
唉！丢下我，一个年轻的姑娘，
孤零零地再没有一丝儿春的欢喜……

早晨我要不要去到村外，
回想五月中同游的欢情，
那旷野令人不快地望着，
我在这儿丧失了我的青春。

哎呀，我亲爱的女友们哟！
等那轻软的初雪堆起，
请从我白白的胸膛挖出心儿，
把它埋葬在雪堆里！……

我的作家的自尊心，一点儿也没有受到伤害，我很爱这首歌，并且很怜悯那位年轻的姑娘。可是外祖母说：

“这里唱的是一种感伤的歌！是一位年轻姑娘，咏叹自己的身世。从春天起她跟爱人一起游玩，可是冬天快到来的时候，她已被爱人抛弃了。也许她的爱人，已经另有新欢，所以这位姑娘悲伤不止……一件事物，自己没有亲身经历过，是不能讲得那么好，那么真的。你看这姑娘，她编得多好！”

第一次卖鸟儿挣了四十戈比，外祖母非常惊奇：

“你瞧，我只当是玩儿的，孩子的把戏，不料竟卖了这么多钱！……”

“可是还卖得太便宜了呢……”

“是吗？”

在赶集的日子，她总能卖到一卢布或更多些回来，这就更加惊异了：这么一些算不了什么的玩意儿，竟能够挣这么多钱！

“一个女人，一天忙到晚，给人家洗衣服，擦地板，也只挣得二十五戈比，你想想看！说来，这个行当不好！把鸟捉来关在笼子里，也不好。阿廖沙，这种买卖，还是别干了吧！”

可是我很醉心于捕鸟。我觉得它很有趣，而且借此可以独立谋生。除了鸟儿以外，没给谁找麻烦。我弄到了一些上等的捕鸟器具，常跟捕鸟的老前辈谈天，得到不少知识。我又常常一个人到三十来俄里外的伏尔加河边去，到克斯托夫森林里去捕。那儿作樯桅用的高大松树上，栖着交喙鸟，以及精于此道的人所珍爱的一种白头翁。这是一种长尾白毛，非常珍奇美丽的鸟儿。

我常常傍晚出发，整夜在喀山公路上走着，有时被秋雨淋着，跋涉在深深的泥泞中。背上背着油布袋子，里面装着捕鸟器和诱鸟笼，一只手拿着一根核桃木的粗大木杖。秋天的黑夜，寒冷可怕，很可怕！……公路两旁，立着被雷打坏的老白桦树，在我头上伸出了湿淋淋的枝条。向左边山崖底下望去，黑洞洞的伏尔加河上，浮闪着末班轮船和驳船上的几盏桅灯，好像正向无底的深渊沉下去。这些船的蹼轮，在水里啪啪地响着，汽笛呜呜地叫着。

在生铁一样坚硬的地面上，现出了路边村落的茅舍；一群愤怒的饿狗向脚边冲来；更夫敲着梆子慌恐地叫：

“那儿是谁？说句夜间不该说的话，是鬼把你弄来的吧？”

我担心我的捕鸟器具会被没收。每次总带着几个五戈比的铜子，准备送给更夫。有个福基纳村的更夫，跟我交了朋友，每次碰到，他总是惊叹：

“又是你来了？唉，你这个闲不住的夜游神，胆子倒不小！”

他名字叫尼丰特，是个矮个子，长一头白发，很像圣徒。他常常从怀里拿出萝卜、苹果，或是一把豌豆什么的，放在我的手里。

“嗯，送给你，朋友，我留着特地请你的。吃吧。”

接着，就一直送我走到村外。

“去吧，上帝保佑你！”

东方发白的时候，我走到树林里，就把捕鸟具装好，挂起诱鸟笼，在林边躺着，等待太阳出来。这时万籁无声，四周的一切都冻结在深深的秋眠中。灰沉沉的雾气里，隐约望见山崖下广阔的草场。这一片大草场虽然被伏尔加河隔断，但越过了河，还是向外伸展，直伸展到渺茫的雾气中。渐渐地，从远处草场尽头的树林后边，悠然升起了白洋洋的太阳；黑色马鬣毛般的林子上面，闪烁着光波，展开了一种奇异的、动人心魄的场面：雾从草地上渐渐升腾起来，愈升愈快，被阳光映成银色。接着，地面上显出了灌木丛、树木、干草堆。草场好像融化在阳光中，变成一种赤金色，向四面八方洒开来。现在，太阳已照到河边静寂的流水上，好像整条大河，都已经向太阳沐浴的地方涌过来了。太阳笑嘻嘻的，渐渐升高，祝福着，温暖着这赤裸的寒战的大地。地上散溢着秋天的浓香。天空一碧无瑕，地面显得更加辽阔无边。一切东西统统向远方流去，好像有人在引诱着：“到那青青的地平线去吧。”在这地方，我已看过几十次日出，每一次都另有一番新的景象展现在我的眼前。——一个充溢着新奇的美景的世界……

不知什么缘故，我特别喜欢太阳。我爱太阳这个名字，爱这名字中悦耳的声音，藏在这声音中的音响。我喜欢闭着眼睛让脸晒在温暖的阳光中。当阳光剑一般穿过墙垣的隙缝或树枝间的时候，我爱伸出两手的手掌去捉它。外祖父非常崇拜“不拜太阳的米哈伊尔·切尔尼戈夫斯基大公和贵族费多尔”①；我以为这不过是跟茨冈人一样的黝黑而阴险的恶徒。他们好比可怜的莫尔德瓦人，是永远的眼病患者。太阳从草场上升起时，我不禁高兴得笑了。

针叶树在我头上沙沙作响，绿叶尖上滴下露珠。树荫下的阴影中，蕨薇的图案纹的叶子上，早晨的寒霜像一层银箔似的闪烁。带红色的草，被雨水打倒了，草茎伏在地面上，一动也不动；可是当一绺明亮的光线落在这草茎上的时候，就可以瞧见草叶中有一种轻微的战栗；这也许是生命的最后的挣扎吧。

鸟儿们醒来了，灰色的煤山雀像绒毛球，从这枝跳到那枝。火焰般的交喙鸟，用弯曲的嘴啄松树顶上的松果。松枝梢头，一种白色的白头翁摇着身体，摆动着长长的船舵一般的尾巴，张着黑珠子一般的眼睛，不信任地斜眼瞧瞧我张着的网。忽然，一分钟以前还沉浸在深思中的整座森林，漾起千百种的鸟声，充满了大地上最纯洁的生物的叫声。大地上的美丽之父——人类，也就依照它们的形象，造出了许多爱尔菲②、司智天使③、六翼天使④以及天使之群来安慰自己。

捕这些鸟儿，未免有点不忍，我觉得把它们关进笼子里，良心上过不去。我更喜欢观赏它们，可是狩猎的热情和挣钱的欲望，压倒了怜悯之心。

鸟儿们做出许多狡猾的把戏，使我觉得可笑。蓝色的白头翁，仔细观察了捕鸟器，知道那儿有危险，便从侧边钻进去，安全地、巧妙地从捕鸟器的棒杆上啄去了诱饵。白头翁本是很聪明的，可是太好奇，这就害了它们。骄傲的灰雀比较笨一点儿。它们成群地钻进网里来，好似一

---

① 古代俄罗斯传说，这位大公和贵族因为拒不崇拜鞑靼的偶像，于1246年被杀害于金帐汗国。

② 古日耳曼和北欧西欧神话中具有魔法的人物，象征大自然的力量。

③ 九天使中的第二位。

④ 《圣经》故事中的天使。

队吃得脑满肠肥的市侩拥进教堂里去。被网儿罩住时，它们非常惊异，眨眨眼睛，用厚钝的嘴啄着指爪。交喙鸟走进捕鸟器，显得镇定而大方。还有一种叫作绕树鸟的，是一种神秘的怪鸟；这种鸟长时间站在网跟前，把身子支在粗壮的尾巴上，不时动动长嘴。它跟啄木鸟一样，在树干上跑着，总是跟白头翁做伴。这种烟灰色的鸟，让人感到有一种可怕的地方，像是有一点儿孤寂，谁也不爱它，它好像也不爱谁。它跟喜鹊一般，喜欢偷一些细小发亮的东西藏起来。

到近午时候，我停止了捕鸟，穿过森林和旷野回家去。如果走大路经过村落，便有一班孩童、小伙子来打劫我的鸟笼，打坏我的工具。这种事我已经遇到过了。

傍晚回到家里，又饿又累。可是我感到在这一天中自己好像长大了，见识了一点儿新事物，也变得更硬气了。这是一种新的力量，靠着它，对于外祖父的讥刺，也就不放在心上，能一点儿不带气愤地听下去。外祖父看见我这种样子，便开始入情入理地，严肃地说：

"扔掉这吊儿郎当的营生吧，扔掉吧！哪里听说过一个捕鸟的人能有出息，没有这种事，我知道！你还是去找一个正当职业，磨炼磨炼你的智慧吧。人活着，并不是叫你吊儿郎当的。人好比上帝播下的谷种，必须要长出好穗子来！人好比一个卢布，会盘利息，就能变成三卢布！你当过日子是容易的吗？不，很不容易啊！对人来说，世界是一片暗夜，每个人必须给自己照亮道路。每个人都长着十个指头，可是谁都想捞得多些；所以必须把气力显出来。没有气力，就要狡猾。你要是又小又孱弱，那么上天国、落地狱都是不成的。人好像在跟大家一起过活，其实要记住自己是孤独的人。人家说的话都要仔细听，但是谁的话也不要相信；你要是只凭眼睛看，便会把事情弄错的。嘴要谨慎。房屋、城市，不是一张嘴可以造成的，要用卢布跟斧头才能造。你得知道，你既不是巴什基尔人，又不是加尔梅克人，他们的全部财产，只是虱子和羊群……"

他可以这样唠叨一个晚上。这些话我都能背下来。我很爱听他的话，只是这些话的意义，我总是不大相信的。照他说，一个人所以不能称心如意地过活，是有两种力量在中间阻碍：一种是上帝，一种是人。

外祖母坐在窗边，纺着织花边用的纱线，纺锤在她灵巧的手里嗡嗡地响着。她听着外祖父的话好久都不作声，后来忽然开口道：

"一切事情都会变得像上帝所希望的那样。"

"什么?"外祖父叫起来，"上帝？我并没有忘掉上帝呀。我是知道上帝的！傻老婆子，上帝难道愿意把一些傻瓜种在地上吗?"

……我觉得世界上最有福气的，似乎要算哥萨克人和兵士了。他们的生活单纯、快活。晴天，他们一清早就跑到我们门前那山沟对面，好像白蘑菇似的，在空地里散开，开始做复杂有趣的游戏：那些穿白衬衫的敏捷强壮的人，手里拿着枪，在空场上欢乐地奔跑，然后消逝在山沟里。喇叭声一响，他们忽然又跑到空场里来，跟着闹盈盈的军鼓声，叫着"呜啦"，把枪尖头向前冲去，直朝着我们的房子冲过来。好像转眼之间，会把房子当一个稻草堆似的冲倒。

我也叫着"呜啦"，迷迷糊糊地跟着他们一块儿跑。凶猛的铜鼓声不知不觉地引起我想破坏一切，把墙头冲倒，或是把小孩子打一顿的心思。

休息的时候，那些兵士拿一种粗烟卷请我抽，拿重重的枪给我瞧；有时，一个兵士把枪刺对着我的腹部，故意发出惨厉的声音：

"我刺死你这只小蟑螂!"

枪刺亮闪闪的，跟活的一样，像一条蛇似的盘旋着想要蜇人，见了未免有点可怕，可是更多的却是快乐。

鼓手莫尔德瓦人，教我怎样拿鼓槌打鼓。开头他把住我的手，直到疼痛，把鼓槌塞进我被捏得发疼的手指中间。

"敲吧！一，二。一，二。嗒唧，嗒嗒，镗！敲吧，左边轻，右边重。嗒唧，嗒嗒，镗!"他跟鸟儿那样圆睁着眼睛，狠狠地喊着。

我跟着兵士们一起在空场上跑着，直到操练完毕。之后，一边听着他们大声歌唱，一边瞧着他们每一张都跟刚铸出的新的五戈比铜子一般善良的脸，一直经过全城，送他们到营房门口。

看见许多一模一样的人，组成一个密集的队伍，形成统一的势力，快步地在街头经过，我就产生一种想同它接近的感情，很想跟沉入河中去、走进森林去似的，投身到他们的队伍里去。这些人是什么都不怕，勇敢地看待一切，能够征服一切，想要什么，就有什么。而最主要的是他们纯朴、善良。

可是有一次休息的时候，一个年轻下士，拿一支粗大的烟卷给我抽：

“你抽吧！这可是一支好烟，我不愿给任何人抽，可是你这孩子太好了，我送你抽呀！”

我抽起来，他退后了一步。突然，烟卷上冒出一股红红的火焰，迷住我的眼睛。我的指头、鼻子、眉毛都烧伤了。一股灰色的咸味的烟气，呛得我又打喷嚏又咳嗽。我眼睛瞧不见东西了，我吓得蹦跳起来。一群兵士把我紧紧围住，快活地高声大笑。我转身回家，呼哨和哄笑，宛如牧羊人的鞭子的声音，在背后追着我。被烧的指头发疼，我的脸破了，眼里流着泪。但是压得我透不过气来的，还不是这种肉体上的痛苦，而是一种不可言状的惊异：为什么他们要这样对待我？这种恶作剧为什么能使这班善良的青年人高兴？

回到家中，我爬上阁楼，在那里坐了很久，回想我过去很多次遇到的那一切无法解释的残酷，特别清楚生动地浮在眼前的，便是那个从萨拉普尔来的矮小的当兵的。他好像活生生的一样站在我的面前问：

“怎么样？明白了没有？”

过了不久，我又遇到了比这个更倒霉更惊人的事。

我常常到哥萨克兵营里去；兵营在佩切尔区[①]附近。我觉得哥萨克和兵士不同，并不是因为他们马骑得好，装束特别漂亮，而是因为他们说话特别，唱另样的歌，而且跳舞也实在好。有时候，在傍晚，他们把

---

① 下诺夫哥罗德城的一个近郊区。

马刷洗好，就在马房边围成一个圈子，一个瘦小的棕红色头发的哥萨克，头发甩得乱蓬蓬的，提高嗓子唱起来，好像一个铜喇叭。他使劲挺直身子，轻轻地唱着静静的顿河和蓝色的多瑙河一类的悲歌。他的眼睛闭着，跟那些唱得太累、从树枝上掉下来、有时也会死掉的红雀一般。他敞开衬衫的领口，露出铜马辔似的锁骨；而且他的全身，就好像一尊铜像。他用两条瘦瘦的腿站着，好像大地在他的脚下摇动。他张着两臂，闭着眼，提高着嗓子唱。看那样子，他好像不再是一个人，而是一个号手的号，一支牧羊人的笛子。有时候，也觉得他马上会翻身仰倒在地上，跟红雀般立刻死去一样。因为他把整个心灵，全部力量都倾注到歌唱里了。

他的同伴们，有的把手放在衣袋里，有的把手放在宽阔的背脊后面，在他四周围成一个圈子，严肃地凝视着他铜色的脸，盯着他那向空中轻轻挥动着的胳臂，像教堂里的唱诗班一般，神态庄重而又不慌不忙地唱。他们这班人，不管有胡子的或没有胡子的，在这一刹那间，都变得和圣像一样，和圣像一样威严，和圣像一样超越人间。歌像一条大路似的长，也像大路一样平坦广阔而光明。听了这歌声，使人忘掉了一切，忘掉大地上是白昼还是黑夜，自己是孩子还是老人！唱歌人的歌声渐渐消沉下去，这时候就听见那些军马发出悲嘶的声音，它们怀念着辽阔的草原，听见萧萧的秋夜从野地迫近过来的声音。听着，听着，心儿就膨胀起来，充满一种异常的感情，溢腾起对人类、对大地的伟大的无言的爱，好像马上就会炸开来。

我觉得那位瘦小的像铜人一样的哥萨克，不是一个普通的人，而是一个伟大的神话般的比一切人都善良、都高尚的人物。我不能够和他说话，有时他问我什么，我只能幸福地微笑着，嗫嗫嚅嚅说不出话来。我情愿像狗一般顺从，一声不响地跟在他后边跑，只要能够经常瞧见他的影子，能够听见他的歌唱。

有一天，我看见他站在马房角落里，把一只手举到眼前，凝视着戴在指上的一只光滑的银指环。他的美丽的嘴唇在微动着，一撮小小的红髭须在发抖，满脸现出悲痛懊丧的神色。

还有一次，在黑暗的晚上，我带了几只鸟笼子上老干草广场[①]的酒店去。酒店老板非常爱会唱歌的鸟，常常买我的鸟儿。

那哥萨克正坐在屋角炉子和墙壁间的柜台边，身边坐着一个身体比他几乎胖一倍的妇人：她那张圆脸，像上等山羊皮似的发出光彩；她用母亲似的慈祥的眼光，微带惊惧地望着他。他醉了，把伸直的脚在地板上来回摩擦着；大概碰痛了妇人的脚，她身子哆嗦了一下，蹙着眉头低低请求他说：

“不要动手动脚呀……”

哥萨克把眉毛使劲一竖，立即又无力地垂下了。他热得解开了制服和内衣，露出了脖子。女的把头巾布从头上放到肩头，一双茁壮白嫩的手臂搁在桌边上，指头互相绞扭，绞得泛出红色。我越看他们，越觉得他这个人像是一个在慈爱的母亲面前有过失的儿子。她很柔和地对他叮咛着什么，但他只是不好意思地沉默不语，好像对于正当的指斥，没有可回答的。

他像是被什么东西刺了一下，突然站起来，胡乱地戴上军帽（几乎盖住了眼睛），用手掌拍了拍它；也不扣上衣服，就向门口走去。女的也就站起来，对酒店主说：

“我们马上就回来，库兹米奇……”

大家用笑声和嘲谑送他们出去。有人沉厚而严峻地说：

“领港员[②]会回来的；他要给她苦头吃了！”

我跟着他俩后面出去。他们在黑暗中走着，离我前面约十步的样子，斜穿过广场，踏着泥泞的道路，向伏尔加河高岸的斜坡走去。我看见女的扶着哥萨克，显出蹒跚的样子。我听见泥浆在他们脚下作响。女的低声恳切地问：

---

① 在下诺夫哥罗德城东北，是个干草、燕麦、面粉的销售场。

② 指哥萨克。他先走，胖女人随后跟进，有如领港员为轮船引水，是一种俏皮的比喻说法。

“您到什么地方去？喂，到什么地方去？”

虽然那条路并不是我要走的，但我依然踏着泥泞跟上他们。不多一会儿，他俩走上了斜坡的小路，那哥萨克就站下来，离开女的约一步距离，突然打了女的一个耳光，女的吃了一惊，大声喝叫：

“啊哟，这是为什么？”

我也吃了一惊，直跑到他们身边。哥萨克横抱着女人的身躯，把她扔到堤栏外边的坡上，自己也跳了下去。两个人扭成黑黑的一团，顺着斜坡草地滚下去。我感到一阵昏眩，愣住了。听见底下有窸窣的声音，有撕破衣服的声音，和哥萨克的吼叫声。女的断断续续地低声吓唬：

“我喊了……我要喊了……”

她痛苦地哼了一声，声音很大，随后就静寂了。我摸到一块石头丢下去，只听见草沙沙地响。广场那边，酒店的玻璃门砰的一声响，有人啊哟地叫了一声，大概是跌倒了。接着，一切又回复静寂，这是一种使人担心每秒钟都会有什么事要发生的静寂。

坡下现出了一大团白东西。这个白团哽咽着，啜泣着，缓缓地、踉踉跄跄地向上边走来。——我认出就是那个女人。她像一只绵羊一样爬了过来。我看出她上半身完全裸着，吊着两只大奶子，好像变了三张脸。她终于爬到堤栏旁边，在堤栏边上坐下，几乎跟我坐在并排。她理着散乱的头发，好像一只害气肿病的马，呼呼地喘息着，雪白的肉体上沾满了乌黑的泥巴。她哭着，像猫洗脸似的擦着脸上的眼泪。瞥见了我，她就轻轻说：

“啊哟，你是谁？快走开，不要脸的！”

惊愕与悲痛的感情，使我呆住了，再也不能动一动。我记起了外祖母妹子的话：

“女人是一种魔力，上帝自己也受了夏娃的骗……”

这个女人站起来，用衣服的破片掩住了胸脯，赤着脚，急忙忙跑开了。这工夫，哥萨克从坡下爬上来，把白色的破布片向空中摇晃，轻轻地吹了一声口哨，倾听着，用快乐的声音说：

“达里娅！怎么样？咱们哥萨克人，想要什么就能得到什么……你当我喝醉了吗？没——有，我这是装出来给你看的了……达里娅！”

他昂然站着，说话口齿很清楚，声音中带着嘲笑。他弯下腰，用破布片擦干净自己的靴子，接着又说：

“喂，把上衣拿去……达什克[①]！不要装模作样了……”

他又大声说了一句侮辱女人的话。

我坐在岩屑堆上，听着他在这夜静中孤零零的耍威风的声音。

广场上的灯火在眼前闪动。右边，黑憧憧的树行中耸立着贵族女子专科学校白色的校舍。哥萨克懒洋洋地胡诌着一连串秽亵的话，挥动着白的破布片，向广场走去，像一场噩梦似的消失了。

斜坡下边的水塔里，排汽管在喘息。坡道上跑过一辆街头四轮马车。四周一个人影也没有。我沉闷地顺着斜坡走去，一只手里还拿着一块冷冰冰的石头，我没有来得及扔向哥萨克。在胜者格奥尔吉[②]教堂左近，被一个打更的叫住了。他怒气冲冲地问我是谁，背上的袋子里是什么东西。

我把哥萨克的事一五一十告诉了他，他哈哈大笑起来，怒叫道：

“有办法！哥萨克人真有两下子；我们哪比得上他们，娘儿们都是母狗……”

他笑得前仰后合，可是我已经往前走了。我真不懂，他到底是笑的什么。

我恐惧地想着：若是我的妈妈、我的外祖母碰上这样的强暴，该怎么办呢？

---

① 达里娅的昵称。

② 胜者格奥尔吉相传为基督教的圣徒。据教会传说，他曾创造许多奇迹，如战胜毒龙等。在罗马皇帝戴克里先迫害基督教徒期间，他也被处死（约 330 年）。后来欧洲封建主把他尊为骑士阶层的保护神，受到人们崇拜。在沙皇俄国曾在铜币上铸造他持长矛战胜毒龙的像。

# 八

天开始下雪的时候，外祖父又把我带到外祖母妹子的家里去。

“这对你没有什么不好，没有什么不好。”他对我说。

我觉得，这一夏天经历了很多的事情，年纪也大了好些，人也变得聪明多了。可是在这中间，主人家里也更加枯燥乏味了。一家人依然因为吃得太多，闹胃病，依然彼此唠唠叨叨讲着病情。老婆子，也依然恶毒可怕地祷告上帝。年轻的主妇，产后瘦了许多，身子虽然缩小了不少，可是动作还依然跟孕妇一般，摇摇摆摆、慢慢腾腾的。她每次给孩子缝内衣时，总是低声唱着一首同样的歌：

斯皮里亚，斯皮里亚，斯皮里亚，
斯皮里亚，我的亲兄弟，
我坐在雪橇上，
斯皮里亚放在后座上……

若是走进她屋子里，她马上停了唱，愤愤地嚷：

“你来干什么？”

我相信除了这首歌之外，她什么歌都不会唱。

晚上，主人们把我叫进屋子里，命令说：

“喂，讲讲你在船上的生活吧。”

我便坐在靠近厕所门的椅子上讲起来。违反我的意志，重新被塞到这家里来的我，回想另一种生活，也是一件快乐的事。我讲出了神，完全忘记了听众，但这样的时候不很久。那些女人并没有坐过轮船，她们向我问道：

“可是，总有点害怕吧？”

我不懂——有什么可怕的。

“轮船忽然开到水深的地方，会沉下去吧！”

主人咯咯笑起来；我虽明明知道轮船不会在水深的地方沉没，但总不能说得使她们完全明白。老婆子以为轮船并不是在水面上浮着，而是跟火车一样在地上转动，靠轮子支在河底行走的。

“既然是用铁造成的，在水里怎么能浮起来呢？斧头总不能浮在上面吧……”

“铁勺子在水里不是也不会沉吗？”

“这不能相比，勺子很小，而且中间是空的……”

我讲到斯穆雷和他的书籍的时候，他们就疑惑地注视着我。老婆子说写书的人都是些混账，或是邪教徒。

“那么圣诗集呢？那么大卫王呢？”

“圣诗集——那是圣书呀。而且大卫王也为圣诗集向上帝请过罪。”

“这话写在什么书上？”

“这话就写在我手心里，我给你后脑勺一巴掌，你就知道写在哪儿了！”

她什么事都知道，而且无论说到什么，她都显得很有把握，说得斩钉截铁。

“佩切尔街上死了一个鞑靼人，咽喉里流出了黑色的灵魂，黑得跟焦油一般！”

“灵魂是一种精气呀。”我说。可是她轻蔑地嚷：

“难道鞑靼人的灵魂也是精气？傻瓜！”

年轻的主妇也害怕书籍：

“念书是很有害的，尤其是年轻时候，”她说，“我老家格列别什卡那儿，有一个良家姑娘，一天到晚迷在书本子里，后来爱上了一个副牧师。副牧师的老婆可让她出了丑！在大街上，当着众人的面……”

有时我引用了斯穆雷书中的一句话。他的书籍中，有一本前后都缺了页子的，其中有这样的话："老实说，火药并不是谁发明的；像历来的情况一样，它也是经过一系列细微的观察与发现之后，才制成的。"

不知什么缘故，我牢牢记住了这句话；尤其是"老实说"这几个字，使我非常中意，我感到了这几个字的力量。但是这个字眼常常害我碰壁，说来都可笑。生活中确有这样的事。

有一天，主人们要我再讲点轮船上的事给他们听，我回答说：

"老实说，我已经没有什么可讲的了……"

他们听了这个字眼吓坏了，喊起来：

"什么？你说什么？"

四个人开始一齐笑，学着说：

"老实说——哎哟哟！"

连主人都对我说：

"你用得可是不高明呀！怪人！"

从此以后，有好久，他们都叫我：

"喂！老实说！去把孩子弄上屎尿的地板擦一擦呀，老实说……"

这种毫无意义的揶揄，并不使我生气，只是使我觉得奇怪。

我生活在这昏昏沉沉的闷人的气氛中，为摆脱这种情绪，我尽可能多找一些活儿干。在这儿不愁没活儿干：家里有两个婴孩；保姆又不合主人的意，老是调换，我就不得不照料婴孩。每天洗婴儿的尿布，每周还要到"宪兵泉"[①] 去洗衣服；那里的洗衣女笑我说：

"怎么，你干起女人家的活儿来啦？"

有时候她们捉弄得太过分了，我就拿水淋淋的衣服冲她们打，她们也用同样办法狠狠地回敬我，可是跟她们在一块儿，很快活，很有趣。

"宪兵泉"顺着一条深沟流入奥卡河。这条深沟把用古代神灵雅里洛为名的原野和这边的城市隔开。每逢春祭节[②]，街上的小市民就到原

---

① 此泉在宪兵队的马厩附近，因此取名"宪兵泉"。

② 民间在春季里祭奠亡魂的节日，在复活节后第七周的星期四举行，有跳环舞，编白桦花环，做各种游戏等活动。

野上来游玩。据外祖母对我说，她年轻的时候，人们还信奉雅里洛神，拿东西来祭他，祭他的时候，用轮子卷上浸过树脂的麻絮点上火，从山上滚下来。大家嚷着唱着，瞧这着火的轮子是不是一直滚到奥卡河。如果是一直滚到了的话，那就是说，雅里洛神已经接受了祭礼，这年的夏天，一定能够风调雨顺。

洗衣女大都是从雅里洛来的，统统都是性情活泼、能说会道的女人。她们对街市上的事全知道，听她们互相讲到她们的主人——商人、官吏、军官的事，真是有趣得很。在冬天，用冰冷的溪水洗衣服，简直是一种苦工，所有女人的手，都冻裂了皮。她们在蔽不住风雪的满是缝隙的旧木板小屋檐下，屈身在引进木槽里的流水上洗衣服，面孔冻得红红的，湿手指僵硬得不会弯曲，眼睛里掉下眼泪，可是她们互相不停地讲各种各样的事情，对于一切和任何事物都带有一种特殊的勇敢。

最健谈的一个，叫纳塔利娅·科兹洛夫斯卡娅，三十多岁，是一个很有朝气的结实的妇人，眼睛里含着一种嘲笑，说话特别的尖刻。她的女伴们都很尊敬她，有事情都跟她商量；又因为她干活麻利，穿着整洁，还有一个女儿在中学里念书，所以特别受人尊敬。每当她背着两篮湿衣服，弯着腰从溜滑的小路上走下来的时候，别人碰见她，总是笑嘻嘻地，关心地问她：

"你女儿好吗？"

"还好，谢谢你，托上帝的福，在念书！"

"瞧着吧，将来会当太太的！"

"叫她念书，就是想她能够当太太。什么富贵老爷，什么夫人太太，你说是从哪儿来的？统统都是咱们这班土百姓出身的呀。学问学得强，手臂长得长；手臂长得长，东西捞得多；东西捞得多，工作就光彩……上帝送我们来时大家还都是傻孩子，我们回上帝那里要做聪明老头儿，就得学习！"

当她说话的时候，大家都默默地注意听她那头头是道的富于自信的谈吐。大家当面背后都称赞她，对于她的勤苦耐劳和头脑精明都表示惊异，可是却没有一个人去学她的样。她把长筒靴的棕色皮筒子剪下一段，缝在袖口上，这使她不必把袖子管卷到肘弯上，也不会弄湿了。大家都称赞她想得聪明，可是没有一个照她样去做。我学样缝了一个，大家却来笑我：

“啊哟，你从女人手里偷小聪明！”

大家又说到她的女儿：

“这真正是一件大事啊！世界上要多添一位太太了，可不是件容易的事！也许学问还没有学好，就死了……”

“一个人有了学问，也不一定过得好。你瞧，巴希洛夫家的女儿，她念了多少书，念书念书，结果念到自己也当了女教员，女教员，就是老处女的别名啊……”

“这话也不错，没有学问，只消有一点儿什么可取，也一样可以嫁汉子……”

“总之，女人的智慧，不在乎头脑……”

听她们自己这样不害臊地谈着自己，我觉得又奇怪又别扭。我知道水手、兵士、土工们怎样谈论女人，也见到过男人家总是互相吹牛，说自己骗女人的手段怎样高明，跟她们的关系怎样才能长久。我觉得他们好似把“娘儿们”当作冤家对头。但从男人们得意扬扬的脸上，总可以约略看出那些吹说自己胜利的话里，虚构多于真实。

洗衣女对于自己私情的事虽然不谈，但当她们一谈到男子的时候，却可以听出里边含蓄嘲笑的恶意。我想：说女人是一种魔力，也许是对的。

“男人家任他怎么胡闹，任他怎样同别人要好，叶落归根，还是要回到女人身边来的。”有一次，纳塔利娅这么说。一个老婆子用着害伤风似的声音，对她喊叫：

“不这样，他们还能到哪里去呀？连修道士、隐修士，也离开上帝，到咱们这儿来……”

她们在山沟底部，在那连洁白的冬雪都不能盖住的肮脏的山沟里，在如怨如诉的潺潺水声中，在湿淋淋的破衣烂衫的捣击声中谈论着关于一切民族和种族是从哪里来的秘密。这种不害臊的粗野的对谈，使我产生了一种畏惧的厌恶，使一切思想，一切感情，都远远地离开周围那些惹人讨厌的“罗曼史”。从此说到“罗曼史”，我就马上想到那种肮脏猥亵的事情来。

可是在沟沟里跟洗衣女子做伴，在厨房里和勤务兵在一起，在地下室里跟土工一起，比待在家里要有意思得多。待在家里，老是重复着一些刻板单调的谈话、概念和事情，只觉得气闷、无聊、想打瞌睡。主人只是吃、病、睡，一天到晚，忙忙碌碌，跳不出做饭和准备睡觉这个圈子。他们谈罪恶，谈死，而且他们怕死怕得要命。他们像石磨上的谷粒，争先恐后地挤着拥着，时刻等待着马上会在磨里被研成粉末。

闲空的时候，我就到柴棚里去劈木柴。我想自己一个人清静一下，可是这很少能办到，勤务兵们跑来了，谈这院子里的新闻。

到柴棚来找我次数最多的，是叶尔莫欣和西多罗夫两个。叶尔莫欣是一个瘦长驼背的卡卢加人，全身长满粗大结实的青筋，脑袋很小，眼色浑浊。他是个懒鬼，傻得要命，动作迟慢不灵活，可是瞅见女人，就发出牛一样的叫声，俯身向前，好像要跌倒在她脚下似的。他很快就把厨娘女佣弄到了手，院里的人都很惊异，自叹不及。他有熊一样的气力，谁都怕他。西多罗夫出生在图拉，瘦个子，老是显出伤心的样子，说话低声细气，咳嗽起来小心谨慎，眼睛畏怯地闪着。他最喜欢向暗角落里呆瞧，无论在小声地说着什么，还是在默默坐着，总是呆瞧着最黑暗的角落。

“你在瞧什么呢?”

“说不定从里面跑出老鼠来……我顶喜欢老鼠；那小东西总是悄没声息地跑来跑去……”

我常常给那些勤务兵代写家信，代写情书，这差使真有趣。但是在这些人中，我最高兴代西多罗夫写信。每星期六，他一定给在图拉的妹子写一封信。

他把我叫到他厨房里，在桌子边和我并排坐下，两手使劲揉着剃了头发的头，然后靠在我耳边低声说：

“好，你写吧！开头是老一套：我的最亲爱的妹妹，祝你长寿！现在再写：一个卢布收到了，不过你不必寄钱来了，谢谢。我什么都不要，我们过得很好。其实我们过得很糟糕，跟狗一样。不过，这话不能写。你写：很好！她还小，只有十四岁，不必告诉她。现在你自己写吧，照着人家教你的那样写……”

他把身子压在我的左肩上，一股又热又臭的口气吹着我的耳朵，反复低声叮咛：

“叫她不要让年轻的小伙子拥抱，千万不许让他们摸她的奶子。你再写：如果有人对你甜言蜜语，你不要相信他，这是他想欺骗你，糟蹋你……”

他竭力憋住咳嗽，脸涨得通红。他鼓着两腮，眼睛里流着泪。他在椅子上坐不安定，推了我一下。

“你不要打搅我呀！”

“不要紧，你写！……尤其是那班老爷们，千万不要相信他们。他们是骗年轻姑娘的老手。他们说得好听，什么话都会说，你要是听信了这种人的话，就会被他们卖到窑子里去。还有，你要是能攒下钱，就交给神父，他若是好人，一定会给你好好保存起来的。不过，最好，还是埋在土里，什么人都不让瞧见，只消你自己把那埋的地方记住。”

听着这被厨房气窗洋铁皮翼子的吱喳声压倒的低语是很难受的。我回过头去，瞧瞧煤熏黑的炉口，望望满是苍蝇屎的食器橱。厨房脏得厉害，到处都是臭虫；到处发着焦油、火油、煤烟的强烈的臭味。炉上的碎木柴中间，油蟑螂蠕蠕地爬走，烦闷袭人心灵。这个兵士和他的妹子，可怜得几乎令人掉泪。难道可以这样生活吗？这样的生活算是好的吗？

我再不去听西多罗夫的唠叨，而自己写着，写的是生活上的痛苦和心里的牢骚。他叹一口气对我说：

“写得不少了，谢谢你！现在她会懂得要怕什么……”

“有什么可怕的！”我生气地说。虽然我自己也害怕好多东西。

兵士咳嗽了几声，笑笑说：

“你真是怪人！怎么不怕呀？老爷们呢？上帝呢？……还少啊！”

他一接到妹子来信，就很不安地请求：

“请念给我听听，快些……”

于是他要我把一张写得歪歪斜斜的、简短空洞得使人遗憾的信给他连念三遍。

他人很和善，但对女人却跟所有的人一样，像狗一般的粗野和简单。我有意无意地观察过这种关系，亲眼看见过这种关系从开始发展到最后往往快得令人惊讶，令人作呕。我看见过西多罗夫开头如何对女人谈军队生活的痛苦，引起她的同情；其次用甜言蜜语把女人迷倒；在这以后，就把自己的胜利，讲给叶尔莫欣听，好似喝了苦药似的皱着脸，吐着口水。这也使我心里很难过。我气愤地问他：为什么他们都欺骗女人，对她们撒谎，然后玩弄，再把她让给别人，还常常打她们呢？

他只是嗤着鼻子轻轻一笑，这么说：

“你不必管这种事。这些都不是好事，是罪过呀！你年纪小，你还早呢……”

不过有一次，我却得到了更明确的使我难忘的回答：

“你当女人不知道我在骗她吗？”他这么说着，眨巴着眼，咳嗽了一声，“她知——道的！她自己愿意受骗！这种事，谁都说谎骗人。这就是这样的事呀，全都害臊啊！哪里真有什么爱，只不过玩玩罢了！这是一件真正的不要脸的事情。往后你总有一天自己会明白！可是必须在晚上。如果是白天，就必须在黑暗地方，在柴棚里，是呀！正因为这个，才给上帝撵出了天堂。正因为干了这种事，所以咱们大家都是不幸的……”

他说得那么好，那么忧伤，而且带着忏悔的样子。因此我对于他的罗曼史，也就稍微妥协了一点儿，我对他比对叶尔莫欣更加友爱。我憎恶叶尔莫欣，存心用一切手段嘲弄他，激怒他，他常常满院子追我，想报复，可是，他是个笨蛋，很少得逞。

“这种事是禁止的呀。”西多罗夫说。

禁止，我是知道的，但我可不大相信，人是为了干这种事儿才不幸的。不错，我确曾见过人们的不幸，但不相信这句话。因为我常常在谈爱情的男女们眼中，看见一种奇异的表情，感觉到一种恋爱着的人们所特有的温柔，瞧着这种心的凯旋，常常觉得非常舒服。

但我记得，生活到底是变得更加枯燥而残酷了。我觉得它好像是照着我一天天所见的那种形式和关系，凝结住了。而且，我没有想到在目前的现实以外，每天在眼前出现的东西以外，还能有什么更好的东西。

可是有一天，兵士们给我谈了一件事，这使我非常不安。

这院子里住着一个在城里一家高等服装店做工的裁缝。他很沉默，很和气，不是俄罗斯人。他的妻子长得很娇小，没有孩子，一天到晚光在那儿读书。住在这样吵闹的、满是酒徒的院子里，这两人毫不引人注目，没声没响过着日子。他们不接待客人，自己也不到别人家去串门，只是节日的时候到戏院去看看戏。

丈夫一早出去干活，晚上很迟回来。妻子跟一个小姑娘似的，每星期上两次图书馆。我时常望见她摇着身体，跟一个跛子似的，在堤上一瘸一瘸地小步走着。她跟女学生似的抱着一捆用皮带束着的书，小小的手上戴着手套，显得朴实、快活、整洁、英爽的样子。她长着一张鸟儿一样的脸，闪动着一双敏捷的眼睛，全身装束美丽，好似摆在梳妆台上的瓷人儿。据兵士说，她右边少一条肋骨，所以走起路来身体摇得那么奇怪。但是在我看来，这倒反而显得好看，使她跟这院子里其他的太太们——那些军官太太，可以马上区别出来。那些太太们，尽管她们服装鲜艳，声音宏大，穿着臀部高耸的时装，但总显得陈旧，简直像是待在暗憧憧的什物间里，跟其他许多无用的废物一起，久已被人忘记了。

院子里的人都说这位娇小的裁缝的妻子有神经病。据说她因为书念得太多，脑子有了一点儿毛病，不会管理家务。上市场买东西，吩咐厨娘做中餐晚餐的菜，都得由丈夫料理。那厨娘也不是俄罗斯人，个子很高，面孔阴沉，一只红红的老是湿漉漉的眼睛，另外一只只是一条细细的淡红色的缝。可是太太自己——人们这样谈着女主人——连牛肉做的和猪肉做的菜也分辨不出来：有一次去买茴香，却买来了白辣根！你想想看，这可多么吓人哪！

他们三个人，在这座房子里，全是外人，好像偶然落进了这个大养鸡场的一个鸡栏里，又使人联想到几只白头翁因为怕冷从气窗口钻进了一家又闷又脏的住宅。

忽然，勤务兵们告诉我，那些军官老爷想出了欺侮这位小裁缝的妻子的狠毒把戏……他们几乎每天，今天这个，明天那个轮流写条子给她，向她表白爱情，诉说自己的痛苦，称赞她的美丽。她写回信给他们，要他们别去打扰她，并且说引起他们伤心很对不起，她求上帝帮助他们不要再想念她。拿到回信以后，军官们围在一块儿高声朗诵，把女的说笑了一顿，然后大家又用另外一个人的名字，再给她写信。

勤务兵们一边把这事讲给我听，一边笑骂着裁缝的妻子。

“倒霉的傻婆娘，瘸腿娘儿们。”叶尔莫欣粗声地说。西多罗夫低声附和着：

“每个女人都喜欢人家去骗她，她心里什么都知道……”

我不信裁缝的妻子知道人家在笑话她，因此我马上决定跑去告诉她，等她家厨娘去地下室的时候，我从后楼梯跑进这娇小女人的屋子里。我先走进厨房，厨房里一个人也没有，又走进了起居室。裁缝的妻子坐在桌子边，一手端着一只笨重的镀金茶杯，另一手拿一本打开的书。她吃了一惊，把书按在胸头上，轻轻叫喊：

“这是谁呀？奥古斯塔！你是谁呀？”

我准备她会拿茶杯或书砸我，就很快地不连贯地说了。她穿一件下摆缀着丝绒边，领子和袖口钉着花边的天蓝色的室内服，坐在一张大的莓红色的圈椅上。淡褐色的头发卷曲地披到两肩，像一位天国的天使。她靠在椅子背上，眼睁睁凝望着我，开头有点气愤，后来露出了惊异的微笑。

我把所要说的话都说完了，失去了勇气，回身向门口走，她开口叫了一声：

“等一等！”

她把茶杯放进托盘里，把书放在桌上，然后合叠两手，用大人的低嗓音说：

“你是个多么奇怪的孩子……过来！”

我很小心地走过去。她拉住我的手，用小小的冷冰冰的指头抚摩着问：

“没有谁叫你来告诉我这个吗？啊？那好，我看得出来，我相信，是你自己来的……”

她放开我的手，合上眼睛，低声慢慢说：

“原来那些下流的兵在议论这个！”

“你干吗不从这房子里搬走？”我认真地劝告她。

“为什么？”

“他们会欺侮你呀！”

她令人快活地笑起来，接着问：

“你上过学没有？喜欢看书吗？”

“没有工夫看书。”

“只要你喜欢，总可以找到工夫的。好吧，谢谢你！”

她把捏着的手指伸到我的面前，里边是一个银币。收下这个冷冰冰的东西，我觉得难为情，但又不敢拒绝她。我走的时候，就把它放在楼梯扶手的柱顶上。

从这个女人的身上，我得到一种新的深刻的印象，好像早晨的曙光涌现在我的眼前。因此，有好几天工夫，我都生活在欢乐中，想着那间宽敞的屋子，和住在这屋子里的跟天使一般的，穿着天蓝色便服的裁缝的妻子。她四周的一切，美得出奇。光艳夺目的金色的绒毡，铺在她的脚下，冬天的白昼射进银色的玻璃窗，倚在她的身边取暖。

我想再见她一次。如果我跑去向她借书，会怎么样呢？

我就这么办了，而且又见到了她。她仍坐在同一地方，手中同样拿着书。但她的颊上，捆着一条棕红色头巾，一只眼有点肿。当她拿一本黑封面的书给我时，嘴里含混地不知说了一句什么。我拿了书，郁闷地走了。书里有杂酚油和洋茴香水的气味。我把这书用清洁的内衣和纸包着，藏在阁楼上，害怕被主人们拿去弄坏了。

主人家订了一份《田野》[①] 周刊。他们只是为取得该刊的服装式样和赠阅的画刊，并不是为了阅读。把画看过之后，就搁到卧室的橱柜顶上。到了年底，把它们装订起来，塞在床底下。那里还有三本《绘画论坛》[②]。我用水刷洗寝室地板的时候，脏水流进这些杂志底下去。主人还订了一种《俄罗斯信使报》[③]，晚上一边读，一边骂：

“光写这些东西干什么！真无聊……”

星期六到屋顶楼去晒衣服的时候，我记起了那本书，拿出来看，看见第一行是这样一句话：“房屋也和人一样，各有自己的面貌。”[④] 这句话的真实性使我暗暗吃惊，我就站在天窗边看起来，一直看到身体冻僵才停止。到晚上，主人们都做晚祷去了。我把书拿到厨房里，埋头看着旧了的秋风落叶一般的黄沉沉的书页。这些书页毫不费力地把我引进一种奇异的生活中，接触了许多新名字和新关系，发现了许多与我看腻了的人完全异样的善良的英雄和阴险的恶汉。这本书是格拉维埃·德·蒙特潘的小说，跟他的所有长篇小说一样，很长，人物和事件非常多，描写着珍奇的急变的生活。这小说写得非常简单明白，字行当中好似躲藏着一绺光，明白地照出了善事与恶事，使读的人热爱和痛恨，全神贯注地凝视着紧紧纠缠在一起的人们的命运。而且使人完全忘记这发生的事

---

① 在彼得堡出版的插图周刊（1870—1918）。

② 在彼得堡出版的一种家庭读物，图文并茂的周刊（1872—1905）。

③ 1879 年在莫斯科出版的报纸。

④ 法国作家格拉维埃·德·蒙特潘（1823—1902）的长篇小说《巴黎的悲剧》里的第一句话。

件是纸上的东西，马上急躁地想去帮助这个，阻止那个。斗争的起伏，使人把什么都忘掉了。读这一页时，沉浸在欢喜的感情中，读第二页时，又满含悲伤的感情。

当我看出了神，等到耳边听到大门外拉铃的声音，一时还不能明白，这是谁在那儿拉，为什么。

蜡几乎完全点光了，今天早上自己刚刚清除过的蜡盘，又满是蜡油了。我必须时时留意的长明灯的灯芯，也落进灯油里面熄灭了。我在厨房乱窜乱跑，忙着把我的罪迹消灭掉，把书塞进炉炕下的空隙里，重新点好灯芯。保姆从起居室里跳出来了：

"你聋了吗？门铃响哪！"

我跑去开了门。

"你贪睡了？"主人严厉地问。他的妻子一边重脚重手地走上楼梯去，一边埋怨我害她伤了风。老婆子骂着，跑到厨房里，瞧见了点过的蜡就开始审问我在干什么。

我好像从高处跌下来不能动弹一般，待着不作声。我只担心着，她会发现那本书，但她只是骂着，说我会把房子烧掉的。等主人夫妇俩一下来吃晚饭，老婆子马上向他们诉说：

"你们瞧，一支蜡烛都点光了，连房子也会给烧掉的……"

吃饭的时候，他们四个人狠狠地说着我的各种有意的和无意的过失，众口齐声责备我，甚至威吓我，说我不得好死。可是我明白得很，他们说这种话，不是出于恶意也不是出于好心，只是闲极无聊。叫人奇怪的是，把他们同小说中的人物比较一下，竟是那么空虚，那么可笑。

吃过晚饭，他们疲乏地蹒跚着睡觉去了。老婆子怨气冲天地惊动了一番上帝之后，爬上炉炕不吭声了。这时候我爬起来，从炉下空隙中拿出书，走到窗口边。夜色很好，月光直窥着窗子，但字体太小，眼力毕竟瞧不清楚。不过丢开不看也实在难受。我从橱架上拿了一只铜锅子来，用它把月光反映到书上来看，可是更不行，更暗了；于是我爬到墙角底下的凳子上站着，凑近圣像，借着长明灯的光看了起来。不料看得倦了，趴在凳子上睡着了。我被老婆子的骂声和推搡惊醒过来。她两手拿了那册书，向我肩头狠打。她赤着脚，只穿一件内衣，凶狠地摇晃着棕褐色的脑袋，怒得脸发红。维克托在床上嚷了起来：

“妈，你快别嚷啦！日子真没法过了……”

“糟了，书一定会被她撕碎。”我想。

喝早茶时，大家审问我。主人严厉地问：

“你从什么地方弄来的书？”

女人们七嘴八舌地嚷着。维克托狐疑满脸地把书页子嗅嗅说：

“有点香水气味，真的……”

他们听我说这本书是神父的之后，大家又把书重新瞧了一瞧，诧异而愤怒地说，神父也看小说？可是这毕竟让他们略微放心了，虽然主人对我大谈其看书的危害性，谈了好久。

“就是他们那些读书人炸毁了铁路，想炸死……”①

主妇又怒又害怕地对丈夫喊：

“你发疯啦？你给他说什么呀？”

我把“蒙特潘”拿到兵士那儿去，把事情一五一十说给他听了。西多罗夫把书接去，默默打开小箱子，拿出一条干净的毛巾，把小说包了，装进箱里，然后说：

“别听他们胡说八道，你到这里来看好啦。我不会对谁说的！如果你来的时候我不在，钥匙在圣像后边挂着，你自己把箱子打开拿出来看吧……”

主人们对书的那种态度，马上使得书在我眼中处于一种重大怕人的秘密地位里了。至于有些什么“读书人”炸坏了铁路，想暗杀谁，这种事我并不感兴趣，但因此却想起了在忏悔时神父的质问和地下室里中学生念的书，以及斯穆雷所说的“正经书”来；同时也想起了外祖父

---

① 指1879年11月19日至12月1日之间炸毁莫斯科—库尔斯克铁路，意欲借此炸死沙皇亚历山大二世，但未获成功。

所讲的使妖术的阴谋家的故事：

“洪福齐天的皇帝亚历山大·巴夫雷奇[1]在位的时候，贵族们[2]被妖术和自由思想迷昏了，那些奸党图谋把全俄国人民出卖给罗马教皇。阿拉克切耶夫[3]将军把他们当场捉住，也不管他们的官职爵位，全都送到西伯利亚去做苦工。他们在那儿跟芋艿虫似的自行消灭了……”

我又记起了“挂满星星的恩勃拉库伦”和“格尔瓦西”，以及那庄重和可笑的话：

“愚蠢的人们呀！你想知道我们的事情，你们这样懦弱的眼睛，怎能瞧分明！”

我觉得自己好像站在巨大的秘密之门的门口，而且好像一个疯子似的活着，我一心只想快些把这本书念完。我害怕它会在兵士那儿丢失，或者会给弄毁。那我还怎么好向裁缝的妻子交代呢？

老婆子老是紧紧地盯着我，怕我上勤务兵那儿去，骂我：

“书迷！书不教人学好。你瞧那个爱念书的女人，连自己上市场买东西都不会。只是跟那些军官调情，大白天把他们叫到自己屋子里。当我不知道！”

我真想嚷：

“你胡说！她没有跟人调情……”

但是，我不敢替裁缝妻子抱不平，万一老婆子猜到那本书就是她的怎么办？

我发了好几天闷，心神恍惚，焦急不安，连觉也睡不着，担心着蒙特潘那本书的命运。有一天，裁缝家里的厨娘在院子里把我叫住：

“把书拿来呀！”

吃过中饭之后，我趁主人们都午睡了，不好意思地，懊丧地，跑到

---

① 即亚历山大一世，1801 年至 1825 年的沙皇。

② 指十二月党人。

③ 阿拉克切耶夫（1769—1834），亚历山大一世在位时的军务大臣，沙皇最宠信的佞臣。

裁缝妻子那儿去。

她跟第一次一样接待了我，只是换了衣服，灰色的裙子，黑丝绒上衣，裸露的脖子上挂着一个绿松石的十字架。她像一只雌灰雀。

我告诉她：书还没来得及看完，主人们禁止我看书。由于心里的委屈和见这位女子的欢喜，我的眼里含满了泪水。

“呸，这些人多么无知！”她蹙了一蹙细长的眉毛，说，“你那个主人，还有一张满有趣的面孔呢。不要伤心，我想个主意，我写一封信给他吧！”

这话使我吃了一惊。我向她说明，我对主人们撒谎说那本书是跟神父借来的，没说是从她这儿借的。

“不！不要写信！”我请求她说，“他们会笑您，会骂您。这院子里的人，谁都不喜欢您。大家都笑您，说您是傻瓜，说您少一条肋骨……”

一口气把这些话说完之后，我马上觉得说得太多了，说了使她难受的话——她紧紧咬着上唇，跟骑在马上似的，打了一下自己的胯部。我发窘了，低着头：恨不得钻进地里去。可是裁缝的妻子往椅子上一坐，快活地大笑起来，反复说：

“啊哟，真无知……真无知！那么怎样办呢？”她凝视着我，自言自语着，然后喘了一口气，说：“你真是个古怪的孩子，真是……”

我照了照她身边的一面镜子，瞧见了一张高颧骨、宽鼻子的脸，脑门上一大块青痣，头发因为好久没有理，乱蓬蓬地支棱着。——这就叫作“古怪的孩子”吗？……这个古怪的孩子，同这位纤细的瓷人儿完全没一点儿相像的地方……

“那天我给你一点儿小钱，你为什么没有拿去？”

“我不要。”

她叹了一口气：

“唉，有什么办法呀！如果他们允许你看书，你到我这儿来吧，我给你书看……”

梳妆台上放着三本书，我拿来的是一本最厚的，我愁闷地瞧着书。裁缝妻子把她那小小的桃红色的手伸给我：

“好，再见吧！”

我谨慎地碰了碰她的手，连忙转身跑了。

可是人家说她什么都不懂，这句话也许是对的。明明二十戈比的硬币，她还说是一点儿小钱，真是跟孩子一般不懂事。

但这我喜欢……

## 九

为这突然迸发出来的看书的热情，我受到了许多难堪的屈辱、侮蔑和恐吓，想起来真是又伤心，又可笑。

我把裁缝妻子的书看得很宝贵，生怕被老婆子扔进炉子里烧掉，因此尽力不再去想这些书，每天早上我去小铺买下茶的面包，就在那里借一些五彩封面的小书回来看。

店老板是一个一见就令人没有好感的青年，厚厚的嘴唇，汗淋淋白苍苍的虚胖脸，长满瘰疬瘢和污斑，眼睛也是白洋洋的，肿胖的手又短又笨。他这个铺子，是这条街上青年人和轻佻的娘儿们夜间聚会的场所。我主人的兄弟也几乎每天晚上都到那里去喝啤酒，玩纸牌。吃晚饭的时候，常常派我去叫他，在店后面一间窄小的屋子里，我不止一次瞧见那位傻里傻气的红脸的老板娘，坐在维克托或别的青年人的膝头上。老板好像并不把这种事放在心上。还有他那个在店里帮忙做买卖的妹子，无论唱歌的、当兵的和一切爱这玩意的人去搂抱她时，她都满不在乎。铺子里货物很少，他说因为开张不久，所以还没有配齐，其实那铺子秋天就开了。他拿一些春宫画片给客人和顾主们看，拿一些秽亵的诗给那些喜欢这类诗的人抄。

我花了每本一个戈比的租钱，向他租了米沙·叶夫斯季格涅耶夫[1]的无聊的小书来看；这是很贵的。可是那些书一点儿趣味也没有；就是《古阿克》（又名《忠贞不屈》[2]）、《威尼斯人法兰齐尔》[3]、《俄罗斯人和卡巴尔达人之战》（又名《一个死于丈夫墓头的美人伊斯兰教徒》[4]）等等这类书籍，也不能使我满意，常常引起我难堪的愤慨：觉得这些书是用难懂的文字，谈着令人难信的事情，简直把我当傻瓜一样捉弄。《射击军》[5]、《尤里·米洛斯拉夫斯基》[6]、《神秘的修道士》[7]、《鞑靼骑士亚潘卡》[8] 那样的书，我比较喜欢些，读了之后，还有点余味。但是最能够吸引我的是圣徒传，在这类书中，有一种严肃的东西，可以使人相信，而且有时受到深刻的感动。不知什么缘故，一切大殉道者都使我联想起那个“好事情”，一切大殉道妇女都使我联想起外祖母，而且一切圣徒都使我联想起脾气好的时候的外祖父。

我劈柴的时候，躲在柴棚里看，或是上屋顶楼去看；无论哪儿都同样不方便，同样寒冷。有时候看入了迷，或是要赶紧看完，便半夜里起来点了蜡看。可是老婆子留意到晚上蜡短了，便用小木片来量过，把木片藏在隐蔽的地方；如果早上起来瞧见蜡短了一截，或是我虽找到那木片却没有折短到蜡所燃到的长度，那么，厨房里便马上大声嚷起来。有一次维克托气呼呼地在床上大喊：

“妈，你别乱嚷了吧！真要命！不消说，蜡是他点的，我知道他在面包店里租小说看哩！你上阁楼去瞧瞧就知道啦……”

---

① 当时流行通俗读物的作者。

② 1789 年在莫斯科出版的一部骑士小说，作者不详。

③ 即《威尼斯的勇敢骑士与美貌女王雷齐威妮的故事》，是俄国人安德烈·菲利普诺夫根据西欧骑士小说改编的一本通俗读物。

④ 19 世纪 20 至 40 年代流行通俗读物作者之一兹里亚霍夫的一部长篇历史小说。卡巴尔达是中亚地区的一个民族，1774 年始并入俄罗斯帝国。

⑤ 马萨尔斯基的长篇历史小说的改写本。

⑥ 扎戈斯金的长篇历史小说的改写本。

⑦ 扎托夫的长篇历史小说的改写本。

⑧ 卡西罗夫的历史小说。

老婆子跑到阁楼里，找到了一本什么书，就把它撕得粉碎。

不消说，这很使我愤慨。但是看书的愿望，却更加强烈了。我明白，就是一位圣人来到这样的人家，我的主人们也一定会教训他，把他变成和自己一样——他们会因为无聊而去这样做。如果他们停止对人的挑剔、责骂和愚弄，那么他们就会觉得无话可说了，会变成哑巴，也就看不见自己的存在了。为了要感觉到自己的存在，所以人必须用某种手段去对待人。我的主人们除了教训人，责备人，就不会去对待周围的人。即使你已开始和他们一样地生活，也就是和他们的思想、感情一致起来，他们还是会因为这个来责难你。他们就是这样的人。

我想尽一切巧妙的办法，继续看书，老婆子几次烧掉了我的书。短短的时期内，我竟欠了小铺老板一大笔债：四十七戈比！他要我还钱，并且吓唬我，说我到他铺子里买东西的时候就扣下主人家的钱，抵偿债款。

“那时候你会怎么样呢?”他嘲弄地问我。

他实在使我讨厌，他大概也知道我讨厌他，所以故意拿各种威吓来为难我，而且越来越起劲儿。每次我上铺子去，他总嘻着那污痕斑斑的脸，温和地问我：

“钱拿来了吗?”

“没有。”

这使他吃惊了，他把脸一沉：

“怎么回事？你要我到法庭去控告吗？把你的财产充了公，送你到远地去充军吗?”

我的工钱是主人直接交给外祖父的，我没有地方去弄钱，我慌了，怎么办呢？我请求缓一缓再还债，可是老板伸出油乎乎肿胖的手来，对我说：

“你亲一亲这只手，我就再等一下!”

可是当我拿起柜台上的秤锤，向他一扬的时候，他就往下一蹲喊道：

“干吗？你要干什么？你要干什么？我是说着玩的呀！”

我知道他并不真是说着玩的，为了要还清他这笔账，我决定去偷钱。每天早上我给主人刷衣服，他的裤子口袋里常有锵锵的钱声；有时钱跳了出来，在地板上滚动。有一次，有一枚落在地上，从地板缝里滚进楼梯底下柴堆里去了。我忘记把这件事告诉主人，过了几天，我在柴堆里找到了一个二十戈比的银币，才记起来，当我把它交给主人时，他老婆对他说：

“你瞧，衣袋里放了钱，总得数一数呀。”

可是主人对我笑眯眯地说：

“我知道他不会偷钱的！”

现在，我下了偷钱的决心，想起了这句话，想起了他的深信不疑的笑脸，我就感到偷盗这回事是多么困难。有好几次从衣袋里掏出了银币数了一数，总是下不了手，为了这件事，我苦恼了大概有三天。万万没有想到，这桩心事竟简单迅速地解决了。主人忽然问我：

“你怎么啦？彼什科夫，无精打采，觉得什么地方不舒服吗？”

我便坦白地把自己的心事全对他说了。他皱了皱眉头说：

“你瞧，这些小书把你给弄成什么样子啦！看书，反正会出乱子的……”

他给了我五十戈比，严厉地嘱咐我说：

“千万别对我妈和女人漏出口风呀，要不然她们又会大吵大闹的！”

接着，他和气地笑了一笑说：

“你这小伙子真倔强，拿你有什么办法呀！不要紧，这样挺好。可是以后不要再看书。从新年起，我要订一份好报纸，那时你再看吧……”

于是，每天晚间，从喝茶到晚饭这段时间，我就念《莫斯科报》①

① 1881年8月在莫斯科创刊的一种黄色小报，在小市民阶层中流传甚广。

给主人们听。念一些瓦什科夫、罗克沙宁、卢德尼科夫斯基[①]的长篇小说和那些对烦闷得要命的人帮助消化的文艺作品。

我最讨厌念出声来，这妨碍我理解所念的句子。但是主人们都听得出神，以一种虔诚的贪婪的神情对于主人公的恶行不断发出惊叹，而且自鸣得意地说：

“可是，咱们过得挺平安，什么事也没有，应当谢谢上帝！”

他们常常把事件弄混，把有名的大盗丘尔金[②]的所作所为记在马车夫福马·克鲁奇纳[③]的账上；又常把名字搞错。我纠正了他们的错误，他们非常吃惊：

“嗯，他的记性多么好呀！”

有时《莫斯科报》上登着列昂尼德·布拉韦[④]的诗。我很喜欢这些诗，把它们抄在本子上。但主人们谈起诗人的时候，便说：

“人都老了，还作诗呢。”

“他是酒徒，是半疯儿，一切都无所谓。”

我喜欢斯特鲁日金和梅曼托－莫里[⑤]伯爵的诗，但女人们，无论老婆子还是年轻主妇，都认定诗是胡说八道的东西。

“只有小丑和唱戏的戏子，才用诗句说话。”

冬天晚上，躲在窄狭的小屋子里跟主人一家子对面坐着，是一种难堪的时刻。窗外是静静的夜，有时听得见树枝被冻得噼啪作响的声音。人们像冻鱼一般，一声不响地坐在桌子旁边。风雪敲打着窗子和墙壁，在烟囱中怒吼，吹得火炉门直响；儿室里婴儿在哭叫。我真想坐到屋子的暗角落里，蜷缩起来，跟狼一样大声号叫。

女人们坐在桌子的一端，缝着针线，织着袜子。另一端坐着维克

---

① 这三人都是《莫斯科报》的固定撰稿人。

② 通俗小说《大盗丘尔金》的主人公，该书作者署名为“老相识”。

③ 巴加特列夫的同名中篇小说中的主人公。

④ 列·布拉韦（1842—1891），俄国诗人。

⑤ 这两位都是幽默作家、诗人。

托，躬着背，懒洋洋地绘图样，不时喊叫：

“别摇动桌子呀，真要命！狗贼，吃耗子的！……”

在旁边的大刺绣架后面，主人正坐在那里用十字纹绣一张台毯。从他的手指底下，出现红的大虾、青的鱼、黄的蝴蝶、秋天的红叶。这个图案是他自己想出来的，他干这个活儿已经是第三个冬天了。现在他已做腻了，有时候白天见我空闲下来，便对我说：

“嗯，彼什科夫，你来绣这台毯，动手吧！”

我坐下来，拿起一枚粗大的针就动手绣。我很同情我的主人，我总是想什么事都尽力帮他忙。我觉得有一天他会把绘图样、绣花纹、打纸牌这类事完全扔掉，另外来干一种有趣的工作的。他常常忽然把工作扔到旁边，用一种瞧陌生东西的惊异的眼神，愣生生地凝视着那种有趣的工作，他的长长的头发，一直披到脑门和脸颊边，好像一个修道士的徒弟。

“你在想什么？”他的妻子问他。

“没想什么。”他这么回答着，又继续工作起来。

我默默地惊奇着：难道可以问人家在想什么吗？这是没有办法回答的问题。一个人所想的，一时之间，总有好多事情混杂在一起：在眼前的一切事、昨天或去年见到过的事，都会混杂到一起，变幻着，叫你无法捉摸。

《莫斯科报》的小品栏，还不够念一个晚上。于是我提议把寝室里床底下的杂志拿出来念。年轻的主妇不相信地问：

“那些杂志里面只有画，有什么东西可以念的呀？……”

可是床底下除了《绘画论坛》之外，还有一种叫作《火花》① 的杂志；于是我们念起萨利阿斯②的《佳京－巴尔李斯基伯爵》来。主人对这中篇小说里的那个有点戆气的主人公非常喜欢；对于小公子的悲惨的

① 1879 年创刊的一种图文并茂的周刊。

② 萨利阿斯·德·图尔涅米尔（1840—1908），俄国历史小说作家。

遭遇，笑得眼泪都掉下来了，他这么喊：

“这可真有趣儿！”

“看来，这都是胡编乱造！”主妇为了表示自己的独立见解这样说。

床底下找出来的作品，对我大有好处，我得到了把杂志拿到厨房里去的权利，夜里可以看书了。

使我最高兴的，是老婆子搬到儿室里睡去了，因为保姆老是喝醉酒。维克托不打扰我，他每晚等家人们都睡静之后，就悄悄儿起来把衣服穿好，溜到外边什么地方去了，直到天亮才回来。晚上还是不让我点灯，因为大家都把蜡拿到寝室里去了。我没有钱买蜡，便偷偷把蜡盘上的蜡油搜集起来，装在一只沙丁鱼罐头盒里，再加上一点儿长明灯的油，用棉线做灯芯，便点起一盏烟气腾腾的灯，整夜放在炉子上。

当我翻动一页书的时候，那昏红的火头就摇晃不定，好像要熄灭的样子。灯芯常常滑进燃得很难闻的蜡油里；油烟熏我的眼睛。但这一切不便，都在看图片读说明的快乐中消失了。

这些图片在我的眼前展开了一个一天天扩大起来的世界：这里有梦一般的城市，有高山和美丽的海滨。生活美妙地展现开来，大地更富于魅力：人多起来了，城市增加了，一切都变得更加多样，无所不有。现在，我望着伏尔加河对岸的远方，已明白那儿并不是一片荒漠，而在以前，当我遥望伏尔加河对岸的时候，我感到一种特别的烦恼：草场平坦地扩展着，披着破衣似的黑色灌木丛，草场的尽头矗立着参差不齐的茂密森林，草场上空展开一片浑浊寒冷的蓝天，大地空旷而凄凉，我的心也空落落的，一种淡淡的悲愁撩乱着它。我失去了一切希望，感到百无聊赖，只想闭上眼睛。这种忧郁的空虚没有给我半点希望，它只是把我心中所有的一切都吸尽了。

图片的说明，用一种容易懂的文字，把另一些国家和民族的状况告诉了我，把古代及现世的许多事情讲给我听，但是其中，也有不少是我所不懂的，这使我感到苦恼。有时候一些奇怪的名词刺到我的脑子里——什么“形而上学”、“千年天国说”[①]、“宪章运动者”[②] 一类奇怪的名词，对我实在有点头痛。我觉得它们是一种阻止我的想象的怪物。如果我弄不清这些名词的意义，也就永远再也不会明白什么了——正是这些名词像卫兵一样把守着秘密之宫的大门。有时候，全部的句子像扎进手指的刺一般在我的记忆里停留很久，使我再也不能去想别的事情。

我记得念过这样的怪诗[③]：

> 匈奴族的酋长阿底拉[④]骑着马，
> 满身披着钢铁甲胄，
> 像坟墓般的阴郁和沉默，
> 在无人境中行走。

他的背后有一队乌云一样的大军在追寻着叫喊：

> 何处是罗马？何处是雄伟的罗马？

我已知道罗马是一座都城，但是匈奴是怎样一种民族呢？我必须把它弄明白。

我找到一个好机会，就向主人问。

“匈奴？”他惊奇地重复了一句，“鬼知道这是什么呀？大概是个毫无意义的东西吧……”

---

① 早期基督教的一种神秘主义学说，相信耶稣第二次来到人间后，在世界末日之前他将在人间建立千年的“天国”。

② 19 世纪英国最早的群众性和政治性的无产阶级革命运动活动家。

③ 波兰诗人约·波·扎列斯基（1802—1886）写过一部抒情长诗《草原的精灵》(1836)。1877 年俄译者译了该诗的一个片段，题为“阿底拉”。高尔基这里是凭记忆写下的，因此引文不尽正确，如“在无人境中行走”一句应是“像毛茸茸的壮实的熊那样行走”。

④ 阿底拉是 5 世纪匈奴民族的酋长，曾征服高卢，以进行残酷战争著称。

他不赞成地摇了摇头。

“你满脑子都是些无用的东西，这可不是什么好事呀，彼什科夫！”

不管是好事坏事，可是我要知道它。

我觉得团队里的牧师索洛维约夫一定会知道匈奴是什么，我在院子里碰到了他，就拉住他问。

他体弱多病，红眼睛，没眉毛，黄须，脸色苍白，性情暴躁。他把黑手杖拄着地，对我说：

“这个跟你有什么关系呀？”

涅斯捷罗夫中尉恶狠狠地回答说：

“你说什么？”

于是我决定，关于匈奴这个问题得去问药房里那位药剂师，他对我总是和和气气的。他有一张聪明的脸，大鼻子上架着一副金丝眼镜。

“匈奴，”药剂师巴维尔·戈利特贝格对我说，“匈奴是吉尔吉斯那样的游牧民族，再没有这个民族了，现在已经绝种了。”

我觉得难过懊丧，倒不是因为匈奴人都已经绝种，而是因为把自己烦恼了这么久的那个词的意思，原来只是如此简单，而且使我一无所获。

但我还是很感激匈奴。自从我为这个名词大伤了脑筋之后，我的心踏实了许多，而且由于这位阿底拉，我跟药剂师戈利特贝格接近起来了。

这个人能够很通俗地解释一切难懂的名词。他有一把开启一切知识之锁的钥匙。他用两个手指头把眼镜正一正，从厚玻璃片中盯住我的眼睛，好像拿一些小钉子钉进我的脑门一般，对我说：

“好朋友，一个名词好像树上的一片叶子，为了明白为什么这些叶子不是那样的而是这样的，我们必须先明白这株树是怎样生长起来的，必须学习。好朋友，书好比一座美丽的园子，园子里什么都有：有的叫人见了舒服，有的对人有用处……”

我常常到那药房里去，为那些害慢性“烧心”病的大人们买苏打粉和苦土，为孩子们买月桂软膏和泻药，我就顺便去找他。他的简短的教导，使我对于书籍的态度更加端正了。不知不觉地我对书籍好像一个酒徒对酒一般，变成不可一日无此君了。

书籍使我看见了一种另外的生活，一种刺激人们、使人们去干大事业、去犯法的强烈的感情和愿望。我看出在我周围的那些人，是既不会干大事业，也不会去犯法的，他们活着，好像跟书中所写的世界完全没有关系。他们的生活中，有什么有意义的东西呢？——这是难解的。我不愿过这种生活……这是我很清楚的，我不愿意……

我从图片的说明上知道了布拉格、伦敦、巴黎那些地方的街道上并没有坑洼和垃圾堆，有的只是笔直宽阔的马路，房子和教堂也是另一种样子。在那里既没有人必须在屋子里过六个月的冬天，也没有只准吃酸白菜、腌蘑菇、燕麦面片、马铃薯和讨厌的麻子油的大斋日。过大斋日不准看书，《绘画论坛》被他们收起了；这种空虚的斋戒生活，又迫到我的身上来了。现在把这种生活和书中见过的来比较，更觉得它的贫乏和畸形。一有书看，我的心境就好，精神就振作，干活也干得利索，因为心里有了目标：早些把活干完了，就可以多剩一点儿时间来看书。但书被没收了之后，我便变得百无聊赖、懒洋洋的了，害上一种从来不曾有过的健忘症。

记得正是这种无聊的时候，发生了一桩奇怪的事：有一天晚上，大家正要睡觉，忽然传来嗡嗡的教堂的钟声。家里的人都被惊起来了，半裸着的人们跳到窗子边互相问道：

“失火了吗？……是打警钟吧？”

别的房子里，也都在忙乱，门户砰砰地响。有人牵着套好了的马在院子里跑。老婆子大声嚷，说教堂里失了盗。主人竭力阻止她：

“够了，妈……不是听得很清楚吗，这不是警钟！”

“那么就是主教死了……”

维克托从床上爬下来，一面穿衣服，一面嘴里嘀咕：

“我可知道出了什么事，我知道！”

主人叫我跑上阁楼去望有没有火光。我跑上楼去，从天窗爬到屋顶上，望不见火光。在寂静的寒冷的夜气中，钟声慢吞吞地接连地响着，街市睡梦惺忪地横躺在大地上。一些瞧不见的人，在黑暗中踏着雪地吱喳作响地跑过去，雪橇的滑板吱吱地叫。钟声越来越令人毛骨悚然地响着。我回到起居室里说：

“望不见火光呀。”

“呸，真是的！”穿着外套，戴上帽子的主人说着，把大领子拉上，又开始迟疑不决地把两脚伸进套鞋。主妇劝他：

“别出去，喂，别出去……”

“少废话！”

维克托也穿好了衣服，挑逗着大家：

“我可知道……”

两兄弟走到大街上去了，女人们吩咐我烧茶炊，自己又跑到窗子口去望。可是，主人几乎马上就回来了，在外边拉门铃。他从楼梯跑上来，一声也没吭，把前室的门打开，粗声说：

“沙皇给人暗杀了！”①

“杀死了？！”老婆子叫了一声。

“死了。军官告诉我的……现在怎么办呢？”

门铃又响了，维克托回来了，他无精打采地脱着衣服，怒气冲冲地说：

“我还当是打仗呢！”

后来，大家坐下喝茶，而且慢吞吞地，可是压低着嗓子，小心翼翼地谈起来。街上已经静下来，钟也不响了。他们整整两天，悄悄地小声议论着，不知到什么地方去过，而且也有客人到这儿来过，详细地说了什么。我很想知道发生了什么事，可是主人们却把报纸收起来不让我看。我便问西多罗夫沙皇为什么被人暗杀了，他低声说：

---

① 指1881年3月俄国民意党人刺死沙皇亚历山大二世一事。

“这种事不准乱说……”

这事情很快就被忘记，日常的琐事分去了我的心，而且过了不多几时，我遇到了一件很倒霉的事。

有一个星期日，主人们一早出去做礼拜，我把茶炊生上火，就收拾屋子去了。这时候，那个最大的孩子跑到厨房里来，把茶炊上的龙头拔下，拿到桌子底下去玩。茶炊里的炭火很旺，水一漏完，茶炊就开焊了。我还在起居室里，就听见茶炊的响声很怪，跑到厨房里一瞧，啊哟，不得了，整个铜茶炊都变青了，在颠动，好像马上就会从地板上飞腾起来。插龙头的嘴口脱了焊缝，软吞吞耷拉下来；盖子歪在一旁；把手底下，熔化的锡液滴答滴答地滴着；这只紫红带青的茶炊，完全跟一个烂醉的酒鬼一样。我用水去泼，它就哧地响了一声，很凄惨地瘫倒在地板上。

外边门铃响了。我开了门，老婆子劈头就问我茶炊烧好了没有，我简短地回答：

“烧好了！”

这句话只是在慌张惧怕时信口胡说的，她却说我在嘲笑，因此把罪状加重了。我就受了一顿痛打，老婆子扎了一把松木柴，大发威风。打起来倒并不十分痛，却在背脊皮下深深地扎进了许多木刺。到了傍晚，我的背肿得枕头一样高。第二天中午，主人不得不把我送到医院里去。

一个个子瘦高得有点滑稽的医生验了我的伤，用低沉的声音不慌不忙地说：

“这是一种私刑，我得写一个验伤单。”

主人红了脸，两脚沙沙地蹭着地板，小声地对医生说了些什么话，医生两眼越过他脑袋望着对面，简单地回答：

“我不能这样做，这不行。”

但后来又来问我：

“你要告发吗？”

我很痛，但我说：

“不，快点给我治吧……”

我被带到另外一间屋子里，躺在手术台上，医生拿一个冷冰冰的碰在皮上很好过的钳子，一边钳着刺，一边玩笑地说：

“朋友，他们把你的皮炼得相当出色呀，现在你身上的皮不漏水了……”

这个痒得叫人难受的手术一完，他说：

“钳出了四十二根刺，老弟，好好儿记着，可以吹吹牛皮呀！明天这时候再来，我给你换纱布。你时常挨打吗?”

我想了一想，就回答说：

“以前，还挨得多一些呢……”

医生粗着嗓子哈哈大笑起来：

“一切都会好起来的，朋友，都会好起来的!”

医生带我到主人那儿，对他说：

“请你领回去吧，已经包好了。明天再来换纱布。这孩子是个乐天派，算你运气好……”

我们坐上马车回去的时候，主人对我说：

“我从前也挨过打，彼什科夫。有什么办法呢？老弟，我也挨过打的！你倒还有我同情你，可是谁也没有同情过我呀，谁也没有！人到处都有，可是同情的连个狗崽子也没有！唉，畜生……”

他骂人一直骂到马车到了家门口。我有点同情他。我非常感激他，因为他像对待人一样跟我谈话。

一家人像迎接做寿的人一样迎接我。女人们追根究底地问医生如何给我治伤和说了些什么。他们听着，惊奇着，好似很有味地咂咂舌头，又皱皱眉头。我很奇怪他们对于疾病痛苦以及一切不快的事，竟有那么强烈的兴趣。

我看出他们因为我不愿意控告他们而感到很满意。趁这机会我就请求他们许可我向裁缝妻子借书看。他们不敢拒绝我，只有老婆子吃惊地叹息：

“真是个鬼东西!”

过了一天，我来到裁缝妻子面前。她和颜悦色地对我说：

“听说你害病进医院了。你瞧，别人尽胡说!”

我没作声，把真相告诉她，我觉得很难为情，干吗叫她知道这种凶暴伤心事呢？她跟旁的人不同，这太好啦。

现在我又看书了：大仲马、庞逊·德·泰尔莱利[①]、蒙特潘、扎孔纳[②]、加博里奥[③]、埃马尔[④]、巴戈贝[⑤]等人的厚厚的书，我都一本一本地迅速地囫囵吞下去。多高兴啊，我觉得我自己也好像是一个过着非凡生活的人物了。这种生活激励着我，使我振奋。自制的蜡台又放出昏红的光来，我彻夜看书，因此我的眼睛有一点儿坏了，老婆子对我很亲昵地说：

“书呆子，瞧着吧，眼珠会爆的，会成瞎子的!”

但我很快就明白了，在这种写得津津有味、变化多端、错综复杂的书中，虽然国家和城市各不相同，发生的事件各种各样，但讲的是一个道理：好人走厄运，受恶人欺凌，恶人常比善人走运、聪明，可是等到后来，总有一个难以捉摸的东西，战胜了恶人，善人一定得到最后的胜利。有关“爱情”的东西，也叫人看了讨厌，所有的男女都用千篇一律的语言谈情说爱。这不但叫人看了生厌，而且引起朦胧的怀疑。

有时我看了头几页，就可推测到谁胜谁败，而且故事线索一弄明白，我就努力用自己的想象力来替书中人物解开扣子。一放下书，我就琢磨起来，像做算术教科书上的练习题那样，并且越来越能猜中哪个主

---

① 庞逊·德·泰尔莱利（1829—1871），法国作家，著有多卷的《罗坎博尔历险记》等惊险小说。

② 皮埃尔·扎孔纳（1817—1895），法国惊险小说作家，著有《一个警察局密探的手记》等小说。

③ 埃米尔·加博里奥（1832—1873），法国侦探小说创始人之一。

④ 格卢·埃马尔（1818—1883），法国作家，写过一些以印第安人反对白人征服者为主题的惊险小说。

⑤ 巴戈贝（1821—1891），法国惊险小说作家。

人公进入幸运的天国，哪一个堕入牢狱。

但在这一切后面，也可以隐隐约约地看到一种活生生的、对我有重大意义的真理，看到另一种生活的特点，另一种人与人之间的关系。我明白了在巴黎无论是赶马车的、做工的、当兵的，凡一切“下等社会”的人，跟尼日尼、喀山、彼尔姆等等地方的完全不同：在那边，“下等社会”的人更能大胆对老爷们说话，对待他们态度要随便得多，自由得多。比方那里有一个兵士（但在我所认识的兵士中，就没有一个像他的，无论西多罗夫、轮船上那个维亚特兵士，更不必说叶尔莫欣了），他比这些人更像一个人；在他身上，有一种跟斯穆雷相同的东西，但并不像斯穆雷那样凶和粗野。又如那里有一个店主，可是他也比我所知道的一切店主都好。就是书中的神父，也不是我所知道的那样，他们要亲切得多，对人更富于同情心。总之，照书上看来，外国的全部生活，比我所知道的要有趣得多，轻快得多，好得多。在外国，没有那样多的野蛮的打架，没有像捉弄维亚特兵士那样厉害地捉弄人，也没有老婆子那种狂暴的祷告。

尤其显著的，是书中虽讲着一些恶徒、吝啬鬼、无赖汉，但是绝没有我所熟悉的和常常见到的那种说不出的残酷，以及捉弄人的嗜好。书里的恶徒虽凶，但都凶得有道理，为什么他们要这么凶，原因大体可以明白。可是我所见的那种凶恶的行为，却都是毫无目的、毫无意义的，并不是可以因此得些什么好处，仅仅是为了发泄而已。

每看一本新书，这种俄罗斯生活与外国生活不同的地方愈加明显，使我产生茫然的懊丧，怀疑这些角边肮脏、纸页泛黄的念旧了的书的真实性。

这时候，忽然得到了龚古尔[①]的一本叫作《桑加诺兄弟》的长篇小说，我花了一整夜一气念完了。我很惊奇，这里有一种我从来没有经历过的东西，于是我又把这平凡伤感的故事重新看了一次。这本书里，并

---

① 爱德蒙·德·龚古尔（1822—1896），法国作家。

没有错综复杂的东西，表面上没有什么趣味。开头几页跟圣贤传一样，生硬枯燥，用语很准确，毫无一点儿夸张。一开始引起我一种不愉快的惊奇感，可是用朴素精练的句子组织起来的文章，却很好地记在我心里了。马戏师两兄弟的悲剧，一步紧一步地发展开来。我的两手，不觉因为看这本书的快乐而发起抖来。念到那跌断了两条腿的不幸的艺人爬到阁楼上去，而他的兄弟，正在这阁楼上偷偷地练习自己心爱的技术，这时候，我大声哭起来了。

我把这本好书还给裁缝妻子的时候，要她再借些这样的书给我。

“什么叫这样的书呢？”她轻轻笑着反问。

她这一笑把我窘住了，说不出自己想要什么样的书。她说：

“这是一本枯燥无味的书，等一等，我拿一本更有趣味的给你……”

几天之后，她借一本格林武德①的《一个小流浪儿的真实故事》给我。这书的书名就有点刺痛我，可是打开第一页，立刻在心中唤起了狂喜的微笑，而且我一直含着这样的微笑把全书念完，有些地方还念了两三遍。

原来即使在外国，有时也有过着这样艰苦生活的少年！嗯，我的生活并不那样坏，这就是说，不必悲观失望。

格林武德鼓起了我很大的勇气。在读过这本书以后，我很快就得到了一本叫《欧也妮·葛朗台》的书，这已经是一本真正的“正经书”了。

葛朗台老人使我很清楚地想起了外祖父。很可惜，这书篇幅太小，可是叫人惊异的是，它里边却藏着那么多的真实。这是我生活中熟悉并使我讨厌的真实，这本书，却以一种全新的没有恶意的、平和的笔调表现出来。从前我所看的书中的人物，除了龚古尔，都是些跟我的主人们一样厉声厉色指责人家的人；那些书常常引起人们对罪人的同情，对善人的气恼。他们虽然费了很多脑筋，很大的意志，可是总达不到自己的

① 格林武德（1833—1929），英国作家。

愿望。看了这种人，我总觉得有点可怜。这是因为善良的人从第一页到最后一页，跟石柱子似的一动不动，虽然所有一切的恶计，碰上这些石柱子都破碎了，但石柱子并不能引起人们的同情。一道墙，不管它怎样美丽、怎样坚固，可是当一个人要到这墙后边的苹果树上去摘苹果的时候，他就不会去欣赏这道墙了。所以我总觉得最珍贵、最生动的东西，是藏在善行后面的……

在龚古尔、格林武德、巴尔扎克等人的小说里是没有善人，也没有恶人的，而有的只是一些最最生动的普通人，只是精力充沛得令人惊奇的人。他们是不容怀疑的，他们所说的和所做的，都是照原样说和做的，而不可能是别的样子。

这样，我明白了“好的，正经的”书，能使人得到多么大的欢喜，可是这种书我到哪儿去找呢？在这点上，裁缝妻子不能给我很大的帮助。

“这是一本好书呀。”她拿一本阿尔桑·古塞[①]的《抱着玫瑰、黄金与赤血的两手》，或贝洛[②]、保罗·德·科克[③]、保罗·费瓦尔[④]的长篇小说给我。可是我读它们的时候心情非常紧张。

她很喜欢马里耶特[⑤]、维尔纳[⑥]的小说，但是在我看来，这些都是

---

① 阿尔桑·古塞（1815—1896），法国作家与文学评论家。

② 阿·贝洛（1829—1890），法国小说家，其作品在上世纪70年代盛行于俄国的译本有：《一个女凶手的情夫们》《社交界的秘密》等。

③ 保罗·德·科克（1794—1871），法国小说家，其作品在上世纪六七十年代盛行于俄国的译本有：《林荫道上的儿童》《男男女女》《巴黎浪荡子》等。

④ 保罗·费瓦尔（1817—1887），法国小说家，其作品在上世纪50至70年代盛行于俄国的译本有：《一妇二夫》《伦敦的秘密》《皇后的宠信》等。

⑤ 弗雷德里克·马里耶特（1792—1848），英国作家，写过不少以海员生活为主题的作品。

⑥ 伊丽莎白·维尔纳（1838—1918），德国女作家，作有《一路平安》《意志的力量》等小说。

枯燥无味的东西；我也不大喜欢施皮尔哈根[①]。但奥尔巴赫[②]的短篇小说，却非常中我的意；苏[③]和雨果没多大魅力，比之他们，我对华特·司各特要看重得多。我所想望的，是跟巴尔扎克那样使人动心，使人快活的美妙的书。就是那位瓷人儿，也渐渐使我不喜欢了。

每次我上她那儿去的时候，总是穿一件干净的衬衫，把头发梳一梳，尽可能打扮得整洁一点儿，可是我未必能达到这一点，但我总指望她看到我这整洁的模样，说话会更随便些，友好些，不要在她那张永远是笑眯眯的干净的脸上现出呆板无神的微笑，可是她微笑着，用倦慵甜润的声音问我：

"看完了？喜欢吗？"

"不喜欢。"

她把细细的眉毛微微向上一扬，瞧着我，叹息着，照例用鼻音问：

"这是为什么呀？"

"这种事在别的书里早看到过了。"

"你说这种事，是什么事？"

"爱情……"

她皱了一皱眉头，发出甜蜜蜜的笑声说：

"啊，可是没有一本小说，不写爱情的呀！"

她坐在一把挺大的圈椅里，穿着毛皮便鞋的小脚轻轻动着，不时打一个呵欠，裹一裹身上那件浅蓝色长罩衫，伸出桃红色的手指头，敲敲膝上的书皮。

我想问她：

---

① 弗里德里希·施皮尔哈根（1829—1911），德国作家，其作品在俄国非常流行，首推《两头受气》和《战场上一人不成军》，后者的主人公的原型据说是德国工人运动领导者之一的拉萨尔。

② 贝托尔德·奥尔巴赫（1812—1882），德国作家，以善写农民生活的短篇小说著称。

③ 欧仁·苏（1804—1857），法国作家，主要作品有《巴黎的秘密》《永久的犹太人》。

“你为什么还不搬走？那些军官不是依旧在给你写信，取笑你吗……”

可是我没有勇气对她说这些话，抱了一本写“爱情”的厚书和带着失望的愁闷走了。

院里的人，现在谈起这女人来更加不堪入耳，嘲讽得更加恶毒了。我听了那些显然是胡诌出来的肮脏话，心里很不是滋味。我在背地里同情她，替她担心；可是一走到她跟前，瞧见她锐利的眼光，猫儿般灵巧的身体和那张总是高高兴兴的脸，我对她的怜悯和担心便都像烟一般消散了。

春天，她忽然不知到什么地方去了。过了几天，她的丈夫也搬走了。

那屋子空着还没有新房客搬进来的时候，我跑去张望了一下，只见光秃秃的墙上，留着挂过画的四方形的痕迹、一些弯曲的钉子，和钉过钉子的伤痕。漆过的地板上，乱堆着五颜六色的碎布头、纸片、破药盒、空香水瓶，一枚大铜饰针闪着光。

我心里难过了。我想再见一见那个娇小的裁缝妻子，我要告诉她，我是多么感激她……

## 十

裁缝的妻子还没搬走的时候，我们主人住所的楼下搬来了一个眼睛乌黑的年轻夫人，带着一个小女孩和年老的母亲。母亲是白头发的老婆婆，一天到晚嘴里含着一支琥珀烟嘴抽烟卷。夫人是很漂亮的美人，样子威严、骄傲，用低沉而悦耳的音调说话；瞧人的时候昂着头稍微把眼睛眯着，好像别人站得很远，不大瞧得清楚似的。有一个叫秋非亚耶夫的黑皮肤的兵士，几乎每天都牵一匹瘦腿儿的红毛马到她家门口来。那夫人穿一件铁青色丝绒裙衣，戴一双喇叭口形的白手套，脚上穿着黄色的长筒马靴，走到大门口，一手撩着裙子，拿一条柄上嵌着淡紫石的马鞭，伸出另外一只小小的手，抚摩那亲切地龇着牙齿的马的鼻脸。那马儿把一只红红的眼睛向她睨着，全身哆嗦，提起蹄子轻轻踢着踏实了的地面。

“罗贝尔，罗——贝尔。”她低低叫着，用力拍打马儿弯曲得很好看的脖子。

接着，她一脚踏在秋菲亚耶夫的膝头上，轻巧地跳上马鞍：马儿很得意地在堤岸上跟跳舞一般奔跑起来。她坐在鞍上的姿态是那么沉着老练，简直跟长在鞍上一样。

她真美丽得出奇，无论什么时候见到她，都跟初见时一样，常常使人心中洋溢着一种陶醉的欢喜。我见了她，心里就想：狄安娜·普瓦提埃①、玛尔戈王后②、拉·瓦尔埃尔③少女，以及其他历史小说中的美丽的女主人公一定是跟这位夫人一样的美丽。

她周围经常围绕着一群驻扎在这城里的师部的军官。每天晚上到她那儿来弹钢琴、拉小提琴、弹吉他、跳舞、唱歌。其中来得最勤的是一个叫奥列索夫的少校。他长着肥胖的红脸，短短的两腿，头发已经花白，身上油光光的，跟轮船上的机工差不多。他弹得一手好吉他，对夫人顺从得像一个忠实的奴仆。

跟母亲一般幸福而且美丽的，是那个五岁的长着鬈发的胖胖的女孩。淡蓝色的大眼睛天真而沉静，是一对在憧憬着什么的眼睛。而且，这个小女孩总显出一种非孩童的深思的样子。

那位老婆婆，一天到晚带着沉默的秋菲亚耶夫和肥大而斜视的女仆，埋头在家务中。因为没有保姆，那个小女孩每天总在门廊上，或者

---

① 法国作家大仲马的历史长篇小说《两个狄安娜》中的女主人公，法王亨利二世的宠姬。

② 大仲马的同名小说中的女主人公，法王亨利四世之妻。

③ 大仲马的长篇小说《二十年后》中的女主人公。

在对面堆着木头的地方一个人玩耍，几乎没有人看管。我常在傍晚的时候，跑去和这女孩子玩，我很喜欢她；她也很快跟我混熟了。每次我讲故事给她听，她就躺在我手臂上蒙眬欲睡。她睡着以后，我就抱她回家上床。不久以后，竟到了这种程度，她每次临睡以前，一定要我去跟她道别，我去了，她就很正经地伸出圆滚滚的手说：

“明天再会呀！外婆，该说什么话呀？”

“上帝保佑你。”老婆婆这么说着，她那嘴和尖鼻子里冒出白腾腾的烟。

“上帝保佑你到明天呀，我要睡觉啦。”小女孩学着说了之后，就钻进缀花边的被子里去了。

老婆婆提醒她说：

“不是到明天，是永远呀！”

“嘿，明天不是永远有的吗？”

她喜欢用“明天”这个词儿，把一切自己所喜欢的东西都搬到未来中去。她把摘来的花、折来的树枝插在地上说：

“明天这地方就会变成一座花园……”

“我明天什么时候也要埋（买）一匹麻（马），跟妈妈一样骑着玩儿去……”

她是个很聪明的孩子，但不很活泼；常常正玩得好好儿的，忽然凝神沉思，出人意料地问：

“神父头上的毛，为什么跟女人的一样？”

有时她让荨麻刺了一下，就指着荨麻说：

“你当心，我去刀（祷）告上帝，上帝会重重地花（罚）你。不管是什么人，上帝都会花（罚）他的。连妈妈，他也可以花（罚）的……”

有时候，一种轻微的、严肃的悲哀落在她的身上，这时候她那蓝色的充满憧憬的眼睛便注视着天空，身子靠在我的身上，说：

“外婆常常发火，可是妈妈总不，妈妈总是笑。大家都喜欢她，所以她老是忙，总有客人来，来看她，因为她，妈妈长得漂亮。她是个可爱的妈妈。奥列索夫伯伯也这么说：可爱的妈妈！”

我非常喜欢听这小女孩讲话，因为她给我打开了一个我所不知道的世界。她总是高兴地和很多地谈她的妈妈。因此，在我的眼前，隐约地展开了一种新的生活，使我重新想起玛尔戈王后，因而更增强了我对书的信任，对于生活的兴趣。

有一天傍晚，我正等候着往奥特科斯散步去的主人们，坐在门廊上，女孩在我手中打瞌睡。她母亲骑马跑来了，轻轻跳到地上，略略把头一抬，问：

“她怎么啦？睡着了吗？”

“是的。”

“啊哟，真的……”

当兵的秋菲亚耶夫从门里跑出来，拉住马，夫人把鞭子往腰带上一掖，伸开两臂说：

“把她给我！”

“我自己抱了送去吧！”

“嗯！”夫人跟叱马一般叱了我一声，一只脚在门廊上跺了一下。

女孩醒了，迷迷糊糊地望见了妈妈，便伸手要她抱。她抱着去了。

我是习惯被人家叱骂的，可是连这位夫人都要叱骂我，心里可真不痛快。她只消轻轻吩咐一声，谁还能不服从。

过了几分钟，那个斜眼的女仆来叫我了，说是女孩耍脾气，没给我道晚安就不肯睡觉。

我在她妈妈面前有些得意地走进了客室。女孩坐在妈妈膝头上，她妈妈正在用灵巧的手给她脱衣服。

“好，你瞧，”她说，“这个怪物来了！”

“不是怪物，是我的小伙伴……”

“原来是这样！那太好了。送点什么东西给你的小伙伴吧，呃，你愿意吗？”

“哎，我愿意！”

“好极了，这由妈妈来送，你去睡觉吧。”

“明天再会！”她向我伸出手说，“上帝保佑你到明天……”

夫人吃惊地叫了起来：

“啊哟，这话谁教你的……外婆吗？”

“嗯……”

小女孩一进去，夫人用手指头招呼我：

“送你什么呀？”

我说什么也不要，只希望她借一本什么书给我看看。

她伸出和暖芳香的指头把我的脸一抬，现出和悦的笑容问我：

“啊哟，你喜欢看书，是吗？那你看过一些什么书？”

她一笑，就显得更美了。我嗫嗫嚅嚅向她说了几个长篇小说的名字。

“你喜欢这些书里的什么呢？”她两手放在桌子上，指头微微动着。

从她身上散发出一种花的浓郁的香气。奇怪的是香气中还混着马臊气。她透过长长的睫毛，沉思地注视着我，我从来没有被人家这样注视过。

屋子里放满了精致的家具，显得跟鸟窝一般狭窄。窗口覆着浓浓的花荫，火炉上的白瓷砖，在薄暗中闪着光，和火炉并排的一架大钢琴，也显得亮晶晶的。墙壁上，朴素的金色框子里装着倾斜的大大的斯拉夫字母印的暗色奖状，每个奖状下边都用绳子吊着一颗暗色的大印。这一切，也跟我一样畏缩地望着这位妇人。

我尽可能用简单明了的话告诉她，我过着苦恼寂寞的生活，只有在读书的时候，才能把一切痛苦忘掉。

“啊，原来是这样？”她这样说着，站起身来，“这话不错，这话也许是对的……嗯，好吧！书以后尽量借给你，不过现在没有……嗯，你把这本拿去……”

她从长沙发上拿起一本黄封皮的已经破散的书：

“你拿去看，看完了来拿第二卷；一共有四卷……”

我拿了一本梅谢尔斯基公爵[①]的《彼得堡的秘密》回来，开始极认真地念起来。可是彼得堡的“秘密”，比马德里、伦敦、巴黎的无味得多，我从头几页上已经看明白了。使我发生兴趣的，只有一段关于自由和棍棒的寓言：

> “我比你强，”自由说，“因为我比你聪明。”
>
> 可是棍棒回答她道：
>
> “不，我比你强，因为我气力比你大。”
>
> 争着争着就打起架来了。棍棒痛打了自由。我记得，自由受了重伤死在医院里了。[②]

这本书中谈到了虚无主义者。我记得，照梅谢尔斯基公爵的观点，虚无主义者是十分凶恶的人，被他瞧一眼，连鸡都会死的。虚无主义者这个名词，我以为是骂人的不体面的话，除此以外，我什么也没有看懂，这真使我伤心。大概我没有阅读好书的能力！我从心里相信，这是一本好书，因为我觉得那样一位尊贵美丽的夫人，绝没有看坏书的道理！

“怎么样？喜欢吗？”我把梅谢尔斯基的黄封面小说还给她的时候，她这样问我。

我很为难地回答了一声“不”，我想，这会使她生气。

不料她只是大笑起来，跑进帷帐后边去了，那儿是她的卧室。她从那里拿来一本精装的山羊皮面子的小书。

“这本你一定会喜欢的。只是不要弄脏了！”

这是一本普希金的诗集。我怀着一种好像一个人偶然走进一处从未

---

① 梅谢尔斯基（1839—1914），俄国反动作家和政治家。

② “棍棒痛打……死在医院里了”句，高尔基记忆有出入，原著是：“棍棒把自由打了个半死，只好把她送进医院去。”

见过的美丽的地方所产生的贪婪感情，把这本书一口气念完了。走进美丽的地方的时候，总是想马上把它全都跑遍。在沼地的林子中长满苔藓的土墩上，走了好一阵子以后，忽然有一块百花吐艳、煦阳当空的干燥的林间空地展开在眼前的时候，是常常有这种感觉的。一时间，你会狂喜地向这片空地望着，随后马上因欣喜若狂而跑遍这个地方；并且每当脚底接触到丰沃的地面上柔软的绿草，会感到一种说不出的欢喜。

普希金的诗句的纯朴和音节的和谐，使我大为吃惊。此后有很长一个时期，每当我念散文的时候，我就觉得很不自然，佶聱难读。《鲁斯兰》的诗序，使我联想到外祖母对我讲的最好的故事，而且像是把这些故事巧妙地压缩成一个了，其中某些句子刻画入微的真实，引起了我的惊叹：

> 那儿，一条无人走过的路上，
> 留着没见过的兽迹。[①]

我在心中把这美妙的句子反复念着，于是我的眼前出现了一条很熟悉的隐约的小径，而且还很清楚地看见从落有沉重的水银般的大颗露珠的草上踏过的神秘的脚迹。音调和谐的诗句，使它所谈及的一切披上了华美的服装，很容易被记住。这渐渐使我变成一个幸福的人，使我的生活变成轻松而愉快的诗，好像新生活的钟声在我的生活中鸣响了。啊，一个人能够识字念书，这是多么幸福呀！

普希金的优美的童话，使我比什么都更感到亲近，更容易理解。我反复地把它们念了几遍，就完全能够背诵了。躺在床上，在未入睡以前，我也总是闭着眼睛低低唱诗。有时候，我就把这些童话经过改编，讲给勤务兵们听，他们听得哈哈大笑，嘴里发出亲切的骂声。西多罗夫抚着我的头轻声说：

---

① 引自普希金的《鲁斯兰与柳德米拉》。

“真好！啊，真好……”

我表现得过于兴奋，主人们瞧出来了，老婆子骂：

“这个淘气鬼，一天到晚念书，茶炊三天多没有擦了！又得拿棍子揍啦……”

棍子算什么？我就用诗对骂：

黑心肝，干坏事，
玩巫术的老婆子……①

夫人在我的眼里变得更加崇高了，因为她是看这种书的妇女！不像瓷人儿的裁缝妻子。

我把书拿到她那里去，忧愁地交给她，她很有把握地说：

“这你喜欢吧！你听说过普希金吗？”

我曾在一本杂志上读过关于这位诗人的事，但我很想听她亲口给我讲，于是就说没有听到过。

她把普希金的生平和死，简短地讲了之后，就跟春天一般微笑着，问我：

“你知道了吧？爱女人有多么危险。”

照我所看过的一切书看来，我知道这事情确是危险，可是又很有趣。我就说：

“虽然危险，可是大家都在爱呀！而且女子也常常因此烦恼……”

她像看一切东西那样，透过睫毛向我瞥了一眼，严肃地说：

“啊哟，你明白这个？那么我希望你不要忘了这句话！”

接着，她问我喜欢哪些诗。

我挥动着两手，背了几首给她听。她沉默地、很认真地听着。一会儿，她站起来，在屋子里走来走去，沉思地说：

---

① 引自普希金的《鲁斯兰与柳德米拉》。

"可爱的小东西，你该去上学呀！我给你想想办法……你的主人跟你是亲戚吗？"

我回答了是的，她惊叹了一声：

"噢！"好像在责难我一样。

她又借给我一本《贝朗瑞歌曲集》[①]，这本书很精致，带有版画，裁口喷金，红皮封面。这些歌，以刺心的痛苦和疯狂的欢乐的奇特结合，完全把我弄疯了。

当我念到《年老的流浪汉》的苦痛的话时，不由觉得心里发凉：

人类呀，为什么不把我踩死，
像一个伤害生物的害虫？
呀，你们应该教会我
如何为大家的幸福劳动。
如果能把逆风躲避，
害虫也许会变成蚂蚁；
我也许会爱你们像自己的兄弟。
我这年老的流浪汉，可是我到死恨你们好像仇敌。

可是接下去念到《哭泣的丈夫》，我笑得连眼泪都掉下来了。我记得特别清楚的，是贝朗瑞的话：

学会过欢乐的生活
对普通人也算不得什么！……[②]

---

① 贝朗瑞（1780—1857），法国杰出的民主诗人，写过四部歌曲集，《年老的流浪汉》是其中一篇。这里引用的是该诗的最后一节。引文与原作略有出入。此处采用沈宝基的译文（见《贝朗瑞歌曲选》第263页，人民文学出版社，1958年）。

② 引自贝朗瑞的《劳动之歌》。

贝朗瑞激起了我的不可抑制的快活，调皮的愿望，想对一切人说粗暴的讽刺话，在短短期间内，我在这方面已经有了很大的长进。他的诗句我也都记得烂熟，在勤务兵他们的厨房里逗留时，也满心得意地念给他们听。

但这不久我就不得不停止了，因为

十七岁的大姑娘，
顶顶帽子都合样！①

这两句诗引起了一场关于姑娘们的令人作呕的谈话，这种侮辱使我发狂，我拿煎锅打了叶尔莫欣的脑袋。西多罗夫和别的勤务兵把我从他那呆笨的手中夺了下来，但自从这次以后，我就不敢再往军官们的厨房里去了。

他们不许我到街头去闲走，其实也没有工夫闲走，活儿越来越多。现在除了一身兼女仆、男仆及“跑街”这些日常工作之外，还得用钉子把细布钉在宽木板上，在这上边贴设计图；抄写主人的建筑工程计算书，以及复核包工头的细账，因为主人一天到晚跟机器一样工作着。

那个时候市场上的公有建筑物，改成了商人私有。所有的商店都忙着改建。我的主人接受了许多修理旧店房、建筑新店房的包工；还制作许多“改筑圆承尘，在屋顶上开天窗”等等的设计图。我拿了这些设计图和装着二十五卢布钞票的信封送到老建筑师那里去。建筑师收了钱，就写上：“设计照原图无误，工程监督由我承担。某某。”可是不消说他没有见过原图，而且工程监督也不会承担的，因为他正害着病，从来不出门。

此外，我还往市场管理人和别的认为必要的一些什么人那儿去送贿赂，从他们那儿拿到主人所谓的“从事一切不法勾当的许可证”。由于这一切，我得到了在晚上当主人们出去做客的时候，在门廊上等他们回

① 引自普希金的《鲁斯兰与柳德米拉》。

来的权利。这也不是常有的事，但他们有时要过了半夜才回来。于是我就好几小时地坐在门口的台阶上或对面木头堆上，张望我那位夫人家的窗子，贪心地听着热闹的谈话和音乐。

窗子是开着的，从帘帷和掩映着花卉的隙缝里所见到的，是军官们英俊的身影在屋子里走来走去，是矮胖的少校蹒跚地走着的模样，是打扮得出奇的简单然而漂亮的夫人轻盈的走动。

我在心里默默地称她作——玛尔戈王后。

我遥望着窗子，心里想："法国小说中所描写的快乐生活，大概就是这个样子的。"但见了围在玛尔戈王后身边的那班男子，我虽然还是个小孩子，总不禁感到嫉妒。我心里有些难过，因为那些男人像黄蜂绕花一般包围着她。

在她的客人中来得最少的是一个高身材的阴沉的军官，脑门上有道刀砍过的伤疤，眼睛深深陷进去。他每次总带着小提琴来，拉得很好。因为拉得太好了，过路人都在窗下停住，木头堆上也聚满了这条街上的人，我的主人们要是在家里的时候，也总打开窗子，一边听着一边赞赏着那音乐家。他们是除了教堂里的候补祭长以外，谁都不肯赞许的。我知道他们对鱼油煎的点心，到底比对音乐更喜欢一点儿。

有时候这位军官发着微带低哑的嗓音唱歌、吟诗。那时，他总是把手掌按在额上，奇异地喘着气。有一天，我正在窗下和女孩子玩，玛尔戈王后要他唱，他推辞了好一会儿，后来字字清楚地说：

只有歌儿要美，
而美却不要歌……①

我很爱这句诗，而且不知什么缘故，我同情起这位军官来了。

有时候，我的那位夫人一个人在屋子里弹钢琴，我见了心里很愉

---

① 引自俄罗斯诗人阿·费特（1820—1892）的诗《我仅仅见到你的微笑……》，但引文不够准确。

快。我陶然地沉醉在乐声中，窗外的一切都不放在眼中了。窗子里边娉婷的姿影，她的昂然的侧脸，她的鸟儿一般在键盘上飞舞的白手，笼罩在洋灯的昏黄的光霭中。

我望着她，听着哀怨的乐声，陶醉在五光十色的幻梦中。我要到一个地方去找来宝物，全部送给她，使她变成一个富人。如果我是斯科别列夫①，一定跟土耳其再开一次战，收了赔款，在城中最好的地方奥特科斯造一所房子送给她，叫她离开这条街，离开这所房子，这里大家都说她的坏话，造肮脏的谣言。

邻居们，我们这院子里的一班下人们，尤其是我的主人们，对于这位玛尔戈王后也跟对裁缝妻子一般，胡乱诌着恶毒的谣言，不过说她的时候，更小心，更低声，先向四周望一望罢了。

人们怕她，也许因为她是一个有名人物的寡妇，她房间里挂着的奖状都是戈东诺夫、阿列克谢、彼得大帝等从前的俄国皇帝赐给她丈夫的先祖的，这是那个老念一本福音书的识字的兵士秋菲亚耶夫对我说的。或许人家害怕她会用柄上嵌着淡紫色宝石的鞭子打人，据说，有一个大官被这鞭子痛打过。

但喁喁私语并不比大声狂谈更好受些。我那个夫人是生活在四周敌视的空气中，可是我不明白这敌视的原因，我感到苦恼。维克托说：有一天晚上半夜回家时，望了望玛尔戈王后寝室的窗子，看见她穿着内衣坐在长沙发上，少校跪在她身边，替她剪脚指甲，并用海绵去擦干净。

老婆子咒骂着，呸地吐了一口唾沫。年轻的主妇赧着脸尖声地叫：

“啊哟，维克托，也亏你厚脸皮说得出来！可是那些人的行为也真怄人!”

主人没作声，只是微笑。我很感谢他的沉默，可是依然担心地等待着他会同情地加入这场叫骂中去。女人们尖着嗓子叫着，不厌其详地向

---

① 斯科别列夫（1843—1882），1877 年到 1878 年俄土战争中的俄军重要将领。

维克托问那夫人怎样坐着，少校怎样跪着。维克托呢，又添油加醋地加上许多新的细节。

“他红着脸，舌头拖得长长的……”

少校给夫人剪指甲，我可看不出有什么可责难的地方；但是说他拖着舌头，那是不能相信的。我觉得这一定是故意胡诌的谣言，于是我对维克托说：

“既然这不好，那您为什么要往窗子里张望呀？您又不是小孩子……”

不消说，我挨了一顿恶骂，但是对这种咒骂我倒全不在乎。我只想做一件事——想立刻跑到楼下去，跟少校一般跪在夫人面前，请求她：

“您赶快离开这所房子吧！”

现在我已经懂得了另样的生活，另样的人们和另样的感情和思想，因此这房子和房子里的全体住客越来越激起我的反感。这房子里张着肮脏的谣言网，里边没有一个人不被人怀着恶意谈论过。比方那个团部里的牧师，病歪歪的，瞧着也可怜，可是人家却说他是酒鬼、色迷。又据我的主人们说，那些军官跟他们的太太都犯了奸淫的罪恶。那些兵士，一开口老是那么一套谈论女人的话，这都叫人讨厌。其中最叫我忍受不了的是我的主人们，我看透了他们最喜欢进行人身攻击的真面目。找人家的坏处是不用花钱的唯一的娱乐，我的主人们只是因为要找这种娱乐，才把周围的人拉上闲言冷语的刑台。他们只当自己是在虔诚、勤苦、枯寂地过活，因而要向一切人复仇。

当他们污言秽语说着玛尔戈王后的时候，我就感到一种不像小孩子的感情的激动，胸中充满了对这种说背后话的人的憎恶，我想大声呵斥他们，恣意侮辱他们。有时候却产生一种怜悯自己和怜恤一切人的感情，这种默默的怜恤，比憎恶更加痛苦。

关于王后，我比他们知道得更多，我很担心，他们会知道我所知道的。

每逢节日，主人们上教堂去做礼拜的时候，我一早便跑到她那儿去。她把我叫到自己的寝室里，我坐在用金色缎子包着的小小的圈椅上，女孩儿趴在我膝头上，我对这女孩的妈妈谈着看过的书。她躺在一张很大的床上，脸枕在两只合起来的小手掌上；她的身体盖在和整个寝室中其他一切东西一样的金黄色的被子底下，编成辫子的黑头发越过浅黑色的肩头挂在她胸前；有时候，从床上一直拖到地板上。

她听着我的话，温和的眼光注视着我的脸，似笑非笑地说：

“啊，是吗?”

连她的令人好感的微笑，在我的眼里也只是王后的宽大的微笑罢了。她用柔切的低沉的声音说话，我觉得她的话好像总是这个意思：

“我自己知道，我比所有的人都美，都纯洁呀，所以我是不需要他们之中任何人的。”

有时我跑去，她正坐在镜子前一把低低的圈椅上梳头发，发尖披在膝头和椅子的靠背上，在椅子背后差不多碰到地板。她的头发和外祖母的一样，又长又密。在镜子中望见了她的微黑的、茁实的乳房。她当我面穿换内衣和袜子，但是她的纯洁的裸体没有引起我羞耻的感觉，我只是为她感到骄傲和喜悦。她身子总是散发着一股芳香，这种香味正是一种避免人家恶念的防卫物。

我健康，强壮，而且我很知道男女之间的秘密，但是因为人家在我面前讲这种秘密时总带着一种冷酷无情、幸灾乐祸的神情，而且把它说得龌龊不堪，因此使我不能想象这个女人能让男人抱在怀里，很难想象有人能成为她肉体的占有者，敢大胆放肆地不知羞耻地去触碰她的身体。我相信玛尔戈王后不会理解像厨房间和什物间里的那种爱情。她知道的一定是另外一种完全不同的高尚的喜悦，一种完全不同的爱情。

可是有一天暮色苍茫的时候，我跑进她的客室去，听着寝室的帐幔后面，我那衷心敬爱的王后高声的狂笑和一个在乞求着什么的男人的声音：

“等一等……天老爷！我不相信……”

我本来应该退出，我懂得这个，但是我不能……

“谁呀?”她问,“是你吗?进来进来……”

寝室中花香扑鼻,叫人透不过气来,光线很暗淡,窗上的窗帷放下了……玛尔戈王后躺在床上,被头一直盖到下颏边。和她并排,只穿着内衣,露了胸膛坐在墙边的是那位拉小提琴的军官。他胸膛上也有一条伤痕,从右边肩头伸向乳头形成一条红线,是那么显明,在暗淡的光线中也看得非常清晰。军官头发乱得很可笑。我第一次看见他那哀愁的满是伤痕的脸上略略现出笑影,笑得真怪,圆大的女性般的眼睛正盯视着王后,好像第一次看见她的美丽。

“这是我的朋友。”玛尔戈王后说了,但是不知道她这是对我说还是对他说的。

“什么事使你这样吃惊?”她的声音好像从远处传来似的送进了我的耳朵,“来,到这边来……”

我走到她身边,她伸出裸露的暖和的手,挽住了我的脖子说:

“你要大起来,你也会是幸福的呀……好,去吧!”

我把一本书放在架上,拿了另一本走了,简直如在梦中。

我的心里一种不知是什么的东西碎裂了。不消说我连一分钟也没想过我的王后也和别的女子一样恋爱,而且这位军官,也不容我这么想。我很清楚地想起他的笑脸——他好像一个婴孩突然受了惊一般快乐地笑着,他的哀愁的脸美妙得活泼起来了。他必定爱她,难道可以不爱吗?她一定也毫不吝惜地把自己的爱给他了,这是因为他能够拉小提琴拉得那么好,又能够那么真挚地朗吟诗句。……

但是我必须以这些自慰,因为我明白,在我对我所目见的一切以及对玛尔戈王后本人的态度中,并非一切都是好的,也不是一切都是对的。我觉得我好像失掉了什么,在深切的悲哀中过了几天。

……有一天,我非常暴躁,盲目地发了脾气。后来我到夫人那儿去借书,她很严厉地说:

“听说你不顾死活地捣乱,我可想不到你会这样……”

我再也忍耐不住了,便详细地对她说我生活怎样无聊,以及听到人家讲她坏话时心里怎样难受。她站在我面前，一只手放在我肩上，起初注意认真地听我说话，不一会儿就笑起来，把我轻轻一推：

“够了够了，这些话，我都知道。你明白吗？我知道呀！”

接着，便拉着我的双手柔和地对我说：

“你越是少注意这种污言秽语，对你就越好……你瞧，你的手洗得不干净呢……”

我想，这话用不着她说，如果她也跟我一样要擦铜器，要洗地板，又要洗孩子的尿布，那她的手也就不会比我干净多少了。

“人若会过日子，别人就恨他嫉妒他，不会过日子，人家就瞧不起他。”她沉思地说着，把我拉到她自己身边，抱住我，笑眯眯地注视着我的眼睛说：“你喜欢我吗？”

“喜欢。”

“很喜欢？”

“是的。”

“怎样喜欢呢？”

“我不知道。”

“谢谢你，你真是个好孩子！我顶爱人家喜欢我……”

她嫣然一笑，好像想说什么，但是，叹了一口气，紧紧地抱着我，好久好久没有作声。

“你多来玩玩，只要能来，就来吧……”

我利用到她家的机会，从她那里得到了许多好的东西。中饭后，我的主人们睡午觉，我就跑下去。如果她在家里，便在她那里待上个把钟头，甚至更多些。

“应该念些俄国的书，应该知道俄国自己的生活。”她一边这样指教我，一边把蔷薇色的指头很灵巧地活动着，把发针插在香喷喷的头发上。

于是她列举出一些俄国作家的名字问我：

“你记得住吗？”

她常常沉思地，带着几分悼惜地说：

“你应该学习，学习，可是，我老是忘了这个，真要命……”

在她那里待了一会儿，捧了一本新书走向楼上去的时候，我简直好像整个身心洗了一个大澡。

我已读了阿克萨科夫的《家庭纪事》，书名叫《林中》的出色的俄国诗集，以及极著名的《猎人笔记》，此外还读了几卷格列比翁卡、索罗古勃的作品和韦涅维季诺夫、奥陀耶夫斯基、丘特切夫的诗集。这些书洗涤了我的身心，像剥皮一般给我剥去了穷苦艰辛的现实的印象。我知道了什么叫作好书，我感到自己对于好书的需要。因为这些书使我在心中生长了一种坚定的信心：在这大地上我并不是孤独的，所以我绝不会走投无路！

外祖母来的时候，我很高兴地对她谈起了玛尔戈王后，外祖母一边津津有味地嗅着鼻烟，一边深信地说：

“啊，啊，这可不错！好人到处都有，只要去找，就会找到的呀！”

有一次她提议说：

“也许我去见见她，替你向她道声谢好吗？”

“不，不要去……”

“那就不去吧……我的老天爷，一切的事多么好呀！我愿意永远永远活着！”

玛尔戈王后没有能够帮助我学习——三圣节那天，发生了一件非常讨厌的事情，差不多把我毁了。

节日前几天，我的眼皮忽然肿得很怕人，把眼睛都压住了。主人们怕我眼睛会瞎，非常惊慌，我自己也害怕了。他们把我带到亨利希·罗德泽维奇助产医生那里去，他把我的眼皮内部割开了，包扎了纱布。我心里充满着痛苦的难受的寂寞，一连躺了几天。三圣节头一天晚上解去了纱布，我从床上起来，好像在墓中活埋了几天又重新爬出来一般。再没有比失明更可怕了，这是一种不能用言语说明的懊丧，它夺去一个人十分之九的世界。

欢乐的三圣节那天，我因为病，从中午起豁免了一切的义务，就到各家的厨房去，望望那些勤务兵。除了严谨的秋菲亚耶夫以外，所有的人都喝醉了。近傍晚的时候，叶尔莫欣拿木柴打了西多罗夫的脑袋，西多罗夫昏倒在外屋里。叶尔莫欣吓坏了，逃到盆地里去了。

惊慌的谣言立刻传遍了全院子，说是西多罗夫被人打死了。门边拥满了人，望着这个倒在地上的士兵，他的脑袋搁在从厨房到外屋的门槛上，不动地躺着。有人轻声说要去叫警察，可是没有一个人去叫，也没有一个人敢走过去扶这个士兵。

这时候，洗衣妇纳塔利娅·科兹洛夫斯卡娅来了。她穿着一件簇新的紫丁香色衣服，肩头上搭着一块白头巾，怒气冲冲地把人们推开，走进外屋里蹲下身子，高声嚷道：

“你们都是些傻瓜！还活着呢！快去拿水来……”

人们劝她说：

“你别管闲事啊！”

“我说，拿水来呀！”她好像在火烧场上一样嚷着，接着，把新衣撩到膝盖上，扯了扯里面的裙子，把士兵的血淋淋的脑袋搁在自己的膝头上。

人们不赞成地胆怯地走散了。我在这暗幢幢的外屋里，看见洗衣妇那又圆又白的脸上，含着眼泪的眼睛现着愤怒的神色。我提来了一桶水，她叫我泼在西多罗夫的头上和胸膛上，而且预先关照说：

“不要泼在我的身上呀！我要出门去做客……”

士兵苏醒过来了，睁开迟钝的眼睛呻吟起来。

“把他抬起来吧。”纳塔利娅说着，把手插进他的腋下，为了不弄脏衣服，把两臂伸得远远的。我们把士兵抬到厨房里，放在床上。她用湿布替他把脸擦干净，自己便转身走了；这时候她说：

“你把手巾在水里浸透了，放在他头上，我去找那个浑蛋。这些魔鬼这样喝酒，早晚会被抓去服苦役的。”

她把弄脏了的衬裙脱到地板上，然后扔在屋角里，细心地拂拭了沙沙发响的弄皱了的衣服。

西多罗夫把身子一伸，打着噎，哼着。他脑袋上一滴滴地滴下浓浓的黑血，滴在我裸着的脚背上，颇有点难受，可是我心里害怕，不敢从这血滴底下把脚抽回来。

这真是难受的事情。外面正热闹地过节，屋前的门廊和院子的大门口装点着白杨树的嫩枝，所有的柱子上都扎着新砍的枫树和榛树的枝条，整条街上飘满着欢乐的新绿，一切都显得年轻而新鲜。从这天早晨起我就感到春天的节日终于来了，它将长久地留下来。从这天起，生活也将变得更纯洁、光明和快乐。

士兵呕吐了，热乎乎的伏特加酒气和青葱的臭味充满了厨房。玻璃窗子上不时出现些宽大、模糊的脸和压得扁平的鼻子，托在两颊上的手掌像两只大耳朵，使得脸很难看。

士兵回想着，喃喃地说：

“这是怎么一回事？我跌倒了吗？叶尔莫欣怎么样了？他是个好——好朋友……”

接着，咳嗽着，醉醺醺地流着泪哭，哀叫道：

“我的妹妹……好妹妹……”

他站了起来，东倒西歪，湿淋淋的身子散发出臭气，他晃了一晃又倒在床上了，奇怪地睁着眼睛说：

“完全打死了……”

我扑哧一声笑了出来。

“是哪个鬼东西在笑？”他这样问着，眼神呆呆地望着我，“你怎么还笑？我给人家永远打死了……”

他开始用两手推我，嘴里还在叨念：“第一个日子是先知伊利亚，第二个是叶戈尔骑着马，第三个不准到我这里来，滚开吧，豺狼……”

我说：

“不要胡闹了！”

他毫无道理地大发脾气，咆哮着，两脚在地上擦着：

“我给人家打死了，你还要……”

他这样说着，就用无力的肮脏的手向我的眼睛重重地打了一拳。我惊叫了一声，眼睛什么也看不见了，勉强跑到了院子里，恰巧碰到纳塔利娅回来，她拉着叶尔莫欣的手，大声嚷着：“走啊，蠢牛！”

她一手捉住了我问：“你怎么啦?”

“他打人……”

“打人？……”她惊愕地拉长了嗓音，然后又拖住了叶尔莫欣，向他说：

“嗯，魔鬼！你谢谢老天吧！”

我用水洗了眼睛，再从外屋望着房门，看见这两个士兵正在互相拥抱哭泣，他们和解了。然后，两个人又去拥抱纳塔利娅，她打了他们的手，嚷着说：

“狗崽子，缩回你们的爪子去！我又不是你们的那号骚婆娘。趁你们老爷不在家，快去睡吧，快去吧！否则，你们会吃苦头的！”

她跟哄孩子似的，让他们躺下，一个睡在床上，一个睡在地板上，等他们打起了鼾声，便走到外屋里来。

“我浑身弄得这么脏了，穿的是出门做客的衣服！哪一个兵打了你？……真是多么傻的家伙！总之，都是酒不好。你不要喝酒呀，小伙子，你永远不要喝酒呀……”

以后，我和她一同坐在大门边的长凳子上。我问她，为什么她不怕酒鬼。

“就是没喝醉的，我也不害怕呀。他敢过来，就请他吃这个！”她把捏得紧紧的红拳头扬了一扬，“我那个死去的丈夫，也是个专爱喝酒闹事的家伙，他每次喝醉回来，我就把他手足捆起来。看他快要醒来了，便扒下他的裤子，拿树条子抽他。我吩咐他：不准再去喝酒，不准再去酗酒。你既然娶了老婆，老婆就是你唯一的欢乐；你的欢乐不是酒呀！我打着打着，打得手酸了才放下。以后他就跟蜡一样不敢倔强了……”

“你真厉害!”我记起了连上帝都给骗了的夏娃来。

纳塔利娅喘了一口气，说:

“女人应当比男人还厉害，她们应该有双倍的力量。上帝亏待她们了! 男人是最容易三心二意的。”

她挺着身，两手交叠在隆起的胸上，背脊靠在墙上，悲伤地望着杂乱的堆满破烂砖瓦的堤坝，坦然而温和地说着话。我听着她的聪明的谈话出神了，完全忘记了时候，忽然看见堤坝尽头主人和主妇两个手挽着手，像公火鸡和母火鸡一般，慢腾腾地大模大样地走着，嘴里谈着什么，眼睛睁着看我们。

我急忙跑去开正门。门开了，主妇一边上楼，一边恶毒地对我说:

“同洗衣妇调情吗? 跟楼下的太太学的吗?”

这话太没道理了，甚至都没有激怒我；可是主人的一句话使我很难过，他冷笑了一下，说:

“也难怪，到年纪了! ……”

第二天早上，我到下边什物间去取柴，看见什物间门底下的猫洞边有一只空钱包。这只钱包我在西多罗夫手里曾经见过很多次，我就马上捡起来给他送去。

“钱呢?”他这么问着，用指头到钱包中掏摸，“一卢布三十戈比呀，快拿出来!”

他用手巾包着脑袋，脸色枯黄消瘦，气愤地眨巴着红肿的眼，不相信我捡到的时候已经是空的。

这时候，叶尔莫欣跑来了，他向我点着头，对他说，要他相信:

“是他偷了，把他拉到主人那里去! 当兵的不会偷自己弟兄的东西!”

这几句话提醒了我，偷钱的一定就是他自己。他偷了钱，故意把空钱包丢在我的什物间里。我马上冲着他的脸向他叫喊道:

“你说谎，钱是你偷的!”

我终于相信了我的推测没有错——他的蠢笨的脸显出惊慌和愤怒的

神色，他转动着身体，低声地说：

“证据在哪里?”

我用什么来证明呢？叶尔莫欣叫嚷着把我推到院子里。西多罗夫嘴里喊叫着什么跟在后面。从许多窗子里伸出各色各样的头来；玛尔戈王后的母亲悠悠地抽着烟望着，我想，这要当着夫人的面可倒了大霉了，我简直疯了。

我记得，几个兵拉住我的胳膊，对面站着主人家的人，大家都同情地彼此附和着，听士兵诉说。主妇很相信地说：

“不消说，这一定是这个孩子干的事！他昨天坐在门边和洗衣妇勾勾搭搭的，那一定是有了钱了，那个女人，没有钱是绝不会上手的……”

“对啦对啦!”叶尔莫欣叫着。

地面在我脚底下裂开了。我气极了，冲着主妇吼骂。于是我被结结实实痛打了一顿。

挨打倒并不十分痛苦，比这更痛苦的，是我想玛尔戈王后会怎样看我呢？我怎样在她面前辩白呢？在这可恶的几小时中，我的心里十分难受。

幸而士兵把这事传遍了全院子，以至于整条街上。晚上，我正躺在阁楼上，忽然听见底下纳塔利娅·科兹洛夫斯卡娅的叫声。

“为什么我要闭嘴不言语！不，小乖乖，你出来！我说，你来呀！不然，我就找你老爷去，他会强迫你……”

我马上觉到这个吵闹是与我有关的。她正站在我们房子门口边嚷，声音越嚷越大，越嚷越高。

“你昨天给我看的钱是多少？这钱是哪里来的？……你说，你说。”

我高兴得喘不过气来。忽然听见西多罗夫发出懊丧的声音说：

“你呀，你呀，叶尔莫欣……”

“亏你还要赤口白舌冤枉小孩子，打人家。”

我真想立刻跑到院子里去，高高兴兴地跳一场，然后去亲吻一下洗衣妇以表示感谢。不料这时候家里的主妇——大概是从窗子里边叫嚷说：

“打那小家伙，是因为他骂人；可是除了你这下贱婆娘，谁也没有说他是偷钱的呀！”

“太太，你自己才是下贱婆娘呢；我告诉你，你是头母牛。”

我听这个骂声，简直跟音乐一样好听。我的心被懊恼和对纳塔利娅感激的眼泪炙得发疼。我努力要忍住眼泪，把呼吸都屏住了。

一会儿，我的主人慢腾腾地踏着楼梯走上阁楼来。他坐在我身边横梁的接缝上，手掠着头发，说：

“喂，彼什科夫老弟，运气不好啦？”

我默默地背过脸去。

“只是你骂得太不像话。”

他接着说。这时候，我对他轻声说：

“等伤好了，我就离开你们……”

他默默地坐着，抽着烟卷，两眼凝注着烟头，低声说：

“这也随你的便！你也不是小孩子了；自己好好想一想，要怎样对你才好……”

他走了。照例，我又同情起他来。

到第四天，我离开了主人的家。我很想去跟玛尔戈王后道别，可是我没有勇气到她跟前去，并且应该承认，我等着她自己来叫我。

和小女孩分别时，我托她：

“你对妈妈说，哥哥心里非常感谢她，你能替我对她说吗？”

“我说我说！”她柔和抚爱地微笑着，答应我的要求，“明天再见，是吗？”

大约过了二十年，我重新遇见了她，她已经嫁给了一个宪兵军官……

# 十一

我又在“彼尔姆号”轮船上当了洗碗的[①]。这是一条白色的、天鹅似的宽大的快班轮。这回是“打杂的”洗碗工人，或叫“厨房杂役”，月薪七卢布，职责是帮助厨师。

食堂管事是一个肥胖而傲慢的家伙，脑袋光秃得像个皮球。他两手叠在背后，像猪猡在大热天寻找阴凉一样，整天在甲板上脚步沉重地走来走去。在食堂里张罗的是他的妻子，这位太太四十岁开外，很漂亮，但样子萎靡，脸上涂抹着厚厚的粉，以致常常落下黏性的粉液，黏在她的华丽的衣服上。

厨房管事的是亲爱的厨师伊凡·伊凡诺维奇，绰号“小熊”，他是个小胖子，鼻子像老鹰，眼睛里含着滑稽的神气。他爱打扮，系着浆过的硬领，每天刮胡子，青脸颊，黑胡子向上翘起。一空下来，他就用火烤红了的手指捻胡子，不让它走样，而且老对着一面有柄的小圆镜照脸。

船上最有趣的是司炉雅科夫·舒莫夫，他宽胸膛，方肩背，翘鼻子，铁铲般的扁脸，熊似的小眼睛躲在浓眉底下。两腮上满是卷成小圈的胡须，像沼泽地上的青苔一般，头顶上的头发，跟帽子一般紧紧贴住，要费很大的劲才能把弯指头插进去。

他爱赌钱，打得一手好牌，食量也吓人，老是像饿狗一样，在厨房旁边打转，想讨几块肉和骨头。晚上，就跟“小熊”伊凡·伊凡诺维奇一起喝茶，讲述自己奇怪的身世。

他年轻时候在梁赞牧人家里当牧童，后来经一个过路的修道士劝

---

① 高尔基从1882年春至同年深秋在“彼尔姆号”船上当洗碗工。

诱，进了修道院，在那里当了四年杂役。

“差一点儿我就成了修道士，上帝的黑星了，”他口齿伶俐地开着玩笑，“这时我们那里来了一个奔萨城的女香客。一个很好玩的女人，把我的心扰乱了。‘你很不错，很结实，’她那么说，‘我是贞洁的寡妇，很孤寂，你到我那儿去扫院子吧。我自己有房子，在做羽毛生意……’”

“我说好吧，她让我看院子，我跟她勾搭上了，在她家里吃了三年热面包……”

“你真能吹牛，”“小熊”打断他，担心地瞧着自己鼻子上的瘰疬，“要是吹牛可以挣钱，你准发财！”

雅科夫在嚼着什么，似乎没眼睛的脸上，灰色的卷须动来动去，毛茸茸的耳朵也在动。他听完厨师的话，依旧用匀整迅速的语调往下讲：

“这女人年纪比我大，我同她搅在一起很无味，不够劲儿。我又同她侄女发生了关系。她发觉后，把我撵走了……”

“这你活该——真是再好不过了。”厨师说得跟雅科夫一样轻快而流利。

司炉把糖块塞进嘴里，又说下去：

“以后闲荡了一段时间，又结识了一个行商，弗拉基米尔城的老头儿，同他一起走遍世界。我们去过巴尔干高原，也去过土耳其、罗马尼亚、希腊、奥地利各地，跟各国的人来往，这里买来，那边卖去……”

“也偷盗吗？”厨师正经地问。

“那老头儿可不干这行当！他告诉我，一个人在外国地方，必须规矩正直，在这里是这样的规矩，只消干一点点坏事，就得掉脑袋。不过说老实话，做贼我也试过，可是结果很糟。我曾想从一个商人的院子里牵出一匹马，没有得手，给人家捉住了，打了又打，后来被送到警察局里。我们是两个人，一个是老马贼，我却不高明，只是偷着玩的。我在那商人家里做过工，给他在新造的洗澡间里砌过炉子。那个商人害了病，梦见了我，他惊慌地向上司呈请说：把他（就是我）放了吧，把他放了吧！说是梦见了我，要是不放了我，他的病就不会好，还说我好像有点魔法。人家就把我当魔法师了。那商人在地方上很有势力，衙门里就把我放了……”

“你这种家伙，不应该放了，应该在水里淹你三天，那你的傻气就会治好啦。”厨师插嘴说。

雅科夫马上接住他的话：

“对啦，我的傻气确是不小，老实说，我的傻气有一个村子那么大……”

厨师用手指插进紧紧的硬领里，气恼地把硬领弄松些，摇摇脑袋，懊丧地说：

“真是胡说八道！让你这种囚犯活在世上，大吃，大喝，闲逛，为什么呢？嗯，你说，你活着干什么呀？”

司炉嘴里发声地嚼着，回答：

“这个我也不知道。活着就是活着。有的人躺着，有的人跑路，当官的就光坐着，可人人都得吃东西。”

厨师更加发怒了：

“就是说，你是无法形容的猪猡！不，简直还不如猪猡！老实说，是猪食料……”

“你干吗骂我？”雅科夫吃惊了，“男人都是一棵橡树上的果实，不用骂，骂，我也不会变好些……”

这个人立刻把我牢牢吸引住了，我用惊奇的眼光望着他，张着嘴听他说话；我觉得他心中有一种自己的坚固的生活知识。他对任何人都称“你”，对任何人都一样从毛茸茸的眉毛底下正面直视，无论是船长、食堂管事、头等舱的阔客，他都把他们同自己、水手、食堂的侍役、统舱客一样待。

我常常看见他站在船长或机师长面前，把猩猩似的长胳臂叠在背后，默默地听着人家骂他偷懒，骂他打牌时不经意地赢了别人。看得出，任何斥骂，对他都显得毫无作用。人家吓唬他，说等船到下一个码头就要撵他上岸，他也毫不惊慌。

他有一种与人不同的地方，跟“好事情”先生一样。大概，他自己很明白自己的特点，而且也知道绝不会得到别人的了解。

我从没瞧见他有过受委屈发闷的样子，也不记得他有过长时间的沉默。话声常常从他毛毵毵的口里流出来，甚至似乎不管他自己的意志，总是像一条无尽的泉流，滔滔不绝地流着。每当被人家骂了，或是听别人说得有趣，他的嘴唇便微微动着，好像在肚子里复念他所听见的话，或者轻轻继续说着他自己的话。他每天值完班，便从锅炉房爬上来，赤着脚，满身汗淋淋的，穿着油污汗湿的褂子，也不束带，袒开着毛毵毵的胸膛跑过来。一跑来，甲板上便充满他那平板单调的有些沙哑的声音，他的话跟雨点一样，到处乱洒。

“你好，老大娘！上哪儿去？是奇斯托波利吧？我知道，我在那里待过，在一个有钱的鞑靼人家里当长工。那个鞑靼人叫乌桑·古巴伊杜林，有三个老婆。他身体很结实，红红的脸。一个年轻的、很好玩的鞑靼农家女子，同我相好胡搞过……”

他什么地方都到过，而且到处同女人胡搞。他好像一生从来没有受过委屈挨过骂，把所有的事，都泰然地、不怀恶意地倾筐倒箩地说出来。过了一分钟，在后艄什么地方，又听见他的话声：

“打牌的人最规矩，一打，三张牌，马上分输赢，真的！打牌真有趣！坐着挣钱，简直是买卖人的勾当……”

我听出，他不大用好、坏、糟糕那样的字眼，差不多总是说有趣、稀罕。在他看来，漂亮的女人是有趣的蝴蝶，好天气的日子是快慰的日子；他说得最多的是：

“才不在乎呢！”

大家说他是懒鬼，但是我看他也跟大家一样，在地狱一样的热臭之中，站在炉口老实地干他的苦工。但是我记不起他跟别的司炉一样叫苦叫累。

有一天，一个年老的女客丢了钱包。这是一个晴朗静寂的傍晚，大家正心平气和地生活着。船主送了五卢布给那老婆子，许多乘客也给了一点儿。大家把钱交给老婆子时，她画了一个十字，弯腰向众人行礼，说：

“老乡们——这里比我丢掉的多出了三卢布十戈比。”

有人快活地嚷道：

“老婆婆，都拿着吧，还说什么？三卢布不算多……”

又有人入情入理地说：

“钱跟人不同，多了不碍事……”

雅科夫就走到老婆子面前，认真地请求：

“把多的钱给我吧，我去打牌！”

大家以为司炉是开玩笑，都哄笑了，可是他却硬央求着窘迫的老婆子：

“给我，老婆婆！你拿了有什么用？你明天就要进坟墓了……”

大家骂他，把他赶开，他摇着头，不胜惊奇地对我说：

“这班人真怪！别人的事要他们管什么？是那老婆婆自己说这钱是多余的呀！可是对于我，三卢布是可以痛快一下的……”

他对于金钱，大概光是瞧瞧也快乐。他爱一边说话，一边拿着银币铜币往裤子上擦，擦得亮晶晶的，就用弯手指拿到长着翻鼻孔的脸跟前仔细瞧，眉毛索索地动。但是对于钱却不吝惜。

有一天，他要我跟他赌钱。我说我不会。

“你不会？”他奇怪了，“你怎么不会呢？亏你还识字！那我教你，我们赌着玩，赌糖……”

他赢了我半磅方块白糖，一块一块地放进他毛茸茸的嘴里。后来见我已经会赌了，就说：

“现在来赌真的钱！有钱吗？”

“有五卢布。”

“我有两个多卢布。”

不消说，他很快就赢光了我的钱。我想翻本，把一件值五卢布的褂子做了赌注，也输了，于是又把值三卢布的新靴子做了赌注，又输了。那时雅科夫不高兴了，差不多有点生气地说：

“不，你不会赌，太狂热了——一下子就把褂子、靴子都输掉了！这些东西我不要。我把衣服靴子还你，钱我还你四卢布，你拿去。我拿一卢布，算是学费……好吗?”

我很感激他。

“我不在乎！”他回答我的感谢说，“玩儿，这是玩儿，也就是取取乐。你却跟打架一样，就是打架，太急躁了也不成。要瞧准了再动手，用不着急躁！你年纪轻，必须好好儿克制自己！一次失败了，五次失败了，七次就罢手——走开。等你头脑冷静了再来！这是玩儿呀！”

我越来越喜欢同时又不喜欢他。有时他讲的话很像我外祖母讲的。他有很多吸引我的地方，但他那种对人极度的、恐怕一生也改不了的冷漠态度，却使我很不喜欢。

有一次，夕阳西沉的时候，有一个二等舱客，他身材高大，是彼尔姆商人，喝醉酒落进水里了，在金红色的水面上拼命地泅着。机器马上关了，船停了下来。船轮下滚出雪一样的泡沫，被夕阳照着，染成血一般的颜色。在这沸腾的血浪中，离船艄远远的地方有一个黑魆魆的人体，从江面上传来动人心魄的刺耳的叫声。客人们挤到船边、船艄上，大声叫嚷着。落水人的一个同伴，是一个红发秃顶的汉子，他也醉了，用拳打着大家，挤到船边嚷着：

“滚开！我马上去捞他上来……”

已经有两个水手跳进水里去了，划动着双手向着落水的人身边泅去。船艄上放下了救生艇。这时候，在船员的叫唤声、女人们的尖叫声中，听见雅科夫的镇定自若，像流水一样的声音：

“要淹死的，准要淹死的，因为他穿着褂子！穿着长褂子，准要淹死的。好比女人，她们为什么比男子淹死得快，因为女人穿裙子。女人落水马上往下沉，像个一普特重的秤锤子……嘿，瞧哇，他已经沉下去了，我绝不胡说……”

商人果然沉下水里去了。捞了两个钟头，结果没捞上来。他的同伴酒也醒了，坐在后艄，气喘吁吁，伤心地喃喃说：

“真是天外飞来的横祸！以后怎么办呀？怎样对他的家人说呢？他的家人……”

雅科夫站在这人跟前，两手叠在背后，安慰他：

“买卖人，没有关系！谁也不知道自己要死在哪里。有的人吃了蘑菇，一下子就死了！成千上万的人吃蘑菇，吃死的却只有他一个！这能怪蘑菇吗？”

他高大而结实，跟白石臼似的，立在商人跟前，话像撒糠秕似的撒向商人。开头商人默默地哭泣，用大手掌拭着胡子上的泪水，静静地听了他一回话，忽然吆喝道：

“魔鬼！你干吗折磨我？诸位正教徒，把这家伙赶开，要不然会发生祸事的！”

雅科夫泰然地走开，嘴里说着：

“人真怪！人家好好儿劝他，他却来寻事……”

有时我觉得这司炉好像有点傻，但我时常在想，他大概是故意装傻。我很想打听他的经历见闻之类，但并没有好结果。他抬起头来，略略睁开熊似的黑眼睛，一只手抚摩着毛茸茸的脸腮，慢慢地回忆起来：

“老弟，人这个东西，到处都跟蚂蚁一样！我告诉你！有人的地方，就忙碌。最多的，当然是庄稼汉，他们好像秋天的叶子，满地都是。见过保加利亚人吗？我见过保加利亚人。希腊人也见过。还有，塞尔维亚人，罗马尼亚人，各种茨冈人——我都见过，各种各样的，很多！他们是什么样的人？要知道是什么样的人呀？城里是城里人，乡下是乡下人，都同我们这里的完全一样。相像的地方很多。有些人甚至讲咱们的话，只是说得不好，比方鞑靼人，或者莫尔德瓦人。希腊人不会说咱们的话，他们说得又快又不清楚，听起来也像话，可你就是不懂。同他们讲话，还得打手势。我认识的那个老头儿，他假装懂得希腊人的话，他会嘟噜什么卡拉马拉和卡里美拉。老头儿真狡猾，把他们蒙得够呛！……你又问他们什么样，你真怪，他们能是什么样呢？他们的头发是黑的，罗马尼亚人的头发也是黑的，他们的信仰都一样。保加利亚人的头发也是黑的，但信仰却同咱们一样。希腊人像土耳其人……”

我觉得他没有把知道的全都讲出来，好像有些事情他不愿意讲。

从杂志的插图上，我知道希腊的京城雅典是世界上非常古老、非常美丽的城市，但雅科夫却怀疑地摇摇头，骂雅典：

“人家骗你呀，老弟。没有雅典，只有雅封。不过不是一个城，那是山；山上有修道院，不过如此。叫雅封圣山，有这种画片。刚才说的那老头儿，就买卖这种画片。有一个城叫别尔戈罗德[1]，在多瑙河边上，同雅罗斯拉夫尔或者尼日尼一样。那边的城市并不漂亮，可是村子却不同了！女人也很漂亮，女人有趣得要命！为了一个女人，我差点儿没留在那里。等会儿，她叫什么名字来着？”

他两手使劲擦着那张似乎没有眼睛的脸，硬毛沙沙作声，咽喉深处发出一种笑声，好像一只破了的铃鼓在响：

“人是最没记性的东西！那个同我要好的……分手时候她哭了，连我也哭了，真是的……”

他开始坦然地、不害臊地教我如何去搞女人。

我们坐在船艄上，暖和的月夜迎面飘来，在银波的那边，草原的边岸隐约可见，山冈上闪烁着昏黄的灯火，好像被大地俘虏的星星，周围一切都在动荡，不停地索索地动着，过着静默而执拗的生活。在这样可爱的凄然的静寂中，发出沙哑的话声：

“有时候，她张开两臂向我扑过来……”

雅科夫的话虽然说得粗野，却不肉麻。在话里没有夸张，也没有残忍，只有天真的、多少带一点儿哀怨的气味。天上的月儿也不害羞地精赤着身子，撩动人心，引起一种哀愁的感觉。使我只是想起好的事，最好的事：玛尔戈王后和真实得令人难以忘怀的诗句：

---

① 此处指南斯拉夫首都贝尔格莱德。

只有歌儿要美，

而美却不要歌……

我像赶开微微的睡意一样，赶开这种幻想，重新向司炉追问他的经历和见闻。

“你真怪，”他说，“叫我说什么好呢？我是什么都见过的。你问我见过修道院没有，见过呀！那么下等酒馆呢？也见过。绅士老爷的生活，庄稼汉的生活，什么都见过。我也大吃大喝过，也饿过肚子……”

他好像走在深谷摇摇晃晃的险桥上一般，慢慢地回想起来：

“比方我偷马关在警察局里的时候，我以为我一定会上西伯利亚去了。我听见警长因为新房子里的炉子冒烟正在骂人。我就说：‘老爷，这个我能修好。’他劈头喝倒我：‘住嘴，连最高明的师傅都拿它一点办法也没有……’我说：‘有时候，羊倌比将军还高明呢。’我那时候以为反正是要上西伯利亚去的，对于什么事都很大胆。警长就说：‘那么你试着修吧，不过，你要是弄得更坏，我要打断你的骨头。’两天两夜工夫，我把这件事完全做好了。那警长吃惊了，大声叫：‘浑蛋，木头！你这么高明的工匠，竟去偷马，怎么回事？’我说：‘老爷，这简直是蠢事。’他说：‘真是蠢事，我真有点可怜你。’嗯，他说可怜我，你瞧，当警察的这种残酷的人，却也可怜起别人来啦……”

“这又有什么呢？”我问。

“没有什么，他可怜我，还要怎样呀？”

“干吗可怜你，你是没有人性的石头呀！”

雅科夫和善地笑笑：

“你真怪，你当我是石头吗？石头，你也得可怜它。石头也有它的用处。街道也得用石头铺呀。万物都应当爱惜，没有一样东西是白白存在的。沙子算得什么？沙子上边也会长出小草来……”

司炉这一说，我更加明白了：他知道一种我所不理解的东西。

“你看那厨师怎样?”我问。

“你说‘小熊’吗?”雅科夫冷淡地说,“对他怎样看?这丝毫没有什么可说的。”

这是真的,伊凡·伊凡诺维奇是一个很正派完美的人,没有一点可以指摘的。他只有一件事很有趣,他不喜欢司炉,常常骂他,可是却总拉他喝茶。

有一天,他对雅科夫说:

“要是现在还有农奴制度,而且叫我做你的主人,像你这种好吃懒做的,我一星期要打你七次!”

雅科夫认真地说:

“七次——太多了呀!”

厨师骂司炉的时候,不知为什么总是把种种东西给他吃,粗暴地塞给他一块,而且说:

“塞吧!”

雅科夫慢慢地嚼着,说:

“托你老的福,长了我不少气力,伊凡·伊凡诺维奇!”

“懒鬼,你长了气力有什么用处?”

“什么用处?活得久些呀……”

“鬼东西,你活着又干什么呢?”

“鬼也要活着呀,难道说,活着不舒服吗?伊凡·伊凡诺维奇,活着,是快乐的呀……”

“真是个低能儿!”

“什么呀?”

“低——能——儿。”

“多么怪的字。”雅科夫很诧异,“小熊”就对我说:

“请想想咱们流尽血汗,在地狱一样的炉灶跟前把骨头都烤酥了,可你瞧他,这个低能儿却跟猪猡似的大吃大嚼!”

“这个,各人有各人的口福。”司炉说,嘴里嚼着食物。

我知道在锅炉门口烧火，要比在灶上工作辛苦得多，热得多，好几次，我在晚上同雅科夫一道尝试过“烧火”的滋味，但为什么他不把自己工作的苦楚告诉给厨师听呢！这是很怪的。不，这个人知道什么特别的事情……

任何人，船长、机师长、水手长，谁要高兴都可以骂他；可是很奇怪，为什么却不开除他？司炉们比别人对他好，虽然他们也笑他的饶舌和打牌。我问他们：

“雅科夫是好人吗？”

“雅科夫？没有什么。这是个滥好人。任你怎样对他都可以，就是把一块烧得红红的炭放在他怀里都行……”

他在锅炉房做苦工，像马一样能吃，但他却睡得很少。常常一换班，衣服也不换，一身脏汗，就到船后艄去，整晚地同客人们聊天、打牌。

他站在我面前，像一只锁上的箱子。我觉得这箱子里藏着我所需要的东西，我老是尽力寻找开箱子的钥匙。

“老弟，你要什么呀，我真不懂？”他用躲在眉毛底下看不出的眼睛向我上上下下地瞧望着问，“嗯，世界我真的游历了不少，还有什么呢？你真怪！好，我还是讲一件我亲身的经历给你听吧。”

于是他讲：“在一个县城里，住着一个害肺痨病的青年法官。他妻子是个德国人，身子很结实，没有孩子。这个德国女子爱上一个布商。商人自己有老婆，而且长得挺漂亮，还有三个孩子。他看出德国女子爱上了自己，就设法同她开玩笑，约她晚上到自己花园里来，另外又邀了两个自己的朋友来，叫他们躲在园中的小树丛里。

“妙得很！那个德国女人跑来了，跟他说这谈那，她说，我整个是你的了！可是他向她说：‘太太，我不能如你的愿，我有老婆，我给你介绍两个朋友，他们一个老婆死了，一个是单身汉。’那个德国女人啊呀了一声，给了他一个结实的耳光。男的倒到长椅后边去了，她还用皮鞋跟拼命踩他的脸。是我带这女人来的，我在这个法官家里当扫院子的。我从篱笆墙缝里看到那里乱成了一锅粥。这时候，两个朋友跳出来，抓住她的发辫，我跳过篱笆墙，把他们推开，对他们说：‘哎，买卖人先生，这样不行！’太太真心诚意跑了来，他却想出这种不要脸的把戏。我带她回家时，他们拿砖头扔我，把我的脑袋打伤了……女的懊丧得要命，丢了魂儿似的在院子里走着，对我说：‘雅科夫，等我男人一死，我就回国去，我要走。’我说：‘当然还是回去的好！’果真，那法官死了，她也回国去了。这是一个很温柔的通情达理的女人，法官为人也很和气，求上帝让他升入天堂……”

我不明白这个故事的意义，困惑不解地沉默着。我觉得这里有一种熟悉的、冷酷的、不合理的东西。但是我能说什么呢？

“这故事好吗？”雅科夫问。

我说了几句，愤怒地骂着。但他却平静地向我解释：

“有饭吃的人，一切都满足；有时候，就想开开心。可是他们做不来，他们好像不会。买卖人当然是正经人，做买卖得用不少心机。但是靠动心机过活太没意思，于是他们就想闹着玩儿啦。”

船外面，河水泛着泡沫，滔滔地流过去，听得见奔腾的流水声。黑憧憧的河岸随着河水缓缓地向后退去。甲板上，乘客们都在打鼾。有一个影子在长凳子和睡着的人体中间悄悄向我们移过来。原来是一个高个子的枯瘦的女人，穿着黑衣服，花白的头没有戴头巾——司炉用肩头碰了我一下，低声说：

“瞧，这女人很孤寂……”

我觉得，别人的悲伤，引起了他的快乐。

他讲得很多，我聚精会神地听着。他讲的事我都很好地记住了，可是想不起他讲过一件快乐的事。他比书本上讲得还安静。书本里你常常可以体会到作者的感情、愤怒、喜乐和他的悲哀、嘲谑，但司炉不笑也不责备人，没有一件事明显地使他生气，或使他高兴。他讲话好像法庭上的冷静的证人，同原告、被告、法官都一样没有关系……这种冷淡越来越使我烦恼，使我对雅科夫发生愤慨的厌恶感情。

生活在他的面前燃烧，像锅炉下面的火。他站在锅炉门口，熊掌一样的大手拿着木槌头，轻轻敲着蒸汽柜的活塞，加减着柴块。

“大家欺负你吗?”

“谁欺负我？我有的是力气，我会给他一下。”

“我不是说打架，我问你的灵魂受过欺侮没有。”

“灵魂不会受欺侮的，灵魂不会接受欺侮……”他说，“不管你用什么……你不能接触到灵魂……”

甲板上的客人、水手，一切人，都跟讲土地、工作、面包和女人一样，常常讲到灵魂。灵魂这个词在普通人的谈话里，动不动就说出来，好像五戈比铜子一样流行。我不喜欢人家在闲聊中随意使用这个词。每逢汉子们讲秽话时，无论是出于恶意还是好意而骂到灵魂时，我都会感到痛心。

我记得很清楚，外祖母是如何谨慎小心地说到灵魂，说这是爱情、美丽、快乐的神秘的保藏处。我曾相信，好人死了之后，白衣天使就会捧着他的灵魂到蓝天上我外祖母的善良的上帝跟前。上帝爱抚地欢迎它：

“怎么样，我的可爱的，怎么样，我的圣洁的，受尽辛苦了，受尽苦难了吧?”

于是他就会把六翼天使的翅膀送给这个灵魂，是六扇白色的翅膀。

雅科夫·舒莫夫同外祖母一样谨慎，很少而且不大乐意讲到灵魂，他骂人时也决不触及灵魂。当别人议论灵魂的时候，他就垂下像牛一样的发红的颈子不作声了。灵魂是什么？我问他，他回答说：

“灵魂是一种精气，上帝的呼吸……”

我觉得不满足，又追问他，这位司炉便耷拉着脑袋说：

“老弟，连神父也不大了解灵魂呢。这是秘密……”

他使我时常想着他，老是努力要了解他，可是这种努力都没有好结果。而且他总是用他那粗大的身体，遮住了我的眼睛，使我除他以外什么也看不见。

食堂管事的老婆对我亲切得令人可疑。每天早上，我必须侍候她盥洗，这本来是二等舱女招待卢莎的工作，她是一个活泼干净的小姑娘。小小的舱房里，站在上身赤裸的食堂管事的老婆的身边，瞧着她那像发过劲的面一样松溜溜的黄肉，使我从心里作呕，并且想起玛尔戈王后的微黑的紧绷绷的肉体，可是食堂管事的老婆却时而如泣如诉，时而半怒半嘲地滔滔地说着什么。

我不明白她讲的意思，但是隐隐约约感觉到，这是可怜可鄙而又可耻的。但我不去管它，我同食堂管事的老婆，同船上所发生的一切事情，离得老远地过着日子，我好像是在一块遍布青苔的巨石后面，它挡住了我，使我看不见这个不舍昼夜、不知漂向何处的大千世界。

“咱们加夫里洛夫娜简直是爱上你啦。”我跟做梦一样，听见卢莎的嘲笑，“张开嘴来，把幸福吞下去吧……”

取笑我的不止她一个，食堂里的茶房都知道女主人的弱点。厨师皱着脸说：

“这女人什么都吃过，又想吃蛋糕啦！真有这种家伙，彼什科夫，你可要小心啊……”

雅科夫也像老前辈似的认真地对我说：

“当然，要是你再大两岁，那我就告诉你点儿别的，可是现在你还只有这点年纪。嗯，还是不去上钩儿的好！唉，还是由你去吧……”

“得啦，”我说，“这是下流事……”

“当然啦……”

但他马上又用手指去搔那紧贴在头上的头发，说出圆滑的话来：

“嗯，也得替她想想，她的生活寂寞、冷清……就是狗也喜欢人家去摸摸它，何况是人！女人是靠温存过活的，好比蘑菇喜欢潮湿一样。自己当然害羞，但是有什么办法呀？肉体是需要爱抚的，没有别的……”

我凝视着他的不能捉摸的眼神，问：

“你可怜她？”

“我？难道她是我的母亲？人们连母亲都不可怜，而你……真怪！”

他发出破铃鼓的声音，低低地笑。

有时我望着他，好像自己落进了无声的空虚中，沉入了黑漆漆的无底深渊。

“别人都有老婆，雅科夫，你为什么不结婚？”

“结婚干什么？我不结婚，我也时常可以弄到女人，谢谢上帝，这是简单的……只有老守一方的庄稼人，才可以有老婆。可是我那儿土地贫瘠得很，又少。连这很少的一点儿，也被叔叔侵占了。我的兄弟当完兵回家，跟叔叔争吵起来，打官司，还拿棍棒打破了叔叔的脑袋，流了血。因此我的兄弟在牢里蹲了一年半。从牢里出来，只有一条路，依旧到牢里去。可是我的弟媳妇，却是一个很有趣的少妇……呃，不用说这个！总之，结了婚，必须待在自个儿的窠里当主人。可是当兵的人，不能自个儿做主。”

“你祷告上帝吗？”

“真怪！当然祷告……”

“怎样祷告？”

“各式各样。”

“你念什么祷告文？”

“我不知道什么祷告文。我，老弟，只是这样祷告：主耶稣，赦免人生的罪恶，安息死者的灵魂，主呀，保佑我不要害病……此外再说些别的什么……”

“什么呢？”

“想到什么说什么！不管说什么，他都听见了！”

他对我和善而带好奇心，就像对待一只不笨的会要把戏的小狗一样。晚上，有时同他坐在一起，他的身上常常发出熏油味、焦煳气和大葱臭。他爱吃大葱，嚼生葱头像吃苹果一样。一道坐着，有时他突然请求说：

“喂，阿廖沙，念首什么诗听听吧！”

我记住了不少的诗，而且有一本挺厚的本子，抄下自己喜欢的诗句。我念《鲁斯兰》，他屏住略带沙哑的呼吸，像聋哑人一样静静地听着。之后，小声说：

“很有味，很流畅的故事！是你自己想出来的吗？是普希金？对，有一位穆辛－普希金先生，我见过他……”

“不是那个，我说的那个普希金老早给人家打死啦！”

“为什么？”

我把从玛尔戈王后那儿听来的话，简单地告诉了他。雅科夫听了之后，平静地说：

“很多的人，都为女人丧命……”

我常常把书上读到的故事讲给他听。这些故事在我的脑子里混在一起，编成了一个很长很长的故事。因此我的故事里不单有动荡不安而又美丽的生活，还充满着火一样的热情、各种狂暴的戏剧、华丽的贵族趣味、梦一般的幸运、决斗、死亡、高尚的言语和卑鄙的行为。在我的故事中，罗坎博尔[①]代替了拉·莫尔和阿尼巴尔·科科纳斯[②]等骑士的形象，路易十一[③]变成了葛朗台[④]的父亲，奥特列塔耶夫骑兵少尉[⑤]与亨利四世[⑥]混起来了。这种凭着灵感变换人物性格和变换事件的故事，是我自己的一个另外的世界。我在这个世界，同外祖父的上帝一般，是完全

---

① 罗坎博尔是法国惊险小说作家庞逊·德·泰尔莱利（1829—1871）的惊险小说《罗坎博尔历险记》中的主人公。人们常以罗坎博尔来称呼机智灵活、神出鬼没的冒险者。

② 两人都是大仲马的长篇小说《玛尔戈王后》中的人物。

③ 路易十一是1461年至1483年的法国国王，以狡猾而吝啬著称。英国作家司各特在其长篇小说《昆廷·达沃德》中写到他。

④ 葛朗台是巴尔扎克的同名长篇小说中的主人公。

⑤ 奥特列塔耶夫骑兵少尉是T. B. 库古谢夫公爵（？—1871）的同名小说中的主人公，是威武的骑兵、放荡的地主的形象。

⑥ 亨利四世是1589年至1610年的法国国王，波旁王朝的始祖，后被天主教狂热信徒杀死。大仲马、贝朗瑞在其作品中都把他塑造成理想化的国王形象，说他是关心百姓疾苦的“快乐国王”。

的自由人，可以任意玩弄一切。但是这种书上的混乱并没有妨碍我观察现实的真相，也没有减弱我对理解活人的追求，它像一朵透明而不能穿过的云，围住了我，使我对许多容易传染的污秽和可恶生活的毒素有了一种防御能力。

书籍使我变成不易为种种病毒所传染的人。我知道人们怎样相爱，怎样痛苦，不可以逛妓院。这种廉价的堕落，只能引起我对它的厌恶，引起我怜悯乐此不倦的人。罗坎博尔教我要做一个坚强的人，不要被环境屈服；大仲马的主人公，使我抱着一种必须献身伟大事业的愿望①。我最爱的主人公是快乐的皇帝亨利四世，下面贝朗瑞的这一首名歌，我觉得就是歌颂亨利四世的：

> 他给百姓许多实惠，
> 自个儿也爱酒贪杯；
> 是呀，既然人民都快乐，
> 为什么皇帝不可喝醉？②

小说把亨利四世描写成一个亲近人民的好皇帝。他的太阳一般明朗的性格，使我确信，法兰西是全世界最美的国家，骑士的国家，不管他们穿了皇袍或是穿了农民的衣服，都是同样的高尚；昂日·皮都③也是跟达达尼昂④一样的骑士。当亨利被杀的时候，我痛哭流涕，而且切齿痛恨拉瓦利雅克。我同司炉讲故事，差不多总把这位皇帝当作重要主人公。雅科夫好像也爱上了法兰西和“亨利皇帝”。

---

① 高尔基在晚年还十分乐意阅读大仲马的作品。

② 这是贝朗瑞的《意弗都国王》一歌中的片段。此段的中译文是：“他唯一破钞的嗜好/就是爱多喝几口烧酒；/既然他要让百姓快乐/我们也要让国王好好生活。”（参见《贝朗瑞歌曲选》，人民文学出版社，1958 年，沈宝基译。）

③ 大仲马的同名小说中的主人公。

④ 大仲马的《三个火枪手》中的人物。

“亨利皇帝是好人，同这种人混在一块儿，去捉鱼，去干吗都好。”他说。

他听故事绝不狂喜，也不提出种种问题打断我的话。他默然地低着眉头，毫无表情地听着，像一块长满青苔的岩石。但有时候我的话声不知因为什么一停，他就马上问：

“完了吗？”

“还没有。”

“那你不要停住呀！”

关于法兰西人，他喘着气说：

“过得真凉快……”

“什么，凉快？”

“你看，咱们在火热中过活，做工，可是他们却过着凉快的生活。他们不做事，只是吃喝，闲逛——挺舒服的生活！”

“他们也做工。”

“从你讲的故事中，可瞧不出来呀！”司炉下了一个公正的判语。于是，我马上明白了我读过的书中，绝大部分差不多都没有提到高贵的主人公们在怎样工作，和他们依靠什么劳动过活。

“啊，稍微躺一会儿。”说着，雅科夫就在坐着的地方仰面躺下，过了一分钟，就吹起匀整的鼾声。

秋天，当卡马河两岸转成红色，树叶染上金黄色，斜阳的光线渐渐白起来的时候，雅科夫忽然离开了轮船。头一天晚上他还对我这样说：

“后天咱们到了彼尔姆，上澡堂舒舒服服洗个澡，出了澡堂，再到有乐队的酒馆去。挺惬意呀！我爱听八音琴的演奏。”

可是在萨拉普尔①上来了一个胖汉，他生着一副女人的面孔，没有胡子，皮肤宽弛。他穿着厚厚的长外套，戴一顶狐皮长耳朵帽子，使他更像女人。他一上船马上占住靠厨房的一张小桌子，那里暖和些，要了

---

① 位于卡马河畔的一个城市，在维亚特卡省境内。

茶具，也不解开外套纽扣，也不摘掉帽子，就喝起黄色饮料来，汗连珠般淌着。

秋空的密云，不断地洒着细雨，当这个人用方格花手帕拭脸时，雨好像就小了，等会儿他又流汗，雨好像又大了。

一会儿雅科夫出现在他身边。他们查看起历书上的地图来。这位客人用指头划着地图，司炉平静地说：

“这算得什么！没有关系。这个我不在乎……”

“那行。”客人细声说着，把历书放在脚边打开着的皮袋里。他们开始喝茶，细声交谈着。

雅科夫上班以前，我问他这是什么人。他冷笑着回答：

“看起来像一只鸽子，自然是阉割派教徒，从西伯利亚来的，真远！很有味，按照计划过日子……”

他离开了我，他那像蹄子一样黑硬的脚跟踏着甲板走去，但又停下来搔搔腰，说：

“我决定跟他去做工了。船一到彼尔姆就上岸，要跟你分手啦！坐火车去，再走水路；之后骑马走，大概要五个星期，这个人住的地方很远……”

“你以前认识他吗？”我想不到他突然下了这决心，吃惊地问。

“哪里认识？见都没见过。他那地方我也没到过呀……”

第二天早上，雅科夫穿着油腻的短大衣，赤脚套上破鞋，戴着“小熊”的破旧的无檐草帽，走过来伸开生铁般的指头握紧我的手。

“跟我一起去好吗？只消一句话，那鸽儿准带你走；你愿意，我就跟他说。他们从你身上割掉无用的东西，把钱给你；这是他们顶喜欢的，把人弄残废了，他们还奖励……”

那个阉割派教徒腋下挟着一个白包袱，站在船栏边，没有神气的眼睛凝视着雅科夫，身体笨重，像浮尸一样发胀。我低声骂了他，司炉又紧紧握了一次我的手。

“由他吧，关你什么事！各人拜自己的神，与我们何干？嗯，再见，祝你幸福!"

雅科夫·舒莫夫像熊一样摇晃着身体走去了，在我的心里留下了痛苦的复杂的感情。——我舍不得司炉，又有点恨。回忆起来，也有几分羡慕，但想到他为什么要到一个不知名的地方去，心里更加不安了。

雅科夫·舒莫夫究竟是一个什么人呢?

# 十二

秋深了，轮船停航，我进了一家圣像作坊当学徒[①]。第二天，和气的、微带酒气的老主妇，用弗拉基米尔城的口音对我说:

"现在日短夜长，你早上到铺子里去打杂，晚上——再学!"

她把我派给一个矮小、快脚的掌柜使唤，这掌柜还是个年轻的小伙子，脸长得挺漂亮，甜甜的。每天早晨，我同他一起在晓寒薄明中走过全城，从铺子还关着大门的伊利卡街到尼日尼市场去。铺子设在这市场的二楼，是用堆栈改成的阴暗的屋子，装着铁门；有一扇小窗子，对着铁皮盖的外廊。铺子里放满大大小小的圣像、像龛，有的光滑，有的雕着"葡萄"球纹[②]，还有教堂里用的黄皮面斯拉夫文的书等等。我们铺子旁边，还有一家同样的铺子。那里有一个黑胡子的买卖人，也贩卖圣像和书。他是伏尔加支流克尔热涅茨河一带闻名的旧教派经学家的亲戚。他有一个儿子，是同我差不多年岁的瘦削活泼的孩子，长着老人一般的小而发灰的脸，老鼠眼睛。

打开了铺门，我得先上小饭馆泡开水，喝过茶，便拾掇铺子，拂拭货品上的灰土。之后，便站在外廊上，留心着不让买主上隔壁的铺

---

① 1882 年秋天，高尔基在伊·雅·萨拉巴诺娃的圣像作坊里当学徒。

② 用于装饰圣像的金属花纹。

子去。

“买主都是傻子，”掌柜很自信地告诉我，“只要便宜，在哪里买都一样，一点儿也不懂得货色好坏！”

他很快地收拾着圣像小木板，发出啪啪的声响，夸耀着精通买卖的知识，他教我：

“姆斯乔拉村[①]做的，货便宜，三俄寸宽四俄寸高的值……六俄寸宽七俄寸高的值……你知道圣徒的名字吗？记着：沃尼法季防治酒狂病，瓦尔瓦拉大殉道女防治牙病和暴死，瓦西里义人防免疟疾……你知道圣母吗？瞧着：悲叹圣母[②]，三手圣母[③]，阿巴拉茨卡娅预兆圣母[④]，勿哭我圣母[⑤]，消愁圣母[⑥]，喀山圣母[⑦]，保护圣母[⑧]，七箭圣母[⑨]……”

我很快就记住了大小和加工程度不同的各种圣像的价钱，也记住了圣母像的区别。但是要记哪种圣徒的作用，可不容易。

有时，站在铺子门口正想着什么，掌柜忽然来考我的知识：

“保佑难产妇的圣徒[⑩]叫什么名字？”

要是我回答错了，他就轻蔑地问：

“你长着脑袋是干什么的？”

更困难的是招揽买主，我不喜欢那些画得奇形怪状的圣像，把它们卖给人家觉得很难为情。照我外祖母说的话，我心目中的圣母是年轻美丽的善良女子，杂志插图上的圣母也是如此，可是圣像上这些圣母，却

---

① 弗拉基米尔省的一个村子，古老制作圣像的中心地。

② 没有抱圣婴的圣母全身像，周围净是天使和受难者。

③ 右手抱着圣婴的圣母像。圣像下端的第三只手，传说是在反圣像崇拜运动时期，一位叫约翰·达马斯全的圣像画师的手笔。

④ 抱圣婴的圣母像，圣婴手里拿着一卷纸。

⑤ 圣母站在耶稣棺材旁。

⑥ 左手抱圣婴的圣母像。

⑦ 束腰圣母像，左手抱圣婴，圣婴伸开右手做祝福状。

⑧ 用自己的披肩覆盖祈祷者的圣母像。

⑨ 胸前有七支箭的圣母像；七支箭象征对她儿子的考验。

⑩ 指圣徒潘苔莱蒙，相传他有治好百病的神奇力量。

那么老丑凶恶，又长又歪的鼻子，木棒一般的手。

星期三星期五是赶集日，生意很兴隆。外廊上时时走来很多乡下人和老婆婆，有时整家整家的，都是伏尔加对岸的旧教徒，多疑的阴郁的山里人。有时看见穿着老羊皮和家织粗毛呢的身体笨重的汉子，在外廊上慢腾腾地、像怕陷入地下似的走着，要我站在这种人跟前真难为情，真别扭。只好挡住他们的去路，在穿着笨重皮靴的脚边转来转去，发出蚊子似的细声说：

“老大爷，您要些什么？——带注解的赞美诗集、叶夫连·西林的书、基里尔的书、圣规集、日课经，样样都有，请随便看！圣像价钱贵贱都有，货色地道，颜色深暗！要定做也可以，各种圣徒圣母都可以画。您是否打算订一个做生日的圣像，或是保护尊府的圣像？咱们作坊是俄国第一家！买卖在城里也算第一！”

难猜透的、莫名其妙的买主，像瞧狗一样长久地瞧着我，默不出声，忽然用木头似的手把我推到一旁，走向隔壁铺子里去了。那时掌柜就擦擦大耳朵，怒叫道：

“放走了，你这个生意人……”

隔壁铺子里，传来柔软甜蜜的声音，迷人的口角春风：

“亲爱的，我们不做羊皮、靴子买卖，专卖上帝的恩赐，这比金银还宝贵，当然是无价之宝……”

“鬼东西!”掌柜嫉妒地叹息着，喃喃说，“把乡巴佬骗住了。你学学，学学!”

我认真地学习，不管什么工作，只要拿上了手，总该做好。可是招引买主，谈生意经，我可不行。这班不多说话的神情忧郁的乡下人，老是被什么惊吓似的低着头，胆小如鼠的老婆婆，引起我的怜悯，我很想偷偷告诉他们圣像的实价，可以减二十戈比的虚头。他们看样子都很穷，饿着肚子似的，但瞧他们拿出三卢布半买一本赞美诗，真觉得奇怪。赞美诗是他们买得顶多的书。

更奇怪的是他们对书和圣像的价值的知识。有一天，我把一个白发老头子招呼进铺子里来，他爽脆地对我说：

“小伙计，你说你们的圣像作坊是俄国第一家，这不对呀。俄国第一家圣像作坊是莫斯科的罗戈任啊！”

我狼狈地走向一旁，他也不去隔壁铺子，慢慢地往前走去了。

“碰了钉子啦？”掌柜向我挖苦地问。

“你没有告诉过我罗戈任作坊……”

他就骂：

“这种假道学是跑江湖的，他们什么都识得，什么都知道，老狗……”

他漂亮、丰肥、很自尊，很厌恶乡下人。当他高兴的时候，常常向我诉说：

“我很聪明，爱干净，喜欢香水啦，神香的气味，可是为了替老板娘挣五个戈比，却不得不向这班臭乡巴佬哈腰！你当我爱这玩意吗？乡巴佬是什么东西？乡巴佬是臭毛虫，地上的虱子，可是……”

他懊丧地沉默了。

我却喜欢乡下人，在他们每个人身上，都可以感到雅科夫那种神秘的气味。

有一次，铺子里进来一个穿短皮袄、罩着带袖斗篷的粗鲁大汉，他先摘下头上毛茸茸的帽子，然后仰面对着点着神灯的那边，用两个指头画过十字，以后竭力不去看暗处的圣像，一句话也不说，向四边扫视了一下，然后开口：

“一本加注解的赞美诗！”

他卷起斗篷的袖子，动着泥土色的皲裂得要出血的嘴唇，念了念里封：

“有没有再古一点儿的？”

“古版的得几千卢布，你知道……”

“知道。”

乡下人润着指头，翻翻书页。他所碰到的地方，都留下了黑色的指印。掌柜厌恶地盯着他的脑盖说：

“圣书都是古的，上帝没有改变他的话……”

“这个，我知道，上帝没有改变，是尼康改变的[①]。”

说着那顾客合上书，默默地走出去了。

有时这种山里人同掌柜争论起来。我很清楚，他们对于圣书比掌柜要熟悉得多。

“泥坑里的异教徒。”掌柜埋怨着。

我也看见过乡下人对于新版的书虽不中意，但看的时候还是带着敬意，小心翼翼地触着它，好像这本书会变成一只鸟儿从他手里飞走一样。看见这情形心里挺舒服，因为我也觉得书是一种奇迹，那里边藏着作者的灵魂，打开书把这个灵魂解放出来，它就会神秘地同我交谈。

有些老头儿和老婆子常常拿尼康时代以前的旧版书或者旧抄本来卖。抄本是伊尔吉兹河和克尔热涅茨河地区隐世的旧派女教徒们恭楷抄写的。有时拿来没有经过德米特里·罗斯托夫斯基[②]修改的日课经文月书的抄本，旧的圣像，十字架，北部沿海地区制作的涂珐琅的折叠式铜版圣像[③]，或是莫斯科公爵送给酒楼老板的银匙。他们向四边望望，悄悄从衣服底下拿出这些东西来。

我们的掌柜跟隔壁的老板对于这种卖主非常注意，拼命互相争夺。花几卢布和几十卢布收买下来的古董，拿到市集上去，就可以用几百卢布的价钱卖给有钱的旧教徒。

掌柜教我：

“好好儿留意这些森林里来的怪家伙、魔术师，把眼睛睁开点，他们是财神爷呀！”

这种卖主来到时，掌柜就差我去请博学的彼得·瓦西里伊奇，他是

---

① 17世纪中期尼康总主教实行教会改革，按希腊方式改变宗教仪式和俄国的经书。

② 德米特里·罗斯托夫斯基（1651—1709），僧侣，教会作家。

③ 二折或三折的圣像，每一扇上有一个圣像。

古本、圣像及其他一切古董的鉴定家。

鉴定家是高个子老头儿，跟义人瓦西里一样留着长胡子，有一对聪明的眼睛，一张蔼然可亲的脸。他一只脚割去过一块跖骨，因此一手拿一根很长的拐棍，走路一瘸一拐。不管冬夏，都穿一件道袍似的薄外衣，戴一顶锅子似的怪样的丝绒帽子；很精神，腰板挺直，走进铺子时垂肩屈背地轻声呵哈着。常常两个指头一个劲儿地画十字，喃喃地念祷告文和赞美诗。这种虔诚的样子和龙钟的老态，马上使卖主信服这位鉴定人。

“你们有什么事?”老头问道。

“有人拿了这个圣像来卖，说是斯特罗甘诺夫斯克的……”

“什么?”

“斯特罗甘诺夫斯克的。”

“啊……耳朵聋啦。上帝塞住了我一只耳朵，叫我不去听那些尼康派的鬼话……”

他摘掉帽子，把圣像平拿、直拿、横拿、竖拿地瞧看，然后眯着眼睛看着板缝的衔口嘟哝道：

“这些该死的尼康派，他们知道我们爱古雅的东西，就造出各色各样假货，这全是恶魔的玩意儿。现在连假圣像都造得这么精巧了，嘿，真精巧！粗心一看，总当是斯特罗甘诺夫斯克的东西、乌思丘日纳的东西，或者就是苏土达尔的东西。可是用心一看，原来是假货!”

要是他说“假货”，那便是值钱的珍品。他又用种种黑话告诉掌柜，这个圣像或是这本书可以出多少钱。据我所知：“伤心和悲哀”是十个卢布，“尼康老虎”是二十五卢布。看见那种欺骗卖主的样子，我觉得害羞，但鉴定家这种巧妙的把戏，看着也很有趣。

“这些尼康老虎的黑心的徒子徒孙，什么都做得出来，他们有魔鬼指导。看过漆地，简直是真货。衣服也是出于同手的，但是，瞧这脸，笔致已经不同，完全不同了！像西蒙·乌沙科夫[①]这种古代的名家，他虽然是异教徒[②]，可是从他手里出来的圣像，都是一手画出的，衣服、面部，连火印都是亲手烫，底漆都是亲手漆的。可是现时这种不信神的家伙，却办不到。从前画圣像是一种神圣的工作，但现在已不过是一种手艺，是这样，信上帝的人们啊！”

最后他把圣像轻轻放在柜台上，戴上帽子说：

“罪过，罪过。”

这就是说，收买吧！

卖主听了他这像长河流水一样的甜言后，钦佩老人的博学，恭敬地问：

“老公公，这圣像怎么样？”

“这圣像是尼康派手里出来的。”

“这是不可能的！我们公公、太公都拜这圣像的……”

“可是尼康还是你太公以前的人呀。”

老头儿把圣像递到卖主眼前，用严峻的调子说：

“你瞧，这副笑眯眯的脸，这难道是圣像？这是画像，是不在行的手艺，尼康派的玩意儿。这种东西，没有精神！我干吗说谎呀？我一辈子为正理受苦，活到这把年岁了，马上就要到上帝膝下去，我去违背良心?！犯不上！”

他装作因为人家疑心自己的眼力而受了委屈的样子，走出铺子站到外廊上，那情形，好像这位龙钟老人马上就会死了。掌柜出几卢布买了圣像，卖主便向彼得·瓦西里伊奇深深行礼，离去了。我被差到吃食店去泡茶，回来的时候，鉴定家已变成一个有精神而且快活的人，他恋恋地望着收买物，教导掌柜：

“你瞧，这圣像多么庄严，笔致多么工细，充满尊严的神气，一点

---

① 西蒙·乌沙科夫（1626—1683），17世纪最著名的圣像画家。

② 此处指旧教派。

儿没有烟火气……”

“是谁画的?”掌柜满脸高兴，蹦蹦跳跳地问。

“你想知道这个还早了点。”

“识货的人能出多少?”

“这个说不定，我拿去给谁瞧瞧看……”

“哎呀，彼得·瓦西里伊奇！……”

“要是卖掉了，你拿五十卢布，其余归我!”

“啊哟……”

“你别啊哟吧……”

他们喝着茶，毫无廉耻地讲着价钱，以骗子的眼色互相对望，掌柜显然是抓在这老头儿手心里的。待老头儿走了，他准要对我说：

“你小心点儿，这个买卖，你不许对老板娘说呀!”

讲妥了出卖圣像的交易，掌柜就问老头儿：

“城里有什么新闻吗，彼得·瓦西里伊奇?”

于是，老头儿用黄黄的手分开胡子，露出油腻腻的嘴唇，谈起富商的生活、买卖的兴隆、纵酒、疾病、婚事、夫妻变心等等。他流利巧妙地谈这类油腻的故事，好像妙手的厨娘煎油饼一样。谈话中时时发出嗞嗞的笑声。掌柜的圆脸因为羡慕和狂喜变成褐色，眼睛罩上幻想的云霞。他叹着气，诉苦地说：

“人家都过着真正的生活，可我……”

“各人有自己的命，”鉴定家低声说，“有些人的命是天使用小银锤子打的，另一些人的命却是恶魔用斧子背打的……”

这个结实健壮的老头儿什么都知道——全城的生活、买卖人、官吏、神父、小市民的内幕，无所不晓。他的眼像老鹰一样尖，还有一种像狼、像狐狸的地方。我总是想惹他生气，但他却远远地好像从雾中透视一样盯着我。我觉得他的四周好像围住一种深不可测的空虚，若是走近他，准会不知跌到什么地方去。我又感到这个老头儿有一点儿跟司炉舒莫夫相同的地方。

掌柜不论当面背后都佩服他的博识，但也跟我一样，有时想惹老头儿生气，使他难堪。

“在人们看来，你简直是一个大骗子。”他忽然挑衅地望着老头儿的脸说。

老头儿懒洋洋地冷笑着回答：

“只有上帝才不骗人，我们生活在傻瓜中间，若是不骗傻瓜，那他还有什么用？”

掌柜激动起来：

“土百姓也并不全是傻瓜，买卖人也是土百姓出身的呀！”

“我们现在谈的不是买卖人。傻瓜不会当骗子，傻瓜是圣徒，他们的脑子在睡觉……”

老头儿愈说愈撒赖，叫人非常生气。我觉得他好像站在草墩上，周围全是泥淖。不可能叫他动气。他是超越于愤怒的，要不然便是善于隐藏怒色了。

但他常常来纠缠我，挨着我，从胡子后边漾出微笑，问道：

“你怎样叫那个法国的文学家，是不是波诺士[①]？”

我顶讨厌歪曲人家的名字，但也只好暂时忍耐一下，我回答：

“庞逊·德·泰尔莱利。”

“他死在哪儿？”

“你别发傻，你又不是孩子。”

“不错，不是孩子。你念什么书？”

“耶夫列姆·西林。”

“这个耶夫列姆，同你那些普通文学家相比较，哪一个写得好些？”

我不作声了。

“普通文学家大抵写些什么？”他还不肯罢休。

“生活中发生的一切都写。”

---

① 意译是拉痢。

“那么，写狗写马吧，狗和马是到处都有的。”

掌柜哈哈大笑。我发恼了。我感到难过，不愉快，如果我想要离开他们，掌柜就会阻止：

“哪里去?”

于是，老头儿又考问我：

“你很有学问，那么回答一个问题吧。在你面前有一千个裸体人，五百个女的，五百个男的，亚当和夏娃也在里边，你用什么法子找出亚当和夏娃?”

他把这个问题追问了我好久，最后，得胜地说：

“傻小子，亚当、夏娃不是人生出来的，是造的，他们没有肚脐眼啊!”

老头儿有很多这类“问题”，常常把我难倒。

当初我到铺子打杂的时候，我曾经把几本读过的书，讲给掌柜听，不料他们现在就拿这些故事来难我了。掌柜把它改头换面，变成猥亵的东西，告诉彼得·瓦西里伊奇。老头儿又从中提出些无耻的问题，帮他添油加醋。他们妄口巴舌，把一些不要脸的话，跟扔垃圾一样，扔到欧也妮·葛朗台、柳德米拉、亨利四世身上。

我明白他们开这种玩笑并非出于恶意，完全是为了无聊的消遣，但并不因此使我心里轻快。他们制造出一些污秽的东西，然后跟猪猡一样钻进这些污秽里，把美的东西（把自己所不理解的、认作滑稽的东西）弄脏，得意地哼着鼻子。

市场和住在那里的人们，做买卖的和当掌柜的，都无聊地干着恶意的游戏，过他们奇怪的日子。外地来的乡下人，要到城里什么地方去，向他们问路，他们总是故意把错的路径告诉人家。这种事早已司空见惯，连骗子都不屑引以为乐了。他们捉了两只老鼠来，把尾巴打上结子，放在地上，瞧老鼠走相反的方向互相咬啮的样子，高兴得不得了。有时候给老鼠身上浇了火油，把它烧死。有时候把破洋铁桶吊在狗尾巴上，狗吃惊地汪汪地叫着，拖着破洋铁桶乱跑乱奔，人们看着哄声大笑。

还有很多这类的消遣。一切人——特别是乡下人，好像是专门在市场里供人取乐的。他们在对人方面，永远有一种想嘲笑人、使人难过和局促的愿望。我很奇怪，为什么我所读过的书里，都没有提到这种在日常生活中戏弄别人的剧烈倾向。

市场的娱乐中，有一种是特别可恶可恨的。

我们铺子楼下，有一家专做皮毛和毡靴生意的铺子。那里有一个伙计，是一个使整个尼日尼市场的人都吃惊的老饕。那铺子里的老板，好像夸耀马的气力和狗的凶恶一样，得意自己这个伙计的本领。他常常拉邻家铺子的老板们来打赌：

“谁愿意赌十卢布的东道？我叫我们的米什卡在两个钟头以内，吃完十磅火腿。”

但大家都知道米什卡有这个本领，便说：

“东道不要赌，我们买了火腿叫他吃吃看。”

“不过要净肉，没有骨头的！”

大家懒洋洋地争论了一会儿，于是从阴暗的货物间里走出来一个瘦削无须的高颧骨的青年，穿一件厚呢长外套，系着红皮带，浑身沾满毛屑。他默默地，恭敬地，从小脑袋上摘下帽子，用深陷的茫然的眼望着老板。老板气色很好，满脸又粗又硬的胡子。

“能不能吃一巴特曼[①]火腿？”

“限多少时间？”米什卡一本正经地小声问。

“两个钟头。”

“很困难！”

“这有什么难呀？”

“那么，添两瓶啤酒吧！”

---

① 俄国亚洲地区各民族使用的重量单位，在伏尔加河地区一巴特曼相当于十俄磅。

“好吧。”老板说，并且夸耀道：“你们别当他空着肚子，可不，他早上吃了约莫两磅面包，中饭也照常吃过了……”

拿来了火腿。观众围聚在一起，都是胖胖的买卖人，穿着沉重的毛皮大衣，跟大秤锤一般，大肚子，大家的眼睛都很小，垂着脂肪的眼泡，显出无聊发困的样子。

他们把手笼在袖管里，紧紧地挤成一圈，把这个吃手围住了。吃手预备好一个大的黑面包和刀子，虔诚地画了一个十字，坐在皮毛袋上，把火腿放在身边的一只木箱上，用茫然的目光打量着。

他切了薄薄的一片面包和厚厚的一片肉，整齐地夹在一起，双手捧着放到嘴边，嘴唇哆嗦着，伸出狗似的长舌头舔舔嘴唇，露出尖细的牙齿，然后跟狗一样，把脸伸到肉上。

“开始了!”

“看着表呀!”

所有的眼睛都一本正经地瞧着吃手的脸、下颏和耳朵边由于咀嚼而隆起的两块圆圆的肌肉；瞧着他尖尖的颏骨均匀地上下动着。大家没劲地谈着：

“简直像狗熊吃食一样!”

“你见过狗熊吃食吗?”

“哪里，我又不住在森林里，不过大家常常这样说，像狗熊吃食。”

“大家常常说的是：像猪吃食呀。”

“猪不吃猪肉……”

他们懒洋洋地笑着。懂事的就出头修正：

“猪什么都吃，连小猪崽，连自己的姊妹……”

吃手的脸渐渐阴暗，两只耳朵发青，陷进的眼睛从眼眶里鼓出来。他呼吸困难起来，只有下颏还照样均匀地动着。

“加油呀，米什卡！时间到了呀!”大家鼓励他。他不安地用眼打量余下的肉，喝一口啤酒，又嚼起来。观众激动起来，更频繁地去瞧米什卡的老板手里的表。人们互相警告说：

“把表拿过来吧，别让他把针往回拨呀！”

“瞧着米什卡！别让他把肉片藏进袖子里！”

“两个钟头内准吃不完！”

米什卡的老板挑逗地叫：

“好，我赌一张二十五卢布的票子，米什卡，别输了！”

观众撩拨着老板，但是没有人肯和他赌。

米什卡老是吃着，吃着，他的脸渐渐变成火腿的颜色，软软的尖鼻子抱怨地喘息。看他的样子非常可怕，好像马上就会大声哭叫：

“饶了我吧……”

要不然便是被肉片噎住喉咙，倒在观众脚边死去。

终于，他都吃光了，睁着醉醺醺的眼睛，没劲儿地发出嗄声来：

“给点水喝……”

可是他的老板瞧着表叫骂：

“过了，这浑蛋，过了四分钟……”

观众嘲弄他：

“可惜没有同你打赌，要不然你就输了！”

“不过，到底是个棒小子呀！”

“是啊，应该把他送到马戏团去……”

“唉，上帝竟把人弄成了妖怪呀！”

“喝茶去吧？”

于是便像一群小船，驶进小饭馆去了。

我想明白，是什么东西，使这班蠢笨的生铁般的人，围住了这么一个可怜的小伙子，为什么，这个害馋痨病的人会使他们感到快乐？

狭长的廊下，堆满了兽毛、羊皮、大麻、绳子、毡靴、马具等等，显得灰暗而乏味。砖砌的柱子隔开了这个外廊和步道。柱子粗大而难看，已经陈旧，又沾了许多街泥。这些砖块和砖缝，因为已不知在心头默数过几千次，它那丑恶的图形，就像一面闷气的网，嵌进在记忆中。

行人沿着步道慢慢地走过，马车、货橇慢慢地在街上走着。街道尽头有一些方形的红砖二层楼房的铺子，面前一块空场上乱抛着木箱、稻草和揉皱的包皮纸。污脏的和踏得结实的雪覆盖着空场。

所有这一切，连同人和马一起，尽管在那里活动，也好像停着似的，好像有些看不见的链子，把它们缚在一起，它们便懒洋洋地在原地滚转。你会突然觉得这生活几乎没有声音，像一潭死水。雪橇的滑板在滑动，店铺的大门开合着，小贩叫喊着包子、热蜜水呀，但这些声音响得没劲、可厌，也很单调，叫人很快就听惯了，不再听到这些声音。

教堂的钟声像举行丧礼似的响着，这忧郁的声响永远滞留在耳朵里，好像从早到夜，无休无止地飘荡在市场的空际，给一切思想感情盖上一个盖子，像铜的沉淀物似的沉重地压在一切印象的表面。

从盖着污雪的地面、从屋顶灰色的雪堆、从房子的肉红色的砖墙上，到处都散发出冷漠而沉闷的寂寞；寂寞随同灰色的烟，从烟囱里上升，向灰暗低压的空际浮游；马儿喷的气，人呼出的气也是寂寞的。寂寞有一种特别的气味：汗臭味、油腻味、大麻油味、焦馒头和烟煤的重浊的气味。这种气味像一顶闷热的帽子，套在人的头上，灌进他的胸头，引起他一种奇怪的沉醉感，一种阴暗的愿望，使他想闭着两眼狂叫，奔向什么地方，把脑袋使劲地撞到墙壁上去。

我端详着买卖人的面容，那是些营养过分、容光焕发、冻得发红、做梦一样凝然不动的面孔。他们像搁浅在沙滩上的鱼儿，经常张大嘴巴打呵欠。

冬天生意清淡，在买卖人的眼里也见不到夏天那种使他们显出活气、有几分好看的紧张凶狠的神色。沉重的毛皮外套拘束了行动，把人们压向地面。说话也懒了，一动气就吵嘴。大概他们故意这样，只不过为了互相表示自己还活着。

我很清楚，他们是被无聊压倒、戕害了。我得到了这样的解释：他们所以玩那种残酷愚蠢的把戏，只不过是对沉闷的吞没一切的压力的一种无效的抵抗。

有时候，我把这些话对彼得·瓦西里伊奇说。他虽然老是嘲笑和捉弄我，但是他喜欢我热爱读书，有时候也严正地用教训的口气同我说话。

“我不爱商人的生活。”我说。

他把一绺胡子缠在长指头上，问道：

“你从哪里知道商人的生活呀？你常常去他们家串门吗？这里是街道，而在街道上不住人，只做买卖。人们只是从街道上急急忙忙走过，又回家里去了。人出门时都穿着衣服，你从衣服外表绝不能了解一个人。人们只有在自己家里，在四面墙里面，才袒露地生活着。商人们在那里做些什么，你是不会知道的。”

“可是，商人的心思，不管在这里还是在家里，不是一样吗？”

“人家的心思谁能够知道呢？”老头儿圆睁着两眼用很响的男低音说，“心思像虱子，数不清数目——老话早就说过。有的人回到自己家里，说不准就会跪倒在地，眼泪汪汪地祷告：‘上帝饶恕我，我把这神圣的一天冒渎了。’这种人把家庭当作修道院，说不定在家里只跟上帝俩过活。对啦！每个蜘蛛都知道自己的角落，张它的网，并知道自己的重量，使网能支持住它……”

说正经话的时候，他的声音好像是在说重要的秘密，变成低而粗了。

“你喜欢发议论，可是发议论你还太早。你这样年纪，并不是靠用脑筋过活，而是要用眼睛过日子的！所以你只消看着，记住，不必多说。智慧是做事用的，对于灵魂说来，靠的是信仰！读书是好事，但是对一切都要有个限度。有些人书读得太多，变成书呆子，变成没有信仰的人了……”

我觉得他好像会长生不老，很难想象他会衰老，会变化。他爱谈商人、强盗和造伪币的人成功的故事。这些故事我在外祖父那里已经听过很多。外祖父比这位鉴定家谈得更好。但他们所讲的意思都一样：财富总是以对人们、对上帝的犯罪而得到的。彼得·瓦西里伊奇不同情人，但说到上帝的时候，总是怀着亲切的感情，叹着气，躲开对方的视线说：

“人们就是这样欺骗上帝的，可是耶稣全都看见了，流着泪说：‘我的人们呀，可悲的人们，地狱在等候着你们呀！’”

有一次我大胆提醒他说：

“可是你也常常欺骗乡下人……”

这并没有使他生气。

“我的欺骗算得了什么呀？”他说，“不过骗三个五个卢布，这有什么了不起呀！”

他碰到我看书时，常常从我手里拿过书去，挑剔地考问我读过的东西，还用不相信的口气诧异地对掌柜说：

“你瞧，这小东西能够看懂这种书！”

接着便入情入理、使人难忘地教训我：

“你听我的话，这对你有好处。基里尔有两个，都是当主教的。一个是亚历山大城的基里尔①，另一个是耶路撒冷的基里尔②。头一个基里尔为反对罪大恶极的异教徒涅斯托里③尽力，据涅斯托里的邪说，圣母是凡人，不能生神，只能生人，这个人按照他的名字和事业，便叫基督，也就是救世主。所以圣母不能称作神之母，应该称为基督之母，明白吗？这就是异教！耶路撒冷的基里尔，是反对异教徒阿里④的……”

我很钦佩他对宗教史的知识，他便用清癯的神父似的手抚着胡子，吹牛说：

“对于这类知识，我是一员大将；我曾经在圣三一节⑤前到莫斯科，去跟那些邪恶的尼康派学者、神父、俗人们辩论过。那时候我还年轻，

---

① 亚历山大城的大主教（？—444）。

② 耶路撒冷的大主教（4 世纪）。

③ 康斯坦丁堡的总主教（5 世纪）。

④ 阿里否定希腊教圣父、圣子一体性的基本教条。他认为基督是处于神与人之间的小神。

⑤ 耶稣复活节之后第五十天的节日。

甚至跟博士们辩论过！我唇枪舌剑，不消几句就把一个神父难住，那家伙流出鼻血来啦！你瞧！”

他脸上升起红晕，眼睛像花一样开放。

大概他认为使对手流了鼻血，是自己成功的顶点，自己荣冠上最光彩的一块红玉。他多么神往地说着这件事：

“是个漂亮的、身材魁梧的神父！他站在经案前，一滴一滴淌着鼻血！可是他却没有察觉到自己的丑态，像一只荒野的狮子那样凶恶，发出洪亮的声音。我却非常沉着，每一句话都像锥子一样直刺他的心肺和肋骨！……他们那一边，劈头盖脸，跟火炉一般，吐出异教徒独有的毒舌……那情形真好看呀！”

时常在铺子里进出的，还有另外几个鉴定家：其中一个叫帕霍米的，穿着油光光的衣服，大肚子，独眼龙，满脸皱皮，嗡鼻子。一个叫鲁基安的，是老鼠一样狡猾、和气、精神饱满的矮小老头儿。有一个大个子，阴森森的黑胡子，像马车夫一样的汉子，常跟这老头儿一起来。他长着一张死气沉沉的、不愉快的但五官端正的脸和一对呆钝的眼睛。

来的时候，大抵总是拿了古本、圣像、香炉、杯盘一类的东西出卖，有时候带了卖主——伏尔加对岸的老婆子或者老头儿一起来。做完了交易，好像飞到田头的乌鸦一样，在柜台边坐下来，就着面包圈和熬过的糖喝茶，大家谈论着尼康派教堂给他们的压迫：那里搜查住宅，把祷告书没收了，这里警察封闭教堂，依一〇三条法律[①]审判它的主人们。这一〇三条常常成为他们的话题，但他们安静地谈着，好像把它当作冬天的严寒一般，认为是无法避免的东西。

当他们说到宗教压迫，话中不断地用到警察、搜查、监狱、审判、西伯利亚等等字眼，每次碰到我的心头，就像炭火一样地燃烧，唤起我对于这班老人的同情和好感。我读过的各种书，教会了我尊重百折不回要达到目的的人，珍视坚定的精神。

---

① 俄国《刑法典》第一〇三条规定了对分裂派的惩罚办法。

我完全忘掉了这班生活的教师们的缺点，只感到他们的沉着应战的坚决性，我觉得在这坚决的背后，正藏着教师们对自己的真理的不变的信念和为了真理忍受一切痛苦的决心。

后来我在平民中，在知识分子中，看到很多这类以及和它相似的旧习惯的拥护者，我才明白这种坚决是人类中一种不能动和不想动的消极性。为什么不能动，因为他们已被古人之言、过时的概念像枷锁似的缚住，已经在这种言语、概念之中僵化了。他们的意志已经凝固，不能向明天发展了。当受到外部来的什么打击，把他们从原来的地方扔出去的时候，他们就好像一块石头从山上滚落，机械地堕落到山下面去了。他们凭着一种怀古的盲目的力量，一种对痛苦和压迫的病态的爱好，牢守着过时的真理的坟墓。但如果从他们那儿夺去了痛苦的可能，他们就会变得空虚，像有风的晴天的云，消散得无影无踪了。

为了信仰，他们心甘情愿地并且带着一种强烈的自我欣赏的心情，准备接受各种苦难，这种信仰无疑是坚定的，但它不过使人联想到穿旧的衣服而已。旧衣服因为染透了各种污秽，仅仅由于这一点，对于时间的侵蚀，它才多少有点抵抗的力量。思想和感情，习惯了狭隘的偏见和教条的封皮，纵使扯去了它的翅膀，去掉了它的手脚，它还是可以舒舒服服、快快乐乐地活下去。

这种根据习惯的信仰，是我们生活中最可悲最有害的现象之一。在这种信仰的世界上，好像在阳光照不到的石垣下一样，一切新的东西，都生长得缓慢而曲折，发育不良。在这种黑暗的信仰中，爱的光是太少了，而屈辱、怨恨和猜忌却太多了，而仇恨又总是和这些连在一起。这种信仰所燃烧的火，好像是腐物中发出来的磷光。

我深信这一点，是因为我经历了许多痛苦的岁月，自己心里的许多东西都被破坏了，从记忆中剔除掉了。当我最初在寂寞无聊的现实中发现生活的教师的时候，我以为他们是精神力量很伟大的人物，是世界上最优秀的人物。他们差不多每个人都受过审判，坐过牢，在许多地方被驱逐过，同许多囚人一起从这里解到那里。他们都很小心谨慎，悄悄地生活着。

但是我看出这些老头儿们，虽然怨恨尼康派的“精神迫害”，他们自己却也很喜欢甚至甘愿互相压迫。

独眼龙帕霍米喝醉了酒，就喜欢夸耀自己的记忆力，有些书他简直熟得“了如指掌”，好像犹太神校学生[①]熟记《塔木德》[②] 一样。无论哪一页，只消用指头一点，点到哪里就从哪里一口气背下去，发出柔软的嗡鼻子声音。帕霍米老是注视地板，他的独眼向着地板不安地望来望去，好像在找寻什么贵重的失物。他最常表演的戏法是背梅舍茨基公爵[③]一本叫《俄罗斯葡萄》[④] 的书，而他特别熟悉的地方，是“殉道者坚忍刚毅的受难”情节[⑤]错处。

可是彼得·瓦西里伊奇常常挑剔他。

“你胡说！这和狂信者基普里安[⑥]无关，与纯贞的季尼斯[⑦]有关。”

“哪有什么季尼斯呀？是季奥尼西……”

“你别挑剔字眼！”

“你不要教训我！”

一分钟之后，他们两人都怒气冲冲，互相凶恶地对望着说：

“不要脸的饭桶，瞧你这肚子吃得多饱……”

帕霍米好像拨算盘子似的回答：

“你呢，色鬼，山羊，女人的走狗。”

掌柜两手笼在袖子里，阴险地笑着，跟唆使小孩子似的，怂恿着旧

---

① 即犹太教神学校的学生，毕业后担任拉比（犹太教神父），须熟记《塔木德》。

② 希伯来语，原意为“教学”。这里为犹太教口传律法集，为该教仅次于《圣经》的主要经典。

③ 梅舍茨基公爵，谢苗·季尼索夫（1682—1741）的化名，是维戈夫修道院的奠基人和主持之一，对旧教礼仪准则的建立起过很大作用，著有《俄罗斯葡萄》。

④ 该书的全名是：《俄罗斯葡萄，又名俄罗斯古代受难教徒史话》。

⑤ 引自《俄罗斯葡萄》的《导言》。

⑥⑦ 均为《俄罗斯葡萄》中的人物。

礼仪派的拥护者：

“该这样收拾他！嘿，再来一下！”

有一次老头们打起来了，彼得·瓦西里伊奇突然很敏捷地打了同伴一个耳光，打得对方立刻逃跑，然后他很累地揩揩脸上的汗，向逃者叫嚷：

“等着瞧吧，这罪过要记在你的账上，该死的东西，害得我这只手犯了罪！”

他特别喜欢责备自己所有的朋友信仰薄弱，说他们都堕落成了“反教堂派”①。

“这都是亚历克萨沙②在煽动你们，简直是公鸡乱叫！”

反教堂派显然使他受到刺激，而且使他害怕。但是问他这教派的实质如何，他就不很明白地回答：

“反教堂派是一种最不幸的邪道，只讲理性，不承认上帝。哼，在哥萨克人中，已经有人除了《圣经》之外什么都不尊敬了。可是这种《圣经》是从萨拉托夫的德国人那儿，从留托尔那儿来的。③ 据说：‘留托尔就是留特，也就是喜欢作恶！’④ 所以反教堂派又叫作沙洛普特派⑤，也称福音洗礼派⑥。都是从西方来的，那边的邪道。”

---

① 旧礼仪派的一个支派，产生于17世纪末。该派摒弃教会、神职人员和教阶制度，反对一切“圣礼仪式”和“天惠神赐说”，主张在家里祈祷。

② 逃亡的教派分子，真名为H. B. 里亚比宁。

③ 这里彼得把俄国的“反教堂派”和德国马丁·路德（1483—1546）创立的新教混为一谈，以致以为“反教堂派”是从“萨拉托夫的德国人那儿”（当时俄国萨拉托夫地区有个德国人留居区，他们信德国的新教），“从留托尔（误为路德）那儿来的”。

④ 是16世纪教会作家帕尔费尼的《致反对留托尔们的一位无名之士》中的一句话。彼得前面把留托尔当成了路德，接下来又扯到别的留托尔们上，表明他并不清楚反教堂派是怎么回事。

⑤ 鞭身派的一个支派，产生于19世纪60年代，与反教堂派并非一派。

⑥ 该派反对官方教会和神职人员，认为主要的宗教活动形式是念《圣经》，尤其是念《新约》，与反教堂派并非一派。

他跺着那条残废的腿，冷酷而重声地说：

“这种新派的家伙，必须驱逐出去，这种家伙，应该捉来用火烧死！但是我们和他不同，我们是真正的罗斯国粹，我们的教派是真正东方原有的俄国教。其他一切都是西方人随意胡诌的邪说。德国人、法国人能够造得出什么好东西？比方一千八百十二年的……”

他兴奋起来，忘记了自己跟前是一个孩子，用有力的手抓住我的腰带，时而拉向自己，时而推开，漂亮地、奋昂地、热心地、返老还童似的说：

“人的理性，彷徨在各种臆说的密林之中，好像一只凶恶的狼，听从着魔鬼的命令，使上帝所赐的人的灵魂受苦！这些魔鬼的门徒能想出什么好东西？鲍格米勒派[①]尽制造些异端邪说，他们说魔鬼是上帝的儿子，耶稣基督的长兄，你瞧，这不是胡扯吗！因此他们叫人不要服从尊长，不要做工，要离弃妻儿，人什么都不需要，什么规矩也不用守，人只需要照自己的心意过活，照魔鬼的吩咐过活。嘿，又是那位亚历克萨沙，嗳，虫豸……”

这时候，掌柜偶然支使我去做旁的事情，我离开老头儿走了。但他独自儿留在廊下，还对着空荡荡的四周继续说下去：

“嗯，没有翅膀的灵魂！嗯，天生的瞎眼猫，我逃到什么地方去才能躲开你们呀？”

以后，他仰起头，两手放在膝上，不动地望着冬天的灰色的天空，好半晌没有作声。

他开始对我更注意，更和善，有时他来，我正在读书，他拍拍我的肩头，说：

“读吧，小家伙，读吧，对你有好处的！你似乎有一点儿聪明；可

① 中世纪保加利亚基督教“异端教派”之一（古斯拉夫语“鲍格米勒”意为“爱上帝者”）。认为上帝生两子，名撒旦（即魔鬼）和耶稣基督。撒旦堕落为恶的代表，基督是善的代表。善（耶稣）与恶（撒旦）经常斗争。恶终将被善消灭。

惜，你不尊重长辈，对任何人都反抗。你想想看，这种顽皮劲儿会把你引到什么地方去呀？小家伙，这会把你引进牢狱里去的。读书是好的，但必须记住，书不过是书，要自己动脑筋才行！鞭身派①里有一个叫达尼洛②的教诲师，他竟说新书旧书，全都无用，便把书装在袋子里扔进河里了！不错，这当然也是愚蠢的事！这也是亚历克萨沙搞的鬼……”

他越发频繁地记起那个亚历克萨沙，有一天，他到铺子里来，板着脸担心地对掌柜说：

“亚历山大·瓦西里耶夫③在这里呀，在城里，是昨天到的！我找了又找，没有找到，他躲起来了呀！我在这里坐一会儿，说不准他会来……”

掌柜不友善地回答说：

“我什么也不知道，任何人也不知道！”

老头儿点了点头说：

“正应该这样！对于你，一切人不是买主便是卖主，再不会有别的什么人呀！好，弄杯茶喝喝吧……”

我提了一大铜壶开水回来时，铺子里已有几个客人：鲁基安老头儿高兴地微笑着，门后边的暗角里，坐着一个陌生人，穿着暖和的外套，长筒毡靴，腰里系一条绿带子，帽子歪歪地掩到眉毛上。他脸上没有什么特点，看上去很文静，而且谦虚，像是一个失了业而且为此十分伤心的掌柜。

彼得·瓦西里伊奇并不向他那边瞧，严厉而重声地说着什么，他抽搐似的一直在用右手碰动帽子，好像要画十字似的举起手来，把帽子往

---

① 俄罗斯正教分离出来的一个支派。认为人能同“圣灵”直接交往，不需要神职人员做中介。常在狂热跳动中使自己达到神智入幻的地步，认为这样便可同“圣灵”结合在一起而成为基督的化身。

② 达尼洛·菲利波维奇（约1600—1700），鞭身派倡始人。鞭身派教徒说：“他是个反教堂派分子，有许多旧书。他曾对农民说，新书旧书都不能使人得救，他便把它们装进袋子，扔进了伏尔加河。”

③ 即亚历克萨沙。

上碰，碰了一下又碰一下，差不多要碰到脑顶心了，然后又拉下来，几乎连眉毛都要掩住。这种神经质的动作，使我记起外号叫“兜里装死鬼的伊戈沙”①。

“我们这条泥水河里，游着各种鳕鱼，把水弄得更脏了。”彼得·瓦西里伊奇说。

长得像掌柜的那个汉子，低声而沉静地问：

“你这是说我吗?”

“就算是说你吧……”

这时候，那汉子低声而十分诚恳地问道：

“嗯，那么你怎样说你自己呢，汉子?”

“自己的事，我只对上帝说。这是我的事……”

“不，汉子，这也是我的事，”新客人严正有力地说，“对于真理，不能背过脸去，人不能故意把自己当瞎子，在上帝跟前，在众人跟前，这都是极大的罪过!”

这人称彼得·瓦西里伊奇汉子，我听了很痛快，他的平静而严正的声音，也使我激动。他说话的样子，好像善良的神父在念“主啊，我们生命的主宰!”他一边说，一边渐渐把身子向前弯倒，越出椅子，老在自己的脸前挥舞着手……

“不要责备我，我还没有像你那样被罪恶染污……”

“茶炊开了，在翻腾作响。”老鉴定家轻蔑地说，但那一个不管他的话，继续说下去：

“只有上帝知道，是什么人更染污了圣灵之泉。兴许就是你们这些咬文嚼字的书呆子的罪过。总而言之，所谓书呆子是一种死板的人，我不是书呆子，我也不会咬文嚼字，我只是一个活着的平凡人……”

“我可知道你是个怎样的平凡人，我听够了!”

---

① 伊戈沙是作者童年时代的一个小伙伴，大家都叫他“兜里装死鬼的伊戈沙”。

“是你们把大家搞糊涂的，很简单的东西让你们搞得乱七八糟，汉子，你们这班书呆子、伪君子……你懂不懂我的话?”

“这就是邪道!”彼得·瓦西里伊奇说。那人把手掌放在眼前，好像念着掌心里写着的字，动着手掌，激烈地说：

“你们以为把人们从这个牲口棚赶进那个牲口棚，就算对他做了好事吗？可是我——却不以为然！我要说人应该成为自由之身！家庭、妻子、你们的一切，在上帝面前有什么用处呢？所以人们应该摆脱那些互相争夺，打得头破血流的生活，摆脱一切金银财宝，这一切都污秽不洁！灵魂的救主不在地上的原野，是在天国的山谷间！我说，摆脱一切，斩断一切挂碍，打破世俗的网，这种网是反基督派织成的……我走的是正直的大路，我灵魂不动摇，不接受那黑暗的世界……”

“但是面包、水和衣服，你用不用呢？这也是世俗的东西呀!”老头儿讥刺地说。

但是这些话也没有触动亚历山大，他更加热心地说着，虽然他的嗓子很低，但却像吹喇叭一般：

“汉子，你最宝贵的是什么？只有上帝是唯一可宝贵的。站在上帝面前，从你的心头斩断地上的挂碍，放弃一切，上帝会看见你：你是一个人，上帝也是一个！于是你就可以走到上帝身边，这是走近他的唯一的路！这样灵魂才能得救！弃去父母，弃去一切，要是你的眼睛诱惑你，你就把你的眼睛挖掉。为了上帝，物欲死而灵魂活。这样，你的灵魂，便燃烧于永世万年……”

“那就把你喂臭狗去吧，”彼得·瓦西里伊奇说着站起来，“我当你从去年起变乖了一点儿，不料变得更蠢了……”

老头儿摇摆着身子，从铺子里走到廊下去。这行动使亚历山大感到了不安，他诧异而慌张地问：

“你要走吗？……呃……为什么?”

但是和气的鲁基安投着安慰的眼色说：

“没有关系……没有关系……”

于是亚历山大就朝着他说：

“说到你，也是个世俗的忙人。你也说一些无用的话，这有什么意思呢？什么三呼阿利路亚，二呼阿利路亚①……”

鲁基安对他笑笑，也走到廊底下去了。现在，他就对着掌柜很自信地说：

“他们敌不过我的精神，完全敌不过！像火上的烟一样，消失了……”

掌柜抬眼向他一望，冷淡地说：

“我对这类事不过问。”

这人似乎不好意思起来，拉拉帽子喃喃地说：

“怎能不过问？这是不能不过问的事……”

他低头沉默地坐了一下，就被两个老头儿叫去，三人一起，也不告别就走了。

这人好像黑夜的篝火，在我眼前突然闪耀，明亮地燃烧了一下，又熄灭了，使我觉到他的厌世论里，有一种什么真理。

晚上，我找个时间把他的话对作坊里的画工头说了。他是一个沉静和蔼的人，名字叫伊凡·拉里昂诺维奇。他听完我的讲述，对我解释：

“这好像是一个逃避派②。这是一种教派，他们一切都不承认。”

“那么他们怎样过日子呢？”

“逃避着过日子，永远在四方流浪，所以把他们叫作逃避派。照他们说，我们同土地以及与它有关的一切都没有因缘。因此警察把他们看作危险人物，要捉……”

我虽然过着痛苦的生活，但我不明白：怎样可以逃避一切呀？在当时围绕着我的生活之中，我觉得很多有趣味有价值的东西，因此亚历山

① 此处指东正教两派关于祈祷仪式的争论问题。旧礼仪派教徒主张在举行仪式时两呼“阿利路亚”（古犹太语：“赞美上帝”），尼康主张三呼“阿利路亚”。

② 反教堂派的一支，摒弃社会，逃避公民义务、兵役义务、纳税等。伏尔加流域各省流行甚广。

大·瓦西里耶夫的影子，不久就在我的记忆中淡下去了。

但是在痛苦的时候，他的影子常常出现在我的眼前：他在野外灰暗的路上走着，向森林走去，白色的不做工的手抽搐地提着拐棍，而且喃喃：

“我走正直的大路，我不顾一切！挂碍——这种东西，把它斩断吧……”

同他并排走着的是外祖母在梦中所见的父亲：他手里拿着核桃木的棍子，他后面跟着一条花狗，舌头颤动着……

## 十三

圣像作坊在一所半石造的大房子里，占两间屋子：一间有三扇窗向院子，两扇向园林；另一间一扇窗对园林，一扇对街。窗子都很小，四方形，装有玻璃。玻璃已经陈旧得模糊了，不大愿意地把淡淡的冬天的阳光，透进作坊里来。

两间屋子都挤满了桌子，每张桌子边上坐着一个俯着上身的圣像画工；有时候一张桌子坐两个人。天花板上挂着一些装水的玻璃球，它们收敛灯光，发出白色的寒光，反映到方形的圣像板上。

工场里很热闷，有二十来个从帕列赫、霍卢伊、姆斯乔拉①来的“圣像画工”在那儿工作。大家都穿着敞开领口的布衬衫、帆布裤子，赤脚或是穿着破鞋。工匠们头上蒸腾着劣等烟草的烟雾，四周围飘着亮油、干燥油、臭鸡蛋的气味，飘着松香油一样慢吞吞的、忧伤的弗拉基米尔的歌：

---

① 这些都是弗拉基米尔省的大村镇，古老的圣像画中心地。

现在的人多么不害羞——

小伙子当着人们迷住了大闺女……

还唱别的许多歌，都是听了挺不痛快的，不过这个歌唱得最多。歌中拉长的腔调，并不打扰思索，也不妨碍用貂毫的细笔，在圣像的“服装”上画出皱纹，给圣徒突骨的脸上画出痛苦的细纹路。窗下，涂金师戈戈列夫，敲着小小的槌头，他是一个爱喝酒的老头儿，鼻子大而发青。在这边唱着的懒洋洋的歌声里，不时添进了他的枯燥的槌声，好像虫儿咬着树干。

每个人对于画圣像都不热情，不知是哪位凶恶的聪明人把这个工作分成了一连串琐细的、丧失了美的、不能引起爱好和兴味的作业。斜眼的细木匠潘菲尔是一个狠毒阴险的人，他把自己刨好胶好的各种尺寸的桧木板、菩提木板拿来。害肺病的青年达维多夫把它们刷上底漆。他的伙伴索罗金，加上一道“底漆”。米利亚申用铅笔从图像上勾下一个轮廓。戈戈列夫老头便涂上金，并在上面刻出图样。画服装的画上背景和服装。之后，没脸没手的圣像就竖立在墙边，等画脸的来画。

挂在神帷里和祭坛门上用的大圣像，没有脸，没有手脚，只有袍子，或是铠甲和天使长的短衫，立在墙上，远远望去是很不愉快的。这些五彩的木板死气沉沉，缺少使他们活起来的那种东西，但好像本来是有的，只是后来奇异地消失了，这会儿却留下自己累赘的袍子。

画脸的画好了“身体”，圣像便交给另外一种工匠，他照涂金师敲出的模样，涂上“珐琅”。写文字有写文字的工匠。最后涂亮油是工头自己动手。工头叫伊凡·拉里昂诺维奇，是一个安详的人。

他的脸是灰色的，小小的胡子也是灰色的，尽是丝线一样的细毛，眼睛也是灰色，特别凹陷而且充满悲哀。他笑得很好，但人家无法对他笑，总觉得有些不适合似的。他很像柱头苦行僧西梅翁[1]圣像，跟西梅

---

① 传说中活跃于5世纪的苦行僧。

翁一样瘦，一样干瘪，连他那呆钝的眼睛也好像透过人和墙似看非看地凝视着远方。

我到作坊来几天之后，画神幡的师傅卡别久欣，顿河的哥萨克，喝醉了酒跑进来。他是一个漂亮男子，气力很大，进来时咬着牙齿，眯细着女人样的甜蜜的眼，默不作声地挥起铁的拳头，见人就打。这个身材不高而匀称的汉子在工场里乱窜，好像猫在老鼠窝里一般，大家都狼狈地避往屋角，在那里互相叫嚷：

“打呀！”

画脸的叶夫根尼·西塔诺夫用凳子砸狂暴者的脑袋，把他碰昏了。哥萨克人坐在地上，大家马上把他按倒，用手巾捆起来。他像野兽一样想把手巾咬断。叶夫根尼就发狂地跳上桌子，两肘靠紧腰边，做着向哥萨克人扑去的姿势。他是高大个子，浑身结实，一扑下去，准把卡别久欣的胸骨压得粉碎。但这一刹那间，穿着大衣戴着帽子的拉里昂诺维奇走到他身边，用指头威吓着西塔诺夫，认真而低声向工匠们说：

“把他抬到门廊里去，让他醒醒酒……”

把哥萨克拉出了工场，把桌椅摆好重新坐下做工。大家交换着简短的言语，谈论哥萨克的气力，预言总有一天他打架会被人打死等等。

“要打死他不容易。”西塔诺夫好像讲他熟悉的工作一样很沉静地说。

我望着拉里昂诺维奇，不解地想着：为什么这些强壮狂暴的人这样容易服从他呢？

他告诉大家应该怎样工作，就连本领高强的工匠也都听他的话。他教卡别久欣比教别人更多，对他讲的话也更多。

“卡别久欣，你既然叫画师，就得画得好好儿的，用意大利的风格。油画一定要有温暖的色彩的统一，可是你，白色用得太多，把圣母的眼睛，弄得那么冷冰冰的，带一股肃杀之气。把脸颊画得跟苹果一样红，眼睛同它配不上，位置也安排得不对，一只看着鼻梁尖，一只却移到太阳穴去了。结果脸部没有神圣洁净的感觉，却变成狡猾庸俗的样子。你不用心工作，卡别久欣。”

哥萨克人听着，歪着脸，接着，女人样的眼睛不怕羞地笑着，发出好听的声音说，因为喝醉过酒，嗓子略略带嗄：

“嘿嘿，伊凡·拉里昂诺维奇，大老爷，本来这不是我的本行。我生来是音乐师，却当上了修道士！”

“只要努力，什么事情都能干好。”

“不，我是什么人呀？叫我当个赶车的，带上三匹骏马，嘿……”

说着，他突出了喉结，悲伤绝望地唱起来：

哎嗨我要给三马车
套上黑栗毛的快马，
奔驰在寒冷的黑夜，
直奔向我爱人的家！①

伊凡·拉里昂诺维奇温和地笑笑，整一整灰色忧愁的鼻子上的眼镜，便走开了。立刻有十几张嗓子和着他的歌声，变成一股强力的流，好像使整个工场都飘浮起来，匀称的调子震动得工场直发抖：

路熟了马儿知道
哪里是姑娘的家……②

艺徒巴什卡·奥金佐夫的手停止了倒蛋黄，两手拿着碎蛋壳，发出美好的童声高音和唱。

大家被歌声陶醉，忘掉了自己，呼吸混合在一起，生活在同一种感情里，斜眼望着哥萨克。当他唱歌的时候，全工场都承认他是自己的领

---

① 引自吉卜赛民歌《我要给三马车套上黑栗毛的快马》。

② 同上。

袖。大家都被他吸引住，注视着他两手的挥动，像要飞翔的样子。我相信，要是这时候他停止了歌唱，喊一声“把一切都捣毁!”那么，所有的人，连最规矩的工匠，也一定会在几分钟内把工场捣个稀烂。

他很少唱，但他的豪放的歌声，永远是同样不可抵抗的和胜利的。不管人们感到怎样沉重，他都能使他们激动起来，燃烧起来，大家都鼓起劲，发出热来，组合成一个强大的机体。

这些歌使我对于歌手本人，对于指挥他人的美的威力，发生热烈的羡慕，有一种极为激动的感觉钻进心里，胀痛起来，想哭，想对唱着的人们叫嚷：

“我爱你们!”

害肺痨的黄脸达维多夫，蓬乱着头发，也奇怪地张大了嘴，好像刚从蛋壳里剥出来的雏鸟儿。

只有在哥萨克领唱的时候，才唱豪放快乐的歌。平常总是唱凄凉而且声音拖得很长的歌，哼着《不害羞的人们》、《林荫下》① 和关于亚历山大一世的死：《我们的亚历山大怎样检阅自己的军队》②。

有时候，由工场中本领最高强的画脸师日哈列夫发起，试唱圣歌，但总是失败的回数多。日哈列夫总是用一种特别的、只有自己懂的调子，这便妨碍了大家的合唱。

这是一个四十五六的人，干瘦，秃头，头上长着半圈像吉卜赛人一样的卷曲的黑头发，眉毛像胡子一样粗黑。浓密的尖下髯，使得他那张纤细微黑的不像俄国人的脸显得非常动人，但中部高隆的鼻子底下突出着一撮硬毛的唇髭，因为有他那样的眉毛便显得是多余的了。他的两只蓝眼睛不一般大，左边那只显然比右边的大得多。

“巴什卡!”他用男高音向我的同伴，那个艺徒喊，“带个头唱《赞美主的名!》③。大家听着!”

---

① 俄罗斯民歌。

② 民歌之一，它的产生与1825年亚历山大一世之死有关。

③ 祈祷赞美歌；第一句与歌名相同。

巴什卡在围腰上擦擦手，开始唱：

“赞——美……”

“……主的名……”几个人接上来，日哈列夫不安地嚷：

“叶夫根尼，低一点儿！把声音沉到心底里去……”

西塔诺夫像敲木桶一样使出隆隆的声音喊叫：

上帝的仆人们……

“不对不对！这个地方应该唱得天摇地动，窗子门户都会自个儿打开来！”

日哈列夫整个身子在一种莫名其妙的兴奋中抖动，他的奇怪的眉毛，在额角上一会儿上，一会儿下。他的嗓子走了样，指头在空中弹着无形的琴弦。

“上帝的仆人们——明白了没有？”他意味深长地说，“这个地方，应该穿透外壳一直刺到中心。仆人们呀，赞美上帝哟！为什么还不明白呀？你们都是有血有肉的人。”

“您是知道的，这个地方我们从来也没唱好过。”西塔诺夫客气地说。

“那就不用唱了！”

日哈列夫生气地动手做工。他是最好的画师，能够画拜占庭风格、法国风格以及“艺术派”的意大利风格①的圣容。有了神帷的订货，拉里昂诺维奇就同他商量——他很熟悉圣画的原作，例如费奥多罗夫斯克、斯摩棱斯克、喀山等珍贵的有灵圣像②的摹作，都经过他的手。但他观摩原作的时候，就大声地啰唣：

① 拜占庭风格是古代圣像画的传统。从15世纪末期开始这种传统受西欧绘画（即这里说的“法国风格”）的影响，后又受意大利文艺复兴的影响。

② 这些地方画的圣母像称为“有灵圣像”。

“这些原作把我们拘束住了[①]……必须坦白地说：拘束住了！……”

虽然他在工场里占着重要的地位，却不比别人骄傲，对待艺徒——我和巴维尔也很和气。他想教我们学会手艺，除了他，谁也不管这件事。

他是一个不容易了解的人，一般说来，是一个阴沉的人，有时整星期跟哑巴一样默默做工，奇怪而陌生地望着所有的人，就好像看他初次相识的人一样。他虽然很喜欢唱歌，但在那种时候，他不唱，甚至好像连听也听不见了。大家互相目语，留心他的动作。他身子屈在斜立的圣像板上，这圣像板立在他的膝上，半截靠住桌沿。他的细毛笔仔细地画出超世绝俗的阴沉的脸，而他自己也像是阴沉的超世绝俗的人。

忽然，他气恼地发出清晰的声音：

“先驱——什么意思？驱字——在从前，就是走字，先驱便是先走的人，再没有别的意思……”

工场里悄然无声，大家斜眼望着日哈列夫笑，在静寂之中，听到奇妙的话：

“先驱不能穿羊皮，应该给他画上翅膀[②]……”

“你同谁说话？”大家问他。

他不出声，没有听见或是不愿回答。一会儿，又在期待的静寂中，听见他的话了：

“应该知道圣徒的传记。有人知道——圣徒的传记吗？我们知道什么？我们活着毫无所谓……灵魂在哪里？哪里是灵魂？原作……对啰！——在这里。但是可没有心灵……”

这种形之于声的思想，除了西塔诺夫，引起大家讥讽的笑容，差不多总有谁不怀好意地喃喃着说：

---

① 原作指圣像画师必须遵从的圣像画的范本。范本上的规定极为严格，连圣徒衣装的颜色也不得稍事改变。

② 受洗者约翰（先驱）的圣像，根据《福音书》的记载，通常画成穿羊皮的，有时也给他画上翅膀。

“到星期六……又要痛饮去了……”

个儿高大、身干结实的西塔诺夫，是个二十二岁的青年。他圆圆的脸蛋，没有胡子也没有眉毛，忧郁而严肃地凝视着屋角。

记得日哈列夫画好送到昆古尔①去的费奥多罗夫斯克圣母的摹作，把圣像放在桌子上，激动地大声说：

“圣母画好了！你是一只杯子——无底的杯子，从此要承受世人辛酸的、忠诚的眼泪……”

于是，把不知谁的外套向肩上一披，到酒店里去了。青年们笑着，吹着口哨，年长的羡慕地望着他的背影叹气。西塔诺夫走到他的作品前，细心审视着说：

“怪不得他要去喝酒，把作品给人家真有点可惜，但这种可惜也不是人人都懂的……”

日哈列夫的酒瘾永是从星期六起的。也许这和那些普通喝酒的工匠不同。是这样开始的：早上他写一张条子叫巴什卡送到什么地方去，临吃午饭，对拉里昂诺维奇说：

“今天我要到澡堂去！”

“久不久？”

“嗯，天哪……”

“那么，请不要挨到星期二吧！”

日哈列夫点点秃头应允，那时他的眉毛有一点儿发抖。

从澡堂回来，他打扮得很漂亮，穿上胸衣，脖子上打一个蝴蝶结，缎子背心上挂一条长银链，默默坐车走了。临走时他吩咐我和巴维尔：

“傍晚的时候，把工场收拾得干净些，把大桌子洗干净，把污迹刮去！”

大家都现出过节似的情绪。人人都振作起来，修饰打扮，去洗澡，急急忙忙吃夜饭。吃过夜饭后，日哈列夫带了啤酒、葡萄酒和下酒物的

---

① 昆古尔是俄罗斯彼尔姆边疆区东南部的一个城市。

纸包回来，他后边跟着一个女人，全身各部膨大得难看，身高二俄尺十二寸，我们的椅子和凳子放在她面前就好像是给小孩子用的。高个子的西塔诺夫，挨到她身边，也变成了一个半大孩子。她的身体非常匀称，胸脯隆起像一座小山，碰到下颏边，动作迟缓而蠢笨。她年纪已有四十多岁，但圆胖而呆板的脸却还鲜艳光滑，眼球像马的一样大，嘴很小，好像廉价布娃娃的嘴，叫人疑心是用笔画出来的。这女人装出一副笑脸向每个人伸出大而温暖的手，说一些不必要的废话。

“你们好呀。今天天气冷啦。你们这屋子气味很重，这是颜料的气味吧。你们好呀。”

她好像一条浩荡的大江，沉着有力，瞧着她使人愉快。可是她的话却使人打瞌睡，全是无聊的话。在说话之前，她先吸足了气，差不多已经红得发紫的两颊，胀得更加圆了。

青年人冷笑着低声说：

“像一架机器!”

“一座钟楼!”

她噘起嘴唇，两手放在乳房下面，坐在摆好了酒菜的桌子边，靠近茶炊，马眼发出和善的光，挨次地望着每个人。

大家都对她表示尊敬，年轻的甚至有点害怕她。有一个小伙子贪心地望着这巨大的身体，当他的目光跟她吸引人的目光碰在一起的时候，他不好意思地把眼睛低下去。日哈列夫对自己的女客人也挺恭敬，说话时对她用“您”，称她作教母，请她吃东西的时候，对她哈腰。

“您别费心，”她拉长甜甜的嗓子说，“您多费心呀，真是的!”

她本人总是那么不慌不忙的。她的胳臂只有下半截动作，上半截总是紧靠着身边。从她的身上，发出一种热面包的酒精气味。

戈戈列夫老头儿欢喜得结巴起来，好像教堂里打杂的在念赞美诗，称颂着这个女人的美丽。她好心地微笑着听他说话，当他说不出来的时候，她便自己来说：

“没有出嫁的时候我长得并不漂亮呢，这都是做了妇人以后才变过来的。将到三十岁的时候，变得更加动人了，连贵族们都对我注意过，有一位县里的首席贵族还答应送我一辆双马车……”

醉醺醺的卡别久欣，蓬乱着头发，憎恶地望着她，粗鲁地问：

“为什么他要送给你这个呢?”

“自然是为了我们的爱情。”女客解释着。

“爱情，”卡别久欣局促不安地喃喃，“那是一种什么爱情呀?”

“你，这么漂亮的小伙子，很了解爱情。”女人爽脆地说。

工场因哄笑震动起来，西塔诺夫低声向卡别久欣说：

“蠢家伙，恐怕还不如蠢家伙呢！谁要是不苦闷得要死，不会爱这种女人的……”

他醉得脸色苍白，太阳穴边冒出汗珠，聪明的眼不安地燃烧着。戈戈列夫老头儿抽动着难看的鼻子，用手指头抹去眼泪，又问：

“你有几个孩子?”

“我们只有一个孩子……”

桌子上面挂着一盏灯，炉角后边也点着一盏。灯光都不太亮，工场角落里聚着浓黑的暗影，还没画好的没有脑袋的圣像，从暗中张望着。该有脑袋和胳臂的地方，显出平板的灰色的斑点，现在看起来好像比平常更可怕，好像圣徒的身体神秘地从涂上颜色的衣服中，从这地下室里溜出去了。玻璃球挂在靠近天花板的钩子上，蒙上漾潆的烟雾，发着淡青的光。

日哈列夫在桌子周围不安地走来走去，请大家吃东西，他的秃头，一会儿倚向这个，一会儿又俯向那个，细瘦的手指不住地动。他消瘦一点儿了，鹰鼻子显得更尖了。当他侧面向灯站着的时候，脸颊上就映出黑的鼻影。

“朋友们，大家喝呀，吃呀。”他用清脆的男高音说。

女的就做主妇似的说：

“您干什么呢，教父，这么忙忙碌碌的？大家都有手，知道自己的饭量，吃饱了谁也不能再吃！”

“好吧，那就大家休息一会儿！”日哈列夫兴奋地喊叫。

“我的朋友们，咱们都是上帝的仆人，来唱《赞美主的名!》吧……”

赞美歌的合唱没有成功，大家都酒醉饭饱，再没劲儿了。卡别久欣手里拿着两排键盘的手风琴，像只小乌鸦似的黑发的神情严肃的年轻工人维克托·萨拉乌京拿着铃鼓，手指弹弹紧绷的鼓皮，鼓皮发出重浊的声音，铃儿活泼地唧唧作响。

“俄罗斯舞！”日哈列夫发命令说，“教母，请呀！”

“唉，”女的叹一口气站起来，“您真着忙啦！”

她走到屋子中的空处，好像一座小教堂，屹然地站着。她身穿赤褐色的大裙子，黄色细麻纱的上衣，头上披着鲜红色的头巾。

手风琴急躁地响着，铃儿鸣叫，铃鼓丁零作响，发出叹气似的沉郁的声音，听着很不愉快：好像发疯的人边哭边叫，把脑袋碰到墙头上。

日哈列夫不会跳舞，光踏着擦得亮亮的皮鞋跟，迈着细步走着，像山羊似的跳着，同激昂的音乐还是不大合拍。他的腿好像并不长在自己身上，身体胡乱地扭动着，那种狂乱的样子，好像黄蜂落在蛛网里，或是鱼儿落进了渔网，一点儿也没有兴味。但大家都望着他，连喝醉了的朋友，也呆望着他的抽搐的动作，默默地盯住他的面部和手。日哈列夫的面部一会儿爱娇地害羞，一会儿变成昂然，做着惊人的变化。刚正经地板起了脸，忽然又吃惊地叹息；略略把眼睑闭上，又张开了，现出哭相。他握紧了拳，向女的身边偷偷儿走去，突然一跺脚，在她面前跪下，张开两臂，耸一耸眉毛，发出衷心的笑容。这时候，她柔和地笑笑，俯视着他，低声地提醒他说：

“教父，您会累着的！”

她想娇媚地把眼睛合上，但那双三戈比钱币大的眼睛，却合不住，她做了个鬼脸，露出难看的表情。

她也不会跳舞，只是慢慢地摇晃着巨大的身子，不出声地从这儿动到那儿。她左手拿着一块手帕，懒懒地挥着，右手叉在腰上，使她变成一个大坛子的模样。

于是，日哈列夫就在这石像似的女人身边围绕着走，变着各种的面相——因此好像跳舞的不是一个人，而是十个不同的人；有沉静而温和的，有生气而使人害怕的，有怯生生、偷偷叹着气、想悄悄儿从这不愉快的大块头女人身边逃开去的。接着，又出现了一个，是咬牙切齿，抽搐地扭着身子，像被咬伤的狗一样的人。这种无味的丑恶的舞态，引起我深深的伤感，使我想起兵士、洗衣妇、厨娘他们的狗一般的结合。

我现在还记得西多罗夫那句私语：

“在这件事情上大家都互相欺骗，这本是大家都害臊的事，谁也不爱谁，只是胡闹一下……”

我不愿相信“在这件事情上大家都互相欺骗”。那么，“玛尔戈王后”又怎样呢？而且这个日哈列夫，当然不是欺骗。我知道西塔诺夫爱上一个妓女，被她染上了脏病，他没有听从朋友的劝告，去打那个女子，反而替她租了屋子，给她治病，而且说到她的时候，总是很温存很局促的样子。

那个胖女人还在摇摆着身子，死板板地微笑着，挥动着手帕。日哈列夫围绕着她抽搐地蹦跳着，我瞧着她心里在想，欺骗上帝的夏娃，难道会像这种母马？我产生了厌恶她的感情。

没有头脸的圣像在暗处张望。暗夜紧贴在玻璃窗上。灯在闷室的工场里昏昏地亮着。侧耳一听，在重浊的脚步声和吵闹声中，听到急骤的水点从铜洗脸槽滴到脏水桶里的声音。

这一切，同我在书上读到的生活多么不同！一点儿也不同！终于，大家都玩腻了。卡别久欣把手风琴交给萨拉乌京，喊道：

“来，凑凑热闹！”

他像吉卜赛人万卡那样跳起来，好像在空中飞一样。接着巴维尔·奥金佐夫、索罗金他们也喧闹着很巧妙地跳起来。害肺痨病的达维多夫也在地板上移动着脚步，灰土、烟雾、浓烈的酒气和发出鞣皮味儿的熏肠的气味，引起了他的咳嗽。

跳舞、唱歌、叫喊，每个人都记得，他在寻乐，而且大家简直像在互相比赛，看谁闹得更巧，熬得更久些。

醉透了的西塔诺夫，一会儿问这个，一会儿又问那个：

“难道可以爱这样的女人吗?”

他的脸色好像就要哭出来了。

拉里昂诺维奇略微抬一抬瘦削的肩胛，回答他：

“女人就是女人，你还需要什么?”

大家所谈的人不知什么时候不见了。日哈列夫要过两三天才回来，再上一次澡堂，然后大约两个星期，对谁也不理睬，大模大样地，独自躲在角落里工作。

“走了吗?”西塔诺夫抬起悲郁的青灰色眼睛，向工场扫了一眼，对自己问。他的脸很丑，有点像老头儿，只有眼睛很清秀、和蔼。

西塔诺夫对我很好——这多亏我那本抄诗的厚本子。他不相信上帝，但是在工场里，除了拉里昂诺维奇，有谁真爱上帝，信上帝，那是很难理解的。大家爱轻浮地、讥笑地、像讲老板娘一样谈论上帝。可是坐下来吃中饭和晚饭——大家都画十字，躺下来睡觉的时候也做祷告，每逢节日都上教堂去。

西塔诺夫完全不做这一切，因此大家说他是无神论者。

“上帝是没有的!”他说。

“那么，世界万物从什么地方来的呢?”

“不知道……”

我问他，怎会没有上帝呢?他解释了：

“你知道，上帝多么高呀!”

说着，把长胳臂伸到自己头上，然后移下来到离地一俄尺光景，说：

“人又多么低贱!对不对?你知道，经书上写着：‘人是照着神的样式造的！'[①] 可是戈戈列夫像谁呢？"

这可把我窘住了：那个肮脏的酒鬼戈戈列夫老头，到了这么大年纪还犯俄南罪[②]；于是我想起维特卡的兵士叶尔莫欣，外祖母的妹子——他们身上难道有一点儿上帝的影子吗？

"大家知道，人同猪一样。"西塔诺夫说着，又马上安慰我：

"没有关系，马克西莫维奇[③]，也有好人，有的！"

同他在一块儿很爽快，他有什么不知道的，就老实说：

"不知道，这我没有想过！"

这也是特别的：在遇到他以前，我所见到的人，都是什么全知道，什么全谈论。

他的本子里，除了一些动人的好诗，还有许多叫人看了面红的猥亵的诗，这使我觉得奇怪。我对他讲了普希金，他把自己本子里抄着的一首《迦芙里莉达》给我看……

"普希金——算得什么呀？他不过说些滑稽话，可是贝内迪克托夫，这个人，马克西莫维奇，才值得重视啦！"

说着，合上眼，低声地读：

瞧呀，那美丽妇人的
迷人的胸脯……[④]

也不知为了什么，他特别欣赏后面三行，得意扬扬地读着：

就是老鹰的尖眼睛，

---

① 引自《旧约·创世记》第一章第二十七节。

② 见《旧约·创世记》第三十八章，此处指犯手淫罪。

③ 马克西莫维奇是高尔基的父称。

④ 引自俄国诗人贝内迪克托夫（1807—1873）的诗作《深渊》，但引文不甚准确。

也穿不过这火热的门

望见她的心……

“懂吗?”

我很不好意思承认，我不懂得他为什么那样得意。

## 十四

我在圣像作坊里的工作不算繁重。早上，大家还没有起来的时候，我得先给师傅们烧好茶炊。他们在厨房里喝茶的时候，我同巴维尔收拾作坊，把调颜色用的蛋黄蛋清分好。做完了这些，我上铺子里去。晚间，研颜料，“学习”技术。开头我很有兴趣地“学习”，可是很快明白了，差不多每个工人，对于这个分工很细的技术都不喜爱，都感到沉闷无味。

我晚上无事可做，同他们谈船上的生活，讲书中的各种故事。不知不觉地在作坊里得到了说书人和朗诵者的特别地位。

我很快就明白了，这些人都没有我那么多的经历和见识，差不多他们每个人，都从小就关进作坊的小笼子里，一直待在里边。作坊里只有日哈列夫一个到过莫斯科，提到莫斯科，他便深有感触地、阴郁地说:

“莫斯科不相信眼泪，在那里一切都得小心谨慎!”

其余的人不过到过舒雅、弗拉基米尔。讲到喀山的时候，大家问我:

“那里俄国人多不多? 有没有教堂?”

他们以为彼尔姆在西伯利亚，而且不相信西伯利亚在乌拉尔那边。

“乌拉尔的刺鱼和鲟鱼，不是从那儿，从里海运来的吗? 可见乌拉尔是在海边上!”

有时我觉得他们是在嘲笑我，他们说英国在海洋的彼岸，拿破仑是喀鲁加贵族出身。我把自己亲身的经历讲给他们听时，他们都不大相信，但是恐怖的奇闻、曲折的故事，大家都喜欢。甚至上了年岁的人，似乎也都爱虚构而不爱真实。我很明白，事情愈是荒谬，故事愈是富于想象，他们就愈加热心地听。总之，现实的东西引不起他们的兴趣。大家不愿意见到现在的贫穷和丑恶，却空想地巴望着未来。

我已经痛切地感觉到生活与书本之间的矛盾，而这更加使我惊奇。在我面前的是活的人，是书本中所没有的。在书本中，没有斯穆雷，没有司炉雅科夫，没有逃避派亚历山大·瓦西里耶夫，也没有日哈列夫和洗衣妇纳塔利娅……

达维多夫的箱子里有破旧的戈利钦斯基[①]的短篇集、布尔加林的《伊凡·魏日金》[②] 和布朗别乌斯男爵[③]的小册子。我把那些都念给他们听，大家高兴得很，那时候，拉里昂诺维奇说：

“念书很好，免得吵架胡闹!”

我开始上劲地搜寻书本，寻找到了，几乎每天晚上都读。这是些欢乐的夜晚，作坊里静寂得同午夜一样，桌子上面挂着的玻璃球——又白又冷的星星，它们的光线映照着伏在桌上的蓬乱的和光秃的脑袋。安静、沉思的脸，呈现在我的眼前，有时候对书本的作者，对书中的人物，发出赞叹的声音。他们好像都换了样，既专心又温和。在这样的时候，我顶喜欢他们，他们对我也好。我觉得我是在我应该在的地方了。

“我们这里有了书，就像春天，好像窗上除去冬天的窗框，刚刚打开一样。”有一天西塔诺夫说。

找到书很不容易，可没想到往图书馆去借。但我还是想出方法，像

---

① A. П. 戈利钦斯基，短篇故事作者，写过一本《工厂生活随笔》。

② Ф. B. 布尔加林（1789—1859），反动记者，庸俗小说作者，著有长篇小说《伊凡·魏日金》。

③ 系笔名，本名为奥·伊·申科夫斯基（1800—1858），俄国记者，作家，东方学学者。

叫花子似的到处去要，终于要到了。有一次，从消防队队长那里要到了一本莱蒙托夫的书。就在那时候，我深深感到了诗歌的力量和对于人们的强大影响。

我记得刚读《恶魔》的头几行，西塔诺夫就张望着书，又张望着我的脸，把画笔放在桌子上，长长的两手插进双膝之间，摇摆着身体微微地笑着，椅子在他身体底下吱轧作响。

“伙计们，静一点儿！”拉里昂诺维奇说着，也放下了工作，走到我在那里念诗的西塔诺夫的桌边来。这首长诗又痛苦又愉快地感动了我，我的声音常常中断，眼里流出泪水，看不清诗句，而更加感动我的，是作坊中低沉而谨慎的动作，整个作坊似乎都沉痛地沸腾起来，好像受了磁石的吸引，围在我的身边。等我读完第一章，差不多所有的人全围在桌子的四周，彼此身子紧靠着，互相拥抱，皱着眉头微笑。

“念呀，念呀！”日哈列夫把我的脑袋按到书上说。

我念完了，他把书拿过去，看了看书的里封，然后挟在肋下，说：

“这还得念一次！你明天再念吧，书放在我这里。”

他走开了，把莱蒙托夫的书锁进自己桌子的抽屉里，又去做工了。作坊里很静，工人们轻轻回到自己的座位上去。西塔诺夫走到窗边，把额头贴在窗玻璃上，一直茫然地站着。日哈列夫又放下画笔，严肃地说：

“这就是人生，就是上帝的仆人……唉！”

他抬起两肩，缩着脖子，继续说：

“我甚至能画恶魔：黑身子，多毛，火焰一般的红翅膀——用红铅画，以后是脸部和手脚，苍白色的，像月光底下的雪。”

一直到吃夜饭，他坐在方凳上，和平时不同，不安地转旋着身体，弄着指头，嘴里说着恶魔、女性、夏娃、乐园、圣徒如何犯罪等等莫名其妙的话。

“这都是真实的！”他肯定地说，“既然圣徒都和罪恶的女人做出不端的行为来，那么怪不得恶魔也喜欢和圣洁的人作孽……”

大家默默听着他的话，也许大家同我一样，不想开口。一边望着钟，一边懒洋洋地做工，打了九点钟，大家就一齐放下了工作。

西塔诺夫和日哈列夫走到院子里去了，我也跟了出去。在院子里西塔诺夫仰头望着星星念道：

> 凝视着在天空中漂泊的
> 一队队被上天委弃的星辰……①

“这是人所想不出来的呀！”

“我是一句也不记得了，”日哈列夫在料峭的寒气里哆嗦着说，“我什么都不记得，却能看见他。逼得人去同情恶魔，这真有趣！他可怜，是吗？”

“对啦。”西塔诺夫点点头。

“人，就是这样的！”日哈列夫使人难忘地叫了一声。

在门廊下，他关照我：

“喂，马克西莫维奇，你不许在铺子里谈起这本书，它准是一本禁书！”

我很高兴，我想，在举行忏悔礼的时候，神父问我的，一定就是这种书！

大家没精打采地吃了夜饭，没有平时那种吵闹声和谈话声，好像一切人都发生了什么重大的事情，必须用心去想的样子。晚饭后，大家睡觉的时候，日哈列夫把书拿出来对我说：

“再念一次！念得慢一点儿，不要着急……”

有几个人默默地从床上爬起来，穿着单衣，走到桌子边，缩着两腿，在周围坐了下来。

---

① 借用余振的译文（莱蒙托夫：《诗选·恶魔》第495—496页，人民文学出版社，1980年）。

当我念完之后，日哈列夫把指头敲敲桌子又说：

“这是人生！唉，恶魔，恶魔……原来是这么回事，是吗，老弟？”

西塔诺夫越过我的肩头，念了几句，笑着说：

“我要抄在本子里……”

日哈列夫站起来，把书拿到自己桌子上去，可是忽然站住，抱屈地发出颤抖的声音说：

“我们活着，像一只没有睁开眼睛的小狗，什么也不知道。对于上帝，对于恶魔，都没有用处！怎么能称作上帝的仆人？约伯[1]是仆人，上帝自己同他谈过话，还有摩西也一样。摩西的名字是上帝给起的，摩西——意思就是‘我们的’，就是上帝的人[2]。但我们是谁的呢？”

把书藏好，锁上，穿起衣服，他问西塔诺夫：

“到酒馆去吗？”

“我要到我女人那里去。”西塔诺夫小声回答。

他们出去后，我在门口的地板上，同巴维尔·奥金佐夫一起睡了。他很久地辗转不能入睡，发出鼻息声，忽然低声哭泣起来：

“你怎么了？”

“我很可怜他们，”他说，“我同他们一起生活已经四个年头了，他们的情形我很熟悉……”

我也觉得他们可怜。我们好久都睡不着，低声地谈论着他们，我们看出他们每个人都有善良的性格，而且他们每个人还有一种什么东西加强着我们两个孩子对他们的同情。

我和巴维尔·奥金佐夫两个人处得挺好，后来他学成了一个出色的工匠，但没有多久，当快近三十岁的时候，喝酒喝得很凶。后来我在莫斯科希特罗夫市场遇见他，他已变成了一个流浪汉。不久前听说他已经

---

① 《圣经》中的一位品德端正的人。

② 在《圣经》中，摩西是先知，这个名字的意思是“从水里拉出来的”（《旧约·出埃及记》第二章第十节）。本书的说法是俄国民间从字面上附会出来的意思。

害伤寒病死了。想到在我的一生之中，有多少善良的人，都毫无意义地死去，真是可怕！一切的人，逐渐使尽了精力——死去了，这是自然的现象；但是无论在哪里，也没有像在我们俄国，这样可怕地迅速和毫无意义地使人早衰……

他比我大两岁，是一个圆脑袋的孩子，活泼、伶俐、正直、天资很高：善于画鸟、猫和狗。他给师傅们画漫画像，常常把他们画成鸟儿，画得出奇的神似。西塔诺夫是一只独脚站立的垂头丧气的鹬鸟，日哈列夫是一只鸡冠破碎的、头上没有羽毛的公鸡，害病的达维多夫是一只凶相的水鹊子。但巴维尔最好的杰作，是涂金师戈戈列夫老头儿，蝙蝠的形状，大耳朵，可笑的鼻子，六爪的小脚；他圆圆的黑脸上，眼边一道白圈，瞳孔像扁豆，横在眼睛里，这使他的脸显出一种栩栩欲活的非常卑鄙的表情。

巴维尔把漫画给师傅们看时，大家都没生气，可是戈戈列夫的画像，却给人不快的印象，于是都劝告这个艺术家：

“最好把它撕了，老头儿看见会要你的命!”

肮脏腐朽的，永远喝得醉醺醺的老头儿，是一个叫人讨厌的信徒，处处都阴险，常把作坊里的事向掌柜搬嘴。铺子里老板娘打算把她侄女嫁给掌柜，因此他俨然把自己认作这个店铺和所有人的主人。作坊里的人都恨他，可是也怕他，因此对戈戈列夫也怀戒心。

巴维尔狂热地使尽种种方法捉弄涂金师，好像抱定宗旨不让戈戈列夫有一分钟的安静。我也尽可能帮助他，师傅们瞧着我们的几乎总是极端粗野的恶作剧都挺快乐，但是警告我们：

“小伙子，你们会吃苦头的！会给‘金龟子’① 赶出去的!”

“金龟子”是作坊里的人给掌柜起的绰号。

警告并没有吓住我们，趁涂金师睡着了，我们把颜料画在他脸上。有一天他喝醉酒睡着了，我们在他鼻子上涂了金，整整三天，海绵似的

① 一种损害大、小麦和黑麦的甲壳害虫。

鼻沟里，一直沾着金屑洗刷不去。每次我们惹老头儿发急的时候，我就记起船上那个矮小的维亚特兵，心里感到不安。戈戈列夫年纪虽老，却有很大的气力，一不小心被他抓住，就把我们痛打一顿；打了我们，还要去向老板娘告状。

她也是每天带着酒气的，因此总是很和气，很快活，她拼命威吓我们，用肿胖的手拍拍桌子，嚷道：

“小鬼，你们又胡闹啦？他年纪老了，要尊敬他呀！是哪个把煤油斟到他酒杯里的？”

“是我们……”

老板娘惊奇了：

“啊呀，他们居然自己承认呢！该死的，老年人要尊敬呀！”

她把我们赶开，晚上告诉了掌柜，于是他生气地向我说：

“是怎么回事，你会念书，还会看《圣经》，这么胡闹？你得好好儿留意，小伙子！”

老板娘是一个独身女人，非常可怜；常常喝了甜酒，坐在窗边歌唱着：

没有可怜我的人，
也没有爱惜我的人。
没有人听见我的叹声，
也没人听我诉说伤心事。

她啜泣着，拉长着老人的颤音：

“呀，呀，呀……”

有一天，我看见她拿着一壶煮沸的牛奶向楼梯走去，她的脚忽然一蹩，身子蹲倒，沉重地从楼梯上滚下来。可是手里的壶还没有放开。牛奶泼了她一身，她就伸直两手，对着壶生气地嚷：

“你怎么啦，瘟神，你要往哪儿去？”

她不肥胖，身体却软得无力，好像一只已经不会捕鼠的老猫，却因为吃得好，身子笨重，只会哼哼着回想自己的成功和享乐。

“可是，”西塔诺夫沉思地皱着眉说，“过去家大业大，是一个很兴旺的作坊，做工的有些也很有本领，但现在是什么都不行了，一切都操在‘金龟子’的手里！任你多辛苦，也只是替别人出力！想到这件事脑子里的发条便突然断掉，什么都觉得没意思，很想什么都不干，只是躺在屋顶上，看着天空，睡过一夏天……”

巴维尔·奥金佐夫也领悟了西塔诺夫的思想，用大人一样的姿势抽着香烟，高谈着上帝、醉酒、女人，以及一些人在创造，另一些人不管好歹地胡乱破坏，一切的事业总是落空等等议论。

这时候，他的机敏可爱的脸，皱得像一个老人。他坐在地板上的铺位里，抱着两个膝头，长久地望着蔚蓝的四方形的窗子，望着压满积雪的柴棚的屋顶，望着冬天空际的星星。

工匠们打着鼾声，发出牛鸣一般的呓语，有人含混地说着梦话，达维多夫在高板床上咳嗽着，度他最后的余生。屋角上，横躺竖卧着被睡眠与醉酒紧紧捆住的所谓“上帝的仆人”卡别久欣、索罗金和佩尔申。没有脸和手脚的圣像从墙边张望着，油、臭蛋、地板缝里腐化的尘埃，发散着沉闷的恶臭。

“老天呀！我真替大家伤心！”巴维尔低声说。

这种对他人的哀怜，愈加扰乱了我的心。上面说过，我们觉得所有的工匠都是好人，而生活都很不好，这都不是他们所应该受的难堪的苦闷。当冬天刮大风雪的日子，房舍和树木，大地上的一切都摇晃着，叫吼着，哭泣着，大斋的钟声悲戚地鸣响着，寂寞像波浪似的流进作坊里来，铅一样沉重地压着人们，不留余地地在他们身上压死了一切有生命的东西，最后，把他们赶进酒店里，或是同酒一样被当作遗忘的手段的女人那里去。

在这样的夜晚，书是没有用处了，于是我同巴维尔便用自己的办法使大家高兴：用烟煤、颜料涂在自己脸上，戴上用麻做成的胡子，演出我们编造的喜剧，很勇敢地和烦闷作战，使大家发笑。我记起了《一个士兵拯救彼得大帝的传说》，把它改成对话，爬到达维多夫的高板床上，假装快乐地砍着设想的瑞典人的脑袋，演着有趣而可笑的戏剧。观众都大声地笑。

最受观众欢迎的是中国鬼秦友东的故事①，巴什卡扮这个想做善行的可怜鬼，其他一切角色都由我担任。我一会儿扮男，一会儿扮女，又扮各种物象，扮善鬼，甚至也扮石头，让中国鬼每次因做不成善行而伤心的时候，坐着休息。

观众大声地笑。我奇怪为什么这样容易逗他们笑。因为太容易了，反而使我觉得难受。

“啊，小丑!”“嚯，冤家!”人们这样向我们叫喊。

但越往下演越令我觉得悲哀比欢乐更接近这些人的心灵。

欢乐在我们中间永远不能存在，也不被重视，而是故意把它抬出来当作一种抑制俄国的梦一样的忧郁的手段。这种欢乐不是自己生存，不是为着要生存而生存，只是由于悲哀的招引而出现，这样的欢乐，它的内在的力量实在是可疑的。

而且这种俄国式的欢乐，常常突然地变成残酷的悲剧。这里有一个人在跳舞，好像想挣脱束缚在他身上的枷锁，但是他忽然发泄出内心残酷的兽性，在野兽的苦恼之中，向着一切人扑去，撕裂，咬啮，捣毁一切……

这种因外界的刺激引起来的勉强的欢乐，使我焦躁。当我兴奋得出了神，便说出和演出突然发生的幻想——我一心想在人们心中引起纯真、自由而且爽朗的欢喜！我演得相当成功，使大家称赞而且吃惊，但是似乎被我已拂除的忧郁，又慢慢浓厚起来，强大起来，把大家恼住了。

---

① P. 左托夫：《秦友东，又名阴魂做的三件善事》，是一部幻想长篇小说，讲一个天使下凡想在人间行善而不作恶，却无法实现。

灰溜溜的拉里昂诺维奇和蔼地说：

“你真是个有趣的孩子，愿上帝保佑你！”

“你真叫人开心，”日哈列夫附和着他，“马克西莫维奇，你去进马戏班或戏院，一定会成个好丑角！”

作坊里看过戏的，只有卡别久欣和西塔诺夫两个，是圣诞节和谢肉节去看的。年长的师傅郑重地劝他们在洗礼节的时候，到约旦[①]的寒冷的冰窟窿里去洗掉这次罪恶。西塔诺夫常常对我说：

“把一切都抛开，学戏去吧！”

于是激动地谈了戏子雅科夫列夫[②]一生的悲惨的故事。

“瞧，会有这种事！”

他骂斯图亚特王朝的玛丽女王[③]为“恶党”，却喜欢讲她的故事；可是特别使他钦羡的，是《西班牙贵族》[④] 这本书。

“唐·塞扎尔·德·巴赞，马克西莫维奇，是一个挺高尚的使人惊奇的人！”

而他自己也颇有一点儿“西班牙贵族”的样子：有一天，在望火楼面前的空场上，有三个消防夫，逗着玩打一个乡下人。四十来个人围着看热闹，对消防夫喝彩助势。西塔诺夫纵身进去，把长胳臂勇猛地一挥，将消防夫打倒，把乡下人扶起，推到人群里，大叫一声：

“把他带走！”

自己挺身站住，同三个消防夫交手。消防队就在十步内，消防夫可以叫人来帮忙，说不准西塔诺夫会吃亏的，幸而那几个消防夫吓得逃进

---

① 据《圣经》传说，基督曾在约旦河里受洗礼。按东正教的习俗，在河上或湖上行洒圣水式的地方就是“约旦河”。

② A. C. 雅科夫列夫（1773—1817），俄国著名悲剧演员。

③ 苏格兰女王，被英格兰女王伊丽莎白监禁十八年后于1587年处死；德国作家席勒的同名悲剧的女主人公。

④ 是法国作者戴内里和仲马普瓦尔的一部五幕正剧，1858年俄译本在莫斯科出版后，俄国内地剧院纷纷上演，风靡一时。唐·塞扎尔·德·巴赞是剧中主人公。

院子里去了。

“狗东西!”他向他们背影叫道。

每逢星期天，青年们到彼得巴夫洛夫墓地后面的林场去斗拳。到那里去的人，都跟清道夫、附近村庄的乡下人比赛。清道夫队里出了一个有名的拳师和城里人对敌——这是一个脑袋很小，害眼病，常淌眼泪的个子魁梧的莫尔德瓦人。他用短褂的脏袖子擦擦眼泪，两腿大叉开，站在自己的人前面，用温柔的口吻向人挑战：

“有人来吗，不然，我就冻坏了!”

我们这边卡别久欣走出去同拳师对阵，他老是被那个莫尔德瓦人打败。但是被打得头破血流的哥萨克人卡别久欣还是气咻咻地说：

“死也要把这个莫尔德瓦人打败!”

终于这个成了他生活的目的，他甚至不再喝酒，睡觉以前用雪摩擦身体，拼命吃肉。为了使肌肉发达，他每晚提着两普特重的秤锤子，在身上画好多次十字。但这一切，一点儿效果也没有。于是他把铅块缝在手套里，对西塔诺夫吹牛说：

“这次，莫尔德瓦人的末日到了!”

西塔诺夫严重地警告他：

“别这样，不然比拳以前我要嚷出来!”

卡别久欣不相信他的话。可是比赛的时候，西塔诺夫突然对莫尔德瓦人说：

“退开，瓦西里·伊凡内奇，让我先同卡别久欣交交手。”

哥萨克人面孔发红，大声地嚷：

“我不跟你比，走开!”

“你得跟我比呀。”西塔诺夫说，睥睨着眼睛盯住哥萨克人的脸，向他走过去。卡别久欣跺了几下脚，脱掉手套，望怀里一塞，从拳斗场快步走开了。

敌方和我方都不高兴地大为惊奇，有一个什么公正人走过来生气地对西塔诺夫说：

“朋友，把你们自己的事拿到拳斗场上来是犯规的呀！”

观众从四面向西塔诺夫迫来，骂他，他沉默了很久，终于对公正人说了：

“我预防了一场人命案，难道是坏事吗？”

公正人马上明白了，甚至摘下帽子向他道歉：

“那我们要感谢你！”

“可是，老叔，请不要嚷出去！”

“那是为什么呀？卡别久欣是一个少有的拳师。不过人一输，就会发狠，我们明白的！以后，比赛之前，先检查他的手套。”

“这是你们的事！”

公正人走开之后，我们这方面的人就骂西塔诺夫：

“你这个混账东西，多什么嘴呢！让哥萨克人揍揍他吧，如今我们又得吃败仗了……”

大家纠缠地、痛快地骂了他好久。

西塔诺夫吁了一口大气说：

“唉，你们这班废物……”

而更使大家吃惊的，是他邀请莫尔德瓦人斗拳了。对方摆开架势，高兴地挥着拳头，玩笑地说：

“好，斗斗看，暖暖身体……”

几个人手携着手，用背脊抵住后面拥过来的人，开辟了一个大圈子。

两个拳师右手攒向前面，左手放在胸前，互相紧张地对望，双脚来回移动着。有经验的人马上看出西塔诺夫的胳臂比莫尔德瓦人的长。四周悄然无声，拳师们的脚下，雪吱吱地响。有人耐不住这种紧张，焦急地抱怨起来：

“快开始呀……”

西塔诺夫把右手一挥，莫尔德瓦人抬起左臂挡住。这时候西塔诺夫的左手，一拳打着他的心窝。他哼了一声，倒退几步，满意地说：

“生手，可并不是蠢货！”

他们扑在一起，互相向对手挥着老拳，几分钟之后，双方的观众都奋昂地大叫：

“快呀！画匠！画呀，涂金呀！”

莫尔德瓦人比西塔诺夫气力大得多，但是身体很笨重，打起来不灵活，打了人一拳就吃了两三拳。但莫尔德瓦人结实的身体，吃几下并不在乎，他哼了几声就现出笑脸来。正在这时候，忽然从下面打来结实的一拳，打在肋下，把西塔诺夫的右手打脱了臼。

“拉开拉开——不分胜败！”好几个人同时叫喊，大家过去把斗拳的拉开了。

莫尔德瓦人和气地说：

“这个画匠虽然气力不怎么大，却很敏捷！可以成个好拳师，这倒不妨老实说出来。”

半大孩子们的普通比赛开始了。我陪西塔诺夫到骨科医助那里去。自从发生了这件事，他在我的眼里，变得更加高贵，也更增加了对他的同情和敬意。

总之，他对什么事情都很笃实而正直，认为自己应当这样的。但豪放的卡别久欣却巧妙地嘲弄他：

“唏，叶尼亚[①]，你活着只是摆摆卖相的！你把心灵擦得跟过节时的茶炊一样亮晶晶的，于是到处吹牛说，看呀，多么亮！可是你的心是铜做的呀，同你一起太无味……”

西塔诺夫安静地不出声，不是专心地做着工，便是把莱蒙托夫的诗抄在本子上。他把所有空闲的时间都用在抄诗上面。我劝他：“你有钱，去买一本好了！”他回答道：

“不，还是自己手抄的好！”

他用潇洒娟秀的字体抄完了一页，在等着墨水干的时候轻轻地念：

---

① 西塔诺夫的名字叶夫根尼的爱称。

没有感情，没有命运，

你望着这个大地，

既没有真正的幸福，

也没有永久的美丽……①

接着，眯着眼说：

“这是实在的话！嗯，他对真理知道得多么清楚！”

我认为最奇怪的，是西塔诺夫和卡别久欣的关系。哥萨克人喝醉了酒，总是找他的朋友打架，西塔诺夫久久地劝他：

“算了！不要动手……”

可是后来便把醉汉痛打一顿，打得如此厉害，连平常把别人的打架当作热闹看的师傅们，也不得不参加进来把他们两个朋友拉开。

“不及时把叶夫根尼拉住，一定会被他打死的。这家伙是连自己也不怜惜的。”他们说。

清醒的时候，卡别久欣也常常捉弄西塔诺夫，嘲笑他对于诗的爱好，和他的不幸的罗曼史，而且秽亵地想引起他的妒忌心，可是不成功。西塔诺夫默默地听着哥萨克人的嘲笑，也不发怒，有时候，连自己都跟卡别久欣一起笑了。

他们睡在一起，每天晚上长时间地轻声谈着什么。

话声使我不能睡着，我很想明白，这样两个截然不同的人，到底谈些什么谈得那样亲热，可是当我走近他们时，哥萨克人就喝问：

“你来干什么？”

西塔诺夫好像没有看见我。

但是有一次，他们把我叫去，哥萨克人问：

① 引自莱蒙托夫的《魔鬼》，但不够准确。余振的中译文是：“你将漠然地、毫不惋惜地/俯视着下界的尘寰，在那里/没有一点点真实的幸福，在那里/没有长年久远的美。”（莱蒙托夫：《诗选·恶魔》第531页，人民文学出版社，1980年。）

“马克西莫维奇，要是你发了财，你该怎样办?”

“那就买书。”

“还有呢?”

“不知道。”

“呸!”卡别久欣气恼地转过脸去，西塔诺夫却安静地说：

“你瞧，没有人知道，不管老的小的！我对你说：财富本身是无所谓好坏的，一切东西都须要加上某种因素才……”

我问：

“你们讲什么?”

“不想睡，随便讲讲。”哥萨克人回答。

后来，我注意听他们的谈话，便知道了：他们每晚上讲的也是白天人们爱讲的上帝、真理、幸福、女人的蠢笨和狡猾、有钱人的贪婪以及人生是混乱而不可理解等等。

我老是贪心地听他们的谈话，这些话使我激动，我很喜欢听差不多所有的人都异口同声说：生活不好，应该过得好一点儿！但同时，我看出过得好一点儿的愿望并没有使人承担很多责任，在作坊的生活中，在师傅们彼此的关系上并没有发生任何变化。这些话在我的眼前照亮了生活，暴露了它背后的阴郁的空虚。人们在这空虚之中，像微小的尘土在荡动的池水里一样，混乱而急躁地浮动着，而他们自己嘴里却说这种混乱是毫无意义的，令人气恼的。

人们议论得很多，很热烈，老是责难别人，忏悔，吹牛，而且每每为一点儿小事引起凶狠的吵闹，互相厉害地侮辱。他们常常猜测，他们死后将会怎样。作坊门口放污水钵的地板腐烂了，从这潮湿腐朽的破窟窿里，吹来一股冷风和酸臭的泥土气，害得大家腿都冻了。我和巴维尔用稻草和破布塞住了这个窟窿。他们常常说地板要换一块，可是破洞越来越大了，刮雪风的时候，像烟囱似的，雪花从洞里吹进来，弄得人人都伤风咳嗽。气窗上洋铁皮叶片发出讨厌的声音，大家都用不堪入耳的话骂它，我给涂了点油，日哈列夫倾听后说：

“气窗没有了声音，好像有些寂寞！”

他们从澡堂回来，躺进肮脏的满是尘土的床里，肮脏和臭气，并没有使得谁不安。此外，还有很多妨碍生活的小事，而且都可以马上除掉的，但没有一个人动手去做。

人们常常说：

“谁也不怜悯人，无论是上帝，还是自己……”

可是当我同巴维尔给被污垢和虫儿咬得快要死了的达维多夫洗了一个澡时，他们就嘲笑我们，脱下自己的褂子来叫我们捉虱子，叫我们擦背，捉弄我们，好像我们干了什么可耻而且非常可笑的事似的。

达维多夫从圣诞节到大斋期一直躺在高板床上，不停地咳嗽，吐出腥臭的血痰，又吐不进脏水桶里，落在地板上。每天晚上他大声地说着梦话，把人家吵醒。

他们几乎每天都说：

“该把他送到医院里去！”

但是开头因为达维多夫的身份证过期了，后来又因为他病好了一点，末了终于决定：

“反正快要死了！”

他自己也有预感，说：

“我活不久了！”

他是一个沉静的幽默家，也爱说些滑稽话，来清除作坊里忧郁的气氛。他俯着黑瘦的脸，呼呼地喘着气说：

“大家听听高板床上的人的声音呀……”

接着就和谐地唱出沉痛的滑稽调子：

我在床上过日子，
早上醒得十分早。
醒着也好梦也好，
一天到晚被虫咬……

“他并不沮丧呢!”大家这样夸他。

有时我和巴维尔爬到他的床上去，他就苦中作乐地说俏皮话：

“亲爱的客人，拿什么请请你们呢？新鲜的小蜘蛛你们喜欢不?”

他死得很慢，连他自己也有点心焦了，他真正恼丧地说：

“我怎么还不死，真要命!”

他不怕死，这使巴维尔非常害怕。每天晚上，他叫醒我低低地说：

“马克西莫维奇，他好像死了……真要在夜里死了，我们却睡在他底下，唉，天啊！我怕死人呀……”

要不，他就说：

“嗯，他生下来干吗呢？还不到二十岁，就要死了……”

有一个月夜，他叫醒了我，惶恐地睁大着眼说：

“听!”

高板床上，达维多夫喉头咻咻地喘气，慌张而清楚地说：

“到这里来呀，来……”

接着打着嗝。

“真要死了，你瞧着吧!”巴维尔不安地说。

白天一整天我扫除院子里的雪，搬到野外去，累得很，只想睡，但是巴维尔请求我说：

“你别睡，看在上帝分上，别睡!”

他忽然跪起身子，发狂地嚷：

“大家起来呀，达维多夫死了!”

有人醒了，几个影子从床上爬起来，听见发怒的反问声。

卡别久欣爬到高板床上，吃惊地说：

“好像真死了……身体还有点儿热……”

四周无声。日哈列夫画了一个十字，身子裹在被子里说：

“唉，让他升天吧!”

有人说：

“抬到门廊下去……”

卡别久欣从高板床上爬下来，向窗外张望：

“让他躺到天亮吧，他活着的时候也没有打扰过任何人……”

巴维尔头钻在枕头底下，痛哭起来。

但西塔诺夫没有醒来。

## 十五

野外的雪融化了，天空的冬云化成湿雪，落到地面上消失了。太阳逐渐地延缓每天的路程，空气变得和暖了。快乐的春天好像已经到来，但像开玩笑似的躲在郊外什么地方的田垄里，马上会涌进城市里一样。街道上都是棕红色的泥浆，水在步道边流动，囚徒广场[①]上，化净了雪的地方，麻雀在快乐地跳跃，人们也跟麻雀一样忙碌起来。在这种春天的喧声中，大斋的钟声，一天到晚不停地响着，轻软地敲着人们的心。这钟声好像老人的谈吐一样，掩藏着某种屈辱的东西，这钟声仿佛在用凄凉的忧郁调子诉说着人世的一切：

“有过，有过，这有过……”

在我的命名日[②]，作坊里的人们送给我一张小巧精美的圣徒阿列克谢的画像，日哈列夫做了一大篇堂皇的演说，使我永远不会忘记：

“你是谁？”他玩弄着指头，抬起眉毛说，“不过是出世十三年[③]的

---

① 即干草广场。该广场上有一幢三层楼的建筑，里面囚禁着犯人，因此，人们又称该广场为囚徒广场。

② 俄国旧历三月十七日。

③ 高尔基在萨拉巴诺娃的圣像作坊干活的时间是1882年冬至1883年。这里描写的命名日是指1883年三月十七日。因此，这一年高尔基是十五岁，而不是十三岁。

小孩子，一个孤儿。我年纪比你差不多长三倍，也要称赞你，因为你对万事从不背过脸去，总是面向一切！你要永远这样，这很好！”

他又说到上帝的仆人，说到上帝的人，但我不了解人和仆人的分别，他自己好像也不十分明了。他说得很枯燥乏味，师傅们都嘲笑他。我两手捧着圣像，站在那儿，心里感动而且局促不安，不知道要怎样才好。卡别久欣终于懊丧地向演说家嚷道：

“把你的丧礼演说停止了吧，连他的耳朵都发青了。”

说着，拍了一下我的肩头，也称赞起我来了：

“你的好处，是你对大家都很亲热，这就是你的好处！所以，即使是有理由，不要说打你，就是骂你也很难开口！”

大家以和善的眼望着我，善意地嘲笑我的难为情的样子。再过一会儿，我准会因为感到自己是这些人所需要的人而突然快乐得大哭起来。但是正好这天早上在铺子里，掌柜用脑袋向我一摆，对彼得·瓦西里伊奇说：

“不讨人欢喜的小家伙，干什么都不行！”

和平时一样，早上我到铺子里去了，可是午后掌柜对我说：

“回家去，把货房顶上的雪扫下来，搬到地窖里……”

他不知道今天是我的命名日，我以为大家都不知道。作坊里给我举行祝贺以后，我换了衣服，走到院子里，爬到货房顶上，把这年冬天厚实沉重的积雪耙下来。但是因为兴奋，忘记打开地窖的门，雪落下来把门封住了。我跳到地上，发现了这个错误，连忙动手耙开门上的雪。雪是潮湿的，又硬又沉，木耙再也耙不动，又没有铁锹。一个不小心，把木耙折断了，恰巧这时候，掌柜走到院门边。“乐极生悲”，应了俄国人这句老话。

“好啦，”掌柜讥笑地说着走到我身边，“嘿，你，干活，见你的鬼！我得狠狠揍你这蠢笨的脑袋……”

他拿起雪耙的柄，向我挥来，我闪开身子，气愤地说：

“我不是你雇来扫院子的……”

他把木棒掷在我脚边，我抓起一块雪摔到他脸上，他哼着鼻子逃走了。我也丢了工作回到作坊里。过了几分钟，他的未婚妻从楼上跑下来了。她是一个轻佻的、脸上长满红瘰的女人。

“叫马克西莫维奇到楼上去！”

“不去！”我说。

拉里昂诺维奇惊奇地低声问我：

“干吗不去？”

我把经过的事对他说了，他担心地皱着眉头，到楼上去了。走的时候，小声对我说：

“你太鲁莽了，小老弟……”

作坊里沸腾起来了，骂着掌柜。卡别久欣说：

“嗯，这次一定会把你撵走的！”

这并吓不住我。我同掌柜的关系，早已弄不下去了。他恨死了我，近来更加厉害了。我也见不得他，但我很想知道他到底为什么对我这样不讲道理。

他在铺子里，常常把钱丢到地板上。我扫地时见到就捡起来放到柜台上布施乞丐的零钱罐里。后来因为常常捡到这种钱，我明白了是怎么回事，便对掌柜说：

“你把钱扔给我，是无用的！”

他面红耳赤，急不择言地叫喊起来：

“用不到你来教训我，我自己做的事，自己知道！”

可又立刻改口说：

“谁会故意把钱白白扔掉？是失落的嘛……”

他禁止我在铺子里看书：

“你这种头脑念什么书！这种吃白饭的家伙还想当读书人吗？”

他并没有放弃用二十戈比的钱币来陷害我的打算，我明白，要是扫地时硬币滚进地板缝里，他一定会认为是我偷了。于是我又对他说，叫他停止这种把戏。不料，就在这一天，我从小吃店泡了开水回来，听见他怂恿隔壁铺子里一个新来的伙计偷偷地说：

“你教他偷《诗篇》[1]，最近有三箱《诗篇》要到了……”

我知道他在说我，我走进铺子里，他们两个人都很不好意思。除了这点形迹之外，他们两人陷害我的阴谋，还有几点可疑的根据。

隔壁那个伙计，并非第一次替他干事，他是一个能干的生意人，但是喜欢酗酒，喝醉了被老板赶走了，过了几时，又重新雇了来的。他是一个营养不良的瘦弱汉子，眼色很狡猾，表面很温和，一举一动，完全顺从着老板。小小的胡子上面，永远现着聪明的笑容，又喜欢说俏皮话，开口的时候，发出一种害牙病的人常有的臭味，虽然他的牙齿挺白挺结实。

有一天，使我大吃一惊：他亲热地笑着走到我身边，突然打掉了我的帽子，一把抓住头发。我们打起架来，他把我从廊下推进铺子里，想把我按到放在地板上的大圣龛上——要是如了他的愿，我一定会把玻璃压碎，雕花弄破，划破高价的圣像。可是他气力很小，结果是我打胜了。那时候，使我大吃一惊，这个长胡子的汉子，坐在地板上，擦着打破的鼻子，伤心地痛哭起来。

第二天早晨，两家主人都出去了，铺子里只有我们两个，他用手指抚抚鼻梁子靠近眼睛的肿伤，友善地对我说：

“你以为，昨天我打你，是出于本意吗？其实我不是傻子，知道打不过你的，我没有气力，是个喝酒的人。这是我们老板叫我干的：‘去找他打架，尽量使他把他们铺子里的东西多弄坏些，让那边受损失。’我难道自己情愿来惹事，你看，被你把脸弄得这样脏……”

我相信了他的话，心里可怜他。听说他同一个女子在一起，过着有一顿没一顿的日子，常常挨女的打。但我还是问他：

“那要是人家叫你下毒药，你也下吗？”

“他会的，”伙计低声说，现着可怜的冷笑，“他也许会的……”

---

① 《圣经》中的一篇，这里指这一篇的单行本。

过了不久，他问我：

“嗯，我一文钱也没有，家里没有吃的，老婆跟我吵闹。朋友，你在这边货仓里给我偷一张什么圣像好吗？我可以换几个钱，嗯，你拿吗？要不，来一本《诗篇》行不行？”

我记起鞋店和看守教堂的老头子，我想这个人会出卖我的。但是不好拒绝，就给了他一张圣像。我不敢偷价值几卢布的《诗篇》，觉得这是犯大罪。有什么办法呀？在道德当中，常常藏着一种计较，神圣洁白的“刑法”，非常清楚地暴露了这小小的秘密，秘密虽小，里面却藏着私有财产的大大的虚伪。

当我听到我们掌柜对这个可怜的人说，叫他教我偷《诗篇》，我愕然吃惊。我很明白，我们掌柜知道我拿他的东西送人情，隔壁的伙计已经把圣像的事告诉他了。

慷他人之慨的可憎的仁慈，和这种陷害我的小诡计，都使我气愤，对自己对一切人都厌恶。好几天，我很难过地等着几货箱的书运到。货物终于运到了，我在货仓里开箱，隔壁的伙计走来了，叫我给他一本《诗篇》。

我便问他：

“你把圣像的事情告诉我们掌柜了？”

“告诉了，”他发出抑郁的声音，“兄弟，我这个人是什么事都藏不住的……”

我目瞪口呆，坐在地板上，瞪眼望着他。他慌慌张张地说了些什么，那种又狼狈又可怜的样子，真叫人受不了。

“你要知道，是你们掌柜自己猜着了，不，是我们老板猜着了，后来他又告诉了你们掌柜……”

我想，这下我可完了——这班家伙联朋结党陷害我，现在我准会被关进少年感化院去了！既然已经这样了，横竖都无所谓！要是淹进水里，就淹到深地方去吧。我拿了一本《诗篇》塞进伙计的手里，他藏在外套底下，溜了出去，但立刻又走回来，把《诗篇》丢在我的脚边，说了这句话就赶快走了：

“我不要！会跟你一起倒霉的……”

我没有懂他的话——为什么会跟我一起倒霉？但是我非常高兴，他没有把书拿去。自从发生了这件事，我们那个小掌柜比以前更爱对我发脾气，更怀疑我了。

当拉里昂诺维奇上楼去的时候，我回想起了这一切。过了不多一会儿他就回来了，神情比刚才更丧气，显出从来没有的沉静。吃夜饭以前，对我一个人轻声说：

“我说了好多话，想叫你别上铺子去，单在作坊里帮帮忙。没有成功！‘金龟子’不肯答应。他和你很过不去……”

这屋子里我还有一个仇人——掌柜的未婚妻，那个挺轻浮的女子。作坊里的青年都跟她胡闹，待在门廊底下，见她过来就一把搂住，她也不生气，只是像小狗似的轻轻尖叫一声。一天到晚，她嘴里总嚼着东西。她的荷包里，总是装满饼干、油炸饼。她的下颏老是在动。她的茫然的脸色和不安定的灰眼睛，见了实在叫人不快。她常常要我和巴维尔猜谜，谜底都是猥亵下流的。又教我们许多急口令，也都是下流话。

有一天，一个上年岁的师傅对她说：

“你这个不害臊的姑娘！”

她就活泼地用下流的小调回答：

姑娘要害臊，
哪能生宝宝……

我第一次见到这种姑娘，她恐吓我，要同我胡闹，我很讨厌她。她见到我不高兴胡闹，就益发纠缠不休。

有一天在地窖子里，我同巴维尔帮她刷洗装克瓦斯和黄瓜的空桶，她对我们说：

“小家伙，我来教你们亲嘴好吗？”

"我亲得比你还好呢。"巴维尔笑着回答。我对她说，你要亲嘴，同你未婚夫去亲好啦。我说得并不怎样温和，她发怒了：

"咳，多么粗野呀！小姐跟他亲热，他却翘尾巴；你说，你算什么玩意儿！"

接着她又用指头做出威吓的样子说：

"瞧着吧，叫你记得这个！"

巴维尔帮着我，对她说：

"若是你未婚夫知道你这般胡闹，他会收拾你的。"

她的长满瘰疬的脸，现出轻蔑的神气：

"我不怕他！有我这样的嫁妆，能找到十个比他好的女婿。姑娘在出嫁前正是寻欢作乐的时候。"

她就同巴维尔闹着玩。从此以后，我又多了这一个拼命说背后话的对头。

在铺子里愈来愈不能忍受，一切宗教书都读完了，鉴定家的议论和谈话，也不能吸引我了，他们说来说去老是这么一套。只有彼得·瓦西里伊奇知道生活的黑暗，讲起话来有声有色，还能引起我的兴趣。有时我想：孤单而又爱报复的先知以利沙[①]，在大地周游，也许就是这个样子。

但是，当我把别人的事、自己的心思，坦白地同这个老头讲的时候，他总是挺高兴地听着我说完，然后把我所说的告诉掌柜，掌柜听了不是难堪地嘲笑我，就是愤怒地叱责我。

有一天，我对老头说，他所说的话，有时我曾经记在本子里，我在那本子上已经抄摘各种诗句和警句。鉴定家大为吃惊，急忙走到我身边，不安地问：

"这是干什么？小孩子，这不行呀！为了记住吗？不，不能这么干！你真会闹新花样！你把记了的交给我好吗？"

---

① 《旧约·列王纪下》第二至第九章中描写的一位周游四处行善惩恶的先知。

他一股劲地劝了我好久，叫我把本子交给他，或是把它烧掉。然后，又气鼓鼓地同掌柜嘀咕起来。

我们往家里走的时候，掌柜严厉地对我说：

“听说你在抄什么，这种事不许做！听见没有？只有密探才干这种勾当。”

我不经心地问他：

“那么西塔诺夫呢？他也在抄呀。”

“他也抄吗？这个高个子傻瓜……”

沉默了许久，他以从来没有的柔声说：

“嗯，把你的和西塔诺夫的本子给我看看——我给你五十戈比！但不要让西塔诺夫知道，要悄悄……”

大概他认为我会答应他的要求，再没说话，迈开短腿望前头跑去了。

到了家里，我把掌柜的要求对西塔诺夫讲了，他皱皱眉头说：

“你太多嘴了……这下他一定会叫什么人来偷你我的本子。把你的给我，让我藏起来……而且，你不久就会被撵走的，瞧着吧！”

我相信这一点，因此决定，等外祖母回到城里，马上就离开他们。她整个冬天都住在巴拉罕纳，有人请她到那里去教姑娘们织花边。外祖父又住在库纳维诺，我不到他那里去，他来城里时，也从不来看我。有一天，我们在街上碰到，他穿一件沉重的浣熊皮大衣，像神父一样地在街上大摇大摆缓步地走。我招呼他，他用手遮着眼向我望望，在想什么心事似的说：

“啊，是你呀……你现在在画圣像，是的，是的……嗯，去吧，去吧！”

他把我从道上推开，又照样大摇大摆缓缓地走去了。

外祖母不常见到，她要养活衰老痴呆的外祖父，拼命地在干活，还要照顾舅父的孩子。最费手脚的是米哈伊尔的儿子萨沙，他是一个漂亮青年，爱幻想，喜读书。换了好几家染店工作，失业下来就依靠外祖母养活，静候她给他找到新的位置。萨沙的姐姐也是外祖母的累赘，她命运不好，嫁了一个喝酒的工匠，他打骂她，把她赶出来了。

每次同外祖母碰见，我都更加打心底里佩服她心地好。但是我已渐渐感到这种美丽的心灵被童话蒙住了眼睛，不能看见，也不能理解苦难的现实生活的现象。因此我的焦灼和不安，她是不能体会的。

“要忍耐，阿廖沙！”

当我长篇大论地对她说到生活的丑恶，人们的苦痛、苦闷，扰乱了我的心的一切，这便是她所能回答我的唯一的一句话。

我不会忍耐，假使有时候也能表现出这种牲畜和木石的德行的话，不过是为了锻炼自己，要知道自己的力量和在地上的坚实程度而已。有时候，青年人常常凭血气之勇，羡慕大人的气力，试着去举起对于自己筋肉和骨头过重的东西，并且举起来了，为了炫耀自己，像有气力的大人一样，试着挥舞两普特重的秤锤。

从直接和间接的意义上，我的肉体上、精神上都有过这一切的行为。只是由于偶然的机会，我没有受到致命的重伤，没有变成终生的残废。因为没有什么能比忍耐、对于外部条件的力量的屈服更可怕的使人残废的东西。

如果我终于变成一个残废者躺进坟墓，那么我在临终的时候，依然可以骄傲地说：那些善良的人，在四十年之中，拼命想使我的心变成残废，但他们的一番辛苦都白费了。

想闹着玩，想使人家高兴，使人家笑，那种激烈的愿望愈加频繁地驱使着我。我常常做到了这一点，我会假扮尼日尼市场上那班买卖人的脸相，把他们的情形讲给人家听。我模仿乡下男女买卖圣像的神气，掌柜如何巧妙地欺骗他们，鉴定家们怎样吵嘴。

作坊里的人都大声笑了，有时师傅们看着我的表演，放下手里的工作，但在这以后，拉里昂诺维奇总是劝告我：

“你顶好是在夜饭后再表演，免得妨碍工作……”

“表演”完了，我好像放下重担，心里觉得轻松了。半小时一小时之间，头脑里很清爽。但是过了一会儿脑子里好像又装满了尖锐的小钉子，在那里钻动着，发起热来。

我觉得在我四周滚沸着一种什么泥汤，而我自己也好像慢慢地在那里面煮烂了。

我想：

“难道整个生活就是这样的吗？我要同这些人一样生活下去，不能活得更好一点儿，不能找到更好的生活吗？”

“马克西莫维奇，你生气啦？”日哈列夫注视着我说。

西塔诺夫也常常问我：

“你怎么啦？”

我不知怎样回答。

生活顽固而粗暴地从我的心上抹去美丽的字迹，恶意地用一种什么无用的废物代替了它。我愤慨地对这暴行作强悍的抵抗。我和大家浮沉在同一条河水里，但水对我是太冷了，这水又不能像浮起别人一样轻易地把我浮起，我常常觉得自己会沉到深底里去。

人们对待我越加好起来，他们不像对巴维尔那样喝斥我，也不欺侮我。为着对我表示敬意，用父称叫我。这很好，但看了许多人狂饮的情景，喝醉以后他们那种讨厌的样子，和他们对女子的不正常的关系，心里实在痛苦，虽然我也知道，酒和女人在这种生活中是唯一的安慰。

我时常痛心地想起，连那个聪明大胆的纳塔利娅·科兹洛夫斯卡娅自己也说女人是一种安慰。

那么，我的外祖母呢？还有，那位“玛尔戈王后”呢？

想起“王后”，我感到一种近于恐怖的感情。她与大家是那样不同，我好像是在梦里见过她。

我非常多地想到女人了，而且已经在解决这样的问题。下次休息日，我是不是也到大家去的地方去呢？这不是肉体的要求，我是健康好洁的人，但有时候，却发疯似的想拥抱一个温柔而聪明的人，像告诉母亲一样，把我心里的烦恼，坦率而且无穷无尽地向她倾诉。

巴维尔每晚上都告诉我，他同对门房子里的女佣发生的罗曼史，我非常羡慕他。

“是这么一回事，兄弟，一个月以前，我拿雪球扔她，还不喜欢她，但现在坐在长凳子上紧紧偎着她——再没有比她更可爱的了。”

“你们谈些什么?”

“当然什么都谈。她对我讲自己的身世，我也对她讲我的身世。然后我们亲嘴……只是她这个人很正派……老弟，她人怪好的！……嗯，你像个老兵一样地抽烟!”

我烟抽得很多，抽醉了，心里的忧愁和不安就都麻木了。幸而我不爱喝伏特加，我讨厌它的气味和味道。但巴维尔却爱喝酒，喝醉了就伤心痛哭：

“我要回家去，回家去！让我回家去吧……”

我记得他是孤儿，他的父母早已死了，也没有兄弟姊妹，大约从八岁起就寄养在别人家里。

正当情绪这样激动不满的时候，更加受了春天的诱惑，我决定再到轮船上去干活，等船开到阿斯特拉罕就逃到波斯去。

为什么决定去波斯，这理由现在已记不起来了，或者只因为我曾在尼日尼市场上见到波斯商人，觉得非常合意的缘故：他们跟石像一样盘膝坐地，染色的胡子映在太阳光中，沉静地抽着水烟袋，他们的眼睛又大又黑，好像天底下的事没有他们不知道的。

说不准我真会逃到什么地方去，可是复活节的那一周，一部分师傅回乡去了，留着的也只有一天到晚喝酒。因为天气很好，我到奥卡河边去散步，在那里碰到了我的旧主人，外祖母的外甥。

他穿着薄薄的灰大衣，两只手插在裤袋里，含着烟卷，帽子戴到后脑壳，他的和蔼的脸，对我做着友好的微笑，有一种令人倾心的快活的自由人的风度。旷野里，除了我们两个，没有别人。

“啊，彼什科夫，恭喜基督复活了①!”

---

① 俄国东正教徒在复活节相见时这样互致节日贺词，并行亲吻礼。后来不限于教徒，任何人都可以行此礼。

我们接吻三次[1]，他问我生活过得怎样，我坦白地告诉他：作坊、城市，一切都已经厌倦，因此想到波斯去走走。

“算啦，”他认真地说，“什么波斯不波斯呀？见鬼！老弟，我知道，我在你这样年纪的时候，也想远走高飞！……”

他虽然开口就见鬼见鬼的，我听了却挺舒服。他的身上有一种美好的春天的气息。他显出一副自由自在、自得其乐的样子。

“抽烟？”他问，向我伸出一只装着粗大的烟卷的银烟盒。

这可终于把我征服了！

“嗯，彼什科夫，再到我这里来吧！”他向我提议，“今年市场里的建筑工程我包下了有四万多，兄弟，你明白吗？我派你到市场上去，替我当个像监工的人，材料运到，你收下来，按时分配到一定场所，防备工人们偷盗，好吗？薪水一个月五卢布，另外每天给五戈比中饭钱！你同我家里女人们不相干，早出晚归，不要管她们！不过你别说我们是在路上碰到的，你装作随便跑来就得。多马周[2]的星期天，你来好啦——就这样吧！”

我们像朋友一样分别，他握了握我的手走开去，甚至远远地殷勤地摇着帽子。

回到作坊里，我告诉他们我要走，开始，大半的人都表示了使我感到荣幸的惋惜之情，巴维尔尤其不好过。

“你想想，”他责备我说，“咱们在一起惯了，你怎么能跟那些杂七杂八的乡下人过活？木匠，彩画匠……你这是干什么！当家师父不做倒去做香火和尚……”

日哈列夫咕噜说：

“鱼往深处游，漂亮小伙子却往狭处钻……”

作坊里给我举行的饯别会，是很愁闷而枯燥的。

---

① 同上。

② 复活节后第二周。

“当然是什么都应该试一下，”醉得脸发黄的日哈列夫说，“不过最好一下就抓紧一件什么做下去……”

“做一辈子。”拉里昂诺维奇低声补充说。

但我觉得他们这样说，是勉强的，好像只是一种义务。我同他们联结着的那根绳子，好像立刻霉断了。

喝醉了的戈戈列夫在高板床上发着沙嗓子说：

“我一高兴，让你们都到牢里去！我——知道秘密！这里有谁信上帝呀？嘿，嘿……”

和平时一样，墙旁边靠着没有脸部的未画完的圣像，天花板上贴着玻璃球。早已不在灯下做夜工了，它们好久没用，罩上了一层灰色的尘土和煤烟。四周一切，都深深留在我记忆里，就是闭着眼，在黑暗中，也看得见地下室的全景：所有的桌子、窗台上的颜料罐、成捆的画笔和笔插、圣像、放在屋角上的脏水桶、水桶上面消防夫帽子似的铜的洗手钵、从高板床上垂下来戈戈列夫的发青的像淹死鬼的脚似的赤脚。

我想早一点儿离开，但是俄国人是喜欢拖延悲哀的时间的，同人分别，也好像做安魂祭一样。

日哈列夫把眉头一动，对我说：

“那本《恶魔》，我不还你了，你愿意算二十戈比让给我吗？”

这本书是我的，一个当消防队队长的老头儿给我的，我不愿意把这本莱蒙托夫的作品让给别人。但我不大高兴地说，我不要钱，日哈列夫也就不客气把钱收进钱袋里，坚定地说：

“随你便吧，不过书我不还你！这本书对你没有好处，带着这种书马上会犯罪的……”

“可是店铺也有卖的呀，我亲眼见过！”

但他很恳切地对我说：

“那没有关系，店铺里也卖手枪呢……”

结果，莱蒙托夫的作品终于没有还给我。

我上楼去向老板娘告辞，在门廊下碰见她的女儿。她问：

"听说你要走?"

"是的。"

"你若不走，也会把你赶走的。"她虽说得不大客气，倒十分真诚。

醉醺醺的老板娘这样说：

"再见，上帝保佑你！你这小孩子很不好，犟得很！我自己虽然没有亲眼看到你的坏处，但是大家都说你是一个不好的孩子!"

接着，她忽然哭起来，泪汪汪地说：

"要是我们那个死人还活着，要是我的丈夫，亲爱的宝贝还活着，他一定会对付你，会揍你，会打你的脑袋，可是决不会把你赶走，一定会让你在这里待下去。现在是全都变样了，一点儿不合意就叫人家滚蛋。唉，你到哪儿去呢？孩子，你到哪儿去立脚?"

## 十六

我同主人划着一只小船，经过市场的街道。两边砖造的店房，因为发大水，淹上了二楼。我划着桨，主人坐在后艄，笨拙地把着舵。后桨入水过深，船身拐来拐去地绕过街角，滑过平静而浑浊的、像在深思一样的水面。

"唏，这回水头真高，活见鬼！不好开工。"主人嘟哝着，抽着雪茄烟，烟发出焚破呢料的气味。

"划慢点!"他惊慌地叫，"要撞着路灯柱子了!"

好容易把住船舵，他骂：

"把这么坏的船给我们，混账东西……"

他指给我看水退后要修理店铺的地方。他的脸剃得发青，唇须剪得短短的，又加含着雪茄烟，看来全不像一个包工头。他穿着皮袄，长筒靴一直套到膝头上，肩头挂一只猎袋，两腿中间夹住一杆莱贝尔双筒枪①，他老是不安地动着皮帽子，把它压在眉梢上，鼓起嘴唇，忧虑地瞧看四周；然后又把帽子掀在后脑上，显得很年轻，唇须上浮起微笑，回忆着什么愉快的事情，不像一个工作忙碌的人，心里正为了大水退得慢在发愁。显然，在他的心里正荡动着和工作无关的什么念头。

我略被惊奇压住：看着这死寂的城市是这样奇异，密排着一排排紧闭窗户的房子——大水淹着的城市好像在我们的船边漂过去。

天空是灰色的，太阳藏在云中，不过有时候从云缝里露出冬天那样的银白色的巨大姿影。

水也是灰色的，很冷，看不见它流，好像凝冻着，同肮脏的黄色的店房和空屋子一起在睡觉。云缝里露出苍白的太阳，周围一切就稍微明亮了一点儿，灰色的天空，像一块布似的映在水里。我们的小船漂荡在两个天际之间，石头房子也漂荡起来，慢得几乎像瞧不出来地向伏尔加河和奥卡河方面流去。船旁边，漂着一些破桶、烂箱、筐子、木片、干草，有时还有竿子或者绳子，像死蛇一般浮着。

有些地方，窗子开着。市场长廊的屋顶上，晒着衬衫裤，放着毡靴子。有一个女人从窗口眺望灰色的水。长廊的铁柱上系着一只小船，红红的船腹，映在水里像块挺大的肥肉。

主人用下颏点点那些有人的地方，向我解释：

“这里是市场更夫住的地方，他从窗口爬到屋顶上，坐上小船，出去巡逻，看什么地方有小偷没有，要是没有，他自己就偷……”

他懒懒地、静静地说着，心里正想着什么别的事。四周像睡眠一般安静，空寂得令人难信。伏尔加河和奥卡河汇合成一个大湖。在远远的毛毵毵的山上，隐约看见花花绿绿的市区。全城浸在还是灰暗色的，但树枝已经抽芽的果园中，房舍、教堂都披上绿色的和暖的外衣。从水面

① 自1887年法军中使用的一种枪，它以发明人莱贝尔（1835—1881）的名字命名。

传来很热闹的复活节的钟声，听得出全城都在鸣响。但是我们这边，却好像是在被遗弃的墓地里。

我们的小船，穿过黑森森的两行树林，从大街划往老教堂的地方。雪茄的烟刺着主人的眼，使他感到烦扰，小船的船头船身，不时碰着树身，主人焦躁地惊叫道：

“这只船坏透了！”

“你不要把舵呀。”

“哪有这种事？”他咕噜说，“两个人划船，当然一个划桨，一个把舵。啊，你瞧，那边是中国商场①……”

我对市场的情形，早就了如指掌；我也知道这个可笑的商场和它那乱七八糟的屋顶。屋顶的角落上，有盘膝坐着的中国人石膏像。有一次，我同几个朋友向那些人像扔石子，有些人像的脑袋和胳臂是被我用石子打掉的。但现在，我再也不会因为这样的事自傲了……

“真没意思，”主人指着那商场说，“要是我来修造的话……”

他把帽子望脑后一推，吹着口哨。

但是，不知怎的，我却觉得，他若是把砖房街市造在这个每年要被两条河的河水淹没的低地上，也会是同样枯燥的。他也会想出这种中国商场来的……

他把雪茄烟丢在船外边，同时厌恶地吐了一口口水，说：

“真闷人，彼什科夫，真闷人呀！光是一班没受过教育的人，没有人可以谈谈！要吹牛，吹给谁听呢？没有人，都是木匠、石匠、乡下佬、骗子……”

他望着右边从水中伸出耸立在小丘上的美丽的白色回教堂，好像想起了什么被遗忘的东西，继续说：

“我现在开始喝啤酒，抽雪茄，学德国人的样。德国人，老弟，他

---

① 市场中心救主大教堂两旁是“中国商场”（以其建筑式样得名），经营茶叶、糖、纸张等商品。

们真能干，是好家伙！啤酒喝下去挺舒服，但雪茄还没抽惯。抽多了，老婆就叽咕：‘你有一股怪气味，像马具工一样。’喂，老弟，活着，就得千方百计……好，你来把舵吧……”

他把桨放在船沿上，拿起枪，向屋顶上的一个中国人像开了一枪。中国人像没有受损伤，霰弹落在屋顶和墙头，向空中升起一股尘烟。

“没有打中。”射手毫不懊丧地说，又往枪膛里装弹药。

“你对姑娘们怎样，开了戒没有？还没有吗？我在十三岁的时候就已经恋爱上了……”

他跟讲梦一样，讲了他学徒时候跟建筑师家女佣的初恋。灰色的水轻轻地泛起水花，洗刷着房子的墙角。教堂后面一片辽阔的水，闪烁着浑浊的光波，水面上露出几处柳树的黑枝。

在圣像作坊里，不断地唱着神学校的歌：

> 青青的海，
> 狂暴的海……①

这青青的海，大概是致命的寂寞……

“夜里睡不着，”主人说，“有时从床上爬起来，站在她的房门口，像小狗一样发抖，屋子很冷。我的东家，每夜上她房里去，说不定我会被他撞见，可是，我不害怕，真的……”

他好像在审视着一件穿过的旧衣服，看看能不能再穿一样，沉思地说：

“她看见了我，怜惜我，打开房门叫我：‘进来呀，小傻瓜’……”

这类故事我听过很多，虽然其中也有有趣的地方，但是已经听厌了。一切人，关于自己的初“恋”，差不多都是说得很缠绵，很伤感，没有一点儿吹牛和猥亵。于是我认为这是讲故事的人一生最好的地方。

---

① 用伊·伊·科兹洛夫（1779—1840）的诗谱写的歌。

有很多人，在生活中好像就只有这样一点儿好处。

主人笑着，摇着脑袋，惊奇地感叹说：

“这话你可不能对我老婆说，千万说不得！这里有什么了不起的东西呢？可是这总是不能说的话！你瞧，真有意思……”

他好像不是对我，而是在对自己说。要是他不说，我就会说了。置身于如此静寂和荒凉之中，不能不说话、歌唱，或是拉手风琴。要不然，就会在这被灰色寒冷的水所淹没的死寂的城市里，陷入深深的永眠。

“第一，不可早结婚！”他教我，“兄弟，结婚是一件终身大事！活下去，愿在哪里住，就住在哪里，愿干什么就干什么。这是你的自由！可以住在波斯当回教徒，也可以住在莫斯科当警察，受苦也好，偷盗也好——这一切都可以改变过来的！可是，老弟，老婆这个东西，同天气一样，你没有方法去改变……真的！她不能跟靴子一样随意扔掉……”

他的脸色变了，皱着眉头望望灰色的水，用一只指头擦一擦隆起的鼻梁，喃喃说：

“对，老弟……须要小心谨慎！你逢人叩头，即使你能屈能伸……但是，每个人面前都摆着自己的圈套……”

我们划进了梅谢尔斯基湖的灌木林里①，这湖同伏尔加河汇合起来了。

“划慢点儿！”主人嘱咐着，把枪瞄着灌木林。

打到了几只瘦小的野鸭，他吩咐我：

“划到库纳维诺去！我要在那边待到天黑。你回家去，就说我被包工头们耽误住了……”

他在市梢一条街上了岸，这边也涨了水。我经过市场，回到指针街，把小船系住，坐在船上眺望两条大河汇合的地方、城市、轮船和天空。天空像一只大鸟的丰满的翅膀，布满白羽毛一般的云片。云缝的蔚

---

① 在下诺夫哥罗德市场中心区的北面。

蓝的深渊里，露出金黄色的太阳，它的光线一映到地上，地上万物都改变了。四周一切都健康而可靠地动着。急湍的河流，轻轻地浮送着无数的木筏。木筏上挺然站立着长胡子的乡下人，摇动着长长的木桨，在相互间，和遇到轮船的时候，发声叫嚷。小轮船逆流拖着一只空驳船，河水摇晃着轮船，好像要把它夺下来。轮船像梭鱼，晃着头，喘着气，对猛然扑来的浪头，使劲地转动着轮子。驳船上并排坐着四个人，把腿吊在船舷外，其中一个穿一件红褂子①。四个人同声唱歌，听不清歌词，但声调是熟悉的。

在这生气蓬勃的河上，我觉得一切都熟悉，一切都有好感，而且一切都是可以理解的。可是在我的身后，淹在水里的城市却好像一场噩梦，好像主人杜撰的故事，同他自己一样是不可理解的。

我称心如意地饱看一切，觉得自己变成了大人，什么工作都会干，便回家去了。半路上，我从内城的山头回望伏尔加河，从高处远望对岸，大地显得更辽阔，好像凡是人所盼望的，都会得到满足。

家里我有书。从前玛尔戈王后住过的房子，现在住了一个大家庭。五个姑娘一个比一个更美丽，两个中学生，她们借书给我，我贪心地读着屠格涅夫的作品，使我惊奇的是：他的作品都明白易懂，像秋天的天空一般晴朗，而且作品中的人物是那么纯洁，一切用简朴的话所谈的事物是那么美好。

我又读了波缅洛夫斯基②的《神学校随笔》，也不胜惊叹。最奇怪的是这部作品同圣像作坊的生活非常相像。我完全了解因为厌倦生活而做残酷的恶作剧的心理。

读俄国的作品很好，使人能常常在书中感到一种熟悉的和伤感的东西。好像在书页中隐藏着大斋节的钟声，把书打开就轻声地嗡嗡地响起来。

---

① 俄国商船队行驶时，保留着一种古老的习俗：桨手身穿红褂子。

② 尼·格·波缅洛夫斯基（1835—1863），俄国平民知识分子作家。

我勉强读完了《死魂灵》，读《死屋手记》[①] 时也是这样；《死魂灵》、《死屋》[②]、《死》[③]、《三死》[④]、《活尸》[⑤] ——这类书名，不禁引起了我的注意，激起我对这样的书一种模糊的不快。《时代的表征》[⑥]、《稳步前进》[⑦]、《怎么办?》[⑧]、《斯穆林诺村记事》[⑨] 这一类书，我也不喜欢。

但是我最喜欢的是狄更斯、华特·司各特。我以极大的兴趣读了他们的作品，一本书常常读两三次。华特·司各特的书使人联想起大教堂中节日的弥撒，虽然稍嫌冗长沉闷，但往往是庄严的。狄更斯是我的一位愿意向他低头膜拜的作家。这个人可惊地掌握了最困难的人类爱的艺术。

每天傍晚在大门口都聚集很多人。K 家兄弟和姊妹，还有其他的少年，一个仰天鼻子的中学生维亚奇斯拉夫·谢马什科。有时候一位大官的闺女普季齐娜小姐也来。大家谈论着书啦，诗啦，这对我都是亲切的，熟悉的。我读过的书比他们所有的人都多。但他们谈得更多的是中学里的事，对教员的不满之类。我听了他们的话，觉得自己比这班友人都自由些，而且奇怪他们的忍耐。不过我还是羡慕他们，他们是在那儿求学呀！

我的朋友年纪都比我大，可是在我看来，我比他们要大人气，比他们更成熟，更富于经验。这多少使我觉得窘苦，我希望自己能同他们更接近些。每天很晚，我带了一身尘土和肮脏，回到家里来，脑子里装满

---

① 陀思妥耶夫斯基的小说。

② 《死屋手记》的简称。

③ 屠格涅夫的短篇，收在《猎人笔记》一书内。

④ 列夫·托尔斯泰的作品。

⑤ 屠格涅夫的短篇，收在《猎人笔记》一书内。

⑥ 俄国作家 Д. Л. 莫尔多夫采夫（1830—1905）的长篇小说。

⑦ 俄国作家 И. В. 奥穆列夫斯基（1836—1883）的长篇小说。

⑧ 车尔尼雪夫斯基的长篇小说。

⑨ 俄国民意派作家 Л. В. 扎索季姆斯基－沃洛格金（1843—1912）的作品。

与他们完全不同的许多印象，他们的思想是很简单的。他们常常谈论人家的闺女，时而想念着这个少女，时而爱恋着那个少女，想作诗。但是作起诗来，常常要我帮忙。我热心地练习作诗，很容易地学会了用韵。可是不知什么缘故，我的诗总是带着一点儿幽默气。对于那位比别人都多接到赠诗的普季齐娜小姐，我常常把她比作蔬菜——葱头。

谢马什科对我说：

“这是什么诗？简直是皮鞋钉呀！”

我什么事都不肯落在他们后面，也爱上了普季齐娜小姐。我已记不起我是怎么对她表白自己的爱情的了，总之，结果颇为不妙。星池的腐绿的水上，浮着一块木板，我叫小姐坐在这块木板上，由我来划，她答应了。我把板拨到岸边，跳了上去，我一个人木板还可以浮得住，可是等到满身花边和丝带的盛装的小姐优雅地站上板的另一头，我得意地把竹竿向岸撑开时，这块该死的板就摇摇摆摆沉了下去，把小姐翻在水里。我使出骑士的精神，跳进水里去救她，立刻把她抱上岸，惊慌和池中的绿泥把我的皇后的美丽抹灭得干干净净了！

她挥着水淋淋的拳头，向我吓唬叫骂：

“你故意把我翻到水里！”

不管我多么诚恳地解释，她都从此恨透了我。

总之，城里的生活都不大有趣味。老主妇跟从前一样，对待我很不好，小主妇用怀疑的眼光瞧着我，维克托雀斑长得更多了，脸也愈加发红，不知有什么委屈，他对什么人都动不动就吵。

主人制图工作很忙，两兄弟忙不过来，叫了我的后父来帮忙。

有一天，我很早从市场里回来，大概是五点钟的样子，走进餐室，看见主人同一个我早已忘掉的人坐在那里喝茶。他向我伸过手来：

“您好呀……”

完全出于意外，我发愣了，过去的情形像火一样燃烧起来，灼痛我的胸口。

“简直吓住了。”主人叫道。

后父瘦得厉害的脸上带着微笑望着我。他的黑眼睛显得更大，他周身到处都显得衰弱、拘束。我把手放在他的细瘦而发热的手指里。

“瞧，我们又见面了。”他咳着说。

我像挨了打似的、没劲地走开了。

我们之间发生一种谨慎的不明确的关系，他叫我的名字，添上父称，说话的时候像对平辈一样。

“您到铺子里去的时候，请替我买四分之一磅拉费尔姆烟丝[①]和一百张维克托尔松卷烟纸[②]，另外买一磅煮香肠……”

他交给我的钱，总带着手里的温热，拿着很不爽快。显然，他害肺病，在世也不久了。他自己也知道这个，拧着黑而尖的胡须，沉静地低声说：

“我的病大概是治不好了。然而多吃些肉，那就会好起来，说不定，我会好的。”

他吃得很多，烟也抽得凶，除了吃饭的时候，总是不离嘴的。我每天给他买香肠、火腿和沙丁鱼。可是外祖母的妹子，深信不疑地，不知什么缘故也幸灾乐祸地说：

“拿好东西请死神吃是没有够的，死神总是骗不过的！”

主人们用一种使人难堪的关心对待后父，常常固执地劝他吃这种那种药，可是背后却笑他：

“好一个贵族！他说必须把桌子上的面包渣子收拾干净，据说苍蝇是从面包渣子里发生的。”小主妇这样一说，老主妇就搭上腔来：

“是呀，真正的贵族呢！衣服亮亮的，都磨出了窟窿，还在那里拼命地用刷子刷。真是个怪人，一颗尘土也不肯沾在身上！”

主人却好像在安慰她们：

“你们等着吧，老母鸡，他也不会久了！……”

---

① 彼得堡拉费尔姆烟草公司生产的烟丝。

② 用维克托尔松设计的机器造出的卷烟纸，在革命前的俄国销路甚广。

市侩们对于贵族的这种莫名其妙的反感，却不知不觉地使我和后父接近起来。捕蝇草虽然也是一种毒草，但它总是美丽的！

后父喘息在这班人中间，好像一条鱼偶然落进了鸡窝。这个比方虽然有点荒唐，不过这种生活原来就是这样荒唐的。

在他的身上，我开始瞧见“好事情”——我那个永不能忘的人的特征，我把书中所见到的一切好处，都拿来装饰了他和王后，把读书所产生的一切幻想和自己所有的最纯洁的东西，都放在他们身上。后父同“好事情”一样，是一个冷冰冰的不可亲近的人。他对这家的人，一律平等，自己决不先说话，回答别人的发问的时候，也特别客气而简洁。我很惬意他教主人的样子。站在桌子边，弯着腰，用干枯的指甲敲着厚纸，沉静地教训说：

“这里，必须把托梁用铁钩连起来，减少对墙的压力，要不然，托梁会把墙压坏。”

“对啦，真是见鬼！”主人咕噜着。一会儿后父走开时，妻子向他叽咕：

“我真奇怪，你怎么让他教训。”

后父夜饭后刷牙，翘起了喉结漱口，不知什么缘故，使她特别生气。

“我觉得，”她发出酸溜溜的声音，“叶夫根尼·瓦西里伊奇，你这样把脑袋仰到后面，对身体有害呀！”

他殷勤地微笑着问：

“为什么？”

“……就是这样……”

他开始拿一把牛骨针剔他那微带蓝色的指甲。

“你瞧，还剔指甲呢！”主妇不安起来了，“快要死了，还在……”

“唉！”主人叹着气，“老母鸡，你有多少这种蠢话啊……”

“你说什么？”妻子不高兴了。

老婆子每夜热心祷告着上帝：

“上帝呀，那个痨病鬼真是我的累赘，维克托又袖手不管了……”

维克托模仿后父的举止，慢吞吞地走路，贵族式的两手沉着的动作，挺好的系领带的方法，吃东西嘴里不发声响，他时时粗鲁地问：

“马克西莫夫，膝头，法国话怎么说？”

“我叫叶夫根尼·瓦西里耶维奇。”后父淡然地提醒他。

“啊，好吧！胸部叫什么呢？”

吃夜饭的时候维克托命令母亲：

“马——梅——东涅——穆阿扎称尔①腌牛肉！”

“啊，你这个法国人呀。”老婆子爱怜地说。

后父像个聋哑人，完全不瞧别人，尽咬着肉。

有一天，哥哥对兄弟说：

“维克托，你现在学会了法国话，得给你找一个情人……”

后父默默地微笑了一下，我记得，他这样笑法，我只见到这一回。

可是主妇大不高兴，把汤匙往桌上一扔，对丈夫叫：

“你真不害臊，当我的面说这种下流话！”

有时候，后父来到后门的门廊里找我，那边，上阁楼去的楼梯底下，是我的寝室，我坐在楼梯上，对着窗口看书。

“看书呢？”他喷着烟问，他的胸中好像有烧焦的木头发出咝咝的声音，“这是什么书？”

我把书给他看。

“啊，”他说着，看了看里封，“这本书我好像也看过！您想抽烟吗？”

我们从窗口望着肮脏的院子，抽着烟。他说：

“您不能求学，真可惜，您似乎天资很好……”

“我在求学呀，看书……”

“这个不够，须要进学校，有系统……”

我想对他说：

---

① 不正确的法语：妈妈，再给我一点儿。

"我的老爷，你也进过学校，也有系统的知识，可是有什么用处呢?"

他好像略微感觉到了我的意思，补充说：

"有志气的人，学校就能给他好教育。有大学问的人，才能推动社会生活……"

他不止一次劝告我：

"您最好离开这儿，这里对您没有意思，也没有益处……"

"我喜欢工人们。"

"这……喜欢哪一点?"

"同他们在一起有趣味。"

"也许……"

但有一次他说：

"实在说来，这里的主人们都很无聊，无聊……"

想起我的母亲在什么时候和怎样讲过这话时，我不由自主地离开他远一点儿，他笑着问：

"你不这样想吗?"

"这样!"

"得啦……我看得出来呀。"

"到底主人还使我喜欢……"

"对，他也许是个好人……不过有点可笑。"

我想同他谈谈书，但他显然不喜欢书，常常劝告我：

"不要被书迷住了，书中一切都是大大粉饰过了的，歪曲过了的。写书的人，大半跟这里的主人一样，是一种小人物。"

我觉得这种断定是大胆的，因而使我对他怀起好感来。

有一次他问我：

"您读过冈察洛夫的书没有?"

"读过一本《战船巴拉达号》。"

"那本《巴拉达号》很没意思，但大体上说来，冈察洛夫是俄国最聪明的作家。我劝您读读他的长篇小说《奥勃洛摩夫》。这是他作品中一本最真实、最大胆的，一般说来，在俄国文学中，这是一本最好的书……”

关于狄更斯，他说：

“请您相信，这是胡扯……《新时代》报副刊上连载的《圣安东尼的诱惑》[1]，是很有趣的作品——您可以读一读！您似乎喜欢宗教和关于宗教的一切，这《诱惑》对您有用处……”

他拿来一叠副刊。我就读福楼拜的杰作。这部作品使我联想到圣贤传中许多片段和鉴定家对我讲的故事中的某些地方。我对它也没有特别深刻的印象，不过跟同时连载的《驯兽者乌皮里奥·法马利回忆录》[2]比起来要有味得多。

我把这意思老实对后父说了，他淡然地说：

“你读这种书还太早！不过你不要忘掉这本书呀……”

有时他和我同坐很久，他一句话也不说，咳嗽着，不断地吐着烟雾。他的漂亮的眼里燃着惊人的火。我悄悄凝视着他，使我忘记了这个正在如此忠诚、简单、毫无怨尤地死亡着的人，从前曾经亲近过我的母亲，侮辱过她。我听说他现在同一个女裁缝同居，想到她，觉得迷惘而且哀怜。她抱着这么长大的骷髅，同这么发着臭烂气味的嘴巴亲嘴，为什么不厌恶呢？同“好事情”一样，这位后父也常常无意泄露出一些真心话来：

“我爱猎狗，猎狗很傻，我却挺爱，它们挺美。美的女人也往往挺傻的……”

我不无骄傲地想：

“你哪会知道，女人当中还有玛尔戈王后呀！”

“一切人在一个屋子里一起待久了，脸也会变成一个样。”一次他

---

① 法国作家福楼拜的作品。

② 这本《回忆录》是意大利佛罗伦萨市的人类学教授保罗·曼特加扎采写的。

说了这句话，我把它抄在本子里了。

我期望这种警句，好像期望礼物。在这屋子里，每个人都说着枯燥无味的已僵化成陈词滥调的话。我一听到不平凡的话，耳朵就觉得舒服。

后父从不对我说到母亲，连她的名字也不提起，这一点我很喜欢，而且对他起了一种虽不能说是尊敬，但也近乎尊敬的感情。

有一次，我问他关于上帝的事情，我已经不记得问的是什么了，他向我瞥了一眼，很平静地说：

“不知道，我是不相信上帝的。”

我记起了西塔诺夫，把他的事告诉了他。后父注意听着，还是那么平静地说：

“他会论断，可是论断的人总还是有信仰的……我——就是不信！”

“难道这可能吗？”

“为什么不可能？你瞧我就不信……”

他快要死了——在我的眼里，只觉到这一点。我并不会可怜他，但是对于一个垂死的人，对于死的秘密，我第一次感到尖锐的纯真的兴趣。

一个人坐在这里，他的膝头触着我，他在发烧，在想。他深信地把人们按自己的看法分成类。他说着一切，好像有权审判和判决一般。在他身上，有一种我所需要的东西，或是暗示着我所不需要的东西。他是无比复杂的人，有着无穷的思想。不管我怎样对待他，他永是我身上的一部分，在我的身上什么地方生活着。我想到他，他的灵魂的影子就映在我的心灵里。到明天，他会完全消失，消失得无影无踪。一切藏在他脑中心中的，我觉得，我能从他的美丽的眼睛里看到的东西，都会一概消失。等他一死，把我和世界联系着的一条活的线索就会断了，剩下的就只有回忆。然而这回忆完全留在我的心中，永远是局限在我心中，永远不变；而活的变化着的，是会消逝的……

但这是思想。在思想后面，又有一种产生思想、培育思想、说不出的东西，公然强迫人去研究各种生活现象，要求对每一个现象，回答——为什么？

“你知道，不久我会躺倒的，”有一个雨天，后父说，“我衰弱得要命，什么事也不想做……”

第二天，晚上喝茶的时候，他很用心地拭去桌上膝上的面包渣子，从自己身上拭去一种眼睛瞧不见的东西。老主妇怀疑地瞧着他，偷偷对媳妇说：

“你瞧，他在自己身上抓抓拭拭，弄得多干净……”

过了两天，他不来上工了。老主妇拿一个很大的白信封给我说：

“这是昨天中午一个女人送来的，我忘记了交给你。很可爱的女人，她有什么事来找你，这我就不知道了，真的！”

信封中一张医院用笺，写着挺大的字：

请抽暇来看我。在马丁诺夫医院[①]。叶·马。

第二天早上，我坐在医院病房后父的病床边上。他的身体比床长，两只胡乱套着灰袜子的脚搁在床栏外，一对美丽的眼睛模糊地望望黄墙头，落在我的脸上，又落在一位坐在床头凳子上的女子的小手上，她两手搁在他枕头上。后父张开嘴，半边脸在她手上挨擦着。女子穿着一件素净的深色连衣裙，胖胖的蛋圆形的脸上挂着泪水，湿润的碧眼一动不动凝视着后父的脸、瘦削的骨骼、尖而大的鼻子、发黑的嘴唇。

“应该去叫个神父来，”她低声说，“可是他不答应……什么也不懂得……”

她从枕上收回两手，放在胸口，好像在做祷告。

后父苏醒过来了一会儿，望着天花板，好像想起什么，严肃地皱着眉头，后来把细瘦的手伸到我身边：

“是您吗？谢谢您。您瞧……我难过得很……”

说了这话，又疲乏了，他合上眼。我摸了摸他的发紫的长指甲的手

① 当时下诺夫哥罗德最大的医院。

指。女子轻轻地请求：

“叶夫根尼·瓦西里耶维奇，请答应我！”

“你们认识认识吧。”他用眼望着她对我说，“挺好的人……”

他不作声了，嘴越张越大，忽然，像乌鸦似的叫了一声，身子在床上动起来，他推开被头，赤裸的两手在身边摸索。女子把脸埋在揉皱的枕上大声哭泣。

后父很快地死了。一死，脸色就变得好看了。

我扶着那女子从医院里出来。她像病人似的踉跄着，哀哭着。她一只手里把一块手帕捏成一团，交替着拿到脸上拭拭右眼，又拭拭左眼。她越来越紧地把手帕捏着，凝视着，好像这是顶贵重的最后的东西。

忽然她停下来，倚着我责备地说：

“连冬天也没有活到……唉，我的天啊，这是怎么一回事呀！”

说着，向我伸出泪湿的手：

“再见吧。他非常称赞你。明天落葬。”

“送您到府上吗？”

她向四下一望：

“不用了，现在是白天，不是晚上。”

我在巷子拐角处望着她的背影。她慢腾腾地走着，好像没有要事的人。

这是八月，树叶子已经开始黄落了。

我没有工夫去给后父送葬，从此，也没有再见到那个女子……

## 十七

每天早晨六点钟，我到市场去上工，在那边遇上几个有趣的人：木匠奥西普，灰白头发的老头子，很像尼古拉圣徒，是一个灵巧的工人、幽默家；瓦匠叶菲穆什卡，是个驼子；笃信宗教的石匠彼得，是个沉默寡言的人，也有点像哪一位圣徒；泥灰匠格里戈里·希什林，他长着亚麻色的长胡子，是一个碧眼的美男子，脸色温文而和气。

我第二次在绘图师家的时期，已经认识了这些朋友。每星期天他们到厨房里来，认真地、俨然地、愉快地谈论着使我感觉很新奇的有趣的话。当时，我觉得这一批庄重的汉子全是十足的好人，每个人都有一种有趣的地方，同库纳维诺那班凶恶的、偷偷摸摸的和酗酒的小市民完全不同。

那时我最喜欢的是泥灰匠希什林，我甚至要求跟他去当泥灰匠，但他用白白的手指搔搔金色的眉毛，委婉地拒绝了我：

“你还太早，我们这项手艺也并不容易，等一两年再说吧……”

随后，他抬起好看的脑袋问：

“或许你生活得不好吧？嗯，没有关系，忍耐点，好好儿克制自己，一定可以忍受住！”

我不知道这个善良的忠告对我有什么用处，但我很感激地记住了。

现在，每星期天早上他们也到主人家里来，在厨房桌子边团团坐着，一边等主人出来，一边谈着有趣的闲话。主人同他们热闹地快活地打着招呼，握着他们结实的手，在桌子的上首坐下。桌子上摆着算盘和一叠叠的钞票。他们也把自己的账单和皱襞的工账簿放在桌上——开始算一星期的工账。

主人打闹着，说俏皮话，拼命想克扣他们，他们也想算计主人，有时候大声争吵，但多半是大家笑开了：

“亲爱的，你简直是天生的滑头！”大家对主人说。

他赧然地笑着回答：

“嗯，你们，老狐狸，也够油的。”

“有什么法子呢，朋友？”叶菲穆什卡承认了。面目岸然的彼得说：

“只能靠偷来的过日子，挣来的都敬上帝和沙皇了……”

“那我也要榨你们一点儿！”主人笑了。

他们也和善地支持他：

“要行窃吗?”

“要诈骗吗?”

格里戈里·希什林两手把蓬松的长须按在胸上，用唱歌一样的声音向大伙儿请求：

“兄弟们，公事应当公办，不要骗人。做一个正直的人，多么愉快，多么太平，对吗，亲爱的人们?”

他的碧眼阴沉起来，发潮了。这时候，他显得出奇的善良。他的请求似乎多少把大家窘住了，大家赧然地转过身去背向着他。

“乡下佬还有什么大骗术呀。”风采奕奕的奥西普，怜悯乡下人似的叹了一口气。

黝黑的石匠，驼着背伏在桌沿上，深沉地说：

“罪恶像泥塘，走得越远陷得越深!”

主人应着他们的腔调，喃喃地说：

“我吗?别人怎么对待我，我就怎样对待他……”

这样议论之后，他们又打算着互相欺骗，算好了账，紧张得汗气涔涔的，好像很疲倦，邀请主人一起到吃食店喝茶去了。

我在市场里的工作，就是监督这班人，防备他们偷盗钉子、砖头、木板之类的东西。他们在主人的工程以外，都有自己的私活儿，所以每个人都想从我身边偷摸些什么。

他们很和善地接待我。希什林说：

“你还记得想给我当徒弟的事吗?可是，现在，你瞧，你阔了，站在我们头顶当监工啦!”

“对，对，”奥西普俏皮地说，“好好监视，好好管理，但愿上帝帮助你!”

彼得挺不高兴地说：

“派了只小白鹤来管老耗子……”

这个职务使我为难，我在这些人面前很害臊。在我眼中，他们都知道一种特别的、很好的、除了他们之外别人所不了解的事情。但我却必须把他们当小偷儿、扒手似的管住。开头，同他们一起很不好过。奥西普很快就看出来了，有一天，他单独对我说：

“年轻人，你老板着脸是没有用的，懂吗？”

我当然什么也没有明白，但感到这老头子知道我的地位的为难，于是我很快就同他成了知己。

他把我拉到静僻的地方教我：

“你要知道，我就告诉你。我们当中，主要的偷儿是石匠彼得。那家伙养活一大家子人，贪心得很，你要留心他。他决不挑拣，什么东西都要，一磅钉子，十块砖头，一袋石灰，什么都要。人是好人，爱拜神，念头着实，识字，可是顶喜欢偷东西！叶菲穆什卡过活像女人，很温和，对你无害。他也是聪明人，驼子无傻瓜！至于格里戈里·希什林，他有点傻，不但决不拿别人的东西，连自己的也会给人！他老做没用的事，谁都可以骗他，自己却不会骗人！办事不动脑筋……”

“他，人好吗？”

奥西普望着我，好像远望似的，说出值得记住的话：

“是的，是一个好人！懒鬼做好人最容易，做好人，小伙子，做好人用不着聪明……”

“那么，你自己呢？”我问奥西普。他冷笑着回答：

“我好像姑娘，会变老婆子，那时候再讲自己，你等着吧！不过你可以动动脑筋，你找找看：真正的我是藏在什么地方？好，你找吧！”

他完全推翻了我对他和对他朋友的想法，我很难怀疑他讲话的真实性。我看见，叶菲穆什卡、彼得、格里戈里都承认这位品格很好的老头儿，他比他们聪明，天底下的事他都知道。他们什么事情都同他商量，注意听从他的劝告，对他很尊敬。

“对不起，你给我出个主意。”他们这样请求他。但当问题谈完，奥西普走开之后，石匠就偷偷对格里戈里说：

“邪教徒啦。”

格里戈里冷笑着补充：

“小丑。”

泥灰匠亲切地警告我：

“你当心那个老头儿呀，马克西莫维奇，只消一会儿，你就会上他的当！这个坏老头，可恶极啦！”

我完全弄得莫名其妙。

我觉得石匠彼得是第一个正直虔敬的人，他一切都说得简单切实，他的思想动不动停在上帝、地狱和死的上边。

“喂，大伙儿，尽管你怎样努力，尽管你有什么希望，棺材和坟墓总是逃不过的！”

他常常闹肚痛，有时候整天不能吃东西，连一小片面包都会使他痛得抽搐起来和剧烈地呕吐。

驼子叶菲穆什卡也像一个善良正直的人，可是他常常有点滑稽，有时候他像一个白痴甚至疯子，或是一个温和的傻瓜。他常常一个又一个地爱上各式各样的女子，对于一切女人都用同样的断语：

“干脆说，那不是一个女子，是一朵涂上奶油的鲜花，真的！”

当库纳维诺那些活泼嘈杂的小市民家的女人来铺子里洗擦地板时，叶菲穆什卡就从屋顶上爬下来，站在一边的屋角里，眯细着灰色的灵活的眼睛，把大嘴巴扯到耳朵边，发出猫叫的声音：

“好一个健壮的姑娘，上帝把她给我送来了，我多么开心呀，嗯，真正是涂上奶油的鲜花，命运神送这礼品来，叫我怎样道谢才好呢？见了这样的美人，我真是活活地烧起来了！”

开头女人们讥笑他，互相叫嚷：

“瞧呀，这驼子软了，真要命！”

瓦匠受了讥笑，全不在乎。他的高颧骨的脸变得惺忪欲睡，说话也变得像梦呓，从他嘴里流出来的甜蜜的话，好像一股美酒的流泉，渐渐把女人们醉倒。有一个年长一点儿的，吃惊地对女伴们说：

“你们听吧，那个汉子在发魔了，像个小伙子一样！”

“像鸟儿叫一样……”

“也像教堂门口的叫花子。”倔强的女人却不肯服输。

但叶菲穆什卡并不像叫花子。他站得挺结实，像一棵粗矮的木头，他的声调越来越带挑逗性，说的话也变得惑人动听，女人们默默地听着。他好像真的被柔和甜蜜的话语融化了。

结果，在打尖或是歇午以后，他就笨重地晃着粗硬的脑袋，惊叹地对同伴们说：

“啊，滋味不坏，可爱的小娘儿们，出世以来还是第一次碰到！”

叶菲穆什卡谈到自己的成功时，跟别人不同，他不吹牛，也不嗤笑被征服的女人，只是满心高兴地、感谢地叹息。那时候，他的灰色眼睛睁得特别大。

奥西普摇头叹气：

“啊，你总改不了！你到底多大年纪了？”

“我的年纪——四十四。年纪没有关系！今天我就年轻了五岁，好像在生命的河里洗了一次澡，全身结实了，心里也安静了，不！世上可真有好女人哪，嗯？”

石匠严厉地对他说：

“过了五十岁，你瞧，你那淫荡的习气会叫你吃苦头的！”

“你真不要脸，叶菲穆什卡。”格里戈里·希什林叹着气说。

我却觉得美男子是在嫉妒驼子的运气。

奥西普的眼睛从卷曲的银眉下望着大家，说出有趣的话：

“每个玛什卡都有自己的爱好，这个爱茶杯、汤匙，那个爱胸饰、耳环。而且个个玛什卡都要变成老婆婆……”

希什林是有老婆的，不过老婆在乡下。他也留意洗地板的女人，她们都是容易亲近的女子，每个人都做“私门生意”。在贫民窟里，这种行业同别的行业一样，不算一回事。可是美男子从来不碰女人，只是远远地望她们，眼色很奇怪，好像自怜，又好像在哀怜那些女人。有时她们倒反来戏弄他，撩拨他，他就赧然地笑笑，走开了。

“去你们的吧……”

“怎么？你这个怪人，”叶菲穆什卡奇怪了，“难道可以放弃机会……”

“我有老婆呢。”格里戈里提醒说。

“老婆哪会知道呀？”

“若是不老实过活，老婆会知道的，兄弟，她是瞒不过的！”

“怎么会知道呢？”

“这我不知道。不过她如果自己规矩，就一定会知道；若是我自己规矩，老婆不规矩，我就会知道。”

“怎么会知道？”叶菲穆什卡大声问。格里戈里安静地重复说：

“这个我不知道。”

瓦匠愤然地把双手一摊说：

“看吧！规矩，不知道！……嗯，你这个脑袋瓜子呀！”

希什林手下有七个工人，他们对他都很随便，都不把他当老板看待，背后还叫他“牛犊”。希什林到工地来，看见他们在躲懒，便拿起托板和铁锹，像演戏似的，自己动手做工，而且很亲切地喊：

“大家好好儿干呀！”

有一天，我执行主人气愤的嘱咐，对格里戈里说：

“你手下这班工人不行……”

他好像吃惊地说：

“是吗？”

“那些活儿，应该昨天上午做完的，可是他们今天还做不完……”

“这是对的，还做不完。”他同意了；沉默了一会儿，又悄悄地说：

“当然，我也明白，可是也不好意思催促他们，因为他们都是自己人，和我同一个村子，叫我没有法子。上帝处罚人——‘你必汗流满面才得糊口’[1]，你我都是受罚的。不过你我比他们做得少，再催促他们

---

① 引自《旧约·创世记》第三章第十九节。

也说不过去……”

他喜欢冥想，有时候在市场空旷的街道上走着，忽然在环形运河的桥上站下，倚在桥栏边好久好久，望望水，望望天，又望望奥卡河的对岸。遇上这种情形时，问他：

“你在干什么？”

“什么？”他醒过来了，窘迫地笑笑，“不干什么……在这儿待会儿，望望……”

“老弟，真好，上帝把一切东西都安排得顺顺调调的，”他常这样说，“天空，大地，河水流着，轮船走着，乘上轮船，什么地方都可以去，梁赞，雷宾斯克，彼尔姆，阿斯特拉罕都可以去。我去过梁赞，那小城还好，很清静，比尼日尼还清静。我们尼日尼很不坏，很热闹！阿斯特拉罕也很清静。阿斯特拉罕主要是加尔梅克人很多，我不喜欢这个。莫尔德瓦人，刚才说的加尔梅克人，波斯人，德国人，任何民族的人，我都不喜欢……”

他慢腾腾地说着，谨慎地寻找有同样思想的人，同意他的，总是石匠彼得。

“他们不是民族，他们是邪族，”彼得肯定而且气鼓鼓地说，“他们出生时躲过了基督，走路也躲过了基督……”

格里戈里活跃起来，脸上放出光彩：

“不管怎样，兄弟，我总是喜欢眼睛长得老老实实的纯粹的民族，俄国人。我也不喜欢犹太人，我不知道上帝干吗要造那么多的民族，这件事安排得太深奥了……”

石匠阴沉着脸补充说：

“深奥，可是多余的东西实在不少！……”

奥西普听了他们的话，就插嘴恶毒地讥笑：

“多余的东西的确不少，现在你们讲的这种话，也完全多余！嗯，你们搞宗派，该把你们揍一顿！”

奥西普有自己的意见，但他到底同意什么，反对什么，是不大弄得清楚的。有时我觉得，他毫无所谓地对一切人都同意，对他们的全部思想都同意。但最常见的是他讨厌一切人，他也老把别人当傻子。他对彼得、格里戈里、叶菲穆什卡说：

“呸，你们这些小猪猡……”

他们笑，并不十分高兴，而且也并不想笑，可是他们还是笑了。

主人每天给我五戈比买面包，不够吃，有点肚饿。工人们见了就拉我去吃早饭和夜饭。有时候，工头们也邀我到吃食店喝茶，我高兴地答应了，我喜欢坐在他们中间听那些缓慢的谈论和奇怪的故事。我熟悉宗教书，很使他们满意。

“你装饱了一肚子书，把胃袋绷得紧紧的。”奥西普睁着浅蓝色的眼睛向我凝视。他的神情很难捉摸，眼球永远像在融化。

“你要好好儿守住，再多积蓄些，将来有用的；等你长大了，可以当修道士，口头上安慰人们，要不然，就当大富翁……”

“当传道师①吧。”石匠不知什么缘故，用懊丧的口气替他改正。

“什么？”奥西普问。

“应该说传道师，你该明白，耳朵又不聋……”

“好，就是传道师，就当个传道师去同异教徒辩论，要不然就改信异教——这也是挣面包吃的法子！只要聪明，异教也可以挣饭吃……”

格里戈里害羞地笑。彼得从胡子里发出话声来：

“魔法师也过得不坏，还有各种无神论者……”

但是奥西普马上反驳：

“魔法师没有学问，学问不受魔法师欢迎……”

接着便对我说：

“留心听着：我的家乡里有一个穷光蛋，叫图什卡，是一个精瘦的无聊汉子。他跑东跑西，像一根鸡毛被风吹来吹去地过日子。他既不会做工，又闲不住！这家伙因为没有地方好待，有一天决心出去朝山，整

---

① 俄文的“大富翁”（миллионер）与“传道师”（миссионер）读音相近。

整出去了两年，流浪完了突然回来，模样儿完全不同了。头发披到肩胛上，头上戴顶三角帽，穿着粗布的红道袍。眼睛像鲈鱼一样向大伙儿瞄着，反复地说：悔改吧，罪人们。人们当然要悔改，尤其是女人家，于是事情顺利起来了，图什卡既酒醉饭饱，又有无数的女人玩……”

石匠生气地打断了他的话：

“难道事情在于酒醉饭饱吗？”

“要不然，是什么？”

“在于传道呀！”

“他传什么道，我没有留心过，不过我的话还说不完呢。”

“你说的就是那个图什尼科夫·德米特里·瓦西里伊奇①吗？那人我们很熟。”彼得抱屈地说。但格里戈里低着头不出声，瞧着自己的茶杯。

“我不跟你争论，”奥西普口气缓和地声明，“我只是跟马克西莫维奇谈谈挣饭吃的路子……”

“有些路子，会使人到牢狱去……”

“这事也不少呀！”奥西普同意了，“并不是走每一条路子都可以做修道士的，必须知道在什么地方拐弯……”

他有一种脾气，常常爱逗弄泥灰匠和石匠，他们是虔诚的信徒。也许他讨厌他们，但是他隐蔽得挺巧妙，他对人的态度，是不可捉摸的。

他对叶菲穆什卡似乎和善亲密些。瓦匠对于上帝、真理、宗派、人生痛苦之类的谈话，从不插嘴，而这些谈话，正是他的同伴所爱好的。他横坐在椅子上，使椅背碰不着他的驼背，不动声色地一杯又一杯地喝茶，但有时忽然警惕起来，向烟气腾腾的屋子里扫了一眼，听一听分辨不清的谈话，跳了起来，马上溜走了。原来叶菲穆什卡的债主进来了。他有十多个债主，其中一些还打过他，因此他躲开去，免得招事。

“他们这些怪家伙还发怒，”他不了解地说，“有了钱，岂有不还

① 图什卡的全名。

之理!”

“唉，这棵苦命的枯树……”奥西普瞧着他的背影说。

有时候，叶菲穆什卡坐着长久地冥想，什么也不看，什么也不听。高颧骨的脸带着温和的表情，和善的眼睛越显得和善了。

“你在想什么?”人家问他。

“我正在想，我要是有钱，我要同真正的太太，贵族太太结婚。真的，比方那位上校的闺女，我同她结了婚，一定对她很好！在这种女人身边过活，会融化的……这没有什么稀奇，兄弟，我到上校的别墅里修过屋顶……”

“是的，我们听人说过，那位上校家里有一位守寡的闺女!”彼得面色憎厌地打断他。

可是叶菲穆什卡双手在膝上摩擦着，摇摆着身子，驼背一耸一耸的，又说了下去：

“有时，她走到花园里来，长得那么白，那么美，从屋顶上望下去，觉得太阳简直算不得什么，干什么要白昼？要是能够变成一只鸽子，飞到她脚底下。真正是一朵涂了奶油的天蓝色的鲜花！同这种女人在一起，哪怕一辈子都是黑夜也行!”

“那你们吃什么?”彼得粗声问。但叶菲穆什卡全不在意：

“啊，上帝呀!”他叹息，“我们需要的不多啊，何况她有的是钱……”

奥西普笑了：

“叶菲穆什卡，你这个放荡鬼，什么时候才把命搭进去呀?”

叶菲穆什卡除了女人什么都不谈，他做工匠，活儿做得不怎么样。有时候他做得又好又快，有时候不顺手，就拿着木槌子在梁上懒懒地乱敲，结果弄了很多裂缝。他的身上永远发出一股牛油和鱼油的气味，但也有一种他所特有的健康好闻的气味，好像刚砍下的树木。

同木匠谈话，谈什么都有趣，虽然有趣却使人不快。他的话老是激动人的心坎，而且你不会明白，他哪句是当真，哪句是玩笑。

同格里戈里最好是谈上帝，他喜欢谈而且信心很坚定。

“格里沙，”我问他，“你可知道有些人不信上帝？”

他泰然地笑笑：

“怎么？”

“他们说，没有上帝！”

“啊，是啊！这个我知道。”

于是他用手拂去并不存在的苍蝇，说：

“你记得吗，大卫王说过‘愚顽人心里说没有神’①，可见从古以来，愚人们早说过没有上帝！没有上帝，什么事全做不成啦……”

奥西普好像同意他：

“对啦，你叫彼得没有了上帝，他准叫你见阎王的！”

希什林漂亮的脸变严肃了，用指甲里嵌着干石灰的手指捋着胡子，神秘地说：

“每个人身上都有上帝，良心和一切精力，都是上帝赐给我们的！”

“罪恶呢？”

“罪恶是从肉体，从魔鬼那里来的！罪恶好像麻点，是从外面加上去的，就是这样！多想罪恶的人犯罪最厉害，不想罪恶就不会犯罪！想罪恶的——是魔鬼，是肉体的主人，他唆使人去犯罪……”

石匠提出异议：

“这话有点不对……”

“对的！上帝没有罪恶，而人是上帝的形象和样式②。‘形象’——就是肉体，会犯罪，但样式不会犯罪，它是同上帝一模一样的，是人的精神……”

他得意地笑笑，但彼得咕噜着：

“这话，似乎有点不大对……”

---

① 引自《旧约·诗篇》第十四篇第一节。

② 出自《旧约·创世记》第一章第二十六节：“神说，我们要照着我们的形象，按着我们的样式造人。”

“那么，依你看怎样呢？”奥西普问石匠，“不犯罪不能悔改，不悔改不能得救吗？”

“这意思可靠一点儿！我听老年人说过：忘记了魔鬼，也就不爱上帝了……”

希什林不会喝酒，喝两杯就醉；一醉他的脸就会发红，眼睛就会像小孩的眼睛，说话的声音就会像唱歌一样。

“兄弟，一切都很好！生活得好，工作不累，肚子吃得饱饱的，谢谢上帝，安排得真好！”

他哭了，眼泪落在胡子上，丝线似的须毛上发出玻璃珠一样的光。

他常常满口赞美生活，还有他的跟玻璃珠一样的眼泪，都使我不愉快。我的外祖母也赞美生活，但她要切实得多，明白得多，不这样固执。

这一切谈论，使我经常感到紧张，引起我隐隐的不安。我已经读过不少写平民的小说，看出实际上的平民和书本中的平民有许多显著的不同。在书中，一切平民都是不幸的，不管善良的、凶恶的，说话都比实际的平民少，思想也贫弱。书中的平民不大讲到上帝、宗派、宗教，主要的只讲着政府、土地、真理、生活的痛苦。他们也不大讲女人，讲起来也不大粗鲁，要亲切得多，可是活的平民，女人是他们的玩物，而且是危险的玩物，对于女人是须要常常玩些花招的，要不然，就会反而被女人捉弄，一辈子倒霉。书中的平民不是坏蛋就是好人，但他们永远只是活在书里。活的平民，既不是好人，也不是坏蛋，他们都是出奇的有味。活的平民，不管他们倾筐倒箩都说出来，总好像有一点儿什么留在自己心里，而这留下来的，正是他们为自己用的，或者，说不定还是最重要的东西。

一切书中的平民，我最喜欢《木匠作坊》[1] 里的彼得。我把这本书

---

① 俄国作家阿·费·皮谢姆斯基（1820—1881）的短篇小说，彼得是小说中的主人公。

带到市场里来，想念给我的朋友们听。我常常宿在这一班里或那一班里。有时候，因为下雨，最经常的是因为做了一天工累了，懒得回去，就宿在他们那边。

我对他们说：这里有一本讲木匠的书。这引起了大家的极大兴趣，尤其是奥西普。他从我手中拿过书去，怀疑地摇摇圣像画似的脑袋，翻了翻书页：

“这简直像是写我们的！你这坏蛋！是谁写的——是贵族吗？我想准是的。贵族和当官的，什么事都能干！连上帝没想到的地方，当官的也想得到。他们活着就是为了这个……”

“喂，奥西普，你不能乱说上帝呀。”彼得提醒他。

“没有关系，在上帝看来，我的话算什么呢，好像一片雪花，一点雨水落到我的秃头上，不，比这个还要小，你放心吧，你我是冒犯不到上帝的。”

他突然很兴奋地嚷着，爆出燧石冒火一样尖锐的话。这些话又好像一把剪刀，剪掉了人家向他攻袭过来的一切。这一天，他向我问了好几次：

“念吗，马克西莫维奇？嗯，有道理，有道理，这个主意想得不错。”

收工后，我们到他那一班里去吃夜饭。吃过夜饭，彼得带了他的徒弟阿尔达利昂来了，希什林带来了小伙计福马。在工匠们寄宿的工房里，点着煤油灯，于是我就开始念起来。大家一动不动地静听着。念了不多一会儿，阿尔达利昂生气地说：

“咳，我不要听了。”

说着就走了。第一个睡着了的是格里戈里，很怪相地张开嘴。接着木匠们也都睡着了，可是彼得、奥西普、福马三个，却挨到我身边来，全神贯注地听着。

我刚刚念完，奥西普马上把煤油灯吹熄，望望天上星星的方位，已经快半夜了。

彼得在暗中问：

“这本书是为什么写的？反对谁的？”

“现在该睡觉了！”奥西普说着，脱去长靴。

福马默默地躲开一旁。

彼得重复地要求着：

“我说——这是写来反对谁的呀？”

“这只有他们才知道！”奥西普吐了一句，在板床上躺倒。

“要是写来反对后母的，那就完全没有意思了，后母并不会因此变得好些，”石匠固执地说，“反对彼得吗，也没有用处。所谓因果报应就是了！杀了人就要充军到西伯利亚去，再没有别的！为这种犯罪写书是多余的，好像完全是多余的吧？”

奥西普不作声，于是石匠补充说：

“他们没有什么可做，就这样谈论别人的事情，跟女人晚间聚会闲扯一样。好，再见，该睡了……”

他在开着的门口显出的一块蓝色的方形中站了一会儿，又问：

“奥西普，你觉得怎样？”

“嗯？”木匠含糊地应了一声。

“好，好，睡觉吧……”

希什林在他坐的地方侧身躺倒，福马同我一起睡在压软了的干草上。郊外的村子很寂静，远远地听见火车头的声音，铁轮的轰隆声，缓冲机的轧轧音。工房里发出各种不同的鼾声。我觉得不自在——想等他们讲出一点儿什么，可是一点儿也没有……

忽然，奥西普轻轻地发出清楚的声音：

“嘿，孩子们，这些话你们不能当真。你们年纪还轻，活的日子还长着哩，你们要积聚自己的智慧！自己的智慧，比别人的多一倍用处，福马，睡着了吗？”

“没有。”福马高兴地应了一声。

“好啦，你们两个，都识字，读书是好的，但什么也不要相信。他们什么都可以写书，这种事情，是握在他们手里的！”

他从板床上伸下两腿，两手靠在板床沿上，向我们俯着身子继续说：

“书，应当怎样去了解呢？它是专门揭发别人的隐事的。这就是书！它说：请看吧，人是怎样的，木匠或者别的什么人，是怎样的，可是它把贵族写成了另一种人！书不是胡乱写的，它一定为某些人说话……”

福马沉着地说：

“彼得杀死工头是对的！”

“嗯，这不行，杀人总是不对的。我知道，你不喜欢格里戈里。可是你得打消这个念头。我们大家都不是有钱人，我今天是主人，明天又给人家当伙计……”

“我不是说你，奥西普伯伯。”

“这反正是一样的……”

“你是公正的。”

“等一下，我告诉你，写那本书的目的，”奥西普打断福马带怒的话，“这目的是很狡猾的！你瞧，这里说到没有平民的贵族和没有贵族的平民！现在你看：对贵族固然不利，对平民也未见得好。结果就这样：贵族衰败了，发傻了！平民呢，得意了，酗酒，害病，受委屈！书里说什么，给贵族当奴隶要好些；贵族庇护平民，平民帮扶贵族，大家有饭吃，一切都平安无事了……这话本来不错，我也决不争辩。跟着贵族到底过得安静些。平民穷苦，对贵族没有好处，平民有钱，而且不聪明，对贵族就很好，这就是对他有利的。我很明白这个，要知道我自己在贵族底下待了快四十年，我亲身尝过不少苦。”

我想起自杀了的马车夫彼得，关于贵族也说过同样的话，感到奥西普的思想同那恶老头子的完全一致，心里觉得很不愉快。

奥西普一只手摸了一下我的脚，又说：

“我们应该了解书本和其他文章！无论谁，都不会白干什么事的。看起来好像是胡干，这是外表。书也不是白写出来的，它是要搅昏人家头脑的。一切事，都要靠智慧去做，没有智慧，既不能用斧子砍东西，也不能打一双草鞋……”

他谈了很久，躺下，忽然又跳起来，在暗夜的静寂中，轻轻地说出他的警句：

“人家说贵族和平民是对立的两方，这是不对的。我们是贵族的一部分，只是在最下层。当然，贵族靠念书长见识，我靠碰壁长见识，贵族的屁股白一点儿，这便是全部的差别。不，年轻人，按照新方式生活的时代到来了。把书本丢开吧！让大家问问自己：我是谁？是人！那么，他是谁？他也是人。那么现在该怎样呢：上帝并不多要他七个卢布，对吗？不呀，租税方面我们在上帝面前是平等的……”

终于天快亮了，黎明淹没了所有的星星，奥西普对我说：

“你瞧，我多么能说呀！今晚上我说的话是从来没有想过的！孩子们，你们不要相信我的话。我是因为睡不着，随便胡说的。躺着躺着就会想出些什么来消遣：‘从前有一只乌鸦，从田里飞到山中，从这个地埂飞到那个地埂，过完了自己的寿命，上帝的命令下来，乌鸦就死了，干硬了！’这是什么意思？什么意思也没有……好，我们睡吧，很快就该起床了……”

## 十八

跟当时的司炉雅科夫一样，现在奥西普的形象在我脑子里变得高大了，遮住了一切的人。他有些地方跟司炉非常相像，但同时又使我联想起外祖父、鉴定家彼得·瓦西里伊奇、厨师斯穆雷。他一方面使我想起了所有深留在记忆中的人们，另一方面又在我的记忆里，留下自己深刻的影子，好像铜绿锈在铜钟上。可以看出，他有两种思想的系统：白天在人们中劳动的时候，他的思想清楚、平凡、事务式的，比较容易了解；休息的时候，傍晚带我到街上去访问他那开煎饼店的女朋友的时候，晚上睡不着的时候，他所表现的思想就完全不同了。在夜间，他有一种特别的思想，好像路灯的火光一样有许多方面。这些思想很好地发着光，可是不知道哪方面是它的真面貌，而且也弄不清这些思想的哪一方面最接近奥西普，是对他最宝贵的。

他好像比我以前见过的一切人都要聪明得多。我用环行在司炉雅科夫周围的那种心情来往在他的身边——我想看透这个人，了解这个人，可是他闪动着，躲避着，总是难于捉摸。真实的他躲藏在什么地方呢？在他身上，哪一点是可以相信的呢？

我记得他对我这样说过：

“你找找看：真正的我藏在什么地方？好，你找吧！”

我的自尊心受伤害了。而且他伤害了我的比自尊心更高的东西。弄明白这个老头儿，对我说来是万分必要的。

他虽然难于捉摸，但很坚定，好像即使他再活一百年，也依然是这样一个人，在不坚贞得出奇的人们中间，也能坚定地守住自己。鉴定家的坚定也使我得到这样的印象，但那是使人很难受的，而奥西普的坚定不同，他使人愉快。

人们的动摇性，强烈地映在我的眼里，他们像变戏法一样，从这个姿势变成那个姿势，对于这些打击着我的无法解释的跳跃，我已经不再惊异了，这种跳跃，使我对于人们的热切的兴趣慢慢地消失了，搅乱了我对他们的爱。

七月初的一天，在我们工地上，飞快地来了一辆破马车。车夫台上，一个喝醉酒的满脸胡子的汉子，阴沉地坐在那里打饱嗝儿。他没戴帽子，嘴唇被打破了。马车里面，喝醉的格里戈里·希什林摊脚摊手地躺着，他的身边一个肥胖的红脸女人，挽住了他的胳臂。这女人戴一顶缀着红带子和玻璃樱桃的草帽，一只手张一顶洋伞，赤脚穿着橡皮套鞋。她把洋伞挥舞着，乱颠着身体，大声地笑嚷：

“真见鬼！市场没有开幕，还休息着，可是他们带了我来！……”

格里戈里的神情萎靡不堪，衣服很皱。他从马车上爬下来，坐在地上，眼泪汪汪地向看着他的我们诉苦：

“跪在地上告诉你们，我犯了大罪了！我想了一想，就犯下了罪——弄成这副样子！叶菲穆什卡说：格里沙，格里沙……他确实这样说。可是，诸位，饶恕我吧！我给你们大家请客。他说得对：浮生若梦……为欢几何，玩吧……”

女人大声笑着，双脚乱跺，跺掉了套鞋，车夫却沉着脸叫：

“快上来，开车啦！你们这些大嗓门，咱们走吧，马站不住啦！”

这是一匹衰老的劣马，满身大汗，跟埋在地里一样站在那儿，所有这一切凑在一起，显得十分可笑。格里戈里的徒弟们望着自己的工头、打扮起来的女人和傻头傻脑的车夫，哄然地笑着。

只有福马一个人没有笑，他同我并立在铺子门口，低声说：

“这猪猡发疯了……家里有老婆，挺漂亮的娘儿们！”

车夫连连催促着要走，女的从马车上下来，抱格里戈里上车，把他放在自己脚边，摇着伞叫：

“走吧！”

徒弟们善意地拿工头开玩笑，羡慕他，后来福马喝了一声，大家又做起工来。看来福马见了格里戈里的丑态，心里很难过。

“这也叫作工头！”他咕噜着，“不到一个月就完工了，快回乡下去了……熬不住啦……”

我替格里戈里难受，他和那个戴着玻璃樱桃草帽的女子在一起，实在荒唐。

我常常想，为什么格里戈里当工头，而福马却当伙计呢？

福马是个强壮、白净、鬈发的青年，圆脸，鹰鼻子，聪明的灰色眼，不像一个平民，要是好好打扮起来，简直是个公子哥儿。他阴沉，不爱开口，一说话就很认真。因为他识字，替工头掌会计，计算开支，善于督促同伴好好做工，但自己做起工来总是不大愿意的样子。

“全部工作，永远是做不完的。”他沉静地说。关于书，他轻蔑地说：

“什么都可以印出来的，随便什么，我都能给你杜撰出来，这有什么了不起呀……”

但他对一切事都很留心，若是他对什么感兴趣，就寻根究底地问。他总是想着自己的什么，一切都用自己的尺度去衡量。

有一次我对福马说，你可以去当工头，他懒懒地说：

“要是一下子能挣个万儿八千也罢了……为了挣一点点小钱管一大伙人，去找这种麻烦可没有意思。我还是等有机会到奥兰基进修道院去。我脸蛋儿漂亮，又有劲，说不定会被一个寡妇老板娘爱上！世界上常有这样的事——谢尔加茨城有一个小伙子，两年工夫碰上了运气，在这个城里讨了一个老婆，还是个姑娘。他给人家送圣像去，被那女的爱上了……”

这是他预先想好的。他知道许多这类在修道院出家，结果轻易走上幸运之路的故事。我不爱他的故事，也不爱他那种想法，但我不怀疑他将来会进修道院。

后来市场开幕了，大家意想不到的，福马却进吃食店当了跑堂。我虽不能说他的同伙们认为奇怪，但从此大家都拿他开玩笑，休息天出去喝茶的时候，大家玩笑着说：

“走，找我们跑堂的去吧！”

到了吃食店里，就装作客人的声气，叫：

“喂，跑堂的！鬈发的，过来！”

他跑过来，略抬起头来问：

“用点什么呢？”

“不认得老朋友了吗？”

“没工夫，忙得很……”

福马知道同伙们轻视他，想拿他开玩笑，他用等待的眼色向他们枯燥地望着，脸上毫无表情，好像在说：

“喂，快点，开玩笑吗……”

"要小账吗?"他们问，故意用手指在钱袋里掏摸了半天，结果是一个戈比也不拿出来就走了。

我问福马，他不是本来打算到修道院去的吗?为什么当了跑堂?

"我没打算当修道士，"他回答，"当跑堂也只是暂时的……"

过了约莫四年，我在察里津遇到他[1]，还是在吃食店里当跑堂。后来在报上见到，他因偷盗未遂案被捕了。

特别使我震惊的，是石匠阿尔达利昂的经历，他在彼得一伙中是年纪最大的，也是最能干的工人。这位四十岁的黑胡子的快活的人，也使我抱同样的怀疑——为什么他不当工头，却叫彼得当?他不常喝酒，几乎没有喝醉过，做工很有本领，也喜欢自己的工作。砖头在他的手里，就跟红鸽子一样飞着。害病的、脸色阴沉的彼得跟他比起来，简直是一伙中无用的废物。关于工作，他说过这样的话:

"我替人家盖砖头房子，替自己造木头棺材……"

阿尔达利昂常常精神十足，一边砌着砖头，一边喊:

"喂，大家使点劲呀，看在上帝分上!"

他对大家说，明年春天，他要到托木斯克去，因为他的一个姐夫在那里包下了一件造教堂的大工程，要他去当监工。

"我已经决定去了，我喜欢造教堂。"说着，他又向我提出:"你同我一起去好吗?老弟，在西伯利亚，识字的人很有用处，到了那边，识字是个法宝!"

我答应了，他就得胜地喊:

"好极了!这是认真的，不是说着玩……"

他对待彼得和格里戈里像大人对孩子一样，带着善意的嘲笑，他对奥西普说:

"大家都是吹牛的家伙，老想互相夸耀自己的聪明，好像在那儿玩牌，一个说我的牌如何如何，另一个说:看呀，我的牌都是王牌!"

---

① 1888 年深秋高尔基在察里津。

奥西普含糊地说：

“有什么办法？吹牛是人的脾气，娘儿们不是都挺着奶子走路吗……”

“大家都唉声叹气地叫着上帝……可是暗中都在那儿攒钱！”阿尔达利昂不肯甘休。

“可是格里沙攒不起来……”

“我是说我的那个当头的，我真想跑到森林旷野里去……哼，在这儿实在待腻味了。到了春天，我要上西伯利亚去……”

工人们羡慕阿尔达利昂说：

“我们要是有像你姐夫那样的靠山，也不会害怕到西伯利亚去了……”

阿尔达利昂忽然不见了，星期天他跑出了自己队伙的工房，约有三天，没有人知道他在哪儿。

大家不安地推测着：

“莫非被人杀死了？”

“要不就是游水淹死了？”

不料叶菲穆什卡跑回来，不好意思地告诉我们说：

“阿尔达利昂在外面鬼混哪！”

“胡说！”彼得不相信地喊叫了一声。

“他鬼混，喝酒，像干燥的谷仓从内部发了火，仿佛他可爱的老婆死了……”

“他是单身汉！他在哪里？”

彼得怒气冲冲地跑去救阿尔达利昂，却挨了他的打回来。

于是奥西普把嘴唇紧紧一咬，两手深深插进衣袋里，说：

“我去瞧瞧——到底怎么一回事？他是个很好的人……”

我跟他去了。

“你看，他这个人，”奥西普在路上说，“似乎一切都挺好，忽然露出了尾巴，荒唐起来啦。马克西莫维奇，你留意，要记住这个教训……”

我们走到“库纳维诺游乐村”的一家下等窑子里，走出来一个强盗婆似的老婆子，奥西普跟她咬了一下耳朵，她带我们到一间空洞的小屋子里，又暗又脏，像个关一匹马的马圈。一张小床上，躺着一个胖大的女子。老婆子用拳头推了一下她的腰，说：

“出去！嘿，姐儿，出去！”

女子惊跳起来，用手掌擦了擦脸问：

“天哪，这是谁？做什么？”

“侦查来啦！”奥西普凶凶地说。女子哎呀了一声跑掉了，他向她背影呸了一口，向我解释：

“她们怕侦查，比怕鬼还厉害……”

老婆子摘下墙上的一面小镜子，把壁纸揭起了一点儿。

“瞧吧——是这个吗？”

奥西普从墙上的缝里望进去：

“正是他！你叫女的出去……”

我也从缝里张望了一下：那边同我们这里一样，是一间狭小的狗窝，窗子关着，窗龛上放着一只洋铁的煤油灯。灯边一个斜白眼的鞑靼女子，脱得精光地在那儿缝褂子。她的背后，一张床上，阿尔达利昂肿起的脸高高地枕在两个枕头上，翘着蓬乱的黑须，鞑靼女子抖索了一下，披上褂子走过床边，突然出现在我们这个房间里。

奥西普见着她，又呸了一口：

“呸，不要脸的！”

“你自己是傻老头子呀。”她笑着回答。

奥西普也笑了，用手指威吓她。

我们跑进鞑靼女子的屋子里，老头儿坐在阿尔达利昂脚边的床沿上，叫了他好久都没能把他叫醒，对方只咕噜了几声：

“好吧，好吧……等一下我们就走……”

他终于睁开了眼睛，惊奇地瞧瞧奥西普和我，又把发红的眼闭住，呻吟地说：

“嗯，嗯……”

“你怎么回事?”奥西普平静地说，并不责备，只是有点不快。

“我昏了头。”阿尔达利昂咳嗽着，发出沙哑的声音，解释说。

“干吗这样……”

“不干吗呀……”

“似乎有点不妥当……”

“有什么好的……”

阿尔达利昂拿起桌上一只已经打开的伏特加酒瓶，捧着喝起来。之后，请奥西普：

“喝点吗？这儿该有下酒的东西……”

老头儿把酒倒在自己嘴里，咽下去，皱一皱脸，开始注意地嚼一片面包，昏迷的阿尔达利昂便没劲地说：

“看呀，同鞑靼女子搅上了，这都是——因为叶菲穆什卡的缘故。他说：鞑靼女子，挺年轻，从卡西莫夫城来的孤儿，来做买卖的。”

从墙洞口发出不流利的但是快活的声音：

“鞑靼女子——顶顶好，像一只小母鸡。把他赶出去吧，他不是你的爸爸……”

“就是那个女子。”阿尔达利昂喃喃着，很笨拙地向墙洞边望去。

“我见过了。”奥西普说。

阿尔达利昂回头向着我：

“兄弟，我弄成这个样子了……”

我想，奥西普马上会责备阿尔达利昂，把他教训一顿，而他就会难为情地懊悔，可是这样的形势一点儿也没有。他们并肩坐着，安静地交换着简单的谈话。看见他们在这样黑暗肮脏的狗窝里，真受不了。鞑靼女子从墙洞口说着可笑的话，但他们不去听她，奥西普从台子上拿了一条鲹鱼干，在靴子上磕打了一下，用心剥起皮来，他问：

“钱花光了吗?”

“彼得还欠我的……”

“嘿，你还恢复得过来吗？现在该到托木斯克去了……”

“到了托木斯克又怎样……”

“莫非你变卦了？”

“如果是外人叫去就好了。”

“为什么？”

“那是姐姐和姐夫……”

“那又怎么样？”

“对自己亲戚去低头，不大有味……”

“无论在哪里，都一样要低头。”

“毕竟不一样……”

他们谈得那样亲切、认真，以致鞑靼女子也不再逗弄他们了，她走进屋子里来，默默地从墙上拿了衣服，跑出去了。

“很年轻啦。”奥西普说。

阿尔达利昂向他瞧了一眼，并不懊丧地说：

“都是叶菲穆什卡那个捣蛋鬼，他除了女人什么都不知道……那个鞑靼女子，很有趣，傻里傻气的……”

“当心——不要着了迷。”奥西普警告他，嚼完了鱼干，就向他道别。

归途中，我问奥西普：

“你干吗要去找他？”

“瞧瞧他呀，熟人嘛。这种事情，我见过很多。有些人，活着活着，忽然荒唐起来。”他把以前说过的话，又说了一遍，“喝酒就得小心！”

可是过了一分钟，他又说：

“没有那个，也寂寞！”

“没有酒吗？”

“嗯，对啦！喝了酒，就好像走到了另外一个世界里……”

阿尔达利昂终于没有摆脱出来，过了五六天，他上工来了，但很快又不见了。到春天我碰见他，他已沦落成流浪人，正在码头上给木船敲冰。我们两个人见了面很高兴，一起到吃食店去喝茶。他一边喝，一边夸耀说：

“你记得，我是一个怎样的手艺人？老实说，我做起工来，是本行的能手！挣几百卢布也不算一回事……”

“可是你没有挣到呀！”

“没有挣到！”他昂然大声说，“我厌了！”

他大吹牛皮，吃食店里的客人都在注意地听他瞎吹。

“你还记得，那个善心贼彼得不是说过吗？咱们替人家盖砖头房子，替自己造木头棺材，看呀，这就是全部工作！”

我说：

“彼得有病，他怕死。”

但阿尔达利昂喊叫起来：

“我也有病呀，也许我的心脏位置有点不正！”

星期天我常到城外百万街[①]去，那里是流浪人的集合地，我瞧见阿尔达利昂如何急转直下变成一条“江湖汉子”。在一年以前还是快活严正的阿尔达利昂，现在好像变得脾气急躁，学到一种很奇怪的摇摇晃晃的步法，用旁若无人的态度斜睨着人，好像要同人家吵架的样子，而且老是自豪地说：

“你瞧，人们怎样看待我，我在这儿像个头领呀！”

他毫不吝惜地挥霍挣来的钱，请流浪人吃东西，吵架的时候，他帮助弱者，而且常常这样说：

“伙计们，这是不正派的！行为必须正派！”

因此他就得了一个绰号，叫作“正派人”。他对这绰号很满意。

我很热心地观察聚在这条破旧肮脏的街上的人们，他们挤在像口袋

---

① 百万街是下诺夫哥罗德城的一个街区，流浪汉、穷人、失业者、乞丐栖身之地，高尔基最初是在这里接触和熟悉流浪汉生活的。

一样的砖头房子里。他们都是被生活遗弃的，但他们好像给自己另外创造了没有老板束缚的自由快乐的生活。他们乐天而大胆，使我想起外祖父对我说过的容易去当强盗和隐士的纤夫。他们没有工作时，常常不嫌弃地从木船上和客轮上偷点东西，但这行为也不使我不快，我看见生活就是彻头彻尾的偷盗，像破衣服是用灰线缝的一样。同时我也看见有时候这些人也不辞劳苦，拼命地做工，那种干劲在紧急装卸货物、在发生火灾，或在融冰期间是常常可以见到的。大致说来，他们比别人生活得更快乐些。

可是奥西普见我跟阿尔达利昂有了往来，父亲似的警告我：

“怎么啦，我的心肝，你这个苦命的呆木头，你怎么同百万街上的家伙交起朋友来啦？当心点，不要害了自己……”

我尽我所能地对他说我非常惬意那些人——他们不做工而快活地生活着。

“像天上的飞鸟，”他打断我的话，冷笑，“他们流落到那个地步，因为他们贪懒、无用，他们把做工当作受罪。”

“那么做工又怎样呢？大家都说规规矩矩做工，还是造不起砖头房子呀！”

我说这话，是很不费力的，我不知听到过多少这类的话，而且感到它是真话。但奥西普很生气，喝倒了我：

“谁说这种话？这是傻子和懒鬼说的。你这小狗崽子，不应该进耳朵！唉，你这家伙！说这种话，是嫉妒人家的人，是倒运的家伙。你应该先长出羽毛来，然后向高处飞！我要把你同他们的来往告诉你主人去，请你不要恨我！”

终于，他告诉了。主人当他的面对我说：

“喂，彼什科夫，不许再到百万街去。那边是小偷和窑姐儿的窝子。从那边出去，只有一条路，到牢狱和医院。不许再去了！”

我还是私下去百万街，但不久，也不能不同它断绝关系了。

有一天，我跟阿尔达利昂和他的朋友罗宾诺克，坐在一家宿夜店院内板棚的屋顶上。罗宾诺克有趣地谈着他如何从顿河罗斯托夫徒步到莫斯科。他是一个工兵，瘸子，得过乔治勋章。土耳其战争时，他的膝骨打碎了，他长得矮小精悍，胳臂的气力大得怕人。因为是瘸子，不能做工，有了气力也没有用。生过一场什么病，把头发脸毛都秃光了，看他的脑袋，就像一个刚出生的孩子。

他红着眼睛说：

“那是谢尔普霍夫市，一个神父坐在园子里，我说：神父，我是土耳其战争中的英雄，请你布施一点儿……”

阿尔达利昂摇着头说：

“嗯，你说谎……”

“我干吗说谎？”罗宾诺克并不生气地反问。我的朋友就用教训的口气慢腾腾地说：

“你是不正派的人。你应该做一个看门人，瘸子总是做看门人的。你却乱跑，乱撒谎……”

“我不过叫别人笑笑，说谎玩儿的……”

“你应该笑你自己……”

虽然是有太阳的干燥的天气，院子里却阴暗肮脏，一个女子跑进院里来，拿一条布片挥摇着叫喊：

“谁要买裙子？唉，女朋友们……”

屋子里走出许多女人来，密密围住叫卖的女子，我马上认出这是洗衣妇纳塔利娅，我从屋顶上跳下去，不料她已经照第一个出价把裙子卖掉，慢慢从院子里走出去。

“你好呀！”我在大门外追上她，快乐地叫。

“还有什么说的吗？”她斜了一眼问，但马上站下来，生气地叫：

“天哪，你在这里干什么？……”

她的惊叫使我又感动，又发窘。我明白她是关心我才惊骇的，在她的聪明的脸上明显地现出惊恐的神色。我匆忙告诉他，我不是住在这里，不过有时来望望。

“望望?”她讥笑地又生气地叫，“你到什么地方来望望?你望的是什么地方?是望过路人的口袋?还是女人的胸口?”

她的脸色憔悴，眼底下一道黑圈，嘴唇宽弛地垂着。

她在吃食店门口站下，说：

“进去，请你喝茶！看你衣衫挺整洁，不像这里的人，可是我有点不大相信你……”

但在吃食店里，她似乎相信我了。一边倒茶，一边乏味地告诉我，她还是一个钟头以前起的床，此刻还没有吃过早饭。

“昨晚上床的时候，醉得昏迷迷的，在什么地方同谁喝的酒，已经记不得了。”

我可怜她，在她面前，觉得忐忑不安。我很想问她的女儿在哪里。她喝了伏特加和热茶，讲起话来像往常那样活泼，也像这条街上的一切女子一样粗鲁。可是我问到她的女儿时，她马上清醒过来，叫喊说：

“你问她干什么，不行，亲爱的，你要转我女儿的念头不会到手的。”

她又喝了一口，说：

“女儿，跟我没有关系。我算她的什么人呢?一个洗衣妇，不能当那女儿的妈妈！她受过教育，有学问，所以说，老弟，她把我丢了，到有钱的女朋友家里去了，大概当教员……”

她沉默了一会儿，沉着声问：

“原来是这么回事呀！你对洗衣妇没有兴趣吗?那么窑姐儿要吗?”

我马上看出来，她就是“窑姐儿”，这条街里没有别种女人。从她的口里这样说出来，我觉得害羞，同情她，眼里含了泪水，好像她的告白燃烧了我，在不久以前，她还是那么一个勇敢、自立、聪明的女人！

“你呀，”她说着，向我瞥了一眼，叹息了，“离开这里回去吧！我请求你，并且劝你，这种地方，千万不要再来！再来会失脚的！”

接着，她把身子俯在桌上，手指在托盘里画着，像在自言自语，低低地断断续续说起来：

“可是，我的请求和忠告对你又有什么用处呢？连亲生的女儿也不听我的话。我对她说，你怎么啦？你不能丢开亲生的妈。她说：那么，我只好吊脖子啦。她到喀山去了，说是去学产科。那也好……那也好……可是我怎么办呢？想来想去，就只有这条路……没有人可依靠……就只好依靠过路人……”

她停了嘴，长久地想着什么。嘴唇无声地动着，好像忘记了我坐在对面。她的嘴角垂到下面，嘴唇像镰刀一般弯着，嘴唇皮微微发抖，在抖索的皱纹里，好像发出无声的言语，那样子看起来真难受。她的脸像小孩一样，受了欺负似的，头巾底下露出一绺头发，掠过额角弯到小耳朵背后。冷了的茶杯里，落下一滴眼泪。她察觉了，把茶杯推开，紧紧闭住眼睛，又挤出了两颗眼泪，就用手帕去擦。

我不忍再同她坐在一起，我轻轻站起来：

“再见吧！”

“啊？去，去，滚开吧！”她不向我望，做着赶人的手势，大概忘记了同她在一起的是谁。

我回到院子里阿尔达利昂的地方。他本来约我一起去捉虾，而我却想告诉他这个女人的事情。可是，他跟罗宾诺克早已不在那屋顶上。当我在乱七八糟的院子里四处找寻他们的时候，街路那边发生了这里常常发生的吵架。

我走到大门外边，马上碰见纳塔利娅，她在哭，用头巾擦着受伤的脸，另一只手掠着散乱了的头发，目不旁视地在人行道上走。她的身后走来了阿尔达利昂和罗宾诺克。罗宾诺克说：

“再给她一拳，让她再吃一拳！”

阿尔达利昂挥着拳追上她，她转过身来，向他们挺出胸脯，脸色非常可怕，眼里烧着仇恨的火：

“你打吧！”她叫。

我拉住阿尔达利昂的胳臂，他惊奇地瞧了我一眼：

“你做什么？”

“不许动她。”我好容易才说出了这一句。

他哈哈大笑：

“她是你的情人吗？——啊，纳塔利娅，你勾搭上了一个小修道士！”

罗宾诺克拍着大腿哈哈大笑起来。他们就脏嘴脏舌讥笑了我好一会儿，弄得我非常难受。这时候，纳塔利娅走掉了。我再也忍耐不住，就一脑袋拱到罗宾诺克的胸口，把他撞倒在地上，一溜烟跑掉了。

从此以后，我好久没上百万街去，但又碰到了阿尔达利昂一次，是在一条渡船上。

“你躲到哪儿去了？”他高兴地问我。

我告诉他，他们打纳塔利娅，又侮辱我，想起来非常难受。阿尔达利昂和善地笑了起来：

“你当真了吗？我们是为开玩笑才逗你的！至于那个女人，她是窑姐儿，为什么不打呢？老婆都可以扭来打，难道那种女人还要去怜惜吗！况且我们只是玩玩的！我也知道，拳头是教训不了人的！”

“那么，你拿什么去教训那个女人呢？你有哪点比她强？……”

他抓住我的两肩，摇着，带嘲笑地说：

“我们的糟糕正在于我们谁也不比谁强……老弟，我什么都明白，里里外外都明白！我不是乡下佬……”

他有点微醉而且快活，像和善的教师望一个蠢笨的学生一样，带一种柔和的怜悯向我望着……

有时也碰见巴维尔·奥金佐夫，他更加精干起来了，打扮得挺漂亮，跟我说话时带着宽大的神气，动不动责备说：

“你干什么去做那种没有出息的事呀！这些乡下佬……”

以后，他伤心地告诉我作坊里最近的情形：

“日哈列夫还同那个牝牛一样的女人搅在一起；西塔诺夫大概很悲观，现在喝酒喝得挺凶；戈戈列夫被狼吃了，醉醺醺地回家去过圣诞节，就被狼吃了！”

于是巴维尔得意地笑着，讲他杜撰的滑稽话：

“吃他的那几只狼也都醉了！它们得意起来，像驯狗似的在森林里用两只后爪子走着，过了一天一夜，也都死了！……”

我听了这话也笑了起来。但是觉得那个作坊和我在那里经历过的一切，好像变得对我很生疏了，这使我未免有点悲哀。

## 十九

冬天，市场里差不多没有活儿干。我在家里，跟从前一样，担任各种打杂。这些杂务吞噬了白昼，只有晚间才空闲，我重新念一些对自己毫无趣味的《田地》杂志和《莫斯科报》上的小说给主人们听。到了夜里便读好书，学作诗。

有一天，女人们出去做通夜弥撒，主人身体不舒服留在家里，他问我：

“彼什科夫，维克托笑你啦，说你在作诗。这是真的吗？你念首听听！”

我不好拒绝，就念了几首；这些诗好像不大合主人的意，但他仍然这样说：

“好好儿用功吧，也许你可以变普希金，读过普希金吗？

是家神鬼送丧，
还是女妖精出嫁？①

在他那时代，普通人还相信家神鬼，他自己当然不相信，只是说着玩的！对啦，老弟，”他沉思地拖长声调，“你应该去求学，可惜太迟了！

① 引自普希金《恶鬼》一诗中的诗句。

简直瞧不透你，你将来要怎样活下去！……你那本子得藏好，要不然给女人们拿去笑话……老弟，女人，顶喜欢这种东西——勾引心火……”

从不久以前起，主人变成沉思冥想的人，常常胆怯地望着四周，听到门铃都会吃惊。有时为一点儿小事冒火，向大伙儿发脾气，从家里跑出去，第二天晚上喝醉了回来……可以看出他的内心好像发生了什么事，使他的心受伤了，可是除了他以外，没有人知道到底是为什么。如今，他没有信念，也没有欲望，只是依着习惯在生活。

休息日，从午饭后到晚上九点，我到外边闲走，傍晚时候，坐在驿站大街一家酒食店里。老板很胖，常在那儿流汗，非常爱唱歌。这是差不多所有教堂里的唱歌人都知道的，他们聚在他这里。他们唱歌，老板就请他们喝伏特加、啤酒，喝茶。那些唱歌的都是毫无趣味的酒鬼，他们只因贪嘴才勉强唱唱，唱的也都是教堂里的圣歌。有时候，店里来了信心虔诚的酒客，认为在酒食店唱圣歌不大妥当，老板便把唱歌的叫进自己屋子里，因此我只能隔门听到歌声。但在酒食店里唱歌的，还有许多乡下佬和手艺工人。老板自己走遍全城去找唱歌人；赶集日乡下农民上城来，他打听了有会唱的，就请了来。

唱的人总是坐在柜台旁的伏特加桶跟前，脑袋映在圆桶底上，好像套上一个圆框子。

顶会唱、常常唱出最好的歌曲的，是个瘦小的马具匠克列晓夫。他有一张像被嚼烂了吐出来一般的脸，一小绺一小绺褐色毛发，鼻子跟死人一样发光，小眼睛睡意蒙眬地一动不动。

他常常闭上眼睛，后脑靠在桶底上，敞开胸膛，用沉静而豪放的盖过大家的男高音，很快地唱：

> 大地罩满了雾气，
> 道路迷蒙的时候……

这时候，他站起身来，把腰靠在柜台上，上半身向后仰着，面冲着屋顶，热心地唱下去：

唉，我要往何处去呢，

我在何处去找康庄大路？[①]

他的声音小而有力，像一条银丝穿过酒食店嘈杂的混沌的谈话声，刺人心胸的歌词、音调和叫唤，震慑了一切的人。连喝醉酒的也变得惊人的庄重，默默地注视着眼前的桌面。每次我听到好的音乐，心底里就充满了一种强有力的感觉，它美妙地触动着我的心灵，使我的心好像要胀裂开来。

酒食店像教堂一样静，唱歌的就好像是一个善良的神父，他并不说教，而事实是捧出整个的心，为全人类恳切地祈祷，为可怜的人类生活的忧郁的苦难，做发声的思考。一些胡子面孔的人从四面八方望着他，兽形的脸上，儿童似的眼睛若有所思地忽闪着；有时也有叹息的人，这证明着歌的威力。在这样的时候，我总是觉得，这才是真正的生活！而平时，所有的人，都是过着虚伪的过于做作的生活。

在屋角落坐着面孔胖胖的女小贩雷苏哈，她是一个放荡的、不要脸的堕落女子。她把脖子缩在肥胖的两肩中间，啜泣着，眼泪流出来轻轻洗着无耻的眼。离她不远把脸伏在桌子上的，是阴沉的男低声歌手米特罗波利斯基，一个潦倒助祭似的须发浓密的青年，醉脸大眼。他望着眼前的伏特加酒杯，拿在手里，正要送到嘴边去，马上又重新在桌子上轻轻放下——不知为什么不喝了。

酒店里的人都出了神，好像正在倾听早已遗忘的，但对他们来说非常亲切非常宝贵的声音。

克列晓夫唱完了，很谦逊地在椅子上坐下，老板便敬他一杯酒，现着满意的笑脸说：

---

① 这是一首民歌。

“嗬，真好！虽然你是在唱，但更像在讲故事，你是名手，没有什么可说的！没有人会说别的……”

克列晓夫慢慢地把伏特加喝了，谨慎地咳嗽一下，轻轻地说：

“谁都有嗓子，谁都会唱，但是要表现出歌曲中的精神，这只有我才会。”

“嘿，不要夸口！”

“没有本领的人就不会夸口。”歌手依然那样平静，可是说得更有劲了。

“好大的口气，克列晓夫！”老板懊恼地叹息。

“我决不胡吹……”

屋角上的阴沉的男低声歌手叫道：

“你们哪里懂得这个丑天使唱的歌，你们这些虫子，霉菌！”

他跟谁都合不来，跟谁都抬杠，闹别扭。因此，差不多每星期天都被人痛打。唱歌的打他，会打人想打人的都打他。

酒食店老板喜欢克列晓夫的歌，但对于歌手本人，却很不耐烦，见人就抱怨他，而且公然寻找机会侮辱这个马具匠，嘲笑他。这件事，那些常到的客人和克列晓夫自己也都知道。

“是一名好歌手，只是有些骄傲，要教训教训他才好。”他说。有几个客人表示同意：

“不错，这年轻人骄傲！”

“有什么值得骄傲的？嗓子由上帝赐予，并不是自己挣来的！况且他的嗓子也没有什么了不起呀？”老板执拗地反复说着。

赞成的人附和他：

“不错，主要的不是嗓子，而是才能。”

有一次歌手完了事走了，老板劝雷苏哈说：

“玛丽亚·叶夫多基莫芙娜，你跟克列晓夫去搅一下，把他捉弄一回，好吗？在你说费不了什么！”

“要是我再年轻点儿。”女小贩笑一笑说。

老板急躁地大声说：

“年轻有什么用？你去试一试！我倒要瞧瞧他怎样在你周围团团打转呢！让他得相思病，他就唱个没完没了了，不是吗？来一下吧，叶夫多基莫芙娜，我重重谢你，好吗？”

可是她不肯接受。又肥又大的她，低着眼皮，捻弄垂落胸边的头巾的缨穗，单调地懒洋洋地说：

“这要年轻的才行。要是我再年轻一点儿，嗯，我就不会犹豫了……”

老板差不多老是想把克列晓夫灌醉，但这家伙唱完两三支歌，每唱完一支喝一茶杯酒，就仔细地用毛织围巾包住脖子，把帽子在毛蓬蓬的脑袋上用力一戴，就出去了。

老板又时常找人同克列晓夫比赛，马具匠唱完歌，他称赞了之后，就兴奋地说：

“这里还来了一个歌手！嗯，请你显显本领吧！”

歌手有时唱得很好，但是在这些跟克列晓夫比赛的人中间，我却记不得有一个人，能够像这瘦小的丑马具匠那样唱得朴素、真诚……

“嗯，”老板不无遗憾地说，“这自然挺好！主要是嗓子好，可是缺乏感情……”

听众笑了：

“不行，大概是胜不过马具匠的！”

克列晓夫在火红的长眉底下望着大伙儿，安静而客气地对老板说：

“算了吧，比得上我的歌手，您决计找不到，我的天才是上帝赐的……”

“我们都是上帝赐的！”

“你尽管花了酒食，倾家荡产去找，也是找不到的……”

老板的脸发了红，咕噜道：

“怎么知道，怎么知道……”

但克列晓夫一定要说得他服输：

“再同你说一句：唱歌跟斗鸡不同……”

“这个我知道！你老纠缠什么？”

“我不是纠缠，只是说给你听：倘若歌是一种娱乐，那就是魔鬼的东西！”

“好，算了，算了，不如再唱一个……”

“唱，我是什么时候都能够，甚至在睡梦中也可以。”克列晓夫答应了，小心地咳嗽一下，又唱起来。

于是，一切琐事，一切无聊的废话和意图，一切庸俗的酒食店里的事，便很奇妙地烟消云散了。所有人们的脸上涌出一种完全不同的生命的泉流，充满着爱与悲悯的、冥想的、纯粹的生命的泉流。

我羡慕这个人，羡慕他的天才和他对人们的权力，而且他也很巧妙地利用了它！我很想同马具匠结识，同他长谈，可是没有勇气走过去。因为克列晓夫用他白洋洋的眼睛奇异地望着一切人，好像对于自己跟前的人，一个也不放在他的眼里。在他身上还有一种使我讨厌的地方，妨碍人去爱他，我很想不在他唱歌的时候去爱他。他像老头子一样把帽子戴在头上，用红围巾缠住脖子，好像是故意给人看，那样子实在讨厌。关于这围巾，他自己说过：

“这是我那可爱的女子织了送给我的，一个姑娘……”

他不唱歌的时候，便大模大样地用指头抹着死人一般的长冻疮的鼻子，人家问他，他只简单地、不大高兴地回答。有一次我坐到他旁边，问他话，他瞧也不瞧我一下说：

“滚开去，小家伙！”

在这点上，还是那个男低声米特罗波利斯基比他可爱得多。他走进酒食店，便以肩负重荷的人的步子，走进角落里，一脚踢开椅子，坐下，两肘靠在桌上，双手托住蓬乱的大脑袋，默默地喝上两三杯，重声一咳。大家一惊，回过头来望他，他依然托着头，用挑战的眼睛望着人们。没有梳理过的头发，像马鬃毛一样披散在肿胖的红棕脸上。

“瞧什么？瞧见了什么？”他忽然粗声粗气地问。

有时人家回答他：

“瞧见一个森林鬼！”

有些晚上，他只是默默地喝酒，又默默地拖步回去。有好几次，我听见他用先知的口气责备人们：

“我是上帝的忠仆，现在，我像以赛亚一样责备你们！灾难到了亚利伊勒城[①]。这里，一切黑心的人，偷盗的人，各种可恶的人，活在卑污的欲念之中！灾难到了这世界的船上，乘上一些卑污的人，驶到大地的每一处！我很知道你们，只是一些酒囊饭袋，世界上的垃圾渣滓。可咒诅的人，你们多得无数，瞧吧，大地不会把你们载在它的怀里！”

他的声音特别洪亮，把玻璃窗震得发响。这非常受听众的欢迎，他们称赞这位先知：

“叫得好，长毛狗！”

他很容易接近，只消请他吃点东西。他要一大瓶伏特加、一碟辣牛肝，这是他最爱的，常常吃坏他的嘴和心肝五脏。我请他告诉我，要读些什么书才好，他厉声直言反问我：

“要读书干什么？”

但瞧见我发窘，就温和地大声问我：

“传道书读过吗？”

“读过。”

“读传道书好啦！别的书都不用读。传道书中说尽了世界的知识，只有那些四方角的绵羊才不懂，换句话说，谁也不会懂……你是谁，唱歌吗？”

“不。”

“为什么不？应该唱歌。这是最荒唐的事情。”

邻桌上有人问他：

---

① 亚利伊勒即耶路撒冷。据《圣经》记载，先知以赛亚曾预言亚利伊勒必遭重灾（见《旧约·以赛亚书》第二十九章第一节）。

“那么，你自己唱吗？”

“我是游手好闲的人！嗯，怎么啦？”

“没有什么。”

“这不是新闻，谁都知道你头脑里没有货色，而且永远也不会装进些什么。阿门！”

他跟谁都用这样的腔调说话，当然同我也一样。请了他两三次客，他就开始对我温和起来，有一次，他甚至有些惊讶地说：

“我瞧着你，真不明白：你是什么，你是谁？你要干什么？呃，其实，管你呢！”

他对克列晓夫的态度很难解，他出神地听他唱，听得很高兴，有时还露出柔和的微笑，但没有同他结交，谈到他时，很粗鲁，并且鄙视他：

“这个木头人！他会换气，懂得怎样唱，但还是一个傻瓜！”

“为什么？”

“他天生是这样的。”

我想在他没喝酒的时候同他谈谈，但不喝酒的时候，只是咕噜，只是茫然地，用忧郁的眼睛望人。听说这酒鬼在喀山上过神学院[①]，有当主教的资格。我不相信这话。但有一次，我跟他谈到自己，提到主教赫里桑夫的名字，这位男低声把头一振，这样说：

“赫里桑夫吗？我认识，是我的恩师。在喀山，在神学院——我记得很清楚！赫里桑夫，意思就是金黄色，这是潘瓦·别雷姆达[②]说的。对啦，他是金黄色的人，赫里桑夫！”

“潘瓦·别雷姆达是谁？”我问了，可是米特罗波利斯基简单地岔开：

“同你没有关系。”

---

① 喀山神学院建于1723年。

② 潘瓦·别雷姆达（？—1632），乌克兰学者，辞典编纂者。

回到家里，我在本子上写了：“必须读一读潘瓦·别雷姆达。”我想，读了别雷姆达，一定可以解决很多使我不安的问题。

这歌手老爱使用我所不知道的人名、奇怪词组，这使我挺不高兴。

“人生不是阿尼霞!”他说。

我问：

“阿尼霞是谁?”

“一个有用的女人。”他回答着，我的疑惑使他感到快意。

这些名词以及他在神学院里学习过这一事实，使我想到他一定有很多的知识，可是他一句也不说，有时偶然说了，也听不懂！这使我挺难过，也许是我的问法不对。

虽然如此，他还是在我的心头留下了一些东西。我喜欢他喝醉以后，模仿以赛亚先知那样发出的勇敢的责备。

“啊，世界上的污秽和丑恶!”他吼叫道，“在你们当中，奸邪者得到荣耀，好义者被驱逐。恐怖的日子会到来的，那时悔改就太迟了，太迟了!”

听了这种吼声，我回忆起“好事情”、十分可悲和轻易堕落的洗衣妇纳塔利娅、被卑污的诽谤所围攻的“玛尔戈王后”——我已经有可供回忆的资料了……

我同这个人的很短的交往，结束得颇为奇突。

到了春天的时候，我在军营附近的野地里碰见他，胖胛的他像骆驼一样点着头，独自在踱步。

“散步吗?”他喑哑地问，“一起走，我也在散步。老弟，我病了，而且……”

我们默默地走了几步，突然在一个搭过营帐的基坑里，瞧见一个人。那人坐在坑底，侧倒身子，肩头靠在坑边上，外套的一边翻到耳朵边，好像要脱没有脱掉。

“醉鬼。”歌手停下说。

可是在这个人的手边的嫩草地上，放着一支大手枪，不远处有一顶帽子，帽子旁边是一只喝去不多的伏特加酒瓶，空瓶颈埋在青草当中。这个人的脸害羞地掩在外套底下。

我们不出声地站了大约一分钟，接着，米特罗波利斯基摆开两腿说：

“自杀啦。”

我立刻觉察，这不是醉汉，是死人，可是这过于突然了，简直有点令人难以相信。现在我还记得，当时我看着外套底下露出的光滑的大脑袋和青色的耳朵，一点儿也不感到害怕和哀怜。我不相信在这样晴和的春天，有人会自杀。

歌手好像感到寒冷，用手掌搓着没有剃过的脸颊，发出沙哑的嗓音：

“是一个中年人，是妻子跟人逃跑了，要不然就是花掉了别人的钱……”

他叫我马上进城去叫警察，自己坐在坑边上，耷拉着两条腿，怕冷似的裹紧了旧外套。我报告警察，有人自杀，立刻跑回来。不料这时候，歌手已经喝完了死人的伏特加，挥着空瓶迎接我。

“这酒害了他的命！”他叫吼着，发狂地把瓶摔在地上，打得粉碎。

警察随着我跑来，他向坑里张望了一下，摘掉帽子，犹豫地画了一个十字，向歌手问：

“你是谁？”

“不关你事……”

警察想了一下，就更客气地问他：

“怎么回事，这里有人死了，你却喝得醉醺醺的？”

“我已经醉了二十年了！”歌手傲然地说，手掌在胸前一拍。

我相信他喝了死人的伏特加，一定会被捉去的。城里跑来一大群人，威严的警察分局局长也坐着马车赶到，他跳进坑中，拉起自杀人的外套望了望脸：

“是谁第一个见到的？”

“是我。”米特罗波利斯基说。

警察分局局长瞧瞧他，拉长嗓子恶狠狠地说：

“啊，好呀，我的老爷!”

观众围拢来，有十五六个，他们喘着气，嘈杂地在洞口张望，在坑边来回走着，有人叫：

“这是住在咱们街上的一个公务员，我认识他!”

歌手踉跄着站到分局长面前，摘掉帽子，发出含混不清的话声，同他争执起来。分局长推了他胸口一下，他晃了一下，一屁股坐在了地上。警察不慌不忙从袋子里拿出绳子，捆住他那习惯地温顺地抄在背后的双手。警察分局局长向看热闹的人吆喝道：

“滚开！流氓……”

又跑来一个老年的警察，红润的眼，嘴累乏地张开着，他拉住缚着歌手的绳头，带着他慢慢向城里走去。

我愣生生地从野地回家，在记忆中，他的责备的话，像回声似的响着：

“灾难到了亚利伊勒城……”

眼前又呈现一片难堪的景象：一个警察不慌不忙地从袋子里拿出捆人的绳子，这一边，是那个可怕的先知，很驯顺地把红毛手反背在背后，熟练地把手腕交叉起来……

不久，我听说这位先知被递解出境。接着，克列晓夫也不见了。他结了一门很合算的亲事，搬到县里去，开了一家马具作坊。

……因为我常常热心地向主人称赞马具匠的歌，有一天他对我说：

“跑去听一听……”

他同我面对面坐在一张桌子上，吃惊地抬起眉毛，瞪大着眼睛。

到酒食店去的路上，他还笑我，进了店，开头也还嘲讽我，嘲讽大群酒客和室闷的臭气。当马具匠开始唱时，他露着讥刺的微笑，把啤酒倒进杯里，但倒了半杯，就停下手，说：

“啊哟……鬼东西!”

他的手发颤了，把瓶子轻轻放下，紧张地听着。

“果然，老弟，”当克列晓夫唱完的时候，他叹息着说，“唱得真不错……见他的鬼，身上发起热来啦……”

马具匠仰起头望着天花板，又唱起来：

从富裕的村子来到那条路上，
清静的田野上走着年轻的姑娘……

“他真会唱。”主人晃晃脑袋，微笑地喃喃着，而克列晓夫的歌声渐渐发出牧笛的颤音：

美丽的姑娘回答他：
我是一个孤儿，无人需要……

“好啊，”主人嗫嚅着，转成了红色的眼睛开合着，“嗬，鬼东西……真好！”

我瞧着他，心中大为乐意。如泣如诉的歌声压倒了酒店里的喧嚣，更有力更美丽更真挚地响着：

我们村里的人真孤僻，
他们不叫我这个姑娘去参加夜会，
嗯，我既穷又没有体面的衣衫，
去结识勇敢的青年我又不配……
一个鳏夫要和我结婚，当他的管家，
这样的命运我不愿追随！……

我的主人不怕难为情地哭起来。他低头坐着，翕动着隆起的鼻子，眼泪落在膝头上。

听完了第三支歌，他感动而仿佛颓丧地说：

“我在这里再也待不下去了。臭气真难受，见鬼……回家去吧！……”

但是到街上，他又提议：

“走吧！彼什科夫，到旅馆里去吃点东西，再说……我不想回家！……”

价钱也不讲，坐上出租雪橇，路上，他一句话没说。到了旅馆里，拣定屋角上一张桌子，立刻向四边扫了一眼，小声而气愤地诉起苦来：

“那家伙扰乱了我的心……引起了我的烦闷……不，你读书明理，你说吧，这是什么鬼世界呀？活着活着，活到四十岁了，尽管有老婆，有儿女，可是没有人可以说话。有时候想开怀谈谈，却找不到说话的人！同老婆谈吗，她绝不会理解你……老婆是什么东西？她有儿女，有家务事情，还有自己的事！她跟我不一条心。俗话说，老婆这个朋友，养了第一个孩子，便算完了……尤其是我的老婆……一切……都在你眼里……她不听话……简直是一块死肉，见她妈的鬼！真忧郁，老弟……”

他抽搐地喝了又凉又苦的啤酒，沉默了一下，甩一甩长头发，又说了：

“总之，老弟，人都是坏蛋！你在那边常常同那些乡下佬谈东谈西……我明白，不正当的，卑鄙的事，真是太多了，这是真的，老弟……大伙儿全是贼！你以为你讲的话对他们会有作用吗？一点儿也不会有哩！的确。彼得，奥西普，他们全是骗子！他们什么话都对我讲，你说了我什么，他们也讲的……嗯，老弟？”

我默默地吃惊了。

“对，对，”主人轻轻笑着说，“你从前想到波斯去，这主意很不错。在那里，言语不通，什么也不懂，多么好！本国话谈的全是卑鄙龌龊的东西。”

“奥西普说我了吗？”我问。

“嗯，是的，你觉得怎样？这家伙顶多嘴，比谁都说得多，比谁都狡猾……不，彼什科夫，嘴里说说绝不会说得明白。什么叫真话？真话，又有什么用处？这好比秋天的雪，落在污泥里就融化了，泥更厚了。你最好是闭着嘴不说话……”

他一杯又一杯地喝着啤酒，并没有喝醉，说话却愈来愈快，愈来愈生气了：

“俗话说得好，说话不是凿子，沉默才是黄金，真忧郁呀，老弟……他唱得对：‘我们村里的人真孤僻。’人生的寂寞呀……”

他向四周扫了一眼，沉着声说：

“我找到一个知心人……在这里遇见了一个女人，是寡妇，丈夫造假钞票，已判决充军到西伯利亚，关在这儿的牢狱里。我认识了这个女人……她穷得一个钱也没有，因此只好……懂不懂……是一个鸨母给我们拉拢的……仔细一瞧，真是一个可爱的人！长得漂亮，年纪又轻，简直美死了……一两回……之后，我对这女人说：‘干吗做这种事，你丈夫是不规矩的人，你自己也不规矩，为什么要跟丈夫上西伯利亚去？’你要知道，她打算随丈夫一起去流放，她向我说：‘不管他怎样，我对他的爱情是不变的，他是我的好丈夫！他犯了那样的罪，实在说来，也许是为了我的缘故；我跟你干了这种不好的事，这也是为了他，他需要钱。他出身是贵族，一向舒服惯了的。我要是自己一个人，我当然可以规矩，你也是很好的人，我挺喜欢你，可是你不要同我讲这件事……’见她妈的鬼！我到头把身上带的所有的钱都给了她，大约有八十多卢布。我说：‘原谅我，以后我不再同你来往，我不能再见你。’于是，我就离开了她……”

他沉默了，酒气好像发作起来，他趴在桌子上喃喃说：

“我到她那儿去过六次……你不会明白，这是怎么回事！也许后来我又去过六次……可是，我不敢进去……我没有勇气进去！现在这女人已经走了……”

他把双手放在桌子上，动着手指，嗫嚅着说：

“可别再碰见这女人……不想再见了！要是再碰见她，那就一切都会完蛋！回家去……回家！”

我们走到外面，他踉跄着，咕噜着说：

“就是这么回事呀，老弟……”

他的故事没有使我惊奇，我老早觉得他一定发生了什么不寻常的事。

但是听他说到生活的话，我觉得难受，特别是听见他提到奥西普的那几句话，更使我十分难受。

## 二十

整整三年，我在死寂的城中，空荡荡的建筑物中当着“监工”[1]，看着工人们一到秋天便毁掉笨拙的砖砌市房，到春天，又同样造了起来。

主人舍不得把给我的五个卢布白花，设法要我好好地劳动，市房换地板的时候，我得在地板底下搬出一俄尺厚的泥土。要是另外雇流浪人来做这工作，就得花一个卢布，而我却不另外拿钱。可是当我在做这工作，就忽略了对木工的监督，他们拿走门上的锁、把手，偷种种小件东西。

工人和工头，用种种方法欺骗我，设法偷盗东西，而且他们好像执行一项乏味的义务似的，沉着脸，几乎是公开地做出来。我抓住他们的时候，他们也毫不生气，只是现出很奇怪的样子：

“你只拿了五卢布，看你那么卖力，却好像拿二十卢布的样子，岂不可笑！”

我告诉主人，他用我的劳力节省了一卢布，损失却常常在十倍以

① 高尔基从1883年春至1884年秋当了两年监工。

上。但他向我霎霎眼：

“得了吧，别装佯了！”

我知道他在怀疑我帮同偷盗，因此对他发生恶感。但我并不生气，这是很平常的事情，大家都在偷盗，主人自己也喜欢拿别人的东西。

当市集结束之后，主人巡视自己担任修理的铺房，见到那些遗下的茶炊、食具、地毯、剪子，有时还有箱子货物之类，就笑眯眯地说：

“造一张物品单，都搬到货仓里放着！”

可是他又从货仓里，把各种东西搬到自己家去，要我再三再四地把物品单重新抄过。

我对物质没有爱好，我不想有什么东西，连书籍也觉得累赘。我什么也没有，有的只是贝朗瑞的一本小册子和海涅的诗集。我想买一本普希金的作品，可是城里唯一的一家旧书店的老头子，脾气不好，故意把普希金的作品标上高价。家具、地毯、镜子和把主人家里塞得满满的那一切笨拙的东西我见了都讨厌，油漆的气味，也叫人难受。我不喜欢主人们的屋子，因为它们使人联想到装满废物的箱子。主人从货仓中搬走别人的东西，更增加了自己身边的累赘，令人讨厌。玛尔戈王后的屋子也很窄狭，然而却很漂亮。

我觉得生活大都是乱七八糟的，荒唐的，有许多事，明明是愚蠢的，比方，我们在这里干的工作，把市房修好了，到春天又淹在大水里，让地板浮起，门户冲歪，水一退，柱脚都腐烂了。几十年来，市场年年淹水，淹坏了房子和街道。这样的大水每年使人受很大的损失，而人们是知道这种大水绝不会自己消灭的。

每年春天，冰融化的时候，总有许多拖船和几十只小轮船被冰弄坏，人们叹着气，再造新船，再到融冰期，新船又重新受破坏。这种在同一地方的反复踏步，多没有意思呀！

我向奥西普提出这个问题，他惊异地大笑起来：

“哈哈，你这只鹭鸶，吵什么呀？这种事用不到你费心，与你有什么关系？”

但同时，他的脸色忽然变得很庄重，而那双碧色而毫无老人气的清澈的眼里，还没有消失讥笑的神情，他说：

“你这种意见很有道理，即使它与你不相干，说不定也有用处！你还要想到这么一件事情……”

于是他枯燥地说起来，虽然用了大量的俏皮话，意想不到的比喻句和各种打诨的话：

“人家常常埋怨土地太少，伏尔加河一到春天，便冲击河岸，把泥土卷到河底积成河滩，于是另外一些人，又埋怨伏尔加河浅了！春天的大水，夏天的雨，把地面冲成洼地，泥土又冲到河里去！”

他的话没有爱，也没有憎，好像玩弄自己的彻透人生哀恨的知识，虽然他的话同我的意见一致，但听起来令人不愉快。

“还有一件事也可以想一想，火灾……”

照我的记忆，伏尔加河对岸的森林里，没有一个夏天没有大火灾。每年七月中，天空弥漫浊黄色的浓烟，昏红的太阳黯然无光，像害眼病似的望着地上。

“森林没有多大意思，”奥西普说，“那些都是贵族的财产，要不然便是官府的，老百姓没有森林。城市烧掉了，也没有多大关系，住在城市里的都是有钱佬，用不着替他们可惜！可是田庄、村子烧掉了那才糟呢——一个夏天，不知有多少村子烧掉！也许不少于一百个，这才是真正的损失！”

他轻声地笑：

“有土地，没有本领！所以在你我看来，人们不是为自己、为土地在劳碌，倒是为水火在劳碌了！”

“这有什么可笑？”

“笑笑有什么关系？你不能拿眼泪灭火，可是眼泪会使洪水更大。”

我知道，在我所遇到的人们中间，这位仪表优雅的老头子，是最聪明的一个。但这个老头子，爱的是什么，恨的又是什么呢？

我正在想这个问题，他又开了腔，像是往火堆里添上干柴。

“你瞧，人们有几个爱惜精力的，不管自己的，还是人家的。那位主人，怎样滥用你的精力呀？可是为了喝酒，人们丧失了多少精力？那是计算不清的，任何大学问家的脑袋也算不出来……老百姓烧掉房子，可以另外造，可是一个好庄稼汉，枉然损失了，那是没法子补救的！比方阿尔达利昂，还有格里沙，你瞧，这样的庄稼汉突然烧了起来，就这么完蛋了！他虽然有点傻，实在是个好人。那个格里沙！像一堆稻草一样冒着烟，女人们好像蛆虫围攻森林中的尸首一般围攻他。”

我好奇地，并不生气地问：

“干吗你把我的想法告诉了主人？”

他平静地，甚至还亲密地解释：

“我使他知道你抱着什么有害的思想，叫他教训你；除了主人，谁来教训你呢？我不是恶意告密，我只是担心你。你不是糊涂蛋，但魔鬼在你的脑子里捣乱。你偷东西，我不会出声，你搅女孩子，我也不会出声，你喝酒，我也不会出声！可是你那种放肆的想法，我永远是要告诉主人的，你记着吧……”

“那我以后不同你讲话！”

他沉默了一会儿，用指甲扒去手心里的松脂，后来温和地望着我说：

“你说谎，你一定还要讲的！另外你还能跟谁去讲呢？没有谁……”

我觉得这个整洁的奥西普，突然好像变成对万事都毫不关心的司炉雅科夫。

他有时像鉴定家彼得·瓦西里伊奇，有时又像马车夫彼得。有的时候，他又露出与外祖父的共同点。总之，他跟我见过的一切老头子多少都有点像，他们都是怪有趣的老人。但我觉得不能同他们在一起过活，那是难受而讨厌的。他们好像在腐蚀人的灵魂，他们那些聪明的话，使人的情操生锈。奥西普是好人吗？不是。是恶人吗？也不是。他是一个聪明人，这是我已经看清楚了的。但这种聪明由于它的随机应变使我不胜惊诧，同时也使我很是沮丧，以致到头来使我感到他还是我的敌人。

我的心头涌起了阴暗的思想：

“尽管大家讲着客气话，大家笑脸相看，一切的人还是陌生人。而且世上的一切人，都是互相冷淡的。好像没有一个人同坚固的爱有联系似的。只有外祖母一个，爱生活，爱一切。外祖母之外，还有那光彩照人的‘玛尔戈王后’。”

有时候，这些思想和类似的思想浓厚得像黑云一样，觉得生活着真是烦恼不堪。怎样才能过另外的生活呢？到什么地方去好呢？除了奥西普，甚至没有可谈心的人了。于是我同他渐渐谈得更多。

他的脸上露出很有兴味的神气，听着我热情的妄谈，有时反复问我，弄清我的目的后，便很镇定地这样说：

“啄木鸟儿挺倔强，却不可怕，没有人怕那种鸟！所以我真心劝你，你可以进修道院去，待在那里，等你长大了，你可以讲很好的道理，安慰善男信女。你自己也会平静下来！况且修道士也有收入！我真心劝你，你这个人对世俗的东西看来不大精通，是吧？……”

我不想进修道院，但我觉得我是走进了迷宫，我实在苦闷。生活渐渐像秋天的森林，已经没有蘑菇，在空荡荡的林子里，没有什么可做，并且觉得，对这个森林了解得很透彻。

我不喝酒，也不和姑娘们胡搞，书籍代替了我这两种心灵上的陶醉，但是书愈读得多，就愈觉得不愿去过那种一般人所过的在我看来毫无意味、毫无必要的生活。

我还刚刚满十五岁[1]，但有时觉得自己已成了中年人。因为我经历了各种的事情，读了各种的书，常常为各种的问题烦恼，好像从内部膨胀起来，增加了重量。回顾自己的内心，那儿藏着很多的印象，好像一间满装着各种东西的库房。我没有力量也没有本领，把里面的东西分开来，挑选一番。

---

① 1884 年 3 月高尔基满十六周岁。

经验虽然非常多，但并不牢靠，它们使我动摇不定，好像一件盛满水、摇晃不定的器皿一样。

我厌恶不幸、病苦和抱怨，看见流血打架，甚至用言语欺侮人，这一切残忍的行为，都感到肉体的厌恶。这种感觉变成了一种冷酷的疯狂，我自己也像野兽一般搏斗过，但事后又痛心地惭愧。

有时，想痛打恶汉，于是就冒里冒失去打架；这种因自己的无力而发的绝望的心情，现在想起来还觉得可羞可悲。

在我的内心中有两个人，一个人对于卑鄙龌龊的事情知道得太多了，因此多少有点怯懦。他被每天发生的可怕事件所牵扰，开始对生活、对人们抱不信任和怀疑的态度，对一切人，对自己都抱着无能为力的悲悯之情。这个人想离群独居，静静地读书生活，又梦想着修道院、森林中的看守小屋、铁路上的巡道夫小亭、波斯，以及什么地方市外的守夜人之类的职司，尽可能想去人少的地方，尽可能想离开人间……

另一个人受过诚实的英明的书籍的圣灵的洗礼，观察着日常发生的惨事那种巨大无比的力量，感到这种力量会很容易扭断他的脖子，用污浊的脚去踩碎他的心。因而他切齿抡拳，摆定了架势，严阵以待，准备迎接各种争论和搏斗。他像一个法国小说中的英雄人物，以实际行动来表示他的爱和怜悯，三言两语便拔剑出鞘，走向战场。

那时候，我有一个凶狠的仇敌，他是小波克罗夫街一家妓院的门房。有一天早上，我往市场去时认识了他。他从一辆停在妓院门口的马车上，拖下一个女子，女的两只脚被他抓住，袜子皱成一堆，身体露出到腰边，他哄响着大笑，无耻地拖拉，还向女的身上吐口水，女的已经烂醉，闭着眼，张着嘴，两条胳臂像脱了骨节，软洋洋地抛在脑后，渐渐被人从马车上拖下来，背脊、后脑、发青的脸，在马车的座位上、踏脚上磕碰着，最后倒在街上，脑袋撞在石头上。

马车夫把马打了一鞭，走开了。看门人抓着女子的两条腿，倒退着像拖尸首一样把她拖到人行道上。我气极了，跑过去，幸而当我跑的时候，不知是故意还是错失，一只丈把长的水平尺倒到地上，因而救了我和看门人免于闹出大乱子。我跑过去打倒了看门人，跳上门口的台阶，拼命地按门铃。几个蛮横的人走了出来，我没有对他们说什么，拾起水平尺便走了。

我在下坡的路上追上了马车，车夫从车台上望下来看我，赞赏说：

“你揍他揍得真好！”

我愤愤问他，为什么他看着看门人欺侮女人不出声。他安静地不屑地说：

“管不着！老爷给了我钱，把她架到车上，谁打了谁，关我屁事！”

“他们要是打死她呢？”

“那种女子，一次两次是弄不死的。”马车夫这么说着，好像自己就有多次试图弄死醉酒的女人的经验一般。

从这天以后，我差不多每天早晨碰见这看门人，每次我走过街上，他总是在扫街，或是坐在门口，好像在等着我的样子。当我走近他的时候，他就站起来，挽着袖子，警告说：

“哼，我现在要把你打个稀烂！”

他约莫四十多岁，小个子，拐腿，肚子像怀孕一般发胀，当他冷笑着看我时，眼里露出一道光，可是这眼光里有一种善良而快乐的神气，因此见了令人惊奇。打起架来他是不行的，他的胳臂比我短，交手两三回之后，他就让过我，把背脊紧靠在门上，惊愕地说：

“哼，瞧着吧，你这个有本事的好汉！”

这样的打架我实在腻味了，有一天我对他说：

“喂，浑蛋，你以后别缠我吧！”

“那么，你为什么要打我呢？”他责难地问。

我也问他为什么那么可恶地虐待那个女子。

“关你什么事？你爱惜她吗？”

“当然爱惜。”

他不吱声，抹了抹嘴唇，又问：

“那你也爱惜猫？”

“嗯，也爱惜猫……”

这时他对我说：

“你这傻瓜，骗子！等着吧，我给你点厉害看看……”

我不能不走这条街，这是最近的路。于是我开始特别起早，免得跟他碰面，过了几天，还是碰见了他——他坐在门口，抚摩着躺在膝头上的一只灰猫。当我离开他大约三步的时候，他跳了起来，提起猫脚一摔，把猫头摔在石阶沿上，一股温乎乎的东西溅到我的身上。他把猫头碰碎，又扔到我的脚边，自己站在小门边问：

“怎么样？”

哼，这还有什么话说！我们像两只公狗一样在院子里滚打起来。之后我坐在斜坡的草地上，难于形容的悲愤使我发疯，咬紧了嘴唇使自己不致哭喊和吼叫。现在记起这件事，心里还感到一种忍受不住的厌恶，自己也觉得奇怪，那时候为什么我竟没有疯，没有杀死人。

为什么我要讲这种极其讨厌的故事？为的使你们，先生们，知道这种东西还没有过去，还是存在着的东西！你们喜欢听那些杜撰的恐怖故事，你们喜欢听那些用美丽的话讲述的残酷故事，幻想的恐怖可以引起你们痛快的激动。但我却知道真正可怕的东西，日常生活中的残酷，用这些故事使你们感到不快，是我的不能否认的权利，这是为了使你们想起：你们在过着一种怎样的生活，以及生活在如何的情况之中。

总之，我们大家都在过着一种卑鄙龌龊的生活！

我很爱人们，不愿使谁痛苦。但我们不能伤感，也不能把严峻的现实掩蔽在美丽的谎话中去生活。正视生活吧！把我们灵魂和头脑之中所有好的东西，人性的东西，都融化在生活之中。

……特别使我烦恼的是对待妇女的态度，我读过许多小说，认为妇女在生活中是最好、最有意义的。加强我这种信心的，是外祖母，是她讲过的圣母，贤女瓦西莉莎的故事，是不幸的洗衣妇纳塔利娅，以及我所亲眼见到的人生之母的女性们，用来美化这个缺乏爱、缺乏快乐的人生的千百种眼色和微笑。

屠格涅夫的书歌颂女性的光荣。我用所知道的一切关于妇女的好的东西，美化了使我不能忘怀的“王后”的形象，海涅和屠格涅夫，特别对这点做了极大的贡献。

傍晚从市场回家，我常常站在山上的城墙边，眺望伏尔加河对岸太阳西沉的光景，天空中一些红色的河流奔驶着，大地上可爱的河，也一会儿红一会儿青地滔滔流去。有时，在这样的一刹那间，我觉得整个的世界，像一只硕大的囚犯船，这船儿像猪一般，被一只无形的轮船，慢慢地拖到不知什么地方去。

但使我想得最多的，是世界的浩大，从书上见过的那些城市，过着不同生活的外国。在外国作家的书上，这种生活比我周围那种迂缓单调的沸腾着的生活，是写得更清洁、可爱和安逸的。这使我心头的不安平静下来，引起了我对另一种生活的可能性怀着执拗的幻想。

老是觉得，我一定会遇见一个朴素聪明的人，他将带我走向宽阔的光明的道路。

有一天，我坐在城墙边的长椅子上，身边忽然出现了舅父雅科夫，我没有注意到他是什么时候走来的，也没有立刻认出他。虽然几年之中，我们同住在一个城里，但碰见的机会非常少，偶然见面也只有一会儿。

“啊，你这么高了。”他推了我一下，玩笑似的说，我们就像早就彼此相识，而又陌生的人似的谈起来了。

听外祖母说，雅科夫舅舅这几年完全破产了，家当全都卖光了，喝光了。他当过一次地方监狱的副看守，结果也很坏。当正看守害病的时候，雅科夫舅舅经常在自己屋子里很热闹地请监犯饮酒作乐，闹得大家知道了，把他免了职。同时他被控，罪名是他晚上放监犯到街上去“玩”，监犯并没有一个逃跑的，可是有一个，正把一个助祭扭住用力掐的时候，当场被捕。这案子侦查了好久，结果他没有过堂，监犯和看守们都替他开脱，把善良的舅父救了出来，现在他没有事做，靠儿子过活。儿子是当时有名的鲁卡维什尼科夫唱诗班的歌手。他很奇怪地说到他的儿子：

“他变得严肃了，摆起架子来了。他是个独唱家。茶炊烧得慢一点，衣服不给他先刷好，他就冒火！是一个很整洁的小伙子，爱清洁……”

舅父自己老弱多了，全身脏污，头发脱落，精神萎靡。他的快活的狮子发变得很稀薄了，耳朵支起，眼白上，剃过的脸颊的细腻的皮肤上，像细网一般露满红丝。说着玩笑话，嘴里好像含着什么，妨碍他的舌头转动，虽然牙齿还很整齐。

我高兴有机会同这样的人物谈谈。他会快乐地生活，见识过许多东西，当然知道的事情不少。我清楚地记起他那些活泼的、可笑的歌曲，记忆中又响起了外祖父说他的话：

“在游戏唱歌上，他简直是大卫王，但做起事来，却像毒辣的押沙龙！”

林荫道上一些衣冠楚楚的人们，从我们身边走过，大半是些衣着华丽的太太、公务员、军官之类。舅父穿着磨损的秋外套，戴着皱瘪的帽子，穿着茶红色皮靴，缩成一团，好像为着自己破旧的衣装，有点害臊。我们走到波茶市沟①一家小酒店里，在向市场开着的窗下占了一个座位。

“记得您怎样唱这个歌吗？

一个乞丐晒脚布，
另个乞丐就来偷……”

我背出这句歌词时，我突然，而且第一次感觉到这中间有讽刺的意味，觉得这位快乐的舅父，有点凶恶和聪明，可是他把伏特加倒在杯子里，沉思地说：

---

① 在下诺夫哥罗德城的茶市旧货市场区。那里有一些廉价的茶馆和小饭馆，供平民百姓享用。

“唉，我活了这么大年纪，出了些洋相，可是不多。这歌也不是我编的，那是一位神学校的教员，怎么，叫什么呀？他已经死了，我忘了他的名字。他同我很要好，单身汉，喝成了酒鬼，死了，是冻死的。就我记得的，贪酒丧生的人，也不知有多少，数不清！你不喝吗？不要喝，年岁还小。和外祖父时常见面吗？他是不快乐的老人，似乎快要发疯了。”

他稍微喝了点酒，就活泼得多了，身体也直起来了，年轻了，于是比刚才更精神地说起来。

我问起他关于监犯的事件。

“你也听到了？”他问了一声，向四边望望，沉着声说：

“监犯又怎么样？我不是审判他们的法官。照我看来，他们也是普通的人，所以我对他们说：兄弟们，大家和睦点，快乐点过日子吧。有一首这样的歌：

命运不能妨碍我们的欢乐！
让他来迫胁我们吧，
我们还是要欢笑度日，
只有傻瓜才不这样！……”

他笑起来，从窗子里望望暗下去的山谷，那边摆着许多摊子。他抹一抹胡子又说：

“他们，当然喜欢，牢里是很气闷的啊。嗯，一点过名，他们就马上跑到我这里来，喝酒、吃菜，有时我请，有时他们请，热闹起来了，地动山摇，俄罗斯母亲啊！我爱唱歌、跳舞，他们当中有很好的歌手和舞手，真惊人！因为有的戴脚镣，不好跳，我许可把脚镣下了，这是真的。他们自己会下，用不着叫铁匠，他们真有本领，挺惊人！至于说我放他们上街去抢人，那完全是造谣，结案时也没有证据……”

他停了嘴，从窗子里望着山谷，那边摆旧货摊的人们正在收摊子，铁门闩，锈铰链，发出难听的响声，木板之类砰砰地跌到地上。舅父欢喜地霎着眼睛，低声对我说：

“若是老实说，的确只有一个人是每夜出去的，不过他没戴脚镣，是下诺夫哥罗德城的一个普通小偷，他在不远的地方，在佩乔雷村有个情人。至于同助祭的案件，完全是弄错的，他以为助祭是商人。是冬天晚上，又下雪，人都穿着皮毛外套，忙乱中谁看得清楚是商人还是助祭！”

我觉得这很好笑，他也笑起来，又说：

“我的天哪，真见他妈的鬼！……”

于是，舅父突然莫名其妙地微微生起气来，推开食盘，嫌恶地皱着脸，点上了香烟，低声地嘟哝道：

“大家互相偷盗，后来又互相捉捕，放在监牢里，充军到西伯利亚，罚苦役，这跟我有什么关系？呸，我管他们做什么……我有我自己的灵魂！”

我的眼前好像出现了一个毛毵毵的司炉的影子。他也老说着“呸”，名字也叫雅科夫。

“你在想什么？”舅父柔声地问。

“你可怜犯人吗？”

“一见他们就叫人可怜，竟有这样的小伙子，简直叫人奇怪！有时我凝视着他们，心里在想：我虽然是犯人的上司，可是连给他们垫鞋底也不配！他们太聪明，太能干……”

酒和回忆使他更加兴奋，他一只胳臂靠在窗台上，挥动着指头上夹着半截香烟的焦黄的手，有声有色地说：

“有一个独眼龙，是雕刻匠和钟表匠，因为造假币坐了牢，想逃掉，你听一听他是怎么讲的。简直跟火一样！好像一个独唱家在唱歌，他说官家可以印钞票，为什么我不可以？请你替我解释解释！没有人能够解释，我也不能够。我还是他们的上司！还有一个是莫斯科有名的惯贼，他很沉静，衣着讲究，是个洁癖者，说话也礼貌。他说：人们辛辛苦苦干活，干得昏头昏脑，我可不愿意，虽然从前我也这样，干着，干着，累成一个傻瓜，花上一戈比喝酒，再打牌输上二戈比，用五戈比给女人讨个亲热，到头还是一个挨饿的穷光蛋，不，我才不玩这套把戏呢……”

雅科夫舅父醉得红到脑盖了，兴奋得差不多使他的小耳朵发抖，他伏在桌上继续说：

“他们都不是傻瓜，老弟，他们判断得很对。让一切麻烦都见鬼去吧！比如说吧：我过着怎样的生活？想起来也害臊，称心的事少得可怜，受苦是自己的，快乐是偷来的！老爹骂我冒失鬼，老婆说我完蛋了，自己呢，害怕把一个卢布喝光了，这样地，糊里糊涂过了一辈子，现在年纪老了，就给自己的儿子当用人，干吗掩盖着呢？当个驯顺的用人。老弟，儿子还要搭老爷架子，他喊我父亲，我一听就像叫仆人！我生下来，活在世上忙忙碌碌，就是为了做这些事来的吗，是为了给儿子做仆人吗？不是为了这个，那又是为什么活着呢？我得到过多少满足呢？”

我心不在焉地听他的话，我不想回答，但还是说了：

“我也不知道要怎样过活……”

他苦笑着：

“嗯，这个谁知道？我还没有碰见过知道这件事的人！人们总是照着他所习惯的那样生活……”

接着，又突然委屈和生气地说：

“从前我那里，有一个犯强奸罪的人，是奥勒尔出生的贵族，优秀的舞蹈家，常常引大家笑，他唱过一支万卡的歌，有这样的句子：

万卡走到墓地里——
这也没怎么稀奇！
喂，万卡，你啊，
离坟墓远一点儿吧！……

我就这么想，这完全不是说的笑话，是真理！不管你怎样转，也转不出这块坟地。所以，对于我们全一样：不管当犯人，还是当看守……”

他说累了，又喝伏特加，像鸟儿一样用一只眼望进空酒瓶，以后又默默地抽着烟卷，胡子里吐出烟来。

“不管你多么拼命，不管你有什么指望，到头来还是棺材和坟墓，谁也免不了。”石匠彼得常常这样说，但完全不像雅科夫舅父。像这种成语和类似的成语，后来我就不知听过多少！

我另外不想再问舅父什么，和他一齐感到忧郁，我可怜他，不禁想起他唱的那些快活的小调，那些通过淡淡的忧郁，从欢乐中发出来的吉他的声音。我也没有忘记快活的“小茨冈”，因此见了雅科夫舅父这潦倒的神气，不由想道：

“他还记得，‘小茨冈’被十字架压死的事吗？”

我也不想问他这件事。

我望望潮湿的、充满八月的夜暗的山谷，从山谷中发出苹果和香瓜的清香。通向城里去的一条小街上，已经点起了街灯，一切都是十分熟悉的。现在，到雷宾斯克去的轮船和到彼尔姆去的轮船都快要拉汽笛了。

“好，该回去了。”舅父说。

在酒店门口，他握着我的手抖了一抖，玩笑似的劝告我：

“你不要忧郁，你好像有一点儿忧郁，是吗？快抛开！你还年轻呀。最主要的，你要记住：‘命运不能妨碍我们的欢乐！’再见，我要去做圣母升天节的祷告！”

快活的舅父走开了，说了一大篇话，把我弄得更加莫名其妙了。

我踏上去城里的坡路，走到野外。是月圆的晚上，浓云在天空流动，投下黑影，在地面盖住了我的影子。沿野外绕过了城市，我走到伏尔加河的斜滩上，躺在满是尘埃的草上，久久地望着河对面、草场、静静的大地。云影缓缓地渡过伏尔加河，投在草场上，好像在河水中洗了一洗，变得亮了一点儿。四周一切，沉沉欲睡，万籁无声，一切都好像在不乐意似的摇动，但不是由于对生命的热爱，而是由于一种苦闷的必然性，无可奈何地在动。

真想给整个大地、给自己击一猛掌，使万物，连同我自己在内，一起像欢腾的旋风一样旋转起来，像相爱的恋人们的欢歌曼舞一样旋转起来，沉浸在新开拓出的美好、生机勃勃、诚实正直的生活之中。

我想：

“我必须把自己改变一下，要不然我便会毁灭……”

在那种阴郁的秋天，那种不但见不到太阳，甚至感觉不到太阳，连太阳都忘记了的日子里，我常常有机会徘徊在森林中，迷失了道路，走到没有人径的地方，我已倦于寻找，但仍咬紧着牙齿，顺着茂丛、枯枝、沼泽地滑溜的草墩，向前直跑。终有一天会走出一条路的！

我就决定照这样干。

这年秋天，我怀着也许可以设法上学读书的希望，出发到喀山去了。[①]

---

① 时为1884年夏末或秋初。

**图书在版编目(CIP)数据**

在人间 / (苏) 高尔基著 ; 楼适夷译. — 北京 : 中国文史出版社, 2021.1

(楼适夷译文集)

ISBN 978-7-5205-1565-8

Ⅰ. ①在… Ⅱ. ①高… ②楼… Ⅲ. ①长篇小说-苏联 Ⅳ. ①I512.45

中国版本图书馆 CIP 数据核字(2019)第 250473 号

责任编辑：薛媛媛

出版发行：**中国文史出版社**
社　　址：北京市海淀区西八里庄路 69 号院　邮编：100142
电　　话：010-81136606　81136602　81136603（发行部）
传　　真：010-81136655
印　　装：北京新华印刷有限公司
经　　销：全国新华书店
开　　本：720×1020　1/16
印　　张：22.25　　字数：303 千字
版　　次：2021 年 1 月第 1 版
印　　次：2021 年 1 月第 1 次印刷
定　　价：69.70 元